KNAUR

*Über die Autorin:*

Isadorra Ewans ist Autorin von Liebesromanen, erotischen Romanen und Krimis. Sie lebt seit 15 Jahren mit Ehemann, zwei Kindern und Hund abwechselnd im beschaulichen Sauerland und der urtümlichen Normandie.

ISADORRA EWANS

# GAMES OF TRUST

SEHNSUCHT NACH LIEBE

KNAUR

**Besuchen Sie uns im Internet:**
**www.knaur.de**

Wenn Ihnen dieser Roman gefallen hat und Sie auf der Suche sind nach ähnlichen Büchern, schreiben Sie uns unter Angabe des Titels »Games of Trust« an:
frauen@droemer-knaur.de

FSC
www.fsc.org
MIX
Papier aus verantwortungsvollen Quellen
FSC® C083411

Vollständige Taschenbuchausgabe Juli 2017
Knaur Taschenbuch

Ein Imprint der Verlagsgruppe Droemer Knaur GmbH & Co. KG, München

Redaktion: Mercedes Rehm
Covergestaltung: ZERO Werbeagentur, München
Coverabbildung: FinePic®, München / shutterstock
Satz: Adobe InDesign im Verlag
Druck und Bindung: CPI books GmbH, Leck
ISBN 978-3-426-51724-6

2 4 5 3 1

*Don't question I'm not alone*
*Somehow I'll find my way home*

*Jon & Vangelis*

# 1.

Ms. Cavanough, bitte!« Der Mann, der diese Bitte ausspricht, stützt sich müde mit beiden Händen auf dem Tisch auf. Die Ärmel seines weißen Hemds sind fein säuberlich bis über die Ellenbogen aufgekrempelt, und die Muskeln seiner Unterarme treten deutlich unter dem Gewicht, das sie zu tragen haben, hervor. Dieser Mann ist groß, nicht direkt korpulent, aber immerhin eine monumentale Erscheinung. Dass er jetzt erschöpft den Kopf sinken lässt, ihn langsam schüttelt, um sich dann niedergeschlagen und mit hängenden Schultern auf den Stuhl mir gegenüber auf der anderen Seite des Tisches zu setzen, will so gar nicht zu ihm passen. Er wirkt kräftig, vielmehr: tatkräftig. So als würde ihn nichts erschüttern; könnte sich ihm nichts in den Weg stellen. Nun verschränkt er seine Finger ineinander; lange kräftige, männliche Finger, die an den Knöcheln etwas rauh sind und dem Betrachter zeigen, dass sie auch körperliche Arbeit kennen. Ein niedergeschmettertes Häufchen Elend.

Plastik knackt leise. Ein weißer, dünner Becher, der sich unter dem Druck meiner Hände zusammenknüllt. Fast. Und dieses Geräusch ist hier in diesem Raum so eindringlich, dass es beinahe beklemmend ist. Ein Raum mit Wänden, die noch mit Ölfarben gestrichen wurden. Irgendwann vor dem Zweiten Weltkrieg, sicherlich aber danach in den 50er Jahren. Die Wände glänzen speckig, und an einigen Stellen sind Flecken zu sehen, von denen ich lieber nicht wissen möchte, was diese flüchtig verwischten Dreckspuren hinterlassen haben könnte. Eine Neonröhre über unseren Köpfen lässt das weiße Hemd des Mannes, der mir gegenübersitzt, kalkweiß und durchsichtig erscheinen. Billiges Material, denke ich kurz und starre auf den Becher in meiner Hand und stelle fest, dass es mein Becher war, der so knackte. Das Geräusch gerade ließ den Mann aufsehen. Er betrachtet mich. Nein: Er mustert mich eingehend. Was wird er sehen? Was sieht er da?

In einem Film würde die Szene wahrscheinlich so aussehen: Eine junge Frau, die dem Mann gegenüber Platz genommen hat und die unter dem fahlen Licht der Neonröhre blass und kränklich aussieht, beinahe so, als würde sie gleich im Fieberwahn vom Stuhl fallen, versucht zu lächeln. Ein schwaches Lächeln, eines, von dem man nicht weiß, ob es ein echtes, ehrliches oder gar ein schuldhaftes, ein Geheimnis verbergendes ist. Die einzigen Bewegungen der jungen rothaarigen Frau sind die ihrer Finger, die versuchen, die Delle aus dem Plastikbecher herauszudrücken. Eine Szene wie in einem Krimi.

Nun: Die junge Frau mit den roten Haaren ... das bin ich. Madison Anne Cavanough. Und ich sitze hier nicht ohne Grund. Ich brauche Hilfe. Dringend. Ich brauche die Hilfe der Polizei, denn ich habe Angst, auf die Straße zu gehen, und - obwohl ich in der Flucht im Allgemeinen sehr geübt bin –, kann ich es dieses Mal nicht alleine schaffen.

Ich weiß, dass mein Anblick sich für ihn wie Versagen anfühlt. Mittlerweile kenne ich Lewis Stone gut genug, dass ich mir ungefähr vorstellen kann, wie er fühlt, wie er analysiert und plant. Es ist nicht das erste Mal, dass ich ihm hier in diesem Raum gegenübersitze, und es wird wohl auch nicht das letzte Mal sein. Lewis Stone, ECD, City of London Police. Wirtschaftskriminalität. Ob er jemals einen Fall so wie meinen hatte – vermag ich nicht zu sagen.

Denn nicht ich bin die Schuldige. Nicht ich sollte hier auf

diesem Stuhl sitzen und mir all die Fragen gefallen lassen müssen, die einem Außenstehenden zeigen, dass ich eine äußerst lebhafte Fantasie haben muss, wenn es um die Unterschlagung von Kundengeldern durch meinen direkten Vorgesetzten geht.

Nicht ich bin schuldig.

Ich … ich bin hier das Opfer.

***

»Ms. Cavanough, bitte: nur die eine Information. Wer kann Ihre Berechnungen bestätigen?«, fragt er jetzt bereits zum x-ten Mal und mustert mich erneut. Sucht die Schwachstelle in meiner Aussage, die es nicht gibt. Allerdings ist da noch mehr in seinem Blick. Es gefällt ihm, was er da sieht. Die Mischung aus meiner Verzweiflung und meinem Aussehen ruft den Beschützer in ihm hervor. Er will und möchte mir ja helfen. Aber irgendwie sind ihm die Hände gebunden, und nur aufgrund der Tatsache, dass er mich hübsch findet, kann er die Kavallerie nicht aus ihrem Fort herauslassen.

Ich beuge mich hinunter zu meiner Tasche, ziehe meinen Spiegel aus dem kleinen Seitenfach meiner mausgrauen DKNY. Mir reicht ein flüchtiger Blick, um zu sehen, dass mein Make-up noch einigermaßen fixiert ist. Dass die Tagescreme die dunklen Ringe unter meinen Augen zwar nicht vollständig, aber immerhin ein wenig verstecken kann. Meine roten Locken noch genauso *undone* aussehen, wie sie es heute Morgen taten, kurz bevor ich aus dem Haus ging. Dass ebendiese Locken auch so etwas wie ein Schutzschild sind für mein schmales – wie sagt mein bester Freund immer? – aristokratisches Gesicht mit der vornehmen Blässe darin. Ich kann

Stone ansehen, dass ihm mein Businesskostüm nicht gefällt. Grau in Grau, weißer Kragen auf den Schultern, der das ganze Ensemble wie eine Tortenspitze wirken lässt. Ich sehe ihm an, dass er die Jeans-T-Shirt-Fraktion bevorzugt. Der Taschenspiegel klackt leise, als ich ihn zusammenschnacken und in die Tasche zurückfallen lasse.

»Mr. Stone«, sage ich, und er unterbricht mich.

»Inspektor«, bittet er, und ich nicke gequält. Sein Gesichtsausdruck spricht Bände. Im Klartext steht da: Mädchen, auch wenn du hundert Mal intelligenter bist als ich … so viel Zeit muss sein.

»Inspektor Stone«, setze ich erneut an. »Sie haben eine 200 Seiten lange Aufstellung. Tabellen, bunt und übersichtlich. Sie kennen den Ursprung dieser Daten. Sie verfügen über Analysen des Geldflusses, Ihnen liegen die Fakten über die Gewinne vor, die dieser Mann mit seinen Machenschaften eingefahren hat. Sie sind im Besitz von Daten, die es Ihnen ermöglichen, die auf den Caymans angelegten Konten bis zu diesem Mann hin zurückzuverfolgen. Also bitte: Was wollen Sie noch? Jemanden, der Kringel über die Is malt?« Ich schließe ungläubig die Augen. Das kann doch nicht wahr sein? Eines haben Stone und ich in diesem Augenblick gemeinsam: Resignation. Ich frage mich nicht zum ersten Mal in den letzten Monaten, warum ich mir das eigentlich antue.

»Verstehen Sie doch bitte …!« In seiner dunklen Stimme klingt verständnisvolle Verzweiflung mit.

»Ich verstehe nur, dass ich hier sitze, weil ich um Ihre Hilfe gebeten habe. Der Mann hat mich nach meinem Ausscheiden bei *McAllister, Hammersmith & Co.* mehrfach bedrohen lassen. Von den Mobbing-Attacken während der letzten Monate im Büro rede ich gar nicht. Ich fürchte um mein Leben, und Sie wollen von mir einen Namen, der Ihnen bestätigt, dass er eben nicht nur Briefmarken geklaut hat.« Ich stelle meinen Plastikbecher etwas heftiger auf dem Tisch ab, als ich es beabsichtigte. Das Ergebnis daraus ist: eine neue Einbuchtung und eine Pfütze Wasser. Die kleine Bescherung zerrt an meinen Nerven, und ich beuge mich erneut zu meiner Tasche, hole ein Päckchen Taschentücher heraus, damit ich die Pfütze aufwischen kann; aber mir fehlt die Kraft dazu. In der Bewegung nach unten verharre ich, denke mir, was soll's, und setze mich wieder aufrecht hin.

»Ich verstehe nur, dass Sie mir nicht helfen wollen.« Dieser Satz peitscht ihm wie eine Ohrfeige ins Gesicht. Ich erkenne, dass ich ihm Unrecht tue, weil ihm die Hände gebunden sind und zumindest er, als Polizist, sich an die Regeln halten muss. Aber ich gebe nicht auf. Ich habe eine Kerbe gefunden, die ich mir offen lassen muss, auch wenn ich ihn damit verletze. Normalerweise ist das keineswegs meine Art, aber ich bin verzweifelt. Einen Versuch, ihn zu erreichen, will ich noch unternehmen.

»Der Mann verdiente mit gestohlenen Kundengeldern Millionen. Wenn er das wenigstens legal getan und die Geldgeber von ihrer Spende an ihn partizipiert hätten ... Aber ich sehe schon: Es stimmt, dass sich niemand dafür interessiert, was hinter den verschlossenen Türen der Banken passiert.« Als ich mich dieses Mal hinunterbeuge, um meine Tasche zu nehmen, tue ich das, weil ich gehen will. Ich muss hier raus. Dieses sinnlose Unterfangen entfacht ein Gefühl von Klaustrophobie in mir.

»Ms. Cavanough«, der Klang in seiner Stimme hält mich zurück. »Ich persönlich würde Ihnen sofort helfen. Das wissen Sie hoffentlich, aber wenn ich nicht jemanden finde, der mir Ihre Rechnungen bestätigt, dann wird niemand außer mir in diesem Fall – Ihrem Fall – aktiv werden.«

Fassungslos starre ich den Mann vor mir an. Er fährt sich müde und fahrig durch das kurze braune Haar, und er wirkt in seiner Erscheinung wie die Abteilung, die er leitet: angestaubt.

»Wenn es Ihnen hilft, Inspektor Stone, dann nehmen Sie einen Taschenrechner zur Hand. Denn anscheinend gehört es nicht zu Ihren Kernkompetenzen, eins und eins zusammenzuzählen?«, gebe ich ihm den spöttischen Rat. Meine Verzweiflung mischt sich gerade mit unbändiger Wut, und ich muss auf der Hut sein, dass ich ihn nicht verstimme. Also erinnere ich ihn daran, dass diverse, bedeutende Kontrollinstanzen bereits an der Angelegenheit arbeiten.

»Ihnen ist schon klar, dass die Börsenaufsicht den Fall ebenfalls untersucht?«, versuche ich den vorangegangenen Vorwurf zu entkräften, aber gleichzeitig ihm auch mehr Gewicht zu verleihen. Er kann nichts dafür, ermahne ich mich wieder einmal. Nicht er.

Stone fährt sich erneut müde über das Gesicht. »Die kooperieren nicht. Angeblich haben sie keinen Prüfer, den sie erübrigen können«, sagt er matt.

Mein Kopf fällt in den Nacken, und ich starre auf die Fassung der Neonröhre. Aus meiner Kehle huscht ein leises, verdammt zweifelndes Lachen. Hier läuft doch was schief, denke ich, und ich weiß auch, was, aber allein dieses Wissen wird mir kein Stückchen weiterhelfen.

»Der Mann hat sich an Konten wohlhabender Kunden gütlich getan, damit Leerkäufe gestartet, für die er Tipps von Brokern bekommen hat – Insidergeschäfte sind strafbar! Die Gewinne hat er behalten, das Geld auf Konten gebucht, die unter dem Namen der Bestohlenen laufen, die aber nie an dieses Geld herankommen werden, weil sie a) nicht wissen, dass diese Konten existieren und b) weil ihnen die Zugangsdaten dazu fehlen, weil sie ebendiese Konten gar nicht eingerichtet haben.« Ich mache eine Pause, zum einen, damit ich Luft holen kann, zum anderen, damit die Wut, die sich in meine Verzweiflung mischt, nicht die Überhand gewinnt und ich hier wohlmöglich hysterisch kreischend rausrenne.

Außerdem will ich abwarten, ob Stone meine Erläuterungen verstanden hat. Börsengeschäfte sind nicht kompliziert, trotzdem schwer nachzuvollziehen. Dazu braucht man ein Händchen. Und sosehr ich den Mann vor mir schätze, fürchte ich: Er mag zwar auf nationaler Ebene gut Bescheid wissen, aber der internationale Börsenhandel ist keine seiner Kernkompetenzen.

»Dass seine eigene Abteilung – das General-Auditing – irgendwann mal geprüft werden würde, darauf ist er nicht gekommen. Er hat geklaut, er hat betrogen, aber er soll davonkommen? Mal davon abgesehen, dass er mir drohte, meinen ›hübschen Hals‹ doch noch aufschlitzen zu lassen, wenn ich ihm noch mal ins Geschäft pfusche.« Trotz meiner Anstrengung, es zu vermeiden: Meine Stimme klingt hysterisch.

»Ms. Cavanough«, stammelt er hilflos, »ich will Ihnen nicht zu nahe treten, aber haben Sie sich Emmet Hanks mal genauer angesehen? Wenn der Kontakte zu Schlitzern hat, fress ich einen Besen.«

Lewis Stone gibt sich immer Mühe, seine Herkunft zu verschleiern. Doch manchmal dringt er durch: der Schotte in ihm. Dann klingt seine Stimme anders. Härter, vom Gälischen durchzogen. Und weil die politische Situation im Augenblick zwischen Engländern und Schotten nicht gerade gut ist – was sie eigentlich seit *Mary* nie war, aber im Moment durch das Referendum noch angefeuert wird –, muss sich Stone ab und an einen deftigen Witz von seinen Kollegen auf seine Kosten anhören. Nicht, dass Lewis zimperlich wäre. Umgekehrt kann er genauso gut austeilen. Ich habe das gesehen und gehört und mich – trotz oder gerade wegen – meiner misslichen Lage königlich amüsiert.

Doch im Gespräch mit Zeugen versucht er, den harten Klang des gälischen Akzents zu vermeiden.

Vor ein paar Wochen erzählte mir der Beamte, dass er sich im Rahmen der Ermittlungen – welch Hohn – mit meinem – jetzt ehemaligen – Abteilungsleiter Emmet Hanks traf. Stone verhörte ihn nicht, obwohl die Beweise so hieb- und stichfest waren und sind; etwas, das mich einfach fassungslos zurücklässt. Dass Stone der Meinung ist, dass der Abteilungsleiter aussieht »wie ein Frettchen auf der Flucht, wie ein verdammt gut und teuer gekleidetes Frettchen, aber dessen ungeachtet wie ein Frettchen«, gesteht er mir unter dem Mantel der Verschwiegenheit. Die Feigheit stünde Hanks ins Gesicht geschrieben. Nie würde es ein Mensch wie er wagen, mehr als seinen eigenen Vorteil auszunützen. Auftragskiller zu beschäftigen; dazu fehlten ihm einfach die Kontakte.

So würde Hanks seiner Meinung nach aussehen. Aber das ist nur eine gut geplante, hervorragend ausgeführte Täuschung, wie ich es am eigenen Leib erfahren musste. Diese

Scharade, die Hanks da spielt, ist genau darauf ausgerichtet, harmlos zu wirken, um im Hintergrund agieren zu können. Hanks spekuliert auf sein Auftreten, darauf, dass ihm seine Gegenüber glauben, dass er dazu nicht fähig ist. Und alle fallen freudig auf dieses Spiel herein.

All das erzählt mir Stone nach seinem Treffen, und manchmal kaut er diese Erzählung »Zweifel an Hanks« wieder wie ein schottisches Hochlandrind sein Futter. Warum? Ich weiß es nicht. Aber er muss doch sehen, dass er falschliegt. Stone hat doch Erfahrung mit solchen Leuten. Er kann doch nicht wirklich an diese – ich gebe es ungern zu, denn ich bin ja selbst darauf hereingefallen – perfekte Fassade glauben. Stone weiß doch, was passiert ist. Himmel, denke ich, warum bin ich nur so ein Don Quijote.

»Ich musste meine Wohnung kündigen, damit mich niemand findet. Ich musste – bis auf einen – alle Kontakte abbrechen, nachdem ich vor drei Monaten in der U-Bahn überfallen wurde.« Zum Beweis meiner Aussage ziehe ich den Kragen meiner Bluse ein wenig zur Seite, und dort prangt ein großes Pflaster. »Sie erinnern sich? Messer«, sage ich kurz und knapp, »können sehr schmerzhaft sein, und sie hinterlassen hässliche Narben.«

Und obwohl Stone mich damals begleitete, als ich Anzeige gegen Unbekannt erstattete – ein weiterer Hohn, weil jeder wusste, wer hinter diesem Angriff stand –, ist er jetzt entsetzt, als er sieht, dass die Verwundung wirklich und wahrhaftig ist. Mir scheint, dass er es ausblenden kann, wenn er nur die Fakten in seinen verfluchten Akten liest. Es ist nicht das erste Mal, dass er meine kleine Auszeichnung zu Gesicht bekommt.

Eigentlich hat er sie in allen Stadien des Heilungsprozesses gesehen. Heute, an diesem Tag, ist dort eine fünf Zentimeter lange rosafarbene Narbe unter dem Verband versteckt. Frisches Narbengewebe. Stone wendet sich ab, aber ich weiß, dass er wirklich und ehrlich betroffen ist. Seltsam für einen Polizisten, dass er solche Gefühle zulassen kann.

Ich versuche, meine Wut nicht auf ihn zu projizieren, weil es ihm gegenüber unfair wäre. Sehr unfair. Stone tut, was er kann, und ich weiß das. Er trägt keine Schuld, er ist nicht verantwortlich für dieses System, das den Täter für schützenswerter hält als das Opfer. Aber es gelingt mir nicht immer. So wie jetzt. Unsere Blicke treffen sich, und ich kann seiner Mimik entnehmen, dass er sich mitschuldig fühlt für das, was mir passiert ist, und dass er es nicht ändern kann, dass die Dinge so sind, wie sie sind. Es ist wirklich zum Auswachsen, und ich möchte einfach nur noch heulen.

»Möchten Sie Ihre Meinung über Emmet Hanks vielleicht noch einmal revidieren, oder wollen Sie mir ernsthaft weismachen, dass das nichts mit diesem Kretin zu tun haben kann?«

Stone wiegt seinen Kopf gequält hin und her. Ich kann ihm ansehen, dass es ihm zusetzt. Dass ihn meine Situation nicht unberührt lässt. Ja, das kann man ihm ansehen. Und ich bin in der Laune, seine Qualen ein wenig zu genießen. Quasi als ausgleichende Gerechtigkeit.

»Es gibt eine Möglichkeit«, sagt er plötzlich. »Eine inoffizielle, und Sie müssen mir versprechen, mich zu kontaktieren. Regelmäßig.« Er überrascht mich so sehr, dass ich es wage, einen kleinen Hoffnungsschimmer zu verspüren. Doch gleichzeitig keimt in mir der Verdacht auf, dass er die Idee, die er mir gerade präsentieren will, schon länger mit sich herumträgt. Ich habe kein Indiz für diese Vermutung, es ist nur eine Ahnung. Die Hoffnung überwiegt, wenn auch nur so gerade eben. Schwach, aber dieses Gefühl ist da. Noch will ich diese schöne Vorahnung nicht zulassen. Zu oft bin ich in den vergangenen Monaten enttäuscht worden. War ich einer Berg-und-Tal-Fahrt ausgesetzt, wenn es darum ging, wieder einen hoffnungsvollen Weg zu beschreiten, der mich aus diesem Paralleluniversum der Ungerechtigkeiten herausführen sollte.

»Ich werde jetzt vor die Tür gehen, kurz telefonieren, Sie packen Ihre Tasche – ganz langsam – und kommen in ein paar Minuten nach. Dann werde ich Ihnen sagen, was Sie tun sollen.« Stone stemmt sich hoch, sieht mich noch einmal ernst an und verlässt den Raum. Jeder Schritt zur Tür fällt ihm schwer; ich kann es deutlich in seinen Bewegungen sehen. Unsere Gespräche nehmen ihn psychisch mit. Genau wie mich. Mit einem Unterschied: Wenn ich hier rausgehe aus diesem Gebäude, das irgendwann mal vor Hunderten von Jahren gebaut wurde und das langsam, aber sicher genauso verkommt wie seine Besucher, dann trage ich dieses Problem weiter mit mir herum. Stone hingegen geht zum Kaffeeautomaten, denkt noch einmal kurz an mich und wischt mich dann in seinen Gedanken wie einen Fleck auf dem Tisch mit einem feuchten Lappen weg.

Drei Minuten später empfängt er mich mit einem Lächeln auf dem Gesicht. Seine Körperhaltung ist total verändert. Vor mir steht ein Mann, der seinen Mut und seine Entschlossenheit wiedergefunden hat. Ein vollkommen anderer Mensch. »Sie machen eine kleine Reise, Ms. Cavanough«, sagt er und zwinkert mir zu.

# 2.

Ich sitze starr und steif auf einer roten Samtcouch. Eine leichte Gänsehaut huscht über meinen Körper. Im Atelier in der Aldersgate Street, im Stadtteil Barbican, fällt fahles Licht eines ungemütlichen Frühlingstages durch die hohen Fenster. Meine Muskeln sind angespannt, aber noch darf ich mich nicht bewegen.

»Du machst also Ernst?« Ich antworte nicht sofort, will mir meine Worte gut zurechtlegen. Aber zumindest sehe ich schon einmal auf und betrachte den Mann, der da an der Staffelei steht und seine Pinsel reinigt. Sobald die Anspannung meinen Körper verlässt, wird es frisch im Atelier, und so ziehe ich mir meinen seidenen Kimono über die Schultern, schließe ihn, lasse Cesar aber nicht aus den Augen.

Die Sitzung war ein Trauerspiel. Irgendwie konnte ich es ihm heute nicht recht machen. Immer hatte er etwas an meiner Haltung auszusetzen. Cesar ließ mich spüren, dass er ahnte, dass ich gehen werde. Er sah mir an, dass mein Tag so anstrengend war, dass ich am Abend die Spannung in meinen Muskeln – die es braucht, um Modell zu sitzen – nicht mehr aufbringen kann. Im Gegensatz dazu ist seine nervliche Anspannung förmlich zu sehen. Er ist traurig und wütend auf mich, und ich kenne ihn gut genug, um zu wissen, dass ihn seine zur Schau gestellte Beherrschtheit körperlich schmerzt und er eigentlich lauthals aus sich herausschreien möchte. Aber auf der anderen Seite ist ihm natürlich bewusst, dass es so nicht weitergehen kann. Dass ich meine Angst hier in London nicht in den Griff bekomme, auch wenn er sich wirklich bemüht, mich zu umsorgen.

Cesar versucht, seine Gefühle zu unterdrücken. Es funktioniert nicht, denn ich sehe, wie er seine Pinsel beinahe vergewaltigt. Er zieht das Tuch, mit dem er die Pinsel reinigt, viel zu harsch über die zarten Haare seines Arbeitsgeräts; reißt sie dabei beinahe aus. Vereinzelt fallen die feinen Härchen im mittlerweile fahlen Licht wie Staubflusen zu Boden. Ich sehe das Spiel seiner Muskeln, sehe, wie er sein nackenlanges, braunes Haar immer wieder nach hinten streicht. Ein Zeichen, dass er nervös und angespannt ist. Wie gut ich ihn doch kenne. Auch wenn wir eigentlich kein Paar sind. Nein: Wir sind eine Zweckgemeinschaft. Zwei Seelen, die einander gesucht und gefunden haben, die sich gegenseitig helfen. Ich ihm mit meinen finanziellen Möglichkeiten, er mir mit seiner Anwesenheit und der Tatsache, dass ich mich in den letzten Wochen hier verstecken konnte.

Er wird seine Empfindungen bald unter Kontrolle bekommen. Dann, wenn er Farben anmischt, den Pinsel hineintaucht und mit kräftigen Strichen über die Leinwand malt. Er kann es. Seine Gefühle in Farben und Formen umwandeln. Wie ich ihn darum beneide. Wie sehr wünsche ich mir, dass ich mich auch so ausdrücken könnte. Stattdessen vergrabe ich mich in meinen Zahlen. In Listen und Statistiken. Lasse mich von der Sicherheit der Zahlen einhüllen und fühle mich ein wenig angekommen.

Müde strecke ich meine Glieder, sehe auf meine Füße und wackle mit den Zehen. Ich mache mich auf der Chaiselongue einmal lang und stehe dann doch auf. »Ich muss«, sage ich so leise, dass er sich umdreht.

Seine großen braunen Augen sind noch viel dunkler als sonst. Seine Stirn ist in nachdenkliche Falten gelegt. Cesars volle Lippen sind so hart aufeinandergepresst und wirken schmal wie ein Pinselstrich auf einer seiner Leinwände.

»Ich geh mal unter die Dusche«, sage ich und verschwinde aus dem Atelier. Meine Schritte sind so schwer wie die einer alten Frau.

***

Cesar war das schlechte Gewissen in Person. Madison machte in den letzten Wochen und Monaten genug durch, da musste er ihr nicht noch querkommen, indem er sie mit seinen Forderungen nach der meisterhaften Position quälte. Wütend warf er die Pinsel auf den Holztisch. Das Glas mit dem Reiniger schwankte bedenklich, als einer der größeren Pinsel es traf. »Verflucht«, stöhnte er leise. Warum hatte diese Frau auch mehr Anstand in den Knochen als die gesamte Firma zusammen? Hätte sie nicht einfach fünfe gerade sein lassen können, *business as usual* sozusagen? Nein. Nicht Madison. Nicht bei dieser Sache. Nicht so.

Prinzipiell war es doch auch verständlich! Cesar konnte Madisons Loyalität gegenüber der Bank und vor allem Carl McAllister sogar sehr gut verstehen. Dieses alteingesessene Bankhaus war so etwas wie ihre Familie. Eine Teilzeitfamilie, von 9 bis 5, aber es war ihr Zuhause. Der Alte übernahm dabei die Aufgabe eines Großvaters aus der Ferne und gab ihr die Chance ihres Lebens. McAllister sah hinter das schöne Gesicht und erkannte die Intelligenz und den Willen, gute Arbeit zu leisten.

Madison wollte nicht mit ihrem Aussehen punkten. Dass sich diese Schönheit ausgerechnet mit Zahlen ihren Lebensunterhalt verdienen wollte, war schon unglaublich genug. Angebote für eine Karriere als Model hatte sie zuhauf. Aber das war nicht ihre Welt. Das ungewisse Leben auf dem Laufsteg. Ihr war die Sicherheit in ihrem Job wichtiger als alles Geld der Welt. Sicherheit hatte oberste Priorität in der Welt der Madison Cavanough. So war es für sie selbstverständlich, McAllisters Angebot anzunehmen und nach erfolgreichem Studium und Praktikum eine Stelle bei dieser renommierten und alteingesessenen Londoner Bank anzunehmen. Die ersten Jahre liefen gut für Madison. Doch dann wechselte der Abteilungsleiter, und sie lernte die Schattenseiten dieser Branche sehr schnell kennen. Dieser Hanks war ein Idiot und konnte eine Fliege nicht von einer Mücke unterscheiden, aber er hatte schnell Karriere in der Bank gemacht. Zum einen, weil er über Leichen gehen konnte, ohne zu stolpern. Zum anderen, weil er eine Entourage hinter sich vereinte, die wiederum ihm die Treue schwor. Madisons Stand in der Firma wurde bald unerträglich schwer, und sie dachte immer häufiger darüber nach, die Bank zu verlassen. Als interne Betriebsprüferin war ihr Beruf der langweiligste, den man sich in einem so alten und renommierten Geldinstitut vorstellen konnte. Cesar verstand nie, was in ihrem schönen Kopf vor sich ging, wenn sie sich hinter die Zahlen klemmte. Lange Zeit versuchte er sie davon zu überzeugen, dass es mehr in ihrem Leben gab.

Doch Madison wollte oder konnte nicht anders. Zahlen waren ihr Leben, und sie konnte damit jonglieren und fand selbst den letzten, widerspenstigen Penny. Schaute sie aber scheu in die Welt hinaus, dann war sie ängstlich, zögerlich und zog sich schnell wieder in ihr Schneckenhaus zurück. Madison konnte in ihrer Arbeit so sehr aufgehen, wie er – Cesar – es in seiner Malerei tat. Waren es für ihn die Farben, die er mit Pinselstrichen zähmte, so waren es die Zahlen für Madison. Wilde Tiere auf Papier, die es zu bändigen galt. Dann war sie glücklich. Dann war sie – zumindest geistig – zu Hause. Zahlen waren absolut. Zahlen waren ihr Leben.

Cesar wusste nicht viel von dieser rothaarigen Schönheit. Nur eines ahnte er: Sie war eine Gejagte, ein unruhiger Geist, der sich nur schwer bändigen ließ. Seine Freundin brauchte die Zahlen, damit sie Ruhe finden konnte. Und sie fand diese Ruhe.

Bis zu dem Zeitpunkt, als sie die ersten Unregelmäßigkeiten auf einigen Kundenkonten entdeckte. Lange wehrte sie sich gegen diese Erkenntnisse. Doch sie waren da und ließen sich nicht verleugnen. Sie grub tiefer und wurde fündig.

Cesar lauschte auf das Rauschen, das aus der Dusche kam, und stellte sich seine beste Freundin dabei vor, wie sie den Schaum ihres Duschgels auf ihrem Körper verteilte. Sie waren kein Liebespaar. Niemals gewesen. Eher eine Zweckgemeinschaft mit gelegentlichem Sex, den beide genossen. Obendrein finanzierte sie Cesars Passion der Malerei mit ihrem Gehalt. Für sich selbst gab sie nie viel aus. Aber wenn Cesar wieder einmal nicht wusste, wie er seine Rechnungen bezahlen sollte, dann war sie da und half aus. Sie war seine Rettung. Immer und immer wieder. Nie würde er ihr das zurückzahlen können. Nie würde er ihr das vergessen. Sie war ein guter Mensch. *Und dieser Hanks gehörte aufgeknüpft für das, was er ihr jetzt antat.* Alle wussten es, aber keiner sah sich genötigt, etwas gegen diesen Mann zu tun. Niemand half.

Madisons Überprüfung seiner Aktivitäten hatten Hanks aufgeschreckt, aber zu dem Zeitpunkt war er nur hellhörig. Der Mann war wachsam; ließ sie nicht aus den Augen. Als er jedoch feststellen musste, dass sie ihm auf die Spur kam und auch noch die Beweise für seinen Betrug in den Händen hielt, veränderte er seine Taktik und ging offen dazu über, Madison zu bedrohen.

Sie wusste, dass sie gute Arbeit bei der Aufklärung dieser Unterschlagung mit Gewinnabsicht geleistet hatte. Doch gute, ehrliche Arbeit wurde nicht immer so honoriert, wie sie es verdiente. Selbst der alte McAllister verweigerte ihr die Unterstützung. Also ging sie den Weg nach außen. Börsenaufsicht. ECD. Economic Crime Directorate. Aber niemand wollte so richtig glauben, was da in den Berichten zu finden war. Die Beträge waren zu horrend, zu irrsinnig, als dass sie wahr sein konnten. Es war für alle zu peinlich, es schwarz auf weiß zu sehen, dass sie versagt hatten und einer aus ihren eigenen Reihen sich so bedienen konnte, dies über Jahre hinweg und niemals entdeckt.

Zwei Wochen nachdem sie an die Öffentlichkeit gegangen war, begannen die Repressalien. Die tätlichen Angriffe. Sie bekam Angst und verwischte ihre privaten Spuren. Cesar wunderte sich in diesen Tagen darüber, wie professionell sie dabei vorgegangen war, fragte sich, woher sie dieses Talent zu verschwinden wohl herhaben mochte.

»Das tat gut«, sagte sie plötzlich, und er wandte sich um. Sie stand im weißen Frotteemantel vor ihm, trocknete sich die rote Mähne und lächelte müde. Das fahle Licht der Oberlichter ließ sie wie einen Geist erscheinen. Er wischte sich die Hände an einem Tuch ab, ging zu ihr und nahm ihr das Handtuch aus den Händen.

Sie würde gehen, das wurde ihm in diesem Moment schmerzlich bewusst. Seine beste Freundin würde ihn verlassen, und er würde für lange Zeit allein zurechtkommen müssen. Das ist noch zu schaffen, dachte er, Hauptsache, es wird ihr gut gehen. Er stellte sich hinter sie, schob die nassen Haare beiseite und küsste sie sacht in ihren Nacken. Sie reagierte sofort und legte ihren Kopf an seinen. In den nächsten Stunden würde Cesar ihr zeigen, wie viel sie und ihr Wohlbefinden ihm bedeuteten. Ihre Sicherheit war alles, was er wollte.

Er fuhr mit seinen Zärtlichkeiten fort und spürte, wie sie sich fallen ließ. War sie vor nicht einer halben Stunde noch steif wie ein Brett, war sie jetzt bereit, die Liebkosungen zu empfangen, die er für sie bereithielt. Sie bog sich ihm gierig entgegen, bot sich ihm an und er nahm dieses Geschenk nur zu gerne an.

***

Ich bin müde und liege in seinen Armen. Er schläft, und ich lausche auf seinen gleichmäßigen, tiefen Atem. Cesar schläft den Schlaf des Gerechten. Ich schiebe mir eine Hand unter den Kopf und denke darüber nach, was gerecht ist. Dass jemand stiehlt und ohne Strafe davonkommt? Dass jemand – also ich – die Strafe kassiere? Dafür, dass ich nach Recht und Ordnung handelte? Nach dieser Nacht in Cesars Armen bade ich in Selbstmitleid. Weil sie mir deutlich macht, dass es auch anders geht. Dass es tatsächlich gerechte Menschen gibt. Menschen, die sich kümmern. Wie so oft in den letzten Nächten stiehlt sich eine Träne in meine Augen, und ich wische sie wütend weg. Immer wieder muss ich mir sagen, dass ich nicht schuld bin, aber jedes Mal, wenn ich mich beinahe davon überzeugt habe, kommt mir etwas dazwischen.

Wie eine Messerstecherei. Oder, wenn es das nicht ist, dann höre ich die Stimme meiner Mutter. Mahnend. Ich solle mich nicht in die Angelegenheiten anderer einmischen, und außerdem würde ich ja sehen, was ich davon hätte, wenn ich es tun würde. *Wie dumm du bist,* sagt die Stimme meiner Mutter, die in ihrem Leben nur eines kannte: Flucht. Die niemals etwas von Angesicht zu Angesicht löste. Die vor Problemen einfach weglief. Und nicht nur das: Sie lief vor sich, ihren Ängsten und vor jeder Möglichkeit, menschliche Nähe zu erfahren, davon. Wir hatten nur uns. Doch das reichte nicht. Niemals.

Und so war mein Leben bis zu dem Zeitpunkt, an dem ich mein Studium begann, eine einzige Flucht. Mein Studium, für viele meiner Kommilitonen purer Stress, war die einzige Pause in meinem Leben. Denn es war sie, meine Mutter, mit der ich zusammenlebte, der vor Angst jedes Mal der Atem stockte, wenn es nur den Anschein gab, dass jemand hinter uns her sein konnte. Wer das sein mochte? Lange Zeit wusste ich es nicht, und auch heute kann ich nur vermuten, vor wem sie solche Angst empfand. So flüchteten wir immer und immer wieder durch das Land. Gerade hatten wir die Koffer ausgepackt, da mussten wir schon wieder los, weil meiner Mutter die Panik ins Gesicht geschrieben stand. Eine fröhliche, gesunde und stabile Kindheit sieht definitiv anders aus.

Dass sie krank war, dass sie von ihrer eigenen Paranoia getrieben wurde, erfuhr ich erst, als ich erwachsen war. So vererbte sie mir drei Dinge: meine Angst vor meiner eigenen Furcht, vor Nähe und die Fähigkeit, aus Koffern zu leben.

Ein paar Jahre Ruhe. Normal leben. Mehr wollte ich nie. Aber solange sie lebte, war das nicht möglich. War es unmöglich.

Ob sie wusste, was sie mir damit antat? Ich glaube nicht. Sie wollte mich schützen. So viel ist sicher. Aber dieser Schutz verfehlte sein Ziel. Ich musste so sehr darauf achtgeben, dass ich nicht in das gleiche Schema verfiel wie sie. Immer in Bewegung zu sein und niemals zu wissen, warum eigentlich. Meine Mutter schwieg sich über ihre Beweggründe aus. Ich sollte es allein herausfinden müssen, und nachdem ich nach ihrem Tod einige Briefe und Urkunden fand, bekam ich eine Ahnung, vor wem sie davongelaufen war.

Ich wollte und brauchte Frieden. Für mich, für mein Leben, für meine Sinne. Mein Studium und das nachfolgende Praktikum schienen der Beginn dieser wunderbaren Jahre zu sein. Endlich hatte ich diese Atempause und konnte mich voll und ganz auf mich und meine Zukunft konzentrieren. Ein Leben aufbauen; eines, das nicht aus gepackten Koffern bestand. Eine Wohnung und damit eine feste Adresse. Ein Job und damit ein geregeltes Einkommen. Nie wieder von der Hand in den Mund leben müssen. Sicherheit. Ein wundervolles Gefühl.

Aber das ist jetzt vorbei. Aus und vorbei. Es beginnt von vorn. Wieder muss ich gehen, bevor ich richtig anfange, mich heimisch und wohl zu fühlen.

Als ich in dieser Nacht in Cesars Armen einschlafe, träume ich nicht von Blumenwiesen, über die wir Hand in Hand laufen. Träume ich nicht von Schäfchenwolken, die über einen strahlend blauen Himmel ziehen. Auch nicht vom Strand, an dem ich mich nackt mit Cesar wälze als Vorspiel auf ein Liebesspiel.

Nein: Ich träume davon, dass ich einen Einkaufszettel schreibe und wir darüber diskutieren, welche Butter, welche Schokolade wir kaufen. Dieser Einkaufszettel ist für mich ein Synonym der Normalität. Auf der Flucht schreibt man keine Zettel. Da nimmt man, was man kriegen kann. Ich träume von einem normalen Leben.

Doch gegen Ende dieses Traums schreibe ich den Namen Emmet Hanks unter all diese wundervollen so normalen Dinge, und meine Hand streicht, wie von Geisterhand geführt, all diese wundervollen Gegenstände durch. Niemals. Nie wieder. Er hat alles zunichtegemacht. Nie wieder würde ich ein solch normales Leben führen.

## 3.

Edith Stone stieg die alten, ausgetretenen und deshalb lautstark protestierenden Stufen in ihrem Hausflur hinunter ins Erdgeschoss. Gerade hatte sie das Eckzimmer für ihren neuen Pensionsgast vorbereitet. Die Wäsche auf dem Bett gewechselt, gelüftet und ein wenig Staub gewischt. Sie war sich sicher, dass der jungen Frau, die sie heute erwartete, das Zimmer gefallen würde. Schließlich war das ihr bestes.

Zwei große Fenster, die den Gast am Morgen mit dem Ausblick auf den jungen Tag weckten, und eines, das ihn mit einem Sonnenuntergang in die Träume schickte, der seinesgleichen suchte. Denn eines war hier oben im Norden so sicher wie das Amen in der Kirche: Egal, wie tagsüber das Wetter war: Zum Abend hin kämpfte sich die Sonne mit ihren letzten

Strahlen durch die Wolkendecke und zeigte den Menschen, warum es sich lohnte, hier oben zu leben.

In Gedanken versunken blieb Edith kurz am Treppenabsatz stehen. Der Anruf ihres Neffen war geheimnisvoll und klang spannend und traurig. So viel Aufregung hatte Edith schon seit Jahren nicht mehr. Es kribbelte richtig in ihrer Magengegend. Eine junge Frau, die für ein paar Wochen untertauchen musste. Mehr hatte Lewis ihr nicht erzählen wollen. Aber dass die junge Frau einen Zufluchtsort suchte, war aus dem Wenigen gut herauszuhören. Lewis klang seltsam besorgt, und Edith musste sich auf die Zunge beißen, um ihn nicht zu sehr zu kompromittieren. Sie ahnte, dass sie nicht tiefer bohren sollte, weil er sonst Ärger bekommen würde. Sie wusste, er hatte seine Gründe und würde ihr beizeiten die ganze Geschichte erzählen. Vielleicht käme sie ja auch von allein hinter das Geheimnis.

Langsam stieg sie auf die erste Stufe der alten Treppe und blieb dort stehen. Sie sah auf die Fotos, die an den Wänden aufgehängt waren. Als Lehrerin der Primary School in Cumbernauld hatte sie viele Kinder auf den ersten Schritten ihres Weges begleitet, und von jedem dieser Kinder hing ein Foto im Treppenhaus. Edith konnte sich kaum noch an die Farbe der Tapete unter den vielen Bildern erinnern. Kein Fleck schimmerte zwischen den Bilderrahmen hervor. Sie suchte ein bestimmtes Foto, und nach einigem Suchen wurde sie fündig. Sie lächelte. Lewis sah damals – als Fünfjähriger – schon so fürchterlich ernst aus. Das hatte sich auch nie geändert. Schon in der Schule war es sein sehnlichster Wunsch, Polizist zu werden. Wie sehr hatte er sich über seine Uniform gefreut. Wie traurig war er, als er feststellen musste, dass er von der

Straße weg zu einem Bürojob abkommandiert wurde. Edith lächelte zärtlich. Die Versetzung hat seinem Gerechtigkeitsempfinden jedoch keinen Abbruch getan.

Sie stieg die Stufen weiter hinab. Nachdenklich blickte sie am Treppenfuß noch einmal hinauf. *So viele Kinder,* dachte sie, *so viele Leben hast du gesehen.* Energisch strich sie über ihre geblümte Schürze und ging in die Küche. »Altes Weib, wirst du weich auf deine alten Tage?« Sie hatte so lange als Lehrerin gearbeitet, dass sie beinahe jeden in der Stadt mit Vornamen kannte. Und sie war sich sicher, dass sie einen wesentlichen Teil zur Entwicklung dieser Trabantenstadt beigetragen hatte.

Denn das Dorf Cumbernauld war ursprünglich als Ausweichfläche für neue Wohngebiete geplant, da Glasgow in den späten 50er und frühen 60er Jahren des letzten Jahrhunderts förmlich aus allen Nähten zu platzen drohte. Auch Edith lebte als Kind noch in Glasgow, arbeitete zunächst als Erzieherin, dann als Lehrerin. Doch als die Stadt Cumbernauld über die Pläne am Reißbrett hinauswuchs und tatsächlich zu einer Stadt wurde, ging sie dorthin. Ein Abenteuer. Wenn auch nur ein kleines.

Cumbernauld war so anders. Es roch sogar anders. Neu. Als hätte jemand ein neues Notizbuch ausgepackt, es geöffnet, und der Duft von frischem Papier strömte diesem Jemand entgegen. Leere Seiten, die beschrieben werden wollten. Genau so war Cumbernauld – ein leeres, wundervoll duftendes Buch, das begierig darauf wartete, mit Geschichten gefüllt zu werden.

Edith fühlte sich in dieser künstlich errichteten Stadt zwischen den zwei Flüssen wohl, denn sie war gefüllt mit Leben. *Clyde und Forth,* die hier ein Delta bildeten und ein paar Kilometer weiter in die stürmische schottische See flossen, zeichneten die natürliche Grenze für diese am Reißbrett entstandene Stadt. Heutzutage boten die Flüsse kleine Zufluchtsorte zur Naherholung, wie man das bei den Städteplanern nannte. Damals waren sie so viel mehr. Damals zeigten diese beiden Flüsse den Menschen, wo ihr Leben hingehen würde. Was sie hier erwarten würde. So viele Leben. Aber obwohl Edith ihre Arbeit und die Menschen hier über alles liebte, war ihr immer bewusst, dass sie ihren Lebensabend nicht hier erleben würde. Diese neue Stadt war jung und dynamisch, und obendrein wuchs sie schnell zu einer prachtvollen Kommune heran.

Irgendwann würde sie als alte Lehrerin nicht mehr in das Bild dieser Stadt passen. Es würde eine Zeit kommen, in der sie sich von ihrer Wahlheimat verabschieden müsste, um Platz zu schaffen. Edith bereitete sich vor. Sparte auf ein Haus, das von den Hügeln wie eine Perle in grünen Samt eingebettet war. Gefunden hatte sie es schon, nur das Geld fehlte. Das kleine Anwesen lag weit genug entfernt vom Trubel der Massen, doch nah genug, um nicht in Einsamkeit zu vergehen. Sie wollte da sein für diese Stadt, die ihr so viel gegeben hatte.

Das großzügige Geschenk eines Verwandten ermöglichte ihr vor vielen, vielen Jahren den Kauf des *Sage Yards,* einem jahrhundertealten Cottage oberhalb der Stadt, die sie so liebte. Manchmal, wenn der Wind gut stand, konnte sie die Schiffe auf den Flüssen hören. Dann roch sie die Stadt mit all ihren Gerüchen und der Wind trug das Leben herauf zu ihr.

Das schlichte zweistöckige Haus aus grauen Steinen leistete sich eine Extravaganz: einen Anbau, der wie der Burgfried eines schottischen Schlosses aussah. Genau wie Cumbernauld selbst kuschelte sich das *Sage Yard* vertrauensvoll in die grünen, sanften Hügel, die es umgab. Die Einfahrt zum *Yard* war ausgelegt mit kleinen Kieseln. Es knirschte und knarzte, wenn ein Wagen darüberfuhr, und diese Geräusche kündigten einen Besucher schon lange an, bevor man ihn sehen konnte. Edith liebte dieses Haus und die vielen kleinen Zimmer darin, richtete sie liebevoll als Gästezimmer ein.

Ihre Gäste waren hauptsächlich ehemalige Schüler, die fortgegangen waren und jetzt für eine Stippvisite in ihre Heimat zurückkamen. Es waren Besucher, die ihre Brücken hierher zwar abgebrochen, doch ihre Wurzeln nicht vergessen hatten. Für Edith waren diese Gäste ihre Kinder. Die langen Gespräche am Abend vor dem Kamin gingen weit über die höfliche Neugier hinaus. Waren mehr als ein bloßes »Wie ist es dir ergangen?«.

Und heute hatte sie ihr schönstes Zimmer für einen besonderen Gast vorbereitet. »Sie braucht Ruhe und Abstand«, hatte Lewis am Telefon gesagt, und Edith war sich sicher, dass die junge Frau genau das hier finden würde.

Edith kontrollierte den Inhalt der Töpfe auf dem Herd, stellte die Flammen darunter aus und ging in Gedanken noch einmal ihre Vorbereitungen durch. »Alles fertig«, sagte sie zufrieden und öffnete ihre Schürze. Eine Bewegung, die sie aus den Augenwinkeln heraus bemerkte, ließ sie in diese Richtung sehen. »Na, alter Mann?«

Sie ging auf den Mops zu, dessen Fell einmal tiefschwarz war und der sich in die Küche geschlichen hatte, in der Hoffnung, eine kleine Zwischenmahlzeit ergattern zu können. »Na, komm her, Seth«, forderte sie den Hund auf. Dass dieser Mops beinahe so viel erlebt haben musste wie Edith selbst, konnte man am Fell des Tieres sehen. Einige kahle Stellen erzählten vom hohen Alter des Tieres. Aber immer noch ging er auf die Jagd, immer noch brachte er kleine Geschenke für Edith mit, die er dann sorgsam vor ihren Füßen ablegte und die sie nicht immer als Geschenk empfand. Immer noch prügelte er sich beizeiten mit Kontrahenten, auch wenn ihn diese Kämpfe immer mehr erschöpften und ihre Spuren an ihm hinterließen und er auch nicht immer als Gewinner aus diesen Plänkeleien hervorging. Seth ließ sich genüsslich von seiner Besitzerin hinter dem linken Ohr kraulen, von dem nicht mehr zu sehen war als ein kleiner Hautfetzen, der mit struppigem Haar bewachsen war.

»Wie ein richtiger alter Mann: Du hast Haare in den Ohren«, bemerkte Edith lächelnd. »Wir bekommen heute einen neuen Gast und ich möchte dich bitten, freundlich zu sein.« Als Antwort drückte der Mops seinen Kopf in ihre Hand.

»So«, forderte sie ihn auf, »nun geh auf deinen Platz. Ich muss los und die junge Dame vom Bahnhof abholen.«

Als hätte er jedes Wort verstanden, und Edith war sich sicher, dass er im Laufe der Jahre wirklich jedes Wort verstehen konnte, trollte sich der Hund ins Wohnzimmer, kletterte mühsam auf einen mit Brokat versetzten Hocker vor dem Kamin, und nachdem er sich ausgiebig gestreckt hatte, rollte er sich darauf ein. Edith schmunzelte. Der Mops hatte seine Macken. Genauso wie sie. »Wenn man alt wird, kommt das von ganz allein«, sagte sie für gewöhnlich.

Sie legte die Schürze auf den Tisch, ging zur Tür und griff nach den Schlüsseln. Noch einmal sah sie sich um, dann trat sie hinaus. Ein frischer, kühler Wind empfing sie, und nachdem sie einen tiefen Atemzug genommen hatte, ging sie beschwingt zu ihrem Wagen. Der blaue Fiesta war genau wie sie in die Jahre gekommen, verrichtete aber immer noch seine

Dienste, auch wenn er an dem einen oder anderen Hügel ziemlich ins Schnaufen kam. Edith steckte den Schlüssel ein, lauschte auf das leise Klacken, das die Zündung von sich gab, und einen Moment später startete der Motor ein wenig stotternd, aber er lief.

Bis zum Bahnhof würde sie eine gute halbe Stunde brauchen, wenn der Verkehr es gut mit ihr meinte. In dieser halben Stunde konnte sie über ihren neuen Gast nachdenken. Viel wusste sie ja nicht, nur dass sie die junge Frau an deren feuerroten Haaren erkennen konnte. Was trieb einen jungen Menschen dazu, sich für lange Zeit – denn Lewis hatte ihr bereits angekündigt, dass die junge Person länger bleiben würde – verstecken zu wollen. Denn dass die bescheidene Pension, die Edith unterhielt, in diesem Fall ein Versteck sein sollte, dessen war sie sich sicher. Die alte Dame setzte den Blinker und fuhr auf die engen Straßen, die rechts und links mit kleinen Mauern versehen waren. Das Mauerwerk sollte die Fahrbahn vor Überschwemmungen durch den Schlamm schützen, wenn im Herbst der Regen wie aus weit geöffneten Schleusen fiel. Auch sollten die vielen Schafe davon abgehalten werden, kopflos auf die Straße zu laufen, um dann womöglich überfahren zu werden.

***

Ediths Fiesta verschwand beinahe zwischen diesen Mauern, und sie musste sich konzentrieren, damit sie in den Kurven nicht gegen ein anderes Fahrzeug fahren würde. Trotzdem fuhr sie diese Straße gern entlang. Es war eine Herausforderung, sie zu bewältigen. Und Edith mochte dieses kleine vermeintliche Duell zwischen ihr und der Straße. Dieser krasse

Unterschied, den es bildete. Über ihr der freie und weite Himmel Schottlands, vor und neben ihr die sichere Enge, die ein Leben hier bot. Viele Konventionen und Traditionen gaben den Menschen Halt in ihrem Leben. Und diese Straße war ein Sinnbild dafür. Enge, die Halt bot. Enge, welche die Richtung weisen konnte. Dieses Land bot so viel von allem, dass es manchmal schmerzt, dachte Edith, als sie die Landstraße verließ und sich in den fließenden Verkehr einordnete. Ein Bienenschwarm, scheinbar unsortiert, scheinbar ohne Ziel und Plan, doch alle mit einer Bestimmung: ein Leben zu leben.

***

Der Bahnhof von Cumbernauld sah so fürchterlich heruntergekommen aus wie viele andere in der Provinz auch. Dass er am Reißbrett geplant worden war, machte diesen Umstand nicht wett. Er war hässlich, schmutzig und grau. Ein paar Blumenkübel, die das Gesamtbild für den ankommenden Reisenden aufhübschen sollten, standen mit spärlicher Bepflanzung auf dem Vorplatz und konnten den traurigen Anschein einer verlassenen Industriestadt nicht wegwischen. Dieser Ort war vernachlässigt, während der Rest der Stadt es nicht war. Edith empfand den Vorplatz des Bahnhofs als so unglaublich traurig, dass sie es für gewöhnlich tunlichst vermied, hierherzukommen. Aber manchmal ging es eben nicht anders. So wie heute.

***

Die meisten Reisenden waren froh, den Schandplatz hinter sich zu lassen, und die, die kamen, erschraken für einen Moment, um sich dann zu fragen, in welchem schäbigen Nest sie wohl gelandet wären. Edith stellte den Wagen ab und knöpfte ihre Jacke zu. Hier unten in der Stadt war es kühler, feuchter und sie fröstelte leicht. Sie blickte sich um. Kein Wunder, dachte sie. Eine Stadt, die von zwei Flüssen eingeschlossen ist und die von der Meeresseite her mit Feuchtigkeit versorgt wurde, konnte nur nass wirken. Und gerade jetzt im Frühling, wenn sich das Wetter besondere Kämpfe mit den Strömungen von Land und Meer lieferte, war es einfach besonders unstet.

Edith ging auf das Bahnhofsgebäude zu und suchte in ihrer Jackentasche nach Münzen. Die Anzeigetafel blinkte mit der Information auf, dass der nächste Zug einige Minuten Verspätung haben würde. Sie kaufte eine *Cumbernauld News* und setzte sich auf eine Bank, die den Wartenden die Zeit versüßen sollte, auf einen Bahnsteig, auf dem es so windig war, dass nur zwei oder drei Reisende dort warteten und die versuchten, sich in den Nischen ein wenig vor dem Wind zu schützen. Sie bedauerte diese Menschen aufrichtig, denn wenn diese Leute wüssten, dass nur ein paar Kilometer außerhalb das Wetter wesentlich besser und einladender wäre, würden sie bestimmt schlechte Laune bekommen. Sie versteckte ein kleines, boshaftes Lächeln hinter der aufgeschlagenen Zeitung.

# 4.

Ob ich es eilig habe, London den Rücken zuzukehren? Kann ich nicht sagen. Aber die Hoffnung auf etwas Freiheit, die Lewis Stone mir ganz privat und hinter vorgehaltener Hand unter dem Siegel der Verschwiegenheit anbot, verursacht immer noch ein aufgeregtes Kribbeln in meiner Magengegend. Dass ich obendrein diese unsägliche Geschichte, die wohl nur mich interessiert und niemand anderen kümmert, hinter mir lassen kann, macht mir die Entscheidung, mich von London zu trennen, noch einfacher. Schon als ich in den Zug steige, der mich über den *Hadrianswall* bringen soll, fühle ich, wie sich die dunklen Wolken, die sich seit Wochen – ach was, Monaten – über mir zu einem Unwetter zusammenbrauen wollten, auflockern. Hier und da zeigt sich ein Lichtblick, und wenn ich auch nicht viel von meinen wenigen, lieb gewordenen Besitztümern mitnehmen konnte, so habe ich doch eine Vorahnung, dass ab jetzt alles besser werden würde. Insgeheim bin ich Stone so dankbar, aber noch kann und darf ich es ihm nicht zeigen.

***

Dass ich mich jedoch von Cesar trennen muss, quält mich. Es ist schmerzhaft, ihn zurückzulassen, aber eine Voraussetzung für meine Sicherheit ist, dass ich jedweden Kontakt zu meinem vorherigen Leben abbreche. Keine Telefonate, keine Mails, keine Verbindung in irgendeiner Art und Weise. Nicht einmal eine Postkarte ist mir zukünftig erlaubt. Es ist beinahe so, als wäre ich in einem inoffiziellen Zeugenschutzprogramm gelandet. Doch Cesar fehlt mir bereits, als er sich von mir am Bahnhof verabschiedet. Jetzt ist er nur noch eine schmerzvolle Erinnerung. Ein Lächeln auf den Lippen, ein trauriges, aber immerhin ein Lächeln.

Der Zug kroch langsam aus Paddington Station, und ich vermied es, die Fenster herunterzuziehen, um zurückblicken zu können. Es gab nichts, was mich hier hätte halten können. Nichts außer Cesar. Aber der musste jetzt sein eigenes Leben führen. Die Vorstellung, dass dieser große Mann, der mir in den letzten Tagen Schutz bot und jetzt einsam und verlassen auf dem Bahnsteig stand, immer kleiner würde und dann vollkommen verschwinden könnte: den Gedanken kann ich nicht ertragen. Mit jedem Meter, den sich der Vorstadtzug aus dem Bahnhof entfernte, wurde mein Gemüt etwas leichter. Diese Bedenken und Sorgen, sie verschwinden nicht vollständig aus meinem Bewusstsein. Aber nach sechs Stunden Fahrt, in denen ich Sandwiches esse, die ich bei der Zugbegleiterin kaufe, in denen ich Tee trinke, der zwar heiß und süß ist, aber auf dessen Oberfläche Schlieren schwimmen (die mich doch stark an eine schlecht gespülte Tasse erinnern), verziehen sich die dunklen Wolken, die über mir schweben wie das Schwert des Damokles, ein wenig. Ich fühle mich nun bereit, zu neuen Ufern aufzubrechen.

Als ich meine zwei großen Koffer – der eine davon beinahe so alt wie ich selbst – aus dem Zug hieve, meinen Rucksack und zwei Umhängetaschen auf dem Bahnsteig von Cumbernauld abstelle, bin ich etwas enttäuscht. Wenn das Paradies, das mich erwarten soll, schon sein Willkommen so trostlos gestaltet, läuft da etwas gewaltig verkehrt. Schnell trage ich nacheinander mein Gepäck in den Windschatten und verkrieche mich dann selbst darin. Ich bin zu früh. Entweder hat sich der Zug auf der Fahrt selbst überholt, oder ich bin schlicht zu früh. Niemand erwartet mich. Einen Chauffeurservice mit viel Tamtam habe ich sicherlich nicht erwartet. Aber hier ist nichts. Nur einsame Leere, durch die ein feucht-kalter Wind jagt. Fakt ist: Ich sitze am Ende der Welt und bin vollkommen verlassen.

Es ist nasskalt und trübe. Das, womit man eben rechnet, wenn man gen Norden zieht. Ob es eine Fügung des Schicksals ist, weiß ich nicht. Aber nachdem ich Schottland nie kennenlernen durfte, obwohl ich in Glasgow geboren bin, bestätigen sich die medialen Vorurteile, die für diese Landschaft gelten, schon in den ersten zwei Sekunden.

Mir ist kalt, aber einen Kaffee mag ich mir nicht holen, denn sonst müsste ich sämtliche Gepäckstücke hin- und hertragen. Außerdem will ich mein geschütztes Fleckchen nicht verlassen. Noch ist es das Versteck vor dem letzten Schritt in ein neues Leben. Noch fühle ich mich hinter diesem Wandvorsprung sicher. Alle paar Minuten strecke ich den Kopf in den Wind, um nach der älteren Dame Ausschau zu halten, die mich abholen und in deren Pension ich die kommenden Wochen wohnen soll.

Aber da ist niemand. Nachdem der Zug einfuhr, die Fahrgäste ausspie, diese sich den Kragen mit einem Blick in den Himmel hochstellten, leerte sich der Bahnsteig ziemlich schnell. Niemand will bei diesem Wetter länger als nötig hier herumstehen. Niemand außer mir.

Ein weiterer Regionalzug fährt vorbei, hält und spuckt Pendler aus. Für einen Moment füllt sich der Bahnsteig, um kurz darauf noch trostloser zu wirken, als er es vorher schon war.

Allerdings hat sich jetzt etwas verändert. Eine ältere Dame hat sich trotz des schlechten Wetters auf eine der Bänke gesetzt und liest Zeitung. In ihrem Country-Style der Queen nachempfunden wirkt sie etwas fehl am Platz, aber durchaus tatkräftig. Gummistiefel, darüber einen karierten Rock, eine dunkelgrüne Steppjacke und als krönenden Abschluss ein Tuch über den grauen Haaren.

Stones Beschreibung seiner Tante ist etwas ungenau, trotzdem wage ich mich aus dem Schutz meines Wandvorsprungs hervor und gehe langsam auf die ältere Dame zu. Sie senkt ihre Zeitung, sieht auf und lächelt mich mitleidig an. »Himmel, Kindchen«, sagt sie, »Sie müssen ja vollkommen durchgefroren sein. Wo ist denn Ihr Gepäck?« Sie springt auf, sieht sich suchend um und folgt mir dann.

»Das ist alles?«, fragt sie enttäuscht, als sie meine Habseligkeiten sieht. Edith Stone bückt sich, nimmt einen der Koffer und eine Umhängetasche und marschiert voraus. Wir durchqueren die Bahnhofshalle, überqueren den Bahnhofsvorplatz, der mit der spärlichen Bepflanzung noch trostloser aussieht als der Bahnsteig, und bleiben vor einem kleinen Wagen stehen.

Mrs. Stone stemmt kurz die Hände in die Hüften, dann baut sie den Kleinwagen zu einem Transporter um und verstaut mein Gepäck. Tatkräftig. Erstaunlich, wie die alte Dame den ersten Eindruck bestätigt, denke ich und nehme auf dem Beifahrersitz Platz.

Die alte Dame hat einen flotten Fuß oder anders: Sie fährt ziemlich zügig durch die schmalen Straßen, die außerhalb der Stadt die hügelige Landschaft durchschneiden. Rechts und links der Fahrbahn sind niedrige Steinmauern, und wir kommen diesen ab und an gefährlich nahe. Während der Fahrt plappert sie fröhlich vor sich hin, erzählt mir von den Festivitäten, die in der nächsten Zeit hier stattfinden werden, von den Sehenswürdigkeiten, die ich unbedingt besuchen soll, und von der wirklich guten Küche in den Restaurants der näheren Umgebung. Ich möchte allerdings erst einmal nur heil an ihrer Pension ankommen und nicke höflich schweigend.

Dass sie ihr Cottage nicht als einen solchen Clou erwähnt, ist ein echtes Manko, denn ich bin überwältigt von der Schönheit des kleinen Anwesens.

Wir biegen in einen etwas breiteren Feldweg ab, an dessen rechter Seite ein Steinhaufen liegt, auf dem ein Schild befestigt ist, das mit weißer Schrift darüber informiert, dass man sich nun auf dem Weg zum *Sage Yard* befindet. Der Weg selbst ist gerade so breit, dass ein Auto und ein Schaf aneinander vorbeischleichen können. Seltsamer Humor hier oben, denke ich und versuche mir vorzustellen, wie Edith Stone den Wagen an einem Schaf vorbeilenkt. Dieser schmale Pfad ist mit Sträuchern überwachsen, Ginster und Flieder blühen um diese Jahreszeit, und als der Weg aufbricht, bin ich sprachlos.

Das Bild, das sich mir bietet, findet man für gewöhnlich nicht in freier Natur. Höchstens auf Fotobänden oder Postkarten. Aber live und in Farbe? Niemals. Und doch: Es steht vor mir, und es ist so ungewöhnlich, dass ich zweimal hinsehen muss, damit ich glauben kann, dass es tatsächlich vor mir steht. Das Haus hat ein Türmchen mit bunten Fensterläden. Überall wachsen Efeu und Strauchrosen. Der Vorhof des *Sage Yard* ist umrahmt von Besenginster, der das Licht an diesem Tag auffängt und wie in einem Traum verzerrt. Es ist einfach wunderschön und zauberhaft.

»Sie packen jetzt erst mal das Nötigste aus, und dann steht das Essen schon auf dem Tisch«, befiehlt mir Edith Stone, als wir im Vorraum stehen. Bei diesem Ton ist es wohl besser, wenn ich kommentarlos folge, denke ich noch, bevor sie mich hinaufscheucht. »Wir essen gemütlich, und dann gehen Sie früh schlafen. Sie sind ja so blass«, dabei streichelt sie mir mit einem gütigen Lächeln über die Wange. Ich weiß nicht, ob ich darüber erschrocken oder schlicht amüsiert sein soll. Mein neues Leben beginnt mit einer älteren Dame, die mich innerhalb von fünf Minuten adoptiert hat.

»Ja, Madame«, antworte ich leise, denn trotz ihrer offenkundigen Herzlichkeit hat Edith Stone eine gewisse Autorität, die mögliche Widerworte im Keim ersticken lässt.

Mrs. Stone stößt eine der Zimmertüren mit dem Fuß auf, und ich muss gestehen, dass ich viel oder nichts erwartet habe. Von der hässlichen Kaschemme bis hin zum gediegenen britischen Improvisationstalent bezüglich der Innenausstattung war in meinen Erwartungen so ziemlich alles dabei. Aber das hier? Nichts von alledem. Und ich fühle mich schon beim ersten Anblick angekommen.

Wenn einem etwas fehlt, etwas, das man nie kennengelernt hat, so wie ich ein Zuhause, dann entwickelt man gewisse Vorstellungen davon, wie dieses Etwas aussehen sollte. Mrs. Stone hat gerade in diesem Moment eine Tür aufgestoßen, die mir genau das zeigt, was ich immer haben wollte: einen wahren, lichtdurchfluteten Blütentraum.

Blümchen auf den Tapeten, auf den Kissen, Decken und Vorhängen. In verschiedenen Blautönen vermischt mit Rosa, das wiederum mit weißen Schattierungen durchzogen ist. Zwei gegenüberliegende Fenster – von denen jedoch eines so aussieht, als wären es zwei – spenden an diesem trüben Tag Licht, und als ich mich im Zimmer umsehe, steht rechts von mir ein wundervoller alter Schrank in dunklem Holz. Es ist, als hätte jemand ein Füllhorn an Blümchen und Farbe ausgeschüttet. Mrs. Stone lässt mich allein, geht, ohne dass ich es mitbekomme. Staunend sehe ich mich um. Dass es so etwas wirklich gibt, denke ich und lasse meine Jacke auf das Bett fallen. Mit zwei Schritten bin ich an einem der Fenster, und hier geht die wahr gewordene Fantasie weiter. Ich kann weit über die sanften Hügel hinweg sehen. Himmel, Land und noch einmal Himmel.

»Mein Gott, ist das schön«, sage ich staunend und kann mich kaum von diesem Blick abwenden. Von unten ist das Klappern von Geschirr und Töpfen zu hören, und ich spute mich, damit ich die Dame des Hauses nicht gleich an meinem ersten Tag verärgere.

Bevor ich mein Zimmer verlasse, sehe ich mich noch im Badezimmer um. Kann man überwältigt sein noch steigern? Nicht wirklich, aber dieses Badezimmer ist genauso ein Traum, wie es mein Zimmer ist. Weiß-blaue Fliesen und Kacheln. Eine Badewanne auf Füßen aus Messing, die aussehen wie die Krallen eines Löwen, halb verdeckt durch einen lindgrünen Duschvorhang. Ein Fenster zur Linken, ein Waschbecken, das sich im Jahrhundert geirrt haben muss, eine Toilette. Ich liebe dieses Haus, dieses Zimmer und dieses Bad. Ich liebe mein vorübergehendes Zuhause heiß und innig. Denn dass es nur ein zeitlich begrenztes Glück ist, ist mir leider nur allzu bewusst.

Der Duft einer guten Hausmannsküche steigt mir in die Nase, und ich bemerke, wie hungrig ich bin. Aber ich nehme mir noch einen Moment Zeit, den Flur zu betrachten. Überall hängen Fotos von Kindern. Die Tapete hinter den Bildern ist nicht mehr zu erkennen, so viele sind es. Mir sagen die Gesichter nichts, aber ich denke mir, dass Mrs. Stone jeden Namen wie aus der Pistole geschossen nennen kann.

Die Stufen haben es in sich. Als ich hinaufging, war die mit Teppich ausgelegte Holzstiege gut zu bewältigen. Jetzt stelle ich fest, dass sie einem Mordkomplott gleichkommt. Ein einziger Fehltritt, und das Genick ist gebrochen. Nicht nur der Teppich rutscht, auch die Stufen sind so schmal, dass man ganz genau zielen muss, um nicht zu stürzen. Ein erster Mangel im Paradies? Mitnichten, denke ich. Denn so kann ich jede einzelne Sekunde in diesem Haus genießen.

»Eine sehr schöne Küche«, bemerke ich, als ich eintrete und mich – wie ich hoffe – unauffällig umsehe. Die alte Dame betrachtet den Raum nicht ohne Stolz. Dicke Balken stützen die Decke, und in die tiefen Nischen, die sich daraus bilden, sind Schränke eingebaut. Ein alter Herd, der noch mit Holz befeuert wird und dessen Türen aus Emaille so glühend heiß werden, dass sie die ganze Küche allein beheizen könnten, steht in der Nähe des einzigen Fensters, unter dem ein langer, grober Tisch aus Eiche steht. Geschirr und Töpfe sind in Regalen aufgestellt oder über dem Herd an metallenen Haken aufgehängt.

»Das Haus«, erklärt meine Gastgeberin, »ist fast vierhundert Jahre alt, und bis auf ein paar technische Neuerungen wie fließend Wasser und eine Heizungsanlage habe ich es so belassen. Ich habe mich damals gleich heimisch gefühlt.« Sie drückt ein Spültuch an ihre Brust, schüttelt dann lächelnd den Kopf, so als wolle sie Erinnerungen verscheuchen. »Setzen Sie sich. Ich hoffe, Sie mögen Stew?« Die Frage lässt mich dahinschmelzen.

# 5.

Edith Stones Menschenkenntnis war legendär. Für gewöhnlich benötigte sie nur ein paar Minuten, um hinter die Geschichte eines Menschen zu kommen. Ihre jahrelange Arbeit als Lehrerin hatte ihre Sinne für diese Fähigkeiten geschärft, und sie waren ihr bei vielen ihrer kleinen Problemfälle, die sie in ihrer Zeit als Pädagogin begleitete, zugutegekommen. Als sie jedoch gemeinsam mit ihrem neuen Hausgast zu Abend aß, versagten diese erworbenen Qualifikationen. Kläglich. Ihr brannten Fragen unter den Nägeln, aber etwas in ihrem sonst so untrüglichen Gespür sagte ihr, dass sie mit keiner dieser Fragen auch nur annähernd ein Bild von der Rothaarigen würde zeichnen können.

Madison Cavanough machte – obwohl die junge Frau sich jegliche Mühe gab, diesen Eindruck zu verschleiern – einen gejagten Eindruck. Die jugendliche Erscheinung der Madison Cavanough war höflich und bescheiden. Zwei Eigenschaften, die die ehemalige Lehrerin an Menschen immer zu schätzen wusste. Hinzu kam, dass Edith spürte, wie sehr sich die Person vor ihr ein Zuhause wünschte. Eines wie das hier. Das Leuchten in den Augen ihres jungen Gastes war Edith schließlich nicht entgangen. Da war die Sehnsucht nach einem Ort, der nur ihr gehören würde, so deutlich zu sehen, dass es beinahe schmerzte. Sie suchte ein Heim. Eines, das die Jahre überdauerte und den Widrigkeiten des Lebens mit dicken Mauern strotzen konnte. Edith wusste, dass sie ihrem Gast Zeit lassen musste. Das war zu spüren, und so hielt sie sich auch zurück, als sie am Spülbecken nebeneinanderstanden und das Geschirr abwuschen. Sie ergingen sich in Nebensächlichkeiten wie Blümchentapeten und dem Wetter.

»Sie müssen unbedingt eine kleine Wanderung durch die Hügel hinter dem Haus machen. Das Moor dort ist eines der letzten Urgewächse hier in der Gegend und steht nicht nur deshalb unter Naturschutz. Außerdem sollten Sie unbedingt dem cnoc of luibhean einen Besuch abstatten. Man sagt, da gehen geheimnisvolle Dinge vor sich. Eigentlich ist es eine Ruine, von der nicht mehr viel übrig ist außer einem mit Gras überwachsenen Hügel, aber gleich nebenan wurde *Wigtown House* errichtet, und die Familie, die dort lebt, ist hier in der Gegend einer der größten Arbeitgeber. Und das Haus ist wirklich sehenswert.«

Madison ließ sich von der Begeisterungsfähigkeit ihrer Gastgeberin sichtlich anstecken und nickte eifrig.

»Tee oder Kaffee? Küche oder Wohnzimmer?«, fragte Edith. Ihr Gast, begierig, auch den Rest des Hauses kennenzulernen, entschied sich für Kaffee im Wohnzimmer.

»Huch«, rief Madison und sah erschrocken zu Boden. Seth hatte sich bequemt, den neuen Mitbewohner zu begrüßen. Lachend ging Madison in die Hocke. »Du bist ja ein richtiger Schleicher«, sagte sie und kraulte den Mops hinter seinem Ohr.

»Also wirklich, Seth«, schimpfte Edith schmunzelnd. »Du kannst dich doch nicht so heranpirschen und unseren Gast erschrecken.«

Der Mops setzte sich und sah zu seiner Besitzerin auf. Seine dunklen Kulleraugen glänzten matt. »Und dann willst du auch noch belohnt werden?« Edith schüttelte lächelnd den Kopf. »Du wirst auch immer seltsamer, alter Mann.« Aus einem Tontopf am Fenster nahm sie ein paar Leckerchen und reichte sie Madison.

»Er hat Sie zwar schon ins Herz geschlossen, aber hiermit kommen Sie garantiert nicht mehr raus.« Madison nahm die Kleinigkeiten und verfütterte sie an den Mops. Er schmatzte und drückte seinen Kopf an ihre Beine. »Hatten Sie auch Haustiere?«, fragte Edith, und im gleichen Moment hätte sie sich am liebsten selbst auf den Mund geschlagen. Sie wollte Madison doch Zeit lassen und ihre eigene Neugier im Zaum halten.

Madison schüttelte den Kopf. »Nein, leider nicht. Wir sind oft umgezogen, da wäre das für ein Tier eine Qual gewesen, sich ständig umzugewöhnen.« Sie klang dabei nicht traurig, sondern wissend. Edith bemühte sich, das Thema zu wechseln.

»Würden Sie die Tassen aus dem Schränkchen holen?«, bat sie und wand sich zum Herd, um das Wasser für den Kaffee aufzusetzen. »Ich hoffe, Sie gehören nicht zu den Filterkaffeeverweigerern. Ich habe nämlich keinen anderen«, sagte sie, drehte sich um und zog kurz bedauernd die Schultern hoch.

»Kaffee in jeder Form ist mir ein willkommenes Geschenk«, dozierte Madison und stimmte in Ediths Lachen ein.

»Sie sind ein wirklich pflegeleichter Gast, Madison.«

Während die Frauen vergnügt und entspannt ihren Kaffee im Wohnzimmer vor dem Kamin tranken, machte es sich der Mops auf Madisons Schoß bequem und ließ sich auch nicht vertreiben, als sie sich zur Nacht verabschieden wollte. Nur mit sanfter Gewalt war es ihr möglich, den Hund von ihren Füßen zu bekommen und aus dem Sessel aufzustehen, um sich für den Abend bei Edith zu bedanken.

Edith sah ihr hinterher. »Seltsames Mädchen«, dachte sie halblaut und kraulte Seth, der sich nun ihren Schoß ausgesucht hatte, hinter seinem zerfetzten Ohr. »Das wird spannend, alter Mann«, flüsterte sie und lächelte zärtlich, als er sich auf den Rücken legte, um sich nun am Bauch verwöhnen zu lassen.

## 6.

Manchmal fühle ich mich, als wäre ich aus einer tiefen Einsiedelei aufgewacht und erfahre das erste Mal in meinem Leben so etwas wie Nettigkeit, Höflichkeit und uneingeschränkte Freundlichkeit. Ich kann die Ruhe in diesem Haus genießen, denn Edith lässt mich so weit in Frieden, dass ich mich mit mir selbst beschäftigen kann und nur manchmal ein wenig von ihr gelöchert fühle. Wobei sie dabei sehr dezent und listig zugleich vorgeht. Sodass es mir immer erst im Nachhinein auffällt. Ich fühle mich nicht belästigt. Im Gegenteil. Nein: Es ist befreiend, endlich einmal jemandem von meinem Leben erzählen zu können, ohne dabei auf der Hut sein zu müssen, dass er oder sie dieses Wissen über mich für seine Zwecke missbrauchen könnte.

Alles schon da gewesen, denke ich immer noch zu oft. Ich weiß und ich spüre es, dass Edith es gut mit mir meint. Das ist für mich eine neue Erfahrung. Da ist jemand, der sich für mich interessiert, weil dieser Jemand glaubt, dass ich es wert bin. Das ist so fantastisch, dass ich es kaum glauben kann, und so tappe ich immer wieder freudig in die kleinen Fallen, die Edith mir stellt.

Nach dem, was in London geschehen ist, will ich meine Nase noch nicht in die Weiten Schottlands hinausstrecken. Ich lese viel, höre Musik, die aus dem alten Radio unten im Wohnzimmer klingt, genieße die stillen Stunden mit Edith und deren Mops Seth. Es ist reine Seelenpflege. Ich muss erst meinen Kopf freibekommen, damit ich mich hier in neue Abenteuer stürzen kann. Und Edith versteht es, ohne dass ich mich groß erklären muss. Dafür bin ich ihr dankbar. Sie umhegt mich, sie pflegt mich, sie verwöhnt mich, und sie schirmt mich von allem ab, was mich irgendwie aufregen könnte. Das erste Mal in meinem Leben zähle ich. Bin ich wichtig.

Edith schafft es mit ihrer Art, dass alles, was ich bisher erlebt habe, nicht mehr als eine dunkle Geschichte ist. Verschwommen und unklar. Beinahe wie im Zug, aber da war das Dunkle über mir immer noch greifbar. Hier im *Sage Yard* ist es Vergangenheit. Sie erzählt mir Geschichten, die mich zum Lachen und zum Nachdenken bringen, und die Momente, in denen wir zusammensitzen, sind kleine in Blümchentapeten verpackte Glücksmomente.

In den letzten Tagen und Wochen spüre ich, wie meine Kräfte zurückkommen. Wie ich positiver in die Zukunft sehe. Manchmal erwische ich mich sogar dabei, wie ich Pläne für meine Zeit nach dem *Sage Yard* schmiede. Dass in diesem kommenden Lebensabschnitt meine Vergangenheit eine Rolle spielt, beängstigt mich nicht mehr. Denn wenn ich wissen will, wer ich bin, muss ich eine Ahnung davon haben, woher ich komme. Die Wochen hier im *Sage Yard* und bei Edith sind ein erster Schritt in diese Richtung. Irgendwann werde ich meine Geburtsstadt erobern. Glasgow.

***

Aber irgendwann muss auch das schönste Lotterleben mal ein Ende haben. Diese anstrengende, selbst auferlegte Faulheit beendet werden.

Eine Wanderung, wie von Edith vorgeschlagen, das wäre es. Mich langsam in die Welt hinauswagen und dabei viel frische Luft genießen. Der Morgen lockt mich ans Fenster, und die Sonne, die in mein Zimmer fällt, kitzelt mich an der Nase. Es ist ziemlich frisch, aber nicht zu kühl. Ideales Wetter zum Wandern. Außerdem befürchte ich, dass Ediths gute Hausmannskost ihre Spuren bei mir hinterlassen hat. Noch ist kein Doppelkinn zu sehen, aber der Bund meiner Hose ist schon verdächtig eng. Die tägliche Vollwertküche mit ihren gutmütig geschätzten 5000 Kilokalorien gehen an niemandem spurlos vorbei, ohne einen Gruß zu hinterlassen.

Nachdem ich mich in meine superteure und wirklich todschicke, noch in London erstandene Ausrüstung gequält habe, stehe ich ziemlich demoralisiert vor dem Spiegel. Es kneift und zwickt an allen Ecken und Enden. Im Geschäft sahen die dunkelgrüne Thermohose und die am Kragen mit Kunstfell besetzte Blousonjacke in gleichem Ton, in Kombination mit den halbhohen braunen Wildlederstiefeln, wesentlich besser aus, als sie es jetzt tun. Der gute Wille, dass ich es hier in der vermuteten Wildnis nicht am angebrachten Chic fehlen lassen wollte, geht tüchtig nach hinten los. Ob dieser Chic auch das Aussehen einer dunkelgrünen Presswurst beinhaltet, wage ich ernsthaft zu bezweifeln. Ein deutliches Zeichen dafür, dass es an der Zeit ist, sich mal wieder etwas mehr zu bewegen. Nur das Training mit den steilen Stufen auf der Treppe, fürchte ich, reicht nicht.

Das Wetter der letzten beiden Tage war so grandios, dass es nach Frischluftaktivitäten förmlich schreit, und es sieht so aus, als würde es auch heute noch ein wunderschöner Frühlingstag werden. Das Blau des Himmels steht im Wettbewerb mit dem frischen, satten Grün der Hügel hinter dem Haus, und ich werde herausfinden, wer der Sieger in diesem Wettstreit ist. Ediths permanente Angst, dass ich verhungern könnte, zeigt sich auch in dem Picknickpaket, das sie mir zusammengestellt hat. Es hat die Ausmaße einer Versorgung für eine halbe Schulklasse angenommen. Und der Rucksack ist so schwer, dass er mich erst einmal rückwärtig in die Knie zwingt.

»Gut sehen Sie aus«, behauptet Edith, die im Eingang der Küchentür steht, als ich in meinen schweren Stiefeln die Treppe herunterpoltere. Ich verziehe pikiert das Gesicht.

»Na, ich hoffe, ich werde nicht von irgendeinem Jäger da draußen für ein fettes Wildschwein gehalten.«

»Keine Sorge«, zwinkert mir meine Gastgeberin zu, »hier gibt es keine Wildschweine.«

»Äußerst beruhigend.«

»Sie haben Ihr Handy?« Ich nicke.

»Regenjacke?« Bestätigung durch Nicken.

»Gut, ich hab Ihnen eine Extraflasche Wasser mit eingepackt. Und machen Sie langsam. Sie sind die langen Wanderungen nicht gewöhnt.« Edith küsst mich auf die Wange und schiebt mich zur Tür hinaus. »Viel Spaß, und jetzt raus mit Ihnen.«

Ich schlage den Weg hinter dem Haus ein, und nach einigen Schritten bin ich bereits so außer Atem, dass ich mich am liebsten lang hinlegen möchte. Aber wenigstens den Hügel vor mir, den will ich schaffen. Und wenn ich oben angekommen bin, werde ich dafür sorgen, dass dieser verfluchte Rucksack leichter wird, denke ich und freue mich schon auf die Sandwiches mit dem selbstgemachten Dressing.

Alle paar Meter verändert sich der Boden zu meinen Füßen und macht es mir als ungeübter Wanderin nicht gerade leichter, die Umgebung zu genießen. Mal ist es grünes, sattes und frisches Frühlingsgras, das jedes Schaf- oder Kuhherz höher schlagen lassen würde, dann wieder gehe ich über Land, das mit kleinen grauen Steinen durchzogen ist, ab und an mit Moosen überwachsen. Mit den dicken Sohlen meiner Stiefel wird dieser Marsch durch die Weiten eine echte Herausforderung.

Ich laufe wie der erste Mensch und stolpere, verliere das Gleichgewicht und muss mich an den größeren Findlingen festhalten, damit ich nicht das Gleichgewicht verliere und die Hügel hinunterrolle wie eine dunkelgrüne Lawine. Na, das wird ein Spaß, denke ich sarkastisch. Für einen Moment richte ich mich auf, halte die flache Hand über die Augen und sehe mir die Umgebung an. »Himmel«, sage ich in die Wildnis hinein, »irgendwann muss das doch auch mal bergab gehen.«

Nachdem ich mich vergewissert habe, dass ich doch schon eine ganze Stunde unterwegs bin, setze ich mich auf einen der Findlinge, nehme den Rucksack ab und lasse meinen Blick erneut schweifen. Es ist einfach schön hier, und ich sauge tief die frische und klare Luft ein. Sehr schön. Über mir höre ich den Flügelschlag eines großen Vogels. Ich sehe auf und erkenne einen Bussard. Seine enorme Flügelspannweite ist so beeindruckend, dass ich den Blick kaum abwenden kann. Er jagt, seinen Schreien nach zu urteilen, und nachdem er über mir ein paar Mal seine Kreise gezogen hat, stürzt er ein paar Senken weiter – seine Beute immer fest im Blick – hinab und verschwindet aus meinem Blickfeld. Ein Augenzwinkern später taucht er wieder auf und steigt höher und höher in den

Himmel. Als er eine gute Thermik erreicht, gleitet er minutenlang dahin, bis er ganz verschwindet. »So frei«, denke ich.

»So ungezwungen und frei und ohne Furcht.« Bevor mich die aufkommende Niedergeschlagenheit umgarnen kann, nehme ich mir eines der Sandwiches heraus.

»Essen ist zwar auch keine Lösung für dein Problem, liebe Madison, aber eine äußerst köstliche Verschiebung der Prioritäten«, sage ich mit vollem Mund. Hier draußen brauche ich nicht auf die Etikette zu achten. Edith ist eine hervorragende Köchin, und ihre kalten, zwar sehr schweren und somit kalorienreichen, aber sehr leckeren Soßen sind ein Gedicht. Das kalte Roastbeef, über das ich mich gestern Abend schon hermachen konnte, war mit dieser Honig-Senf-Vinaigrette einfach göttlich.

»Das war ein Fehler.« Dieses zweite Sandwich hätte sicherlich noch ein paar Lebensminuten in meinem Rucksack verdient. Stattdessen habe ich es auch verputzt, und jetzt fühle ich mich wirklich wie eine Presswurst. Und obendrein auch noch müde. Ein Stündchen Schlaf wäre jetzt nicht schlecht, aber dazu hab ich mich nicht so herausgeputzt. Also: weiter.

Es ist weit nach Mittag, als ich meine Wanderkarte aus dem Rucksack ziehe. Eigentlich wollte ich den *cnoc of luibhean* sehen, aber entweder bin ich dran vorbei- oder vielleicht sogar in die falsche Richtung gegangen, denn hier ist definitiv keine Ruine oder gar ein Landsitz.

***

»Ganz grandiose Leistung, Maddi«, schimpfe ich mit mir. »Du hast dich verlaufen.« Ich knie im Moos und spüre, wie der Stoff die Feuchtigkeit aus dem satten Grün aufsaugt. Wieder höre ich den Ruf des Bussards und sehe auf. War der Himmel vorhin nicht noch strahlend blau? Es hat sich zugezogen und sieht verdammt nach Regen aus. Ich sollte mich auf den Rückweg machen, denke ich, schließe meine Jacke und setze die Kapuze vorsorglich auf. Für einen Moment ist es ziemlich warm, aber im nächsten bin ich mir dankbar, dass ich so vorausschauend war. Kaum habe ich mich umgewandt und will zurückgehen, da platschen die ersten dicken Tropfen auf mich herunter. Innerlich schicke ich ein Stoßgebet gen Himmel, mit der Hoffnung, dass ich die richtige Richtung eingeschlagen habe. Die Regentropfen sind so schwer und prall, dass sie ordentlich schmerzen, wenn ich sie abbekomme.

Unter meinen Schuhen quetschen sich schmatzende Geräusche hervor; die Erde unter dem Gras war wohl trockener, als man es erwarten konnte, denn die Masse an Wasser, die da von oben in den letzten Minuten runterkommt, kann unmöglich vom Boden so schnell aufgenommen werden. Es wird glatt und rutschig, ich schlittere mehr als ich laufe und falle – natürlich – der Länge nach hin. Die Wiesen sind eine einzige Rutschbahn, aber schlimmer sind die Pfade zwischen den Steinen. Dort strömt das Regenwasser in Rinnsalen in Richtung Tal und sie machen das Gehen zur Qual.

Ich laufe tapfer gegen den Regen an, aber irgendwie komme ich nicht an meinem Ziel an. Nach einer Stunde bin ich durchnässt, verdreckt und stinksauer auf mich. Wenn ich diese blöde Karte nur etwas früher gezückt hätte, wäre ich jetzt schon wieder im Trockenen. Aber das ist noch nicht alles.

Meine teuren Schuhe, diese supertollen, angeblich absolut wetterfesten Stiefel machen schlapp, und meine Füße sind so nass, als hätte ich sie in eine Pfütze gestellt. Ich hocke mich auf einen Stein, ziehe einen dieser unnützen Klumpen aus. Meine Socken triefen, und ich versuche, sie auszuwringen. Ein witziges Unterfangen, wenn es gleichzeitig von oben so tropfnass wie von unten ist. Alles wieder retour, schimpfe ich, ziehe mich wieder an und gehe weiter. Aber das Laufen fällt mir zunehmend schwerer. Durchtränkte Kleidung, Schuhe, die so viel wie ein Findling wiegen, ein Boden, der sich gegen mich verschworen hat, und eine Sicht, die kaum weiter als meine Nasenspitze reicht. Ich bin total erschöpft, und langsam steigt in mir die Angst auf, dass ich in diesen verfluchten Hügeln sterben werde. Die Panik eines Stadtkindes vor der Natur. Vor meinem inneren Auge taucht die Schlagzeile in der *Wigtown News* auf: Dusselige Touristin ersäuft in Rinnsalen.

Ich habe keinen blassen Schimmer, wo ich mich befinde und in welcher Richtung das *Sage Yard* liegen könnte. Aber hier sitzen bleiben und darauf warten, dass das Wetter besser wird? Keine Option. Ich friere mittlerweile wie ein Schneider, und meine Zähne klappern so schnell und laut, dass ich kaum noch Luft holen kann. Mit letzter Kraft stoße ich mich vom Stein ab, auf dem ich sitze, und stolpere weiter. Immer weiter, in der Hoffnung, wenigstens eine Straße zu finden. Von dort sollte es doch kein Problem sein zurückzukommen.

Ich laufe, und das Wasser tropft mir aus der Kapuze in die Augen, aber ich bin schon zu müde, um es wegzuwischen. Dieser verfluchte Regen ist überall. Er vernebelt die Sicht. Oder wird es jetzt auch noch dunkel? Wie spät ist es eigentlich? Ich kann die Zeiger meiner Uhr kaum erkennen, aber irgendwie bestätigen sie mir, dass es Abend wird.

Noch bin ich in der Lage zu denken, gratuliere ich mir

selbst, als ich das Handy aus der Tasche ziehe und damit Licht mache. Leider hat sich nicht nur das Wetter gegen mich verschworen, sondern auch der Akku meines Telefons. Ein paar Minuten kann ich noch sehen, wohin ich gehe, und dann ist es dunkler als noch kurze Zeit zuvor.

Der Boden unter meinen Füßen wird steiniger. Das hilft etwas beim Laufen, aber das ist nicht mein einziges Problem. Der Rucksack ist immer noch so schwer, dass der Träger durch die nasse Jacke auf meiner Schulter reibt. Aber das ist der einzige Platz, wo er einigermaßen erträglich ist. In den Händen tragen ist nicht nur unbequem, sondern da schlägt mir das Ding gegen die Beine, und das wiederum ist lästig beim Gehen. Mir tut alles weh. Wirklich alles. In meinen Beinen zieht es wie nach einem Krampf. Meine Knie fühlen sich an, als hätte ich auf etwas Spitzem gekniet. Das Wasser läuft mir jetzt buchstäblich den Rücken runter.

Alles um mich herum ist schwer. Ich fühle mich wie ein Klotz, und ich schaffe es nicht einmal mehr, die Füße so anzuheben, dass ich mich nicht der Länge nach hinlege. Aber ich gehe weiter über die Ebene. Wann habe ich die erreicht, frage ich mich, aber staunen – dazu bin ich kaum noch imstande. Ich brauche alle Kräfte, damit ich weiterkomme. Es ist so dunkel, dass ich nichts mehr sehe, das Unwetter rauscht in meinen Ohren. Ich stolpere durch die Landschaft, schaue auf meine Füße, sehe sie aber nicht wirklich, und so laufe ich vor etwas Hartes. Ich stürze und kann gerade noch erkennen, dass es eine Mauer ist.

Ich falle. Über dieses Etwas, von dem ich glaube, es könnte eine Mauer sein. Der Rucksack reißt mich mit, und ich bleibe da liegen, wo ich aufkomme. Ich bin zu müde, um den Kopf zu heben. Nur eine Minute Pause, denke ich, und dann wird es schwarz um mich herum.

## 7.

Der Radiosender schwankte ständig zwischen Empfang und Rauschen hin und her. Bei diesem Unwetter kein Wunder. Genervt schaltete er das Radio aus. Die plötzliche Stille erschreckte ihn und für einen Moment war er unachtsam. Sofort kam der Wagen ins Rutschen. »Verflucht.« Connor McLymont stieg in die Bremsen, und der SUV kam rutschend zum Stehen. Das saumäßige Wetter, die schlechte Sicht und die fehlende Musik verbesserte seine miese Laune um keinen Penny. Erst der Streit mit seiner Verlobten, der ihn aus dem Haus – seinem Haus – trieb, und dann auch noch dieses Wetter. Doch anstatt rechts ranzufahren, war er weiter durch die schmalen Straßen von North Lanarkshire gerast. Seine Wut über den Streit wollte nicht abklingen. Seine schöne Verlobte zog alle Register ihres Könnens und trieb ihn damit zur Weißglut. Wie konnte eine Frau, die so schön und in vielen Dingen so feingeistig ist, ein solches Ungeheuer sein, wenn es darum ging, ihre Interessen durchzusetzen?

Die Sicht wurde immer schlechter, wenn das überhaupt noch möglich war. Das Fernlicht zauberte einen Vorhang aus leuchtenden Regentropfen auf die Straße, anstatt ihm freie Sicht zu verschaffen, verschlimmerte das Licht den Ausblick nur noch mehr. Die Wasserwand stand wie gemeißelt vor ihm, und jeder Tropfen auf das Wagendach klang wie ein Schlag mit dem Meißel.

Die Vernunft sagte ihm, er solle rechts ranfahren, versuchen, einen Sender im Radio zu finden, damit er das Unwetter in aller Ruhe und vor allem im Trockenen abwarten konnte. Das schottische Highland in seinem Blut erklärte ihn für eine Schlaftablette und empfahl ihm, ordentlich Gas zu geben. Connor schaffte es gerade eben noch, einen Kompromiss zwischen seinen beiden Seelen zu erzwingen, als er im Lichtkegel der Scheinwerfer vor sich ein Hindernis erkannte.

Erneut bremste er scharf, riss das Lenkrad herum und kam ein paar Meter hinter der Barrikade zum Stehen. Seine Händen krallten sich um das Steuer, von einem Schweißfilm überzogen klebten sie am Leder. Sein Herz schlug wie eine Dampfwalze, und für einen Moment stierte er in die Dunkelheit vor sich. Der Motor war ausgegangen, und das Standlicht war nicht mehr als eine flackernde Kerze im Windzug.

»Was verdammt war das?«, fragte er sich und löste die Finger vom Lenkrad. Sie schmerzten, genauso wie seine Arme. Er musste sich beim Bremsen so verkrampft haben, dass er sich den einen oder anderen Muskel gezerrt hatte. Connor atmete aus. Sein Blick fiel in den Rückspiegel. Zwei sehr dunkle blaue Augen starrten ihn daraus an. Panik stand darin geschrieben. Wollte er wissen, was das da auf der Straße war? Er drehte sich und sah über die Schulter, versuchte in der Dunkelheit, die hinter der Heckscheibe begann und die wie ein samtener Vorhang vor einem Fenster hing, etwas zu erkennen. Nichts. Er musste raus; raus in das Sauwetter und nachsehen. Bevor er ausstieg, schaltete er die Warnblinkanlage an. Instinktiv. »Für den Fall, dass noch so ein Idiot unterwegs ist«, dachte er laut und stieg aus. Langsam ging er um seinen Wagen und versuchte sich mit den Armen gegen den peitschenden Regen zu schützen.

In Erwartung eines toten Schafes machte er einen weiteren Schritt auf das unförmige Ding zu. Das Vieh musste so schnell wie möglich von der Straße verschwinden. »Diese blöden Viecher«, sagte er leise in die Nacht hinein. Nicht auszudenken, wenn da wirklich jemand reingerast wäre. Doch je näher er dem Hindernis kam, desto mehr überkamen ihn Zweifel, dass es sich um einen Kadaver handelte. Das da, das war etwas anderes. Sein Herz überschlug sich, als er erkannte, was er da beinahe unter die Räder bekommen hatte.

Connor stürzte auf die Person zu, die halb über der Mauer mit dem Kopf nach unten hing.

»Verflucht, verflucht, verflucht«, stöhnte er, rannte die letzten Schritte hinüber und bemühte sich, die Person aufzurichten. Sie war groß, aber leicht, und sie triefte aus allen Löchern. Mehrfach versuchte er sie hochzuheben, doch der sperrige Rucksack, der sich im brüchigen Gemäuer verheddert hatte, verhinderte, dass er sie auch nur einen Zentimeter hochheben konnte. Als er es endlich schaffte, rutschte die Kapuze ihrer Outdoorjacke vom Kopf.

»Wow«, sagte er, suchte nach ihrem Puls am Hals und atmete erleichtert aus. Sie lebte. Dieser hübsche, kleine Rotschopf lebte.

»Mädchen, du hast mehr Glück als Verstand«, versicherte er ihr.

Connor schob ihr beide Arme unter den Körper und trug sie zu seinem SUV. Dort fluchte er noch einmal leise, weil er den Wagen viel zu nahe an der Mauer hatte stehen lassen und nun die Beifahrertür nicht so ohne Weiteres öffnen konnte. Vorsichtig stellte er die Frau auf ihre Füße, lehnte sich gegen sie, sodass sie zwischen ihm und dem Wagen eingeklemmt war und nicht wieder zu Boden fallen konnte. Mühsam öffnete er die Tür, dann versuchte er, den verfluchten Rucksack von ihr herunterzubekommen. Leise wetternd zupfte und zog er an ihr herum, bis er feststellte, dass das verdammte Ding mit einem Bauchgurt gesichert war.

»Scheißtechnik«, stieß er wütend aus, und plötzlich sprang der Verschluss auf, und das Gepäck plumpste zu Boden. Vorsichtig hievte er seine Patientin auf den Beifahrersitz, schnallte sie an, während ihr Kopf an seine Schultern fiel.

»Jetzt wird alles gut, Mädchen«, versuchte er, sich und sie zu beruhigen. Inständig betete er, dass sie wenigstens für einen Augenblick das Bewusstsein wiedererlangte, damit sie ihm sagen konnte, wo sie herkam. Allerdings flüsterte ihm eine kleine innere Stimme zu, dass er die Antwort bereits kannte. Schließlich blieben hier oben Neuigkeiten nicht lange Neuigkeiten.

Endlich saß sie so, dass er es wagen konnte, mit ihr loszufahren. Er sammelte den Rucksack ein, schmiss ihn in den Kofferraum, und mit einem letzten Blick zur Mauer, wobei er nicht wusste, was er dort noch finden sollte, stieg er ein. Kaum hatte er auf dem Fahrersitz Platz genommen, schaltete er die Sitzheizung für den Beifahrersitz ein.

»Nicht viel, aber immerhin etwas«, sagte er zu ihr, als sie sich leise stöhnend regte.

Die Innenbeleuchtung zeigte ihm eine vollkommen durchnässte und wahrscheinlich durchgefrorene Frau, die unter ihren nassen, strähnigen roten Haaren so blass wie der

Hausgeist von *Wigtown House* wirkte. Connor tippte an sein Telefon, das Display leuchtete auf, und er suchte eine bestimmte Nummer, und als sich nach – für ihn – unendlichen Sekunden endlich eine weibliche Stimme meldete, schlug er innerlich drei Kreuze vor seinem Herrn.

»Stone?« Edith klang nervös und angespannt.

»Keine Sorge«, sagte Connor außer Atem, »ich hab sie.«

»Um Gottes willen ...«, rief Edith in den Hörer und schluchzte zitternd auf.

»Ich wollte gerade die Polizei anrufen ...«

Die nächsten fünf Minuten konnte Connor nur Wortfetzen verstehen, selbst nur kurz antworten und hoffen, dass Edith ihm überhaupt zuhörte.

»Edith«, hob er jetzt zum x-ten Male an, »EDITH ...« Er legte etwas mehr Strenge in seine Stimme, und sofort verstummte die pensionierte Lehrerin mit einem leisen Seufzer.

»Ruf Doktor Steinway an, wir sind in einer halben Stunde bei dir.« Connor hoffte, dass er sich nicht in der Zeit verschätzte. Wenn er ehrlich zu sich war, hatte er – genauso wie die Rothaarige – die Orientierung verloren. Nur: Bei ihr war das nicht so schlimm. Sie war Touristin.

Bei ihm war diese fehlende Kenntnis jedoch schon tragischer. Schließlich war er der Earl des Distrikts. Und der sollte sich auskennen. Bei jedem Wetter, bei jedem Licht. Er, als der Earl, sollte jeden Winkel kennen, jedes verfluchte Schaf beim Vornamen. Aber Connor kannte seinen Distrikt nicht. Bisher konnte er diesen Umstand gut verbergen, aber ohne Navigationsgerät war er blamiert, und das programmierte er nun, damit er bei der Pension mit seiner bewusstlosen, wenngleich leichenartig schönen Fracht auch ankam.

Der Regen ließ nach, trotzdem fuhr er langsam und vorsichtig, denn jedes Mal, wenn er einen Huckel erwischte, stöhnte sein Fahrgast leise auf. Er legte ihr eine Hand auf die Wange, damit er ihre Körpertemperatur fühlen konnte. Noch immer viel zu kalt und viel zu feucht, dachte er.

Zwar konnte er durch den nachlassenden Regen jetzt etwas mehr sehen, doch als hätte das Wetter sich gegen ihn und sein Vorhaben, der Retter auf dem weißen Pferd zu sein, verschworen, schwoll der Wind, der sich bisher vornehm zurückgehalten hatte, jetzt zu einem Sturm an, den Connor so in seinen beinahe fünfunddreißig Lebensjahren nicht erlebt hatte. Der SUV wurde von Windböen erfasst und durchgeschaukelt. Erneut musste er die Geschwindigkeit verringern, damit der Wagen nicht doch noch umgeworfen wurde. »Was Quatsch ist«, dachte er, »aber sicher ist sicher.«

Die freundliche Stimme aus dem Navigationsgerät leitete ihn eine kleine Biegung entlang und behauptete dann steif und fest, dass er in fünfzig Metern sein Ziel erreicht haben würde, doch Connor konnte durch die Windschutzscheibe nicht viel mehr erkennen, als dass ihm gerade ein paar Äste von irgendwelchen Sträuchern um die Ohren geblasen wurden. Endlich erkannte er die Abzweigung zum Yard und fuhr hinauf.

Unter normalen Umständen war der Weg gut sichtbar, und er nahm die Auffahrt nicht zum ersten Mal. Aber heute musste er sich bis weit nach vorne beugen; fast berührte seine Stirn die Windschutzscheibe, damit er wenigstens ahnen konnte, wohin er fuhr. Sein Fahrgast begann, unruhig zu werden. »Kann ich verstehen«, sagte er leise, »ich würde auch so schnell wie möglich aus den nassen Klamotten rauswollen.« Er kniff die Augen zusammen und erkannte ein gelbes Licht in einiger Entfernung. Edith steht wohl schon in den Startlöchern, dachte er und lenkte den Wagen in diese Richtung. Und richtig:

Seine ehemalige Lehrerin stand mit ihren halbhohen Stiefeln, einer dicken Wetterjacke und einem Kopftuch bekleidet in der Tür und rang ihre Hände umeinander. Als sie Connors Wagen hörte, ging sie einen Schritt weiter hinaus, doch der Sturm scheuchte sie gleich wieder in den Hauseingang. Connor hielt so nah wie möglich an der Tür. »Ist Steinway schon da?«, rief er durch den tosenden Wind, und Edith schüttelte den Kopf.

»Müsste aber gleich«, antwortete sie, indem sie ebenfalls gegen das Getöse anschrie. Connor nickte, ging um den Wagen und befreite seine Fracht aus dem Gurt. Vorsichtig nahm er sie auf den Arm und trug sie ins Haus.

»Nach oben, links, das Erkerzimmer«, gab Edith ihm Anweisung und verschwand kurz nach draußen, damit sie Madisons Rucksack holen und den Wagen schließen konnte. Connor kannte das enge Treppenhaus gut, hatte er doch hier so manche Nacht verbracht. Allerdings musste er noch nie eine so hübsche Last hinauftragen, und so war er tüchtig außer Atem, als er oben ankam, die Tür mit dem Fuß aufstieß und das Zimmer betrat. Erinnerungen stiegen auf, die er jetzt lieber unterdrückt hätte. Edith folgte schnaufend, trat nach ihm ein.

»Leg sie auf dem Bett ab …«, befahl sie. »Ach Gott, Kindchen, was hast du nur gemacht«, jammerte Edith und begann damit, Madison auszuziehen. Connor stand neben dem Bett, hustete verlegen eine Entschuldigung und verließ das Zimmer.

»Ist wohl besser, wenn ich …«, murmelte er im Gehen. Edith sah ihm kurz nach und schmunzelte.

»Tut so, als hätte er noch nie eine nackte Frau gesehen«, bemerkte sie und betrachtete Madison sorgenvoll. »Na ja: *Leiche* trifft es wohl besser.«

Edith musste sich anstrengen, damit sie ihren Pensionsgast aus den nassen und schweren Sachen herausbekam. Sie setzte sich auf den Rand des Bettes und zupfte an Madison herum, um die Kleider von ihrem Körper zu entfernen.

»Klebt wie Pech und Schwefel«, murmelte Edith. Sie war so konzentriert, dass sie die polternden Schritte auf der Treppe und die Unterhaltung zweier Männer gar nicht hörte und fürchterlich erschrak, als Doktor Steinway plötzlich im Zimmer stand.

»'n Abend«, brummelte er und ließ dadurch verlauten, dass er nicht begeistert war, bei diesem Wetter vom Kamin verscheucht worden zu sein. Der alte Landarzt stellte seinen antiquierten Arztkoffer am Fußende des Bettes ab, und Edith erhaschte einen Blick auf seine arthritischen Finger, dann wandte sie sich wieder Madison zu.

»Connor hat sie gefunden«, sagte sie so leise wie möglich, »sie muss Stunden durch den Regen gelaufen sein.« Steinway nickte abwesend, nahm ein Stethoskop aus seiner Tasche und trat neben das Bett.

»Bisschen blass«, grantelte er, zückte sein Instrument und hörte die junge Frau ab. »Können Sie das Mädchen mal anheben?«, fragte er nach ein paar Sekunden. Edith zog die Stirn kraus. Wenn auf jemanden der Begriff *nasser Sack* passte, dann auf das Persönchen, das dort lag. Sie würde sicherlich auch so schwer sein, doch um den Arzt nicht noch mehr zu verärgern, rutschte Edith näher an Madisons Schultern, griff beherzt danach und zog sie hoch, um sie dann an sich zu lehnen.

»Danke.« Steinway schien heute Nacht noch wortkarger zu sein, als er das eh schon war. Sein graues, kurzes Haar tropfte vor sich hin, und das, obwohl er sicherlich seinen dunkelgrünen Schlapphut, ohne den er nie aus dem Haus ging, getragen hatte und ihn unten neben die Treppe geworfen hatte. Er hörte Madison ab, nickte Edith zu, damit diese ihre Last wieder ablegen konnte, dann zog er seine Nickelbrille aus der Innentasche seiner Strickjacke. Ihm entging Ediths entsetzter Blick nicht, als diese eine lange Narbe an der rechten Schulter der jungen Frau sah. Er setzte die Brille auf, sah genauer hin und stellte fest, dass diese noch sehr frisch war. Er vermied es jedoch, Edith davon in Kenntnis zu setzen. Erst jetzt machte er Anstalten, seinen triefenden Dufflecoat auszuziehen. »Bronchien sind frei«, sagte er, als er die Jacke, sehr zu Ediths Entsetzen, über den Stuhl warf. Steinway griff nach Madisons Handgelenk, fühlte den Puls und starrte an die Decke.

»Auch in Ordnung.« Während Steinway seine neue Patientin untersuchte, gab Edith sich alle Mühe, die Bettdecke über die nackte Frau zu legen.

»Gute Idee«, brummte der Arzt. Er tauschte das Stethoskop gegen ein modernes Fieberthermometer aus und hielt das Gerät in Madisons Ohr. Einen Augenblick später piepte es, und er las die Temperatur ab. »Nicht gut.« Edith sah auf. »Unterkühlt, knapp 34,5 Grad«, ergänzte er. Steinway hatte sich aufgerichtet, sah nachdenklich auf seine Patientin und wippte auf seinen Füßen auf und ab. Dann hob er ein Augenlid der jungen Frau an, was diese mit einem leisen Greinen kommentierte.

»Wärmflaschen, alles, was Sie im Haus haben. Aber nicht direkt auf die Haut. Legen Sie das Zeugs zwischen alle Decken, die Sie haben.« Edith nickte, und für ihr Alter ziemlich agil sprang sie auf und marschierte entschlossen nach unten. Von dort klangen die Anordnungen, die sie Connor gab, der sich im Wohnzimmer vor dem Kamin die Hände wärmte, wie Befehle. Zum ersten Mal, seit Doktor Steinway dieses Haus betreten hatte, schmunzelte er. Er konnte sich gut vorstellen, wie der Earl vor seiner ehemaligen Lehrerin kuschte. Auch wenn dies zu diesem Naturburschen nicht so recht passen wollte.

Was er für sich jetzt jedoch ausführlicher beurteilte, war die Narbe an der Schulter seiner Patientin. Er sah es als seine ärztliche Pflicht an, diese Stelle noch einmal zu kontrollieren, denn es passierte nicht selten, dass frische Wundmale bei falscher Behandlung doch noch begannen, zu nässen und sich zu entzünden. Steinway beugte sich über Madison und zeichnete das Mal mit dem Finger nach.

»Mindestens fünf Stiche«, murmelte er vor sich hin. Das hier, das war keine Narbe, die nach einem Unfall zurückblieb. Dazu war erstens die Stelle viel zu ungewöhnlich, und zweitens war die Verwundung wohl sehr tief und schien drittens von einem sehr scharfen, langen Gegenstand – vielleicht einem Klappmesser, wie man es aus Gangsterfilmen aus den 50er Jahren kannte, verursacht worden zu sein. »Seltsam«, dachte er laut nach, »du siehst nicht aus wie jemand, der sich in solchen Kreisen rumtreibt, meine Schöne.«

Der Arzt packte seine Tasche zusammen, sah noch einmal auf seine Patientin und ging die Treppe hinunter. In der Küche stieß er beinahe mit einer sehr geschäftigen Edith und einem kleinlauten Connor zusammen.

»Der Brandy steht immer noch hinten im Schrank?«, fragte Steinway, und Edith nickte.

»Bedienen Sie sich.« Mit diesen Worten und der ersten Ladung Wärmflaschen unter dem Arm verschwand sie nach oben. »Und du?«, fragte der Arzt. »Nichts zu tun?« Connor lachte leise und verdrehte die Augen.

»Sie hat mich zum Deckenschleppen abkommandiert«, antwortete der Earl und ließ den Mediziner in der Küche stehen. Der machte sich ins Wohnzimmer auf, ging an den Eckschrank und schenkte sich großzügig vom Brandy ein. Das und die Rechnung, die er schicken würde, versüßten ihm die Angelegenheit sehr. Er lauschte auf die Unterhaltung, die von oben herunterklang, und schenkte sich erneut ein. Schritte auf der Treppe ließen ihn aufsehen, und als Edith vollkommen außer Atem das Wohnzimmer betrat, reichte er ihr sein Glas.

»Danke«, seufzte sie und nahm einen großen Schluck.

»Ihr ist nicht viel passiert«, erläuterte Steinway. »Ein wenig unterkühlt, aber das geht vorbei, und wenn sie mit einem ordentlichen Schnupfen aus der Sache herauskommt, dann tut es ein heißer, süßer Zwiebelsaft.« Edith verzog angewidert das Gesicht. »Keine Sorge, ich hab welchen dabei.« Der Arzt grinste schäbig, ging zu seiner Tasche, die auf dem Küchentisch stand, und nahm eine dunkle, gelblich schimmernde Flasche heraus.

»Drei Mal täglich einen ordentlichen Schluck, bis das Fläschchen hier leer ist.« Edith schüttelte sich und nahm die Flasche entgegen.

»Ich mach mich dann mal wieder auf den Weg«, sagte der Arzt, sah zum Fenster hinaus und schlug den Kragen seines Strickpullovers hoch. »Das mit dem Sturm wird nicht besser heute.« Als hätte er auf sein Stichwort gewartet, kam Connor mit dem Dufflecoat des Mediziners die Treppe herunter.

»Danke. Und du solltest auch was davon trinken«, riet er dem Earl, zog den Mantel an, nahm seinen Schlapphut vom

Tisch und griff nach der Tasche, die Edith ihm hinhielt. Er tippte zum Abschied an die Kante des Hutes, seufzte theatralisch, öffnete die Tür und stürzte hinaus zu seinem Wagen, den er hinter Connors SUV geparkt hatte. »Der kommt auch nur, um seine Giftmischung unter das Volk zu bringen«, bemerkte Edith und schüttelte sich noch einmal angewidert. »Zieh dir was Trockenes an. Oben im Dachzimmer müssten noch ein paar Hosen und Hemden liegen, und dann will ich mit dir reden.«

Das war unmissverständlich, dachte Connor, trabte hinter ihr die Treppe hinauf, bog nach links ab und ging in das Dachzimmer – das keines war, weil es wie alle anderen im ersten Stock lag, jedoch mit einer Gaube vor dem Fenster versehen war und deshalb von Edith so genannt wurde. Hast du wirklich gedacht, du kommst so einfach davon? Connor stöhnte, zog seine nassen Sachen aus und legte sie ordentlich vor die Heizung. Er fand ein Hemd, das zufälligerweise seiner Größe entsprach, und zog es an. Nachdenklich schloss er die Knöpfe und stellte fest, dass es sein eigenes Hemd war, das er nach dem letzten Streit mit Percia hier vergessen haben musste. Zu seinem Erstaunen fand er außerdem noch eine Hose. Allerdings war ihm die zu groß, und er atmete erleichtert aus. Muss wohl Lewis gehören, dachte er und klappte die Schranktüren zu. Mit einem Schritt war er am Fenster und sah hinaus. Draußen fegte der Sturm durch die Nacht, und obwohl es dunkel war, konnte er sehen, wie der Wind die Gräser auf den Hügeln bog. Erst Percia, jetzt Edith, fehlte eigentlich nur noch Riba McIntire, seine Haushälterin, die ihm die Hölle heiß machen konnte. Es gab nur diese drei Frauen in seinem Leben, doch diese drei hatten es in sich.

# 8.

Connor?« Edith versuchte krampfhaft, ihre Stimme nicht zu heben. Über die Sorge um Madison hatte sich ihre Wut auf Connor gelegt, die sich mit Unverständnis, jedoch auch Dankbarkeit vermischte. Wie konnte der Junge so dumm sein und bei diesem Wetter aus dem Haus gehen? Eine andere Stimme in ihrem Kopf warf das Argument ein, dass er dann Madison nicht gefunden hätte und die junge Frau immer noch irgendwo über einer Mauer liegen würde. Letzteren Gedanken wischte Edith erst einmal beiseite. Sie würde später entscheiden, wie gut die Sache an sich war.

Connor trat aus dem Dachzimmer, und Edith winkte ihm. Gemeinsam gingen sie hinunter.

»Sie schläft«, bemerkte Edith pflichtbewusst, denn sie war der Meinung, sie müsse dem Retter wenigstens den Ist-Zustand der Patientin berichten. »Unruhig, aber sie schläft.«

Die Flammen im Kamin erstarben beinahe, als sie das Wohnzimmer betraten, und Edith beauftragte Connor, das Feuer neu zu entfachen. Auffallend schweigend legte der Earl zwei Holzscheite in den Kamin und wartete darauf, dass sie eine kleine Flamme einfingen, um daraus ein größeres Feuer zu entfachen. Er kniete vor dem Kamin und machte keine Anstalten, sich zu erheben.

»Nun komm schon«, sagte Edith, reichte ihm ein Glas, setzte sich selbst in einen Sessel und legte die Beine auf eine Ottomane. Als die Flammen im Kamin hochstieben, kam auch Seth aus seinem Versteck, sah Connor einmal mopsneugierig an, schien zu erkennen, dass es sich um einen Freund handelte, um sich dann zu seinem Frauchen zu legen. »Was war los bei euch?« In Ediths Stimme schwang echte Sorge mit.

Sie wusste schließlich, mit wem er sein Leben teilte, und sie wusste, dass ihre Nichte Percia ein verwöhntes kleines Scheusal war. Und das war die höfliche Version ihrer Beschreibung für dieses kleine Aas. Wenn ihr jemand dieses kleine Biest beschrieben hätte, dann würde sie – als ehemalige Lehrerin für Literatur – glauben, dass da jemand gewaltig in die Klischeekiste gegriffen hatte. Nun, dachte sie, das Leben belehrt dich immer eines Besseren.

»Du sagst doch jetzt eh, dass du mich gewarnt hast«, bemerkte Connor niedergeschlagen, als er sich erhob und in den nächsten Sessel fallen ließ.

»Nein, werde ich nicht«, entgegnete Edith. »Aber schön, dass du meinen Verdacht bestätigst.« Connor lachte kurz entnervt auf.

»Geht schon eine ganze Weile nicht mehr so gut, aber das, was sie sich heute geleistet hat … – damit hat sie dem Ganzen die Krone aufgesetzt.« Edith schwieg. Sie wusste, jetzt, wo er im Warmen saß, sich ein wenig mit der Rettung Madisons hatte abreagieren können, würde er ihr erzählen, was vorgefallen war. Und so spät war es ja auch noch nicht. Er nippte an seinem Glas und lächelte.

»Da hat mein alter Herr einen verdammt guten Brand hingelegt.« Edith nickte sacht.

»Hat er, Gott sei seiner Seele gnädig«, fügte sie hinzu.

»Und wenn er nicht zu beschäftigt ist, meiner bitte auch.« Die alte Lehrerin horchte auf. Dass es mit Percia für ihn nicht einfach sein würde, hatte sie geahnt, aber da klang etwas in seiner Stimme mit, das ihr Kummer bereitete.

Sie betrachtete ihn im flackernden Licht des Kamins. Schon damals, als er in ihre Klasse kam, wusste sie, dass er mal ein großer Mann sein würde. Nicht nur körperlich, aber das war zu dieser Zeit sein auffallendstes Merkmal. Er überragte schon im zarten Alter von sechs Jahren seine Klassenkameraden um einen ganzen Kopf. Sie ahnte seinerzeit bereits, dass er das Rauhe und Harte seines Erbes irgendwann einmal in seinen Gesichtszügen tragen würde, und genauso war es gekommen. Dass sein – schon in Kindertagen – stark ausgeprägter Gerechtigkeitssinn ihn einmal in diese Position bringen würde, in der er unter seinen Angestellten und Pächtern Obrigkeit und Herrscher über Land und Leute sein würde und musste, verdarb ihm zumindest die Jugend. Connor wollte nie der Earl sein, der er vom Gesetz her und durch den Tod des Vaters wurde. Er war eher der Fischer, der im Delta der Flüsse *Clyde* und *Forth* seine Tage damit verbrachte, Aale zu fangen. Oder war er doch vielmehr der, der den Waldbestand um *Wigtown House* hegte und pflegte?

Edith kannte die Antwort nicht. Sie wusste aber, dass Connor nie die Gelegenheit bekam, es selbst herauszufinden, denn der Vater drängte ihn in die Rolle eines Braumeisters. Das Bier der Familie war eine Spezialität in der Gegend und wurde nur in kleineren Mengen gebraut. Dass der Vater selbst hier und da einen Whisky brannte, war mehr ein Hobby, gar Berufung. Edith glaubte, dass Connor seinen Beruf liebte. Bestimmt tat er das. Nur war sie der Ansicht, dass man ihm ruhig etwas mehr Zeit hätte zugestehen können, damit aus dem Naturburschen etwas werden konnte, womit er auch zufrieden sein Leben verbringen konnte. Dort saß ein Mann, der gut und gerne für die Wildnis seiner Heimat als Werbeträger auftreten könnte.

Seine tiefliegenden blauen Augen blickten sein Gegenüber so neugierig und unverwandt an, dass es so gar nicht zu seinem zurückhaltenden und eher wortkargen Auftreten passen wollte. Trotz seiner knappen 35 Jahre trug er bereits tiefe Fältchen um diese blauen Augen. Das kornblonde, schon mit grauen Strähnchen durchzogene Haar; sein Bart in der gleichen Farbe – ebenfalls bereits leicht angegraut und Zeuge des Erbes und der Ähnlichkeit zu seinem Vater –, darunter vom Wetter gegerbte Haut zeugten davon, dass er lieber in der freien Natur als in einem Büro zu Hause war. Es gab nicht viele Menschen, zu denen er Vertrauen fasste, aber zu denen war er herzlich und fürsorglich. Alle anderen mussten meinen, dass sie es mit einem Griesgram der besonderen Güte zu tun hatten. Er sprach nicht viel; schon damals in der Schule gab es nur eine Person, zu der er so viel Vertrauen aufgebaut hatte, dass er sich ihr anvertrauen konnte. Sie, Edith Stone. Selbst zu seinen Eltern hatte er ein beinahe fremdelndes Verhältnis.

Ihr Blick glitt weiter über den Mann, der sich der Tatsache bewusst war, dass er es nicht vermeiden konnte, seiner ehemaligen Lehrerin die Geschehnisse zu erzählen, die dazu führten, dass er in dieser grauslichen Nacht unterwegs war. Seine ganze Körperhaltung war eine einzige Aussage: Ich will es nicht erzählen. Aber Edith war hartnäckig genug, um ihn aus der Reserve zu locken.

***

Connor sah seine alte Lehrerin nicht an, drehte das Glas in seiner Hand hin und her und schien angestrengt nachzudenken. Seine großen Hände wirkten viel zu grob für das zarte Gefäß, und Edith war sich sicher, dass er nicht viel Kraft aufwenden musste, um es zu zerbrechen. Jähzorn gehörte zwar nicht zu seinen Charaktereigenschaften, aber manchmal unterdrückte er einfach seine Emotionen, und dann konnten solch kleine Missgeschicke schon einmal passieren.

»Nun: Was hat Percia angerichtet?« Edith hob ihren Fuß und verscheuchte Seth, der ihr langsam zu schwer wurde.

»Das Übliche. Sie bekommt nicht, was sie will, also macht sie sich noch unbeliebter bei den Angestellten, und weil sie gerade dabei ist, droht sie mir.«

Es war Edith eine Freude, dem Mann ihr gegenüber dabei zuzusehen, wie er seinen Drink genoss. Connor nippte erneut an seinem Drink, ließ den Whisky genüsslich auf seiner Zunge tanzen, und als er endlich schluckte, machte er den Eindruck eines Mannes, der wusste, wie man gute Gelegenheiten zum Genuss brachte.

»Sie sagt, wenn ich die Verlobung lösen würde – und glaub mir, nach heute Abend stehe ich kurz davor, sie vor die Tür zu setzen –, nimmt sie mir *Wigtown House* weg.« Edith stieß verächtlich die Luft aus.

»Niemals. Kann sie doch gar nicht.« In Ediths Stimme lag ein empörter Schwenker, der sicherlich vom guten Brand des alten Earl herrührte.

»Sie glaubt, sie kann. Das Luder hat sich in der Bibliothek schlaugemacht und ein Edikt aus dem was-weiß-ich-wievielten Jahrhundert gefunden, das ihr bei Auflösung eines Eheversprechens die Hälfte meines Grunds zuspricht. Und so, wie ich die Gerichte hier in Glasgow einschätze, wird sie damit durchkommen. Aber selbst wenn nicht: Ich hab keine große Lust, mich mit ihr zu zanken.«

Der letzte Satz ließ Edith aufhorchen.

»Und du willst dich aus welchem Grund nicht mit ihr streiten?«

Connor sah auf, und die Traurigkeit in seinem Blick bedrückte Edith. Sie wusste, warum er Percia nicht gehen lassen wollte. Denn trotz aller Streitereien, die Percia immer wieder zu gerne forcierte, liebte dieser große dumme Junge dieses verwöhnte kleine – wie hatte er sie genannt? – Luder immer noch.

»Dir ist nicht zu helfen«, sagte sie sanft lächelnd, und Connor lachte spitz auf.

»Anscheinend.« Er leerte sein Glas, stand auf und schenkte sich nach.

»Möchtest du?« Edith verneinte.

»Nimm das Dachzimmer«, sagte sie, als sie sich mühsam aus ihrem Sessel erhob. »Heute Nacht lässt sie dich eh nicht mehr rein.« Sie zwinkerte ihm zu und gab ihm einen Kuss auf die Wange, bevor sie ging.

»Edith«, rief er sie noch einmal zurück, und sie sah um die Ecke. »Kennst du eine gute Buchhalterin?« Sie schloss entnervt die Augen.

»Warum? Was ist mit Mary Blair?«

»Percia?«, stellte er die Gegenfrage, und nun konnte Edith sich ungefähr vorstellen, wie der Streit zwischen den beiden begonnen hatte.

»Mary Blair hat gekündigt?« Connor nickte, ohne sie anzusehen. »Sie ist seit mehr als zwanzig Jahren bei dir und deinem Vater? Was hat Percia angestellt, dass die gute Mary geht?«

Connor antwortete nicht sofort, aber als er es tat, konnte sie die Wut auf seine Verlobte darin deutlich hören.

»Sie wollte Geld, wie immer. Und Mary hat nein gesagt.« Edith lehnte die Stirn an den Türbogen.

»Ich hör mich um und du … geh jetzt schlafen. Heute Nacht kannst du eh nichts mehr ändern.«

***

Kurz bevor die alte Dame ihr Zimmer betrat, sah sie noch einmal nach ihrer Patientin, die unter dem Berg aus Federbetten kaum auszumachen war. Sie fühlte die Stirn der jungen Frau, und als diese nicht mehr so kalt wie noch vor zwei Stunden war, konnte sie selbst beruhigt ins Bett gehen. Noch während sie ihr Nachthemd anzog, stieg jedoch der Ärger über ihre Nichte in ihr auf. Wie konnte diese Person es wagen, auch nur einen Gedanken daran zu verschwenden, einen jahrhundertealten Familienbesitz durch ihre eigene Hab- und Geltungssucht zerstören zu wollen? Denn dass Percia es nur auf Connors Titel abgesehen hatte, war Edith bereits in dem Augenblick klar geworden, als ihre Nichte und Connor das erste Mal aufeinandertrafen.

*Er* war sofort von ihr verzaubert. Was Wunder, dachte sie verärgert. Percias glänzendes schwarzes Haar trug sie im Stil der 30er Jahre zu einem akkurat geschnittenen Bob, der ihr zartes Gesicht fröhlich umspielte und ihren kirschroten Mund betonte. Sie hatte die Figur eines Models. Groß, schlank und die Rundungen an den richtigen Stellen. Ohne Zweifel: Percia Stone war eine schöne Frau. Leider war das, was in ihrem Hirn vor sich ging, weniger schön. Aber das, so war Edith überzeugt, kam von deren Mutter. Nicht von ihrem – Ediths – Bruder. Diese Habgier war definitiv kein Stonesches Genmaterial. Schweren Herzens legte sie sich in ihr Bett und zog die Decke über die Schultern. Draußen, vor dem Fenster, tobte der Sturm, und der sang ihr ein Schlaflied, das sie in ihren Gedanken nicht beruhigte. Jetzt hatte sie nicht nur Madison, hinter deren Geheimnis sie noch nicht gekommen war, sondern auch Connor, um den sie sich ernsthafte Gedanken machen musste.

# 9.

Connor schüttelte die Kissen auf dem Bett im Dachzimmer zurecht. Edith hatte recht: Selbst wenn er heute Nacht noch durch den Sturm zurückführe – in seinem Bett würde er wohl kaum schlafen. Er schob die Bettdecke zur Seite und ließ sich der Länge nach auf die mit weißen Laken bezogene Matratze fallen. Das Gestell ächzte unter seinem Gewicht, und für einen Moment hielt er inne und wartete darauf, dass es unter ihm zusammenbrach. Als sich nichts tat, legte er sich auf die Seite und sah zum Fenster hinaus. Der Himmel tobte. Irgendwo musste der Vollmond stehen. Sein spärliches Licht färbte die ungestüm dahinjagenden Wolken in verschiedene Grautöne. Selbst ein helles Weiß war dabei. Ein Lichtstrahl. Ein Licht am Ende des Tunnels? Oder war dieses Licht nur ein fahler Schein, der gar nicht da war und der ihn in die Irre führen sollte?

Das Spiel der Wolken, das Geräusch des tosenden Windes, der über die Hügel hinter dem Haus fegte, ließen Connor langsam, aber sicher ruhiger werden. Müde schloss er die Augen. Um sich über Percia und ihre unglaublichen Forderungen nach mehr Mitspracherecht auf *Wigtown House* – denn als zukünftige Countess Percia – so würde ihr zukünftiger Titel lauten, so sie ihn bekäme, woran sich aber niemand hielt, denn die Anrede wurde meist auf »Lady« abgekürzt – hätte sie da ja wohl ein Anrecht drauf – aufzuregen, wäre morgen noch Zeit genug. Trotzdem spürte er den Schmerz über diesen Streit und auch ein wenig Furcht, sie könnte ihre Drohung wahr machen.

Wie konnte er sich nur so in ihr täuschen? Wie konnte sie ihm das nur antun wollen? Sicher: Er hatte sich immer schwergetan, die ganze Verantwortung für seinen Besitz zu tragen. Connor wusste schon früh, dass er irgendwann einmal in die Fußstapfen seines Vaters würde treten müssen. In Spuren, die er für sich als viel zu groß empfand. Sein Vater war ein guter Earl gewesen. So wie man sich einen Landlord vorstellte. Gerecht und mit Weitblick. Fürsorglich und geschäftstüchtig.

Er – Connor – hingegen hätte sich liebend gern in den Weiten des Landes versteckt und dort ein Leben als Einsiedler geführt. Dass er vor ein paar Jahren Percia kennenlernte, schien ihm ein Zeichen zu sein. Sie war offen, sie war redegewandt, sie war schön. Sie war all das, was er nicht war. Mit ihr hätte er diese Aufgabe stemmen können. Mit Percia an seiner Seite wäre er ein guter Earl geworden. Er hatte immer gehofft, dass ein wenig von ihrem Glanz, von ihrer Eloquenz und ihrem Geschäftssinn auf ihn abfärben würde. Dass er so die Aufgabe, die ihm in die Wiege gelegt worden war und die er glaubte, niemals erfüllen zu können, doch noch halbwegs zur Zufriedenheit seiner Umgebung ausüben konnte.

Bis seine Verlobte ihr wahres Gesicht offenbarte. Nicht von hier auf jetzt. Nein: Stück für Stück. Mit jedem Streit ein wenig mehr und ein wenig grausamer. Schön und grausam. Das traf es ganz hervorragend. Und was tat er?

Im Unglauben darüber, dass sie so war, wie sie sich ihm nach und nach zeigte – als eine Frau mit zwei völlig gegensätzlichen Gesichtern –, verfiel er ihr immer mehr. Es war seiner Faszination zu schulden, dass er ihr immer wieder verzieh und im Endeffekt er es war, der sich wie ein geprügelter Hund zu ihr zurückschlich, um sich bei ihr zu entschuldigen. Er wusste, es war falsch. Er wusste, er litt. Aber da war noch diese andere Seite von ihr: die erotische. Die er so an ihr schätzte. Dass ihre Körper miteinander harmonierten und er mit ihr nicht nur streitbare Momente erfuhr, sondern auch die Höhen einer erfüllten sexuellen Beziehung, stand dabei auf einem anderen Blatt.

In dieser halben Nacht, denn mehr war es nach dieser Aufregung nicht mehr, träumte er von einer Percia, die ihn liebte, und nicht von der, die in *Wigtown House* auf ihn wartete und ausnehmen wollte wie eine Weihnachtsgans. Aber je länger er von ihr träumte, desto mehr veränderte sich das Bild von ihr. Irgendwann war es nicht mehr das schwarze glänzende Haar, sondern der lockige rote Schopf einer Unbekannten. Die knallroten Lippen seiner Verlobten wurde blasser, schmaler, und diese Lippen – so ahnte er – musste man küssen, damit sie wieder zum Leben erwachten. Wie in einem Märchen beugte er sich über die blasse Schönheit, berührte mit seinen Lippen die ihren, und als diese seine Berührungen mit einem zaghaften Lächeln erwiderten, glaubte er sich wirklich in einem Märchen. Der Gedanke an diese unbekannte schöne Frau, die im Nebenzimmer schlief und somit unendlich weit entfernt war, trieb seine Fantasie, angeregt durch diesen kurzen Moment, in welchem er sie in den Armen hielt, in Sphären, die dieser Augenblick eigentlich nicht hätte hervorrufen dürfen. So harmlos dieses kleine Weilchen war, so gefährlich wurde es in dieser Nacht für seine Hormone, als der Sturm tobte.

# 10.

Ich schwitze wie ein Pferd nach einem Ritt querfeldein. Wieder läuft mir Wasser den Rücken hinunter, aber dieses Mal ist es warm und stickig. Nein: Stickig trifft es nicht ganz. Ich ersticke. Das schon eher. Ich bin von einer Schwere umgeben, die sich auf meine Brust legt, und ich werde sie nicht los. Nicht sofort. Irgendwie muss ich mich frei strampeln. Ja, strampeln, und diese Bewegung befreit mich. Gott sei Dank. Langsam werde ich wach und das Gefühl der Enge verschwindet. Ich schaffe es, mich aufzurichten, und als ich in der Dunkelheit der Nacht erkenne, was mich da fesselte, lache ich leise ungläubig auf. Decken. Unzählige Decken, zwischen denen Wärmflaschen liegen.

Meine Haare sind feucht von meinem Schweiß und kleben an meinem Gesicht. Was für ein verrückter Tag und welch irre Nacht, denke ich. Mir wird schwindlig, als ich versuche aufzustehen. Langsam rutsche ich zu Boden, kontrolliert, damit ich mir nicht noch den Kopf irgendwo anstoße. Auf allen vieren krabble ich ins Bad, um mich mit einem Handtuch trockenzureiben. Ich ziehe mich am Waschbecken hoch, trinke einen Schluck Wasser direkt aus dem Hahn und spüre, wie es mir gleich besser geht. So langsam kommt auch die Erinnerung wieder. Irgendwann muss ich auf meiner Wanderung gestürzt sein. Auf den ersten Blick kann ich keine Verletzungen erkennen. Gut so. Aber wie bin ich hierhergekommen? Ich friere etwas und erst jetzt registriert mein Verstand, dass ich vollkommen unbekleidet bin. Langsam gehe ich zurück in mein Zimmer, schalte das Licht an, nehme eine der Decken vom Bett und hülle mich darin ein. Hier drin ist es so drückend heiß wie in einem Schwitzzelt der Indianer. Edith muss die Heizung auf höchste Stufe gestellt haben.

Mit vorsichtigen Schritten gehe ich zum Fenster, stelle es auf Kippe, drehe die Heizung etwas runter, gehe zurück zum Bett und mache es mir mit zwei Decken gemütlich. Zwei Decken, die noch warm von mir sind, sollten für diese stürmische Nacht ausreichend sein, und morgen beim Frühstück werde ich aus Edith schon herausbekommen, wie ich ins Bett gekommen bin. Mit geschlossenen Augen dämmere ich etwas vor mich hin, während draußen vor dem Fenster der Sturm leise donnert. Bevor ich in den Schlaf hinübergleite, denke ich an blaue, tiefliegende Augen, die mich freundlich und neugierig ansehen. Den Träger dieser Augen kenne ich nicht, aber der Blick aus diesen Augen ist mir nicht unangenehm. Ganz im Gegenteil. Darin liegt eine gewisse Ritterlichkeit verborgen, aber auch unverhohlenes Interesse an mir und meinem Körper. Frech, huscht es mir durch den Kopf. Aber nicht unangenehm frech. Beinahe so wie die Bauarbeiter, die einem hinterherpfeifen. Beinahe. Denn dieser Blick ist im Nachhinein nicht so harmlos wie diese lautstarke Anerkennung eines schwer arbeitenden Handwerkers. Im Gegenteil: Er ist nachhaltiger und beschert mir in dieser Nacht, in der ich eigentlich vor Erschöpfung nur noch schlafen sollte, eine interessante Ausgabe meines Kopfkinos.

# 11.

Nach nur drei Stunden Schlaf schlich Connor aus dem Haus. Edith Stone war für ihn immer mehr als nur eine Lehrerin. Eigentlich nannte er sie im Stillen und Heimlichen seine Granny. Etwas, das er ihr nie sagen würde, sonst säße sein Kopf nicht mehr lange auf seinen Schultern. Dessen war er sich sicher. Doch heute Morgen konnte er ihr nicht gegenübertreten. Konnte sich nicht der Gefahr aussetzen, ihr Rede und Antwort stehen zu müssen. Ediths Art, dem Schüler die Lösung so lange aus der Nase zu ziehen, bis er quasi selbst darauf kam; der konnte er heute nicht standhalten, und so wählte er die Flucht. Sie hätte sofort erraten, wie wild seine Träume mit der Rothaarigen tatsächlich waren, und wenn sie ihm das an der Nase angesehen hätte … Nicht auszudenken, dass er der alten Dame womöglich Rede und Antwort hätte stehen müssen.

Außerdem musste er eine neue Buchhalterin finden. Oder vielleicht konnte er Mary Blair davon überzeugen, dass das, was Percia ihr da an den Kopf geworfen hatte, gar nicht so gemeint war und alles nur im Eifer des Gefechtes gesagt wurde? Und daraufhin würde Mary Blair zurückkommen, und alles könnte so sein, wie es immer schon war. Wie blöd bist du eigentlich, dachte er. Das würde niemals passieren. Bei Mary, die in vielen Dingen, die mit Percia zu tun hatten, schon mehr als nur gutmütig reagierte, war jetzt das Maß voll. Vielleicht, wenn er mit einem großen Strauß Blumen bei Mary auftauchte und dann ein wenig auf ihre Sympathie zu ihm pochen würde –, dann würde sie sich doch bestimmt erweichen lassen und zurückkommen?

»Träum weiter«, sagte er sich, denn er wusste, dass nicht er das Problem in diesem Angestelltenverhältnis war. Er und Mary waren immer gut miteinander ausgekommen. Schon sein Vater hatte ihr blind vertraut, und so hätte es nach Connors Dafürhalten auch gerne weitergehen können.

Wenn da nicht ständig Percias Zickereien wären, die Mary in ihrer Berufsehre verletzten. Seit ein paar Monaten spielte sich seine Verlobte auf, als wäre sie bereits die Hausherrin auf *Wigtown House*. Etwas, das nicht nur Mary Blair sauer aufgestoßen war. Auch seine Haushälterin und Köchin ließ bereits einige bitterböse Kommentare in Bezug auf Percia fallen, und Connor spürte, dass er unbedingt etwas tun musste, sonst würde Riba auch noch gehen. Und wenn die ging, ging Alfie – der Butler und Hausmeister und Chef für alles – gleich mit. Denn ohne seine Riba war Alfie nur ein halber Mensch. Das wusste Connor, obwohl die beiden auch nach beinahe zwanzig Jahren ihre Beziehung zu verheimlichen versuchten. Jeder wusste, wie es um Alfie und Riba stand. Aber der Butler war der unumstößlichen Meinung, dass es sich für einen Hausangestellten nicht gehörte, eine Beziehung mit der besten und großzügigsten Köchin der Welt öffentlich zu machen. Riba, die sonst eher nicht die Ruhe selbst war, sondern eher einem Sturm über der schottischen See ähnelte, nahm ausgerechnet diese Macke ihres Langzeitverlobten stoisch hin.

Es war an ihm – Connor –, Percia endlich in ihre Schranken zu weisen. Und das behagte ihm nicht. Er wäre dieser Diskussion liebend gerne aus dem Weg gegangen, um ehrlich zu sein. Eigentlich, ja ganz uneigentlich sogar, war er gar kein Harmoniemensch, der Stress aus dem Weg ging. Nein: Er wusste seinen gälischen Hartschädel einzusetzen, wenn es um die Belange derer ging, die er liebte. Aber bei Percia funktionierte das nicht; konnte er seinen Dickschädel nicht einsetzen. War er irgendwie hilflos. Sie hingegen wusste, wie sie ihn einwickeln konnte. Und er fürchtete sich davor, als der Obertrottel dazustehen.

Trotzdem zog er es vor, sich eher ihr zu stellen denn Edith. Bei Percia konnte er zur Not ein wenig Theater spielen. Bei Edith müsste er die Wahrheit stemmen und womöglich zugeben, dass er sich wie ein Idiot aufführte. So hatte er sich ein trockenes Brötchen geschnappt, die Tür leise hinter sich zugezogen, um den Wagen im Leerlauf den Yard hinunterrollen zu lassen. Er war so damit beschäftigt, heimlich zu flüchten, dass er die zwei Frauen, die ihn in ihren jeweiligen Zimmern hinter zugezogenen Vorhängen dabei beobachteten, gar nicht bemerkte.

## 12.

Edith schüttelte den Kopf. Was sollte aus dieser Sache jemals Gutes hervorgehen? Sie zog ihren Morgenmantel etwas fester um sich und folgte ihm so lange mit ihren Blicken, bis er mit seinem Wagen hinter der Biegung auf die Hauptstraße verschwunden war. Jetzt erst sah sie, dass sich das Wetter ein wenig beruhigt hatte. Die Baumwipfel im Vorgarten standen ruhig und still, die Wolken jagten sich nicht mehr, und auch das Grau war verschwunden. Zeit für eine Bestandsaufnahme der möglichen Schäden. Leise ging sie hinunter, durch den Wintergarten hinaus in den Garten. Mit Argusaugen versuchte sie auszumachen, ob der Sturm Dachpfannen heruntergeholt hatte. Oder ob Scheiben zu Bruch gegangen waren. Aber bis auf ein paar umgeknickte Pflanzen, die dem Wind einfach nicht standhalten konnten, war nichts zu entdecken. Es war die berühmte Ruhe nach dem Sturm, denn nicht einmal die Vögel waren an diesem Morgen zu hören.

»Frisch«, bemerkte sie zu sich selbst und ging hinein, um Kaffee aufzusetzen. Doch als sie die Küche betrat, war Madison schon auf und stand am Herd.

»Kindchen«, rief Edith entgeistert und stürmte auf die junge Rothaarige zu, »Sie sollten im Bett liegen.«

***

Die junge Frau sah so lädiert aus, dass Edith jeden Moment ihren Zusammenbruch erwartete.

»Geht schon«, sagte die Rothaarige tapfer und goss das kochende Wasser auf das Kaffeepulver.

»Na«, sagte Edith spitz, »Ihr Wort in Gottes Ohr.« Sie nahm die Teller aus dem Regal und deckte den Tisch. »Sie werden hungrig sein«, vermutete sie und begann, von all den Köstlichkeiten, die ihr Kühlschrank beherbergte, aufzutischen. Der Kaffee lief durch den Filter und verbreitete sein deliziöses Aroma im ganzen Haus. Ein paar Minuten später saßen sich die Frauen gegenüber und frühstückten. »Also: Wie haben Sie das angestellt?«, fragte Edith, und ihr Gesichtsausdruck ließ keine Widerrede zu.

»Ich hab mich schlicht und einfach verlaufen. Auf die Idee, mal auf die Karte zu sehen, bin ich erst gekommen, als es zu spät war. Und dann … ja … dann weiß ich nur noch, dass ich gestolpert und gefallen bin. Irgendwann bin ich heute Nacht aufgewacht und war vollkommen durch den Wind. Sozusagen.« Edith hatte ihr zugehört und die junge Frau strafend angesehen.

»Ich hab mir ernsthafte Sorgen gemacht. Gerade als ich die Polizei anrufen wollte, klingelte der Earl durch und sagte, er hätte Sie gefunden.«

Das war etwas, das zumindest einen Teil von Madisons kleinem Blackout füllen konnte; hoffte Edith jedenfalls.

»Der Earl«, fragte Madison. »Wer ist das?«

Edith verschluckte sich beinahe an ihrem Kaffee und lachte dann laut auf.

»Der nette junge Mann, der heute Morgen so klammheimlich verschwunden ist. Haben Sie den nicht gesehen?« Madison wurde rot. »Doch«, sagte sie und ahnte, wem diese blauen Augen, die sie in der Nacht verfolgten, gehörten. »Aber warum Earl?«, versuchte sie, ihre Verlegenheit zu überspielen.

»Weil er es durch den Tod seines Vaters geworden ist«, erwiderte Edith kurz und knapp, dann besann sie sich eines Besseren und erzählte ihrem Gast die Geschichte. Sie bemerkte, dass ihr junger Gast keine Ahnung von dem hatte, was hier in der Region vorging, und wenn Edith Stone eines konnte, dann Nachhilfestunden geben.

»Der alte Earl hat mit seinen Ländereien die Reform der Verwaltungsgrafschaften von 1996 gut überstanden und seinen Titel nicht nur als Schmuck behalten. Auch wenn jetzt der Hauptsitz nicht mehr in Hamilton und Umgebung liegt. Irgendwie hat man das so gedeichselt, dass die *Unitary Authorities* über *Lanarkshire* hinweg galten und er seinen Titel behalten konnte. Tja ... und dann vor ein paar Jahren verstarb der Alte und sein Sohn, Connor, übernahm das ganze *Drum und Dran.*« Dass Madison bei dem Ausdruck *Drum und*

*Dran* schmunzelt, wertet Edith als gutes Zeichen dafür, dass ihr Gast endlich ihre Vergangenheit in ihr Leben ließ. »Glücklich ist er damit nicht, aber was soll er schon groß dagegen tun?« Edith wurde nachdenklich und ihr Gast seltsam still.

»Wo kommen Sie eigentlich her«, fragte Edith so plötzlich, dass Madison aus ihren Gedanken gerissen wurde.

»Ich bin in Glasgow geboren«, antwortete sie, »aber aufgewachsen im ganzen Königreich. Meine Mutter war eine unruhige Seele.« Das Lächeln in ihrem Gesicht, das wohl Tapferkeit vermitteln sollte, misslang gründlich.

»Und Ihr Vater?«, bohrte Edith nach.

# 13.

Das ist eine Frage, vor der ich mich fürchte. Ich weiß kaum etwas über den Mann, der mein Vater sein soll. Weder weiß ich, ob er lebt oder vielleicht schon tot ist, ob er eine Familie hat oder was weiß ich. Nur eines weiß ich, dass er Hubschrauberpilot bei der *Royal Air Force* war. Es gibt nur wenige Fotos aus meiner Kindheit, und selten ist darauf ein Mann zu sehen, der mein Vater sein könnte. In den letzten Jahren, besonders in der Zeit, als meine Mutter im Sterben lag, bin ich zu der Erkenntnis gelangt, dass er der Grund für unsere ständige Flucht gewesen sein muss. Aber wie soll ich meiner Gastgeberin, die ich so ins Herz geschlossen habe, das erklären, ohne nach Worten suchen zu müssen, die nur Hülsen sein können, weil ich die wahren Motive nicht kenne. Ich nehme meine Tasse, verstecke mein Gesicht dahinter. Der misslungene Versuch, ein Lächeln zustande zu bringen; das

Wissen, dass es nicht mehr viel braucht und ich losheule wie ein Schlosshund; dieser Morgen in Ediths Küche ist starker Tobak für meine Psyche.

»Keine Ahnung, ehrlich gesagt. Meine Mutter hat nur selten über ihn gesprochen, und wenn, dann nicht besonders freundlich.«

Dass dem nicht so ist, weiß nur ich. Aber es klingt wie eine gute, simple Erklärung, die der Situation hier in der Küche angemessen ist. Ich kann nur hoffen, dass ich Ediths Neugier erst mal befriedigen konnte.

»Ja«, begann diese, »das ist immer schlimm, wenn man ohne ein Elternteil aufwachsen muss. Ich hatte so viele Schüler in meiner Zeit als Lehrerin, die das durchleben mussten. Irgendwann kam das wohl in Mode.«

Die alte Dame seufzt theatralisch, schenkt uns noch einmal Kaffee nach, was ich als unmissverständliche Aufforderung zu verstehen habe, dass meine Schonzeit vorüber ist und ich ihr endlich meine Geschichte präsentieren soll.

Mehr als vier Wochen Gnadenfrist scheinen genug zu sein, und so lange lebe ich nun schon hier in diesem Traum abseits meiner Realität. Ich verziehe die Mundwinkel, weil ich mit wehenden Fahnen in Ediths Falle getappt bin. Aber was habe ich schon zu verlieren? Warum soll ich nicht einfach dieser netten alten Dame, die mir in den letzten Wochen so viel gegeben hat, vertrauen und ihr meine Geschichte erzählen? Edith Stone hinterlässt nicht den Eindruck, dass sie aus meinem Schicksal Profit schlagen will. Und die mahnende Stimme meiner Mutter im Hinterkopf, dass ich nichts und niemandem vertrauen kann, schiebe ich zur Seite. Oder besser dorthin, wo sie hingehört. In die Vergangenheit.

»Was hat Ihnen Ihr Neffe denn über mich erzählt«, frage ich vorsichtig, sehe mein Gegenüber jedoch besser nicht an.

»Würde es Sie überraschen, wenn ich sagen würde: nichts?« Edith legt ihre Stirn in Falten. »Aber das tut er selten. Lewis klang nur sehr besorgt, deshalb habe ich zugestimmt.«

Wohl, weil ich so abwesend wirke, legt mir die pensionierte Lehrerin ihre Hand auf meine. O Mann, denke ich, die Frau ist so gut. Wenn sie ihre Informationen will, dann bekommt sie diese. Egal, wie verschlossen ihr Gesprächspartner ist, eine Berührung holt jeden aus seinem Versteck hervor. So auch mich. *Sie ist wirklich gut*, denke ich. »So schlimm?«, fragt sie.

## 14.

Madison sah auf und tauchte in Ediths Blick ein. *So tief, so blau und so unergründlich,* dachte Edith, und es gab ihr einen Stich im Herzen.

»Für jemanden, der ein – ich sag mal – normales Leben geführt hat, wahrscheinlich eher eine Lappalie, für mich, die nichts anderes kannte, einfach nur eine Bestätigung eines ziemlich anstrengenden Lebens.« Madison machte eine Pause, suchte nach Worten. »Ich habe bis vor kurzem noch bei einer großen Bank in London als Buchprüferin gearbeitet«, begann Madison so leise zu erzählen, dass Edith sich etwas näher heransetzen musste, damit sie überhaupt etwas verstehen konnte. Mit starr auf den Tisch gerichtetem Blick fuhr Madison in ihrer Erzählung fort.

»Bis zu dem Zeitpunkt, an dem ich einen der Kollegen – ausgerechnet meinen Vorgesetzten – dabei erwischte, wie er Kundengelder veruntreute, war auch alles schön und gut und hätte die nächsten Jahre so weitergehen können. Weil …«

Der Schmerz und die Trauer über den Verlust von etwas, das nur Madison so viel bedeuten konnte, weil sie es vorher nicht besaß und jetzt verloren hatte, lag deutlich hörbar in der Stimme der jungen Frau. *Was*, so fragte sich Edith jetzt schon zum x-ten Mal, *hast du armes Mädchen erdulden müssen.*

»Weil meine Mutter ein wenig, nein, ziemlich paranoid war, mussten wir häufig umziehen – und der Job in der Bank, das war für mich so, als könnte ich jetzt endlich mal an einem Ort bleiben. Könnte Freunde finden … und so was halt. Aber dann musste ich meine Nase in anderer Leute Angelegenheiten stecken und hab es vermasselt. Manchmal hab ich einfach ein Talent, alles kaputt zu machen, was mir Gutes widerfahren könnte. So wie gestern: Es war wunderschön hier, und dann geh ich los, verlauf mich und ersaufe beinahe im Regen.«

Edith schien ernsthaft besorgt und streichelte wie in Trance den Arm der Frau, die neben ihr saß und so wenig über sich selbst wusste, dass es andere nur verwundern konnte.

»Aber das ist doch nicht Ihre Schuld«, sagte Edith empört. »Sie haben doch nichts falsch gemacht.«

»Ich hätte den Mund halten können«, sagte Madison beinahe trotzig. »Es interessiert eh keinen, den es angehen sollte. Und dass ich mir für meinen idiotischen Gerechtigkeitssinn auch noch eine Auszeichnung eingefangen habe, interessiert auch keinen. Außer mir: Ich schleppe die Narbe jetzt meinen Lebtag als Erinnerung mit mir herum.«

»Aber wie …?«, fragte Edith besorgt.

»Ein Überfall in der U-Bahn. Ich schätze, das ist der Grund, warum mich Ihr Neffe aus dem Weg haben wollte und mich in Sicherheit brachte. Wobei ich nicht glaube, dass die Jungs von der Aufsichtsbehörde den Zusammenhang zwischen dem Betrug und meinem – sagen wir mal – *Unfall* überhaupt erkennen wollen.«

***

Edith streichelte ihr über die Wange mit Tränen in den Augen, weil sie es nicht fassen konnte, was sie da hörte.

Ein Leben, das es eh schon nicht einfach hatte, wurde dadurch, dass es das Richtige tat, bestraft. Jetzt konnte Edith Stone sich ungefähr vorstellen, warum Lewis ihr die wichtigsten Fakten verschwieg. Zwar nahm sie immer mal wieder Zeugen für ein paar Tage in ihrer Pension auf, damit diese weit genug weg vom Geschehen waren. Aber eine Hauptbelastungszeugin, die auch noch Opfer war, war nie darunter gewesen, und was viel schlimmer war: Diese junge Frau wusste nicht einmal, ob das, was sie zu sagen hatte, jemals gehört werden würde, und trotzdem musste man sie aus dem Bewusstsein der anderen holen. In Ediths Magen rebellierte es gegen diese Ungerechtigkeit.

»Ich brauche ’nen Schnaps«, sagte sie, stand auf, ging ins Wohnzimmer und öffnete die Tür zu ihrem Vorrat etwas lauter, als sie das für gewöhnlich tat.

»Ist zwar noch ein wenig früh, aber das hält ja das stärkste Rind im Kopf nicht aus«, stöhnte sie.

***

Edith lehnte im Türrahmen zwischen Wohnzimmer und Küche, betrachtete die junge Frau, die mit dem Rücken zu ihr saß. Madison Cavanough schien den Geräuschen im Haus zu lauschen, womöglich auch etwas Ruhe zu finden. Ein Lächeln huschte der jungen Frau über die Lippen, und Edith sah es, als Madison den Kopf zur Seite neigte.

Ihr junger Gast schien den gestrigen Ausflug einigermaßen gut überstanden zu haben. Sogar die kleine Beichte schien ihrer Seele gutgetan zu haben. Auch wenn ein Brandy um diese Uhrzeit nicht so das war, was sie als gesund erachtete: Edith brauchte das jetzt, um sich zu erden. Diese schreiende Ungerechtigkeit verlangte nach ungewöhnlichen Mitteln. Sie leerte das Glas in einem Zug und ging zurück in die Küche.

Dort schob sie die Teller zusammen und wollte sie gerade zur Spüle tragen, als ein Geräusch hinter ihr sie hellhörig werden ließ. Madison war aufgestanden und hielt sich nun am Tisch fest. »Kindchen«, rief Edith und schaffte es gerade noch so, mit einem Schritt bei ihr zu sein, um sie zu stützen. Offensichtlich hatte sich Madison doch zu viel zugemutet.

»Jetzt aber rauf mit Ihnen und ins Bett. Ich will Sie heute nicht mehr hier unten sehen.« Edith hielt sie einen Augenblick, dann führte sie die junge Frau zur Treppe.

## 15.

Wie unter starken Schmerzen, die ich nicht habe, steige ich die Stufen hoch, bin tüchtig außer Atem, als ich oben ankomme. Wieder wird mir schwindlig. O Mann, was hab ich da gestern bloß angestellt. Vollkommen verausgabt, gebe ich mir die Antwort selbst. So erschöpft war ich nicht einmal nach dem Angriff in London, und der war mehr als nervenaufreibend. Edith geht immer genau einen Schritt hinter mir her, als ob sie sicher sein möchte, dass ich auch wirklich ins Bett gehe. Wie ein Kleinkind versorgt sie mich, schüttelt die Kissen auf, deckt mich zu, kontrolliert die Fenster, die Heizung. Kaum liege ich, muss ich meiner Erschöpfung den Respekt zollen, den sie verlangt. Augenblicklich schlafe ich ein. Aber mein Geist kommt nicht sofort zur Ruhe, denn ich träume einen wilden, beinahe ungebührlichen und für mich sehr untypischen Traum. Dass ich mich später noch daran erinnern kann, dass ein gewisser – von Edith in höchsten Tönen gelobter – Earl mit blauen, tiefliegenden Augen und einem struppigen Vollbart meine Hand nimmt und mich über die Weiten der Hügel in Sicherheit bringt, schreibe ich meinem überspannten Hirn zu. Denn wie kann ich in dieser Situation, in der ich mich gerade befinde – also abgespannt, erschöpft und irgendwie absolut neben der Spur – einen solchen Traum haben?

Einen, in dem ebenjener Earl mich wie ein wilder Sturm überfällt; meinen Körper erkundet wie ein Forscher. Wie sonst kann ich mir erklären, dass ich mich in seine Arme fallen lasse, von denen ich weiß, dass sie stark und kräftig sind? Die mich halten können und niemals fallen lassen werden? Dass mich die Erinnerung an seine Wärme, die ich in der gestrigen Nacht nur kurz spürte, jetzt atemlos werden lässt?

Es kann nur an meinen total überspannten Nerven liegen. Nur daran.

Aber auch wenn dem so ist: Ich genieße diesen Traum und die Entspannung danach.

# 16.

Connor fuhr an diesem Morgen über Umwege zurück zu seinem Anwesen *Wigtown House*. Er trieb sich überall und nirgends herum, nur damit er nicht zurückmusste. Doch wenn ihn jemand gefragt hätte, dann hatte er die beste Ausrede überhaupt: Als Earl musste er die Ländereien und die dazugehörigen Betriebe nach dem Sturm kontrollieren und notfalls Reparaturmaßnahmen einleiten. Er war stolz auf seine Ausrede, die nach Verantwortung klang. Trotzdem wusste er, dass er nicht darum herumkam, sich irgendwann dem Anwesen zu nähern und somit auch in die Nähe von Percia zu kommen.

Er schüttete sich selbst mit Arbeit so sehr zu, dass er keine Gelegenheit fand, sich mit ihr zu beschäftigen. *Auch wieder eine Ausrede. Du bist so feige,* dachte er und fuhr sich durch das kurze Haar, während er mit der anderen Hand den Wagen zur Brauerei lenkte. Schon von Weitem konnte er sehen, dass das Dach des einstöckigen Gebäudes unversehrt geblieben war. Jetzt hoffte er, dass die Lagerräume und die Anlagen zur Wasserversorgung ebenfalls verschont worden waren. Connor ließ den SUV die Einfahrt herunterrollen, stellte den Motor ab und sah sich um.

Bis hierher sah alles gut aus, und dem Gesichtsausdruck seines Vorarbeiters – Sean Ewans – nach zu vermuten, der gerade aus dem kleinen Verwaltungsgebäude kam und der sich seine Gummihose, die an Hosenträgern über seinem grauen Strickpullover lagen, gerade noch einmal hochzog, gab es auch keinerlei weitere Schäden zu beklagen.

»Percia hat angerufen«, brüllte der Schrank von einem

Mann Connor über den Hof hinweg entgegen, und Connors Herz sank glatt in seine Hose. Für einen Moment schloss er die Augen, sammelte sich, um dann die unweigerlich kommende Frage stellen zu können.

»Was wollte sie?« Er stieg aus, ging um den Wagen und öffnete den Kofferraum. Dem entnahm er ein paar Gummistiefel, damit er mit trockenen Füßen die Anschlüsse in den Sammelbecken unten am Fluss kontrollieren konnte.

»Das hab ich mich auch gefragt und sie dann an dich verwiesen.« Connor sah den Mann ihm gegenüber fragend an. Sean war ein Riese. Sogar noch größer als Connor selbst. Die breiten Schultern und großen Hände, die jedoch erstaunlich geschickt mit kleinen Ventilen umzugehen wussten, flößten jedem, der Sean das erste Mal gegenüberstand, gehörigen Respekt ein.

Dass die Narbe, die quer über seine linke Wange verlief, etwas zu diesem Respekt beitrug, war ein nicht von der Hand zu weisender Umstand. Seans Gene waren eindeutig nicht gälisch. Niemals. Sicherlich war in seiner Ahnenlinie ein blonder Schwede zu finden, so groß war Sean. Der Earl konnte sich gut vorstellen, wie Sean einen Thor darstellen würde. Bei dieser Vorstellung musste er schmunzeln. Es würde einfach zu seinem Vorarbeiter passen.

Connor hatte den Mann erst vor drei Jahren eingestellt. Im Rahmen eines von der Stadt Cumbernauld organisierten – und Connor hasste diesen Titel für diese Sache beinahe so sehr, wie er Haggis nicht ausstehen konnte – Resozialisierungsprogramms für straffällig gewordene Männer zwischen dreißig und vierzig Jahren. Sean Ewans ging in seiner Jugend keiner Prügelei aus dem Weg, daher die Narbe im Gesicht. Etwas später kam der erste Einbruch dazu – und daraus folgend ein längerer Gastaufenthalt in einer staatlichen Einrichtung mit vergitterten Fenstern und Vollverpflegung.

Als Connor das Familienunternehmen übernahm, war er auf der Suche nach guten Handwerkern, denn die, die bereits da waren, hatten schon unter seinem Vater gute Arbeit geleistet und würden bald in Rente gehen. Also musste Nachwuchs her. Sean hatte die Zeit im Knast genutzt und eine Schreinerlehre begonnen und mit gutem Ergebnis abgeschlossen. Als dann das Programm ins Leben gerufen wurde, war er einer der Ersten, die daran teilnahmen. Bisher bereute Connor keinen Tag, dass er den Mann einstellte, der dann auch noch zu seinem besten Freund und – so seltsam es klingen mochte – Berater avancierte.

»Mich hat sie noch nicht angerufen, kann nicht so wichtig gewesen sein«, murmelte Connor, doch als er aufsah und bemerkte, dass Sean eine Augenbraue hochgezogen hatte, wusste er, wie falsch er lag.

»Sie wollte die Bücher von der Brauerei haben«, sagte Sean, schob die Hände in die Hosentasche seiner Gummihose und wippte auf den Füßen. »Zickig, die Kleine, wa?« Connor setzte sich auf die Ladefläche seines SUV und wechselte die Schuhe.

»Kann man so sagen«, sagte er zwischen zwei Schuhen. Er sah auf, weil Sean boshaft lachte.

»Ich hab da einen an der Hand«, sagte der Riese grinsend, »der verkauft sie nach Russland an 'nen reichen Multi, und dann biste se los.« Um Connors Mundwinkel zuckte es. Er wollte es nicht, schwor er vor seinem Gewissen, aber der grobe Humor seines Vorarbeiters hatte beizeiten etwas sehr Erfrischendes. Für einen kurzen Moment kämpfte er noch gegen das Lachen an, das ihm aus der Kehle huschen wollte, doch dann hielt er sich nicht mehr zurück.

»Verlockender Gedanke«, sagte er, als er sich beruhigt hatte.

»Behalt's im Hinterkopf«, meinte Sean, ging an Connor vorbei, der jetzt mit dem Wechseln der Schuhe fertig und aufgestanden war. Sean klappte den Kofferraum zu. »Es gibt noch eine andere Möglichkeit«, sagte er nachdenklich, »aber Blut wird man immer so schlecht los.«

»Lass gut sein«, erwiderte Connor grinsend.

»Ich hab nur gerade keine große Lust, ihr die Leviten zu lesen, und deshalb meint sie, sie könne etwas – sagen wir mal so – über die Stränge schlagen.«

Sean sah seinem Chef nach, als der bereits ein paar Schritte hinunter zu den Becken gegangen war. »Du und ihr die Leviten lesen? Tu mir einen Gefallen und sag mir vorher Bescheid, denn das Schauspiel will ich mir nicht entgehen lassen.« Kichernd und kopfschüttelnd ging er seinem Chef hinterher. »Der glaubt auch, dass Zitronenfalter Zitronen falten.«

Die Arbeit an den Anschlüssen tat Connor gut, und auch wenn nichts repariert werden musste, so zog er die Zeit doch hinaus. Durchgefroren, aber durchaus mit dem Ergebnis zufrieden, kletterte er aus dem Auffangbecken heraus und klopfte sich ein paar Algen ab. »Willst du 'nen Teller *Mutton Broth* oder gleich in die Höhle der Löwin?« Sean richtete sich auf und streckte seinen Rücken.

»Heb mir was für morgen auf«, sagte Connor, »nützt ja nix. Aber Lust hab ich keine.«

»Falls du was zum Pennen brauchst«, bot Sean seinem Chef an, »weißt ja, wo ich bin.« Damit tippte er sich zum Gruß an einen nicht vorhandenen Hut und ging.

»Ja, zum Glück weiß ich das«, murmelte Connor, als er seine Stiefel gegen die Halbschuhe tauschte. Eine Dusche und was zu essen, das wäre jetzt nicht schlecht.

# 17.

Allerdings musste er die Sache mit Percia ins Reine bringen. Er war sicherlich nicht der Typ, der vor Problemen davonlief. Aber bei Percia war das immer so eine Sache.

Er beeilte sich nicht sonderlich, und doch stand er kurze Zeit später in der langen Auffahrt zu *Wigtown House*. Das zweistöckige Haus mit der breiten, halbrunden Treppe zum Eingang hinauf war immer im Besitz seiner Familie.

Die schweren grauen Quader, aus denen es gemauert war, boten im Sommer in den Zimmern Kühle und angenehme Temperaturen und im Winter Schutz vor den Stürmen. Der *Earl of Wigtown,* ein Urgroßvater mütterlicherseits, hatte das Haus erbauen lassen. Mit bürgerlichem Namen hieß er Flemming, aber wie das so im schottischen Adel schon mal vorkam, musste im Laufe der Jahrhunderte der Familienname geändert werden, und so nahm einer der Vorfahren Connors den Namen McLymont an. Fürderhin, wie Connors Großmutter zu sagen pflegte und was ihm immer ein Lächeln auf das Gesicht zauberte, residierten also die McLymonts in den ehrwürdigen Hallen des alten Gebäudes. Und sie lebten gut. Soweit Connor das beurteilen und aus den Unterlagen seiner – jetzt ehemaligen – Buchhalterin entnehmen konnte. Die bei vielen Mitgliedern des Hochadels weit verbreitete finanzielle Misere, ihre teuren und heizintensiven Gebäude nicht mehr finanzieren zu können, fiel in *Wigtown House* nicht ins Gewicht. Die Vorbesitzer hatten rechtzeitig Modernisierungsarbeiten durchgeführt und ihren Erben so hohe Kosten, die sie womöglich mit Fremdenführungen durch das Gebäude refinanzieren mussten, erspart.

Connor liebte dieses Haus mit dem kleinen Anbau zur Linken. Es spiegelte das Land, in dem es zu Hause war, wider. Rauh, derb, ein bisschen grob, aber immer da und hilfsbereit. Wie die Menschen in diesem Landstrich. Wie er es auch war.

Sein Urgroßvater hatte Platanen entlang der Auffahrt pflanzen lassen, um dem Haus ein wenig mehr – wie er sagte – französischen Charme zu verleihen. Zum Glück war dieses Unterfangen misslungen und die Platanen eingegangen. Stattdessen wurden eine niedrige Fichtensorte, ein paar hochgewachsene Pappeln und Erlen gesetzt, die den Charakter dieser Landschaft unterstrichen. Das Blau der Fichten stand für die Farbe des Meeres. Die Pappeln für die Aufrichtigkeit der Menschen und die Erle für das fruchtbare Land und die Mystik, die Schottland beherbergte.

Langsam fuhr er die Auffahrt hinauf. Immer, und er meinte wirklich immer und zu jeder Zeit, gab ihm dieser Moment das Gefühl der Stärke. So wie *Wigtown House* – errichtet auf den Mauern des *cnoc of luibhean* – den Widrigkeiten dieser Welt entgegenstand, so erfüllte ihn dieser Anblick mit unbändiger Kraft, alles durchstehen zu können, was sich ihm in den Weg stellen wollte. Und heute stellte sich Percia ihm in den Weg.

Wie konnte eine einzelne Frau nur so giftig und gleichzeitig liebevoll und reizend sein? Wie oft er sich in den letzten Wochen und Monaten gefragt hatte, wann endlich ein Mann eine Enzyklopädie zum Thema *Frauen verstehen* schreiben würde, konnte er nicht mehr zählen. Das Buch wäre wohl so dick und schwer wie der Gärschaum auf dem Ale, das Connor braute, dass man es kaum würde tragen können, aber lesen würde er es trotzdem. Und dass es mit einem Band nicht getan sein würde, das konnte Connor McLymont im Angesicht seiner Percia Stone mit allem unterschreiben, was ihm lieb und teuer war.

Und nun wollte sie ihm ausgerechnet *Wigtown House* wegnehmen.

Er stellte den Wagen neben dem Hauptgebäude ab. Das Büro, in dem er für gewöhnlich mit Mary Blair bei einer Tasse Kaffee die Tagesgeschäfte besprach, lag auf dieser Seite, und wenn ihn nicht alles täuschte, dann hatte seine Verlobte bereits das Zepter übernommen und gleichzeitig seinen bequemen Ledersessel dazu. Für einen Moment lehnte er noch einmal an seinem Wagen. Dachte nach, was ihn dort drinnen erwarten würde. Aber nach Seans Aussage, dass sie die Bücher der Brauerei einsehen wollte, musste Connor mit dem Schlimmsten rechnen.

Das Problem war: Er hatte sich immer auf Mary Blair verlassen. Und das hieß im Klartext: Er war nicht nur ein schlechter Earl, denn das war für ihn gleichbedeutend mit einer gewissen Verantwortung und Pflichtgefühl für seine Pächter und Angestellten; er hatte schlicht und einfach keine Ahnung, wie es finanziell um die Brauerei und die restlichen Ländereien stand. Es war sein Besitz, seine Verantwortung, und die hatte er in den letzten Jahren im betriebswirtschaftlichen Sinne seiner Buchhaltung überlassen.

Bisher war er immer der Meinung, dass er wissen musste, wie es den Menschen ging. Jetzt würde das anders werden müssen. Er wusste nur, dass Mary immer dafür gesorgt hatte, dass genug flüssige Mittel da waren, damit die Angestellten bezahlt werden konnten und die Pächter ihre Löhne und Zinsen bekamen. Ob und wie viele Investitionen es gab, konnte er nicht einmal annähernd beziffern.

Er straffte sich und ging zur Eingangstreppe. Elf Stufen, die ihn sein Leben lang begleitet hatten. Kaum hatte er die erste betreten, da wurde über ihm die Tür aufgerissen und eine vollkommen aufgelöste Percia rannte auf ihn zu. Noch war er nicht in der Verfassung, ihr diesen theatralischen Auftritt abzunehmen, aber er ließ ihn über sich ergehen.

»Mein Liebling«, flötete die Schwarzhaarige in einer Tonlage, die Kreide auf einer Schultafel nicht unähnlich war, »ich such dich bereits seit Stunden. Oh, oh, wo warst du nur?«

Connor schob sie ein Stück von sich weg. Ihr Parfüm wollte ihm die Sinne vernebeln, und ihre Umarmung war etwas zu fest und eng an seinem Hals. Beinahe schien es ihm, als wolle sie ihn erwürgen, wenn sie ihn schon nicht durch Streit aus seinem Haus vertreiben konnte. Ihr affektiertes Benehmen ging ihm obendrein fürchterlich gegen den Strich. War sie eigentlich immer schon so gewesen? War ihre Mimik eigentlich immer schon so undurchdringlich? Aus seinem Augenwinkel nahm er eine Bewegung wahr und wandte den Kopf zur Eingangstür.

Oben im Eingang standen zwei Männer, und Connor fühlte sich sofort an ein Buch erinnert, das ihm Edith Stone geliehen hatte, als er noch ein Kind war. Es war ein Märchenbuch, ein deutsches Märchen. Eines von einem der sogenannten zeitgenössischen Autoren. *Momo,* schoss es ihm durch den Kopf. *Graue Herren,* ergänzte er den Gedanken, und wie recht er haben sollte, wurde ihm einen Moment später bewusst.

»Wer ist das«, fragte er mit kratziger Stimme und ließ die Männer nicht aus den Augen. Percia trat einen Schritt zurück, während die Männer sich mit Zollstock und Plänen in den Händen die Treppe herunterbewegten. Sie unterhielten sich angeregt und schienen Connor gar nicht zu bemerken.

»Hervorragend«, sagte einer der Männer, und sein Londoner Dialekt stach Connor ins Ohr. »Wir werden dann die Verträge für nächste Woche fertig machen«, ergänzte der Mann und sah Percia so an, als wolle er ihre Zustimmung für dieses Vorhaben bekommen.

»Darf ich Ihnen den *Earl von Wigtown* vorstellen«, säuselte sie, anstatt dem Mann zuzustimmen. Der nahm anscheinend jetzt erst Notiz von dem großen Mann mit den breiten Schultern, der sein blondes Haar sehr kurz trug und dessen wilder Bart seinem Gegenüber ein gewisses Maß an Respekt einflößte. Connor stand zwar neben Percia, aber das Paar wirkte, als würde es nicht zueinander gehören. Die Körperhaltung des Earls war abweisend, beinahe drohend. Und selbst der fragende Gesichtsausdruck Connors wollte diesen Eindruck nicht mildern. Auch der zweite Mann schien jetzt erst zu bemerken, dass sie nicht mehr allein waren. Freudestrahlend kam er die Treppe herunter, blieb kurz auf der ersten Stufe stehen und sah zurück. »Na ja, die muss weg«, sagte er leise und missbilligend. »Die Hotelgäste mögen keine Treppen«, fuhr er fort.

Connor hatte die Augenbraue hochgezogen, und sein Blick ging von Percia zu den Männern und zurück. »Hotelgäste«, fragte er mit einem Unterton, der pures Unverständnis zeigte.

»Jahaaaa«, flötete Percia, ohne dabei den Eindruck zu hinterlassen, dass sie ihrem Verlobten eine wichtige Information unterschlagen hatte. »Die Herren kommen von *Scotts Consulting*«, ergänzte sie, aber ohne großen Enthusiasmus, der Connor vielleicht hätte erklären können, worum es wohl gehen mochte. Er sah sie auffordernd an, doch gleichzeitig konnte er sich nicht des Gefühls erwehren, dass Percia keine große Lust verspürte, ihn an ihrem Wissen über das Vorhaben der Herren teilhaben zu lassen.

»Percia«, fragte Connor und legte eine Strenge in seine Stimme, die seine Verlobte für einen Augenblick zusammenzucken ließ. Allerdings war dieser Moment so kurz, dass er glaubte, einer Fata Morgana erlegen zu sein. In seinem Kopf raste der Gedanke, dass sie es wahr machen würde und ihm *Wigtown House* tatsächlich wegnehmen wollte, wie ein kreischender Kreisel umher und wollte nicht zur Ruhe kommen.

»Die Herren sind der Grund, warum ich dich schon den ganzen Tag suche«, begann sie kleinlaut. »Ich hatte wohl vergessen, dass wir heute Morgen einen Termin zwecks Erläuterung der Umbaupläne für *Wigtown House* vereinbart haben.« Langsam wurde Connor ungeduldig.

»Wir?«, hakte er nach, aber sie ging nicht darauf ein. Er richtete sich zu seiner vollen Körpergröße auf und bemerkte, dass diese Bewegung bei ihr die von ihm gewünschte Reaktion hervorrief. Percia wurde nervös. Doch bevor sie reagieren konnte, mischte sich der erste der grauen Männer in das stockende Gespräch ein.

»Steward Smith«, stellte er sich vor, »*Scotts Consulting,* wir arbeiten mit der Regionalregierung zusammen, um Programme zur Förderung der wirtschaftlichen Entwicklung von strukturschwachen Regionen durchzuführen.« Die Sätze klangen so einstudiert, dass es Connor übel wurde.

»Und was hat mein Haus damit zu tun?«, fragte er und versuchte gleichzeitig, seinen Magen davon zu überzeugen, sich nicht auf die Krokodillederimitatschuhe seines Gegenübers zu übergeben. Smith lächelte gewinnend.

»Ihre Verlobte, die reizende Ms. Stone, war so freundlich, uns *Wigtown House* zwecks Errichtung eines Incentive Centers anzubieten. Wir werden hier ein paar Übernachtungsangebote, einen Konferenzraum sowie das eine oder andere Angebot zur Freizeitgestaltung anbieten.«

Connor kochte vor Wut. Ein letzter Blick auf Percia, dann baute er sich vor den beiden Männern auf, von denen er nur den Namen des einen kannte. Der andere schien es nicht für nötig zu halten, sich vorzustellen – und das war etwas, was dem Earl für gewöhnlich die Haarspitzen kräuseln ließ. »Sie«, begann er langsam und überdeutlich, denn er wollte sichergehen, dass die beiden grauen Männer ihn auch hundertprozentig richtig verstanden, »Sie werden hier gar nichts anbieten. *Wigtown House* steht weder für irgendwelche Strukturprogramme noch deren Umsetzung in Incentive-Programmen für minderbemittelte Manager Ihrer Couleur zur Verfügung.« Er holte tief Luft und ballte die Hände in den Hosentaschen. Eine reine Sicherheitsmaßnahme, denn wenn er seine Fäuste aus den Taschen gezogen hätte, wäre zumindest eine davon im Gesicht eines der grauen Gecken gelandet. »Ein Manager, der weiß, was er tut, was ich von Ihnen nicht behaupten kann«, fuhr er so ruhig wie irgend möglich fort, »wüsste, dass Ms. Stone keinerlei Verfügungsgewalt über mein Eigentum hat, und würde ganz schnell zusehen, dass er Land gewinnt.«

»Aber …«, meinte der Graue vor ihm einwenden zu müssen, womit klar war, dass er sich von seiner Provision, die er zweifelsohne für einen gelungenen Geschäftsabschluss erhalten würde, nicht kampflos würde verabschieden wollen.

»Aber was?«, gab Connor ihm die letzte Chance zu verstehen, dass er hier – um es höflich auszudrücken – einem riesigen Irrtum erlegen war und sich jetzt und hier die letzte, die allerletzte Möglichkeit ergab, ohne größere Blessuren seines Egos, wenn er denn nun ohne weitere Proteste das Grundstück verließ. Der Graue schien jedoch schwer von Begriff zu sein und wandte sich an Percia, die in den letzten Minuten verdächtig schweigsam war. Jetzt mischte sich der zweite Graue ins Geschehen ein, allerdings nicht so, wie Connor gehofft hatte.

»Und die Auffahrt«, sagte er nachdenklich und anscheinend schon in Baumaßnahmen vertieft, »die geht gar nicht: Dieses Fichtengestrüpp muss weg.«

Es klatschte und der zweite graue Mann fiel zu Boden. »Das Einzige, was hier wegmuss, sind Sie«, sagte Connor erstaunlich ruhig, während der Mann auf dem Boden seinen Kopf schüttelte und nicht wusste, wie ihm geschehen war. Urplötzlich hatten sich Connors Fäuste doch verselbstständigt und sich im Gesicht des zweiten Grauen wiedergefunden. Percia schrie entsetzt auf, weil Smith einen Satz zur Seite gemacht hatte, und als er sich besann, dass es nun besser war, den strategischen Rückzug anzutreten, half er dem zweiten Grauen auf die Beine. »Das wird Folgen haben«, sagte Smith und klopfte vergeblich den Dreck von der Hose seines Partners.

»Ja, richtig, das wird Folgen haben, und zwar für Sie, weil Sie anscheinend zu dämlich sind, sich die richtigen Leute für Ihre Projekte auszusuchen. Vielleicht wird die Stadt Cumbernauld Ihnen ein großzügiges Arbeitslosengehalt zur Verfügung stellen, wenn Ihr Chef, wer immer dieser Vollpfosten sein mag, der solche Idioten wie Sie eingestellt hat, Sie auf die Straße gesetzt hat.« Die beiden Grauen traten entsetzt einen weiteren Schritt zurück, dann drehten sie auf dem Absatz um und taten das, was sie bereits vor fünf Minuten hätten tun sollen. Land gewinnen.

Connor sah ihnen hinterher und griff ganz plötzlich nach Percias Hand, die heimlich versuchte, sich aus dem Staub zu machen.

»Und du«, sagte er und blickte drohend auf sie herunter, »hast eine halbe Stunde Zeit, deine Sachen zu packen und zu verschwinden.« Das Timbre in seiner Stimme machte ihr unmissverständlich klar, dass er es ernst meinte. Ihre Gesichtszüge verrutschten für einen Augenblick, dann zog sie ihre Hand aus seiner Umklammerung und ging. Sie sah nicht zurück, sondern schritt so schnell auf die Treppe zu, dass Connor beinahe glaubte, sich auf leichte Art und Weise eines Problems entledigt zu haben, von dem er sich weit mehr Krach erwartet hatte.

Auf der Treppe machte sie halt, drehte sich zu ihm um und sah ihn mit vor Wut funkelnden Augen an. *Zu früh gefreut*, dachte Connor und richtete sich auf eine Schimpftirade der besonderen Percia-Güte ein. In Erwartung ihrer schrillen Streitstimme zog er vorsorglich den Kopf ein.

»Das wirst du bereuen«, sagte sie. Erstaunlich gelassen, erstaunlich leise. Dann stapfte sie wutentbrannt ins Haus, und er konnte ihre Schritte die alte Holztreppe hinauf bis in den Vorhof hören. Connor legte den Kopf in den Nacken, atmete heftig aus und stöhnte leise.

## 18.

Bravo«, sagte eine männliche, äußerst sonore Stimme, und jemand klopfte ihm auf die Schulter. Connor zuckte erschrocken zusammen.

»Ist das eigentlich üblich, dass sich Hausangestellte so anschleichen?«, fragte er genervt und sah seinen Butler strafend an.

»Es ist das Zeichen eines guten Hausangestellten, dass er weder zu hören noch zu sehen ist und dass die Arbeit trotzdem erledigt wird.«

Alfie lächelte nachsichtig, denn er wusste, dass es Connor

nie recht war, Menschen dafür zu bezahlen, dass seine Wäsche gewaschen und sein Essen gekocht wurde.

»Riba wird es dir danken«, fuhr Alfie fort, der seinen Chef um noch mal zwei und einen halben Kopf überragte. Der hagere Mann wirkte immer ein wenig ermüdet, gerade so, als wäre ihm das Leben und seine Arbeit als Butler eine Last, die ihm von Gott auf die schmalen Schultern gelegt worden war. Das knochige Gesicht des Mannes trug diese Last noch viel deutlicher zur Schau als der Rest seines Körpers. Tiefe Falten und eine Haut, die einen leichten Grauschimmer zeigte, erzählten davon. Dass sich um Alfies Mundwinkel ein paar zaghafte Lachfältchen zeigten, war kaum der Rede wert. Alfie spiegelte das wandelnde Leiden der Welt auf mehr als zwei Metern Körpergröße wider.

»Die gute Riba war heute Morgen kaum davon abzuhalten, das Schlachtermesser vom Haken zu holen«, fuhr Alfie fort, und dieses Mal zeigte sich ein bösartiges Grinsen um seinen Mund.

Connor ließ die Schultern hängen, schüttelte den Kopf. »Es wäre die höfliche Version, wenn ich sage, dass ihr mit eurer Meckerei wenig hilfreich seid.« Er legte den Kopf in den Nacken und stöhnte herzhaft. »Was von Mary gehört?« Alfie schüttelte den Kopf.

»Sie ist gestern wie von der Tarantel gestochen hier raus und wollte nicht mal mit Riba reden.« Connor fühlte sich wie auf einer Klippe. Nur noch einen Schritt, dann wäre es zu Ende. Alles wäre zu Ende. Er fühlte sich ausgelaugt und wie ein Vollidiot. Die Müdigkeit konnte er mit einer Mütze voll Schlaf ausmerzen. Die Idiotie wäre hingegen ein härteres Stück Arbeit. Und ob er sich jemals anders fühlen würde, wenn es um Percia ging, war fraglich.

»Geht sie tatsächlich, oder ist das nur Show?«

Alfie schob mit der Fußspitze ein paar Kiesel zur Seite und sah Connor nicht an. Der Mann wusste, dass es ihm als Butler eigentlich nicht zustand, so über die Verlobte seines Arbeitgebers zu sprechen. Aber zum einen war er nicht nur Butler, sondern gehörte irgendwie mit zur Familie wie jeder, der hier angestellt war, und zum anderen hatte es Percia Stone in den letzten Wochen und Monaten so übertrieben, dass er – und nicht nur er – es gar nicht mehr erwarten konnte, dass diese Person das Haus endlich verließ. Innerlich verfluchte der Butler den Tag, an dem Connor auf die grandios dumme Idee gekommen war, seine Verlobung mit dieser Frau bekannt zu geben, und somit Percias Irrglauben Vorschub leistete, sie hätte jetzt endlich eine Tür zur Upperclass aufgestoßen. Eine Position, die ihr Macht und die finanziellen Möglichkeiten bot, sich in die Position zu bringen, die ihr ihrer Meinung nach sowieso zustand. Dass diese Frau bis auf ihr hübsches Aussehen und die gewissen Bauernschläue nichts aufweisen konnte, was diese Meinung auch rechtfertigte, war für alle Beteiligten – außer für Connor, der den verliebten Trottel gab – so klar wie das Wasser, das aus der Quelle des *Clyde* entsprang.

Seitdem hatte niemand in *Wigtown House* auch nur eine ruhige Minute. Ständig ließ sich dieses verzogene Gör etwas Neues einfallen, um die Bewohner, inklusive ihres Verlobten, den letzten Nerv mit ihren Ideen zu rauben.

»Ich könnte vorschlagen, dass wir warten und uns davon überzeugen, dass sie tatsächlich geht«, sagte Connor, »aber ich muss telefonieren. Vielleicht kann ich Mary davon überzeugen zurückzukommen.« Alfie nickte.

»Dann solltest du dir aber sicher sein, dass Ms. Stone das Haus verlassen hat.«

Connor lachte ein dunkles Lachen. »Ich verlass mich da auf dich, alter Mann. Du wirst mir sicherlich die freudige Mitteilung gleich um die Ohren hauen.« Er grüßte mit einem schrägen Lächeln und ging auf die Eingangstreppe zu. *Wegmachen*, dachte er empört, wie konnte man nur auf die Idee kommen, diesen herrlichen Eingang zerstören zu wollen?

Er betrat das Haus, schwungvoller, als er glaubte, dass es ihm seine müden Knochen erlaubten, und lauschte auf die Geräusche, die von oben kamen. Percia fluchte und moserte lautstark vor sich hin, und der Konsens dieser Flüche beinhaltete sicherlich keine guten Segenswünsche für ihren Verlobten. Schranktüren flogen auf und zu; sie stampfte wie ein Presslufthammer durch das mit Parkett ausgelegte Schlafzimmer.

Nur wenn sie auf einen der Teppiche traf, wurden die Geräusche leiser. Connor rieb sich über seinen Bart und ging in sein Büro. Dort sah er auf dem Schreibtisch diverse Unterlagen zum Umbau von *Wigtown House* liegen. Wütend packte er sie zusammen und stopfte sie in den Papierkorb.

»So weit kommt das noch«, sagte er in den Raum hinein und wunderte sich, wie hohl dieses Zimmer seine Stimme wiedergab. Denn wie im ganzen Haus beherrschten auch hier edle Hölzer die Inneneinrichtung. Regale mit Büchern, mannshoch, sollten eigentlich jeden unerwünschten Ton aufsaugen und in Wohlklang umformen. Aber in Connors Stimme lag die Furcht, mit seinem Vorhaben bei Mary Blair zu scheitern, und das konnten selbst die in Leder gebundenen Schätze aus 200 Jahren schottischer Geschichte nicht verändern.

***

Er nahm den Hörer, wählte Mary Blairs Nummer und ging um den wuchtigen Schreibtisch aus den 90er Jahren des 19. Jahrhunderts herum, an dem schon sein Vater gesessen hatte. Alles hier in diesem Zimmer schrie danach, dass es dem Alten gehörte. Jedes einzelne Möbelstück war von Connors Vater restauriert worden. Jedes einzelne Buch im Regal war ein Erbstück seines alten Herrn.

Aber anstatt sich eingeengt zu fühlen, war dies – neben seinem Schlafzimmer – der einzige Raum im ganzen Haus, der ihn seiner Aufgabe näher brachte. Hier verstand er, worum es ging, hier konnte er lernen, seinem Vater alle Ehre zu machen.

Connor setzte sich in den dunkelbraunen, verschlissenen Ledersessel, und das Leder gab ein zufriedenes Geräusch von sich, gerade so, als hätte es nur darauf gewartet, von seinem Besitzer genutzt zu werden.

Nachdenklich legte er einen Finger an das Kinn, mit den anderen stützte er den Hörer an seinem Ohr. Während er dem Freiton im Hörer lauschte, lag sein Blick auf den Ledersesseln, die ihm gegenüber vor einem Regal standen und ihn klagend ansahen. Denn im Gegensatz zu seinem Bürostuhl hatte er diese beiden bequemen, weil mit einer großen Sitzfläche ausgestatteten Sessel schon lange nicht mehr benutzt. Entweder fehlte ihm die Muße, weil er gerade wieder mit Percia in Streit geraten war, oder aber er war unten in der Brauerei.

Verschiedene Ansatzmöglichkeiten, Mary Blair davon zu überzeugen, doch zu bleiben, schwirrten in seinem Kopf herum. Keine davon versprach eine wirkliche Lösung. Denn wenn Percia ein Luder war, so war Mary Blair stur wie ein Rindvieh. Seine Buchhalterin hatte sich viel von der Göre, wie Alfie sie nannte, bieten lassen, und er fürchtete, dass ihr Nein ein endgültiges war.

Dass Percia so einfach ihre Sachen packte, ließen bei ihm leise, aber doch hörbare Alarmglocken läuten. Er wunderte sich nicht über ihr schnelles Packen, denn mittlerweile kannte selbst er diese Frau und ahnte, dass das noch nicht alles gewesen sein würde.

Mary Blair meldete sich zaghaft, und ihm sank das Herz in die Hose. Ihr Ton war unmissverständlich ablehnend, und er wusste, dass es vergebene Liebesmühe war, sie zu beschwören zurückzukommen.

Als Mary erkannte, wen sie da am Telefon hatte, ergoss sich ein Redeschwall über ihn, den er nicht unterbrechen wollte und konnte, weil er erkannte, dass sich hier Emotionen angestaut hatten, deren Ausbruch den Wassermassen beim Bruch eines Staudamms gleichkamen. Das alles musste erst gesagt werden. Es musste raus, und Connor ließ es zu, ohne der Buchhalterin Vorhaltungen zu machen, warum sie erst jetzt mit all dem herauskam. Er ahnte, dass sie seinetwegen geschwiegen hatte und dass sie ihm keine Vorwürfe machen wollte, weil nicht er Schuld an dieser Misere trug, sondern sie, wobei sie Percias Namen nicht aussprach, ganz so, als fürchte sie, dass der Fluch des Bösartigen nicht zu bändigen wäre, wenn sie ihn aussprach.

»Sie packt gerade ihre Sachen«, warf er irgendwann ein, um wenigstens einen kleinen Teil zu diesem Gespräch beizutragen.

»Schatz, das glaub ich dir erst, wenn mir das von mindestens fünf unabhängigen Seiten bestätigt wurde.« Mary klang traurig, und es schmerzte Connor, dass dem so war. Er hatte eine gute Freundin verloren, die nebenbei auch noch seine Buchhalterin war.

»Sieh es doch mal so«, fuhr Mary fort, »ich hatte jetzt eine ganze Nacht und einen ganzen Tag Zeit, darüber nachzudenken. Ich hätte jetzt nur noch wenige Wochen bis zur Rente, und weil ich sowieso nie Urlaub hatte, der mir zwar zustand, ich ihn aber nie genommen habe, nehme ich ihn jetzt, und dann bin ich ganz weg.« Connor stöhnte. Mary machte Ernst, und sie ließ sich nicht überzeugen zurückzukommen.

»Aber Mary«, warf er ein, »sie ist jetzt weg, und außerdem hab ich keine Buchhalterin mehr.«

»Doppelter Verlust«, bemerkte sie spitz.

»Du fehlst hier und du wirst gebraucht, das ist es, was ich damit sagen will.«

»Ich weiß doch«, sagte sie nachsichtig. »Aber du hättest dir eh jemanden suchen müssen. Also machst du es jetzt, und wenn du jemanden gefunden hast, helfe ich bei der Einarbeitung.«

Wieso hörte sich das alles bei ihr so logisch und nachvollziehbar an? Das klang nicht nach einer Nacht des Überlegens. Das war gewachsen und hörte sich nach vielen, sehr vielen Stunden des Nachdenkens bei Tee und Kuchen mit einer Reihe ihrer unzähligen Freundinnen und den Teilnehmern bestimmter Handarbeitskurse der örtlichen Volkshochschule, die Mary leitete, an.

»Du planst das schon länger«, fragte Connor und fühlte sich durch ihr Seufzen in seinem Verdacht bestätigt.

»Dieses Gör bietet sich als Grund einfach an. Ich bin zu alt für diesen Blödsinn. Sie macht, was sie will, Unterlagen verschwinden, tauchen nach Tagen wieder auf – vollkommen durcheinander –, sie fährt mir über den Mund und ach … ich mag einfach nicht mehr. Mit dir und deinem Vater – Gott hab ihn selig – war und ist das was anderes. Aber allein der Gedanke, dass dieses Luder in *Wigtown* rumschwirrt, macht mich unbändig wütend.« Mary machte eine kurze Pause. »Sie weiß überhaupt nicht, was sie da in Händen hält. Sie sieht nur das Geld, und mir tut das weh. So. Schluss. Aus.« Ohne es zu wollen, musste Connor schmunzeln. *Mary hatte ja recht. Vollkommen,* und er hoffte, dass sein Machtwort in Richtung Percia endlich Bestand und Geltung hatte.

»Noch mal: Du suchst dir jemanden, und ich helfe halbtags aus, bis dieser Jemand sich eingearbeitet hat. Haben wir einen Deal?«, hakte sie nach.

»Deal? Wo hast du das denn her?«, fragte Connor amüsiert, wartete aber die Antwort nicht ab. »Ja, haben wir. Ich melde mich bei dir.«

***

Nachdem er sich verabschiedet und den Hörer aufgelegt hatte, lehnte er sich zurück und sah sich um. Er wusste, was dieses Telefonat bedeutete. Eine Ära ging zu Ende. Bisher hatte er sich mehr oder weniger durchgewurschtelt. Konnte immer auf die Erfahrung seiner Buchhalterin vertrauen. Das würde nun anders werden. Jetzt würde er die Aufgabe, Chef zu sein, vollkommen ausfüllen müssen. Für einen kurzen Moment verursachte ihm dieser Gedanke Beklemmungen, doch dann sah er auf das Foto seines Vaters, das an der gegenüberliegenden Wand hing, und das vertrauensvolle Lächeln, das dieser Mann in Schwarz-Weiß zur Schau trug, machte Connor Mut. Schließlich war auch sein alter Herr nicht mit dieser Verantwortung geboren worden. Auch er musste erst in die Aufgabe hineinwachsen, und wenn dieser Mann es geschafft hatte, dann würde er – Connor – es ebenso.

Ein Poltern riss ihn aus seinen Gedanken, und als eine Sekunde später die Haustür ins Schloss fiel, und zwar so laut und heftig, dass die Gläser im Schrank vibrierten, sah er zum

Fenster hinaus. Percia hatte ihre Koffer – die teuren Koffer von Louis Vuitton, bei denen er nie herausfand, ob sie echt oder eine Kopie waren, wobei er Percia Letzteres durchaus zutraute – die Treppe hinuntergeworfen und stampfte nun im Vorhof auf und ab. Connor betrachtete die wütende Schönheit und wunderte sich, dass er keine Traurigkeit, sondern nur tiefe, rigoros empfundene Zufriedenheit verspürte. Das da draußen war ein Kapitel in seinem Leben, das er nun abgeschlossen hatte. Spät, aber immerhin konnte man nun nicht mehr an seinem Geisteszustand zweifeln, sich mit dieser Frau abzugeben. *Aber was war, wenn die Einsamkeit kam?* Wenn ihn der Gedanke daran, allein zu sein, zu ihr zurücktreiben würde? *Niemals,* dachte er entschlossen, *eher ersäufe ich mich in einem Fass Bier.*

***

Der Taxifahrer hatte Percias Gepäck in den Kofferraum verfrachtet, und obwohl er dabei sorgfältig damit umging, zeterte die Schwarzhaarige lautstark. Dass Percia ihr Gepäck vor nicht weniger als einer halben Stunde selbst schändlich misshandelt hatte, verschwieg sie wohlweislich. Vielleicht konnte sie bei der Taxigesellschaft einen Bonus für ihr beschädigtes Gepäck herausschlagen. Sie sah auf den Yard, der ihrer Tante gehörte, und sie hasste diesen Ort der kleinen Glückseligkeit abgrundtief. Wie man sich mit diesem wenigen zufriedengeben konnte, würde sie nie verstehen. Aber da war ihre Tante genau wie ihr strunzdummer Bruder, der sich in London mit einer kleinen Stelle als Polizist begnügte. Genügsam. Irgendwas musste in dieser Familie falsch laufen. Man konnte sich doch nicht tatsächlich damit abfinden, ein Kleingeist zu sein.

Sie wandte sich zum Fahrer um und brüllte ihn an, er möge

das Gepäck vor der Tür abstellen. Dann richtete sie sich auf ihre große Show ein. Percia war sich beinahe sicher, dass ihre Tante hinter den Gardinen stand und sie beobachtete, also presste sie ein paar Tränen über ihren ach so großen Verlust heraus, verschmierte ihren Kajalstift und sah innerhalb von Sekunden aus wie das Leiden Christi.

Die grüne Tür der Pension öffnete sich, und im Türrahmen erschien Edith Stone, deren Gesichtsausdruck Bände sprach. Die alte Dame floss sicherlich nicht über vor Begeisterung, ihre Nichte hier zu sehen, und genau das konnte man in ihrem Gesicht ablesen.

»Percia«, sagte sie, und der angesäuerte Ton in ihrer Stimme schimpfte alles Weitere Lüge. »Wie schön, dich zu sehen.« Dieser Satz war das Zeichen für die Angesprochene, in Tränen auszubrechen.

»Er hat mich rausgeworfen«, heulte Percia lautstark los und warf sich ihrer Tante, die erschrocken zurückwich, um den Hals.

»Und jetzt?«, fragte Edith Stone.

»Und jetzt? Wie kannst du das fragen? Ich stehe auf der Straße, dieser undankbare Kerl.« Edith kommentierte diese Feststellung mit einer schrägen Grimasse.

»Das heißt?«, fragte sie dennoch in der Hoffnung, dass sich ihre Nichte vielleicht doch eines anderen besann und von hier verschwand.

»Ich brauch ein Zimmer«, polterte Percia empört, und ihre Mimik fragte, ob die Alte wohl noch bei Trost war, so dumme Fragen zu stellen.

»Nimm den Erker«, sagte Edith leise. Ihre Hoffnung war innerhalb von Sekunden zu Brei gestampft worden, und so machte sie das Beste aus der Anwesenheit dieser Person, die sie zu ihrem Verwandtschaftskreis zählen musste. Der Erker war das kleinste Zimmer im ganzen Haus, und man konnte nur mit viel Wohlwollen von einem Zimmer oder Raum sprechen. War man böse genug, dann nannte man es Kabuff oder Abstellkammer. Normalerweise vermietete Edith dieses Zimmer nicht. Nur wenn sie wirklich ausgebucht war und jemand noch ein Bett für ein Kind mieten wollte, ja dann ... aber auch nur dann und auch nur für eine oder zwei Nächte, dann hatte Edith für gewöhnlich eine andere, weitaus bequemere Lösung gefunden. Aber für Percia musste das Zimmer reichen. Zumindest, bis diese dahinterkam, dass die Pension nicht ausgebucht war und sie nur einen Gast hatte.

Edith hoffte, dass Madison noch schlief. Ihre Exkursion durch die Hügel hatte mehr an ihren Kräften gezehrt, als die Rothaarige zugeben wollte. Aber jeder Versuch, sich länger als eine Stunde auf den Beinen zu halten, hatte zur Folge, dass dem Mädchen schwindlig wurde und sie sich wieder zu Bett begab. So ging das nun schon den ganzen Tag.

Dass ihr Gast weiter ausruhen konnte, wurde in dem Augenblick zunichtegemacht, als Percia das Haus betrat, lautstark die Koffer auf der Treppe abstellte und noch lauter über die Ungerechtigkeit dieser Welt jammerte. Entweder war Madison schlau genug, sich nicht zu zeigen, oder sie schlief tatsächlich, als läge sie im Koma. Edith warf verstohlene Blicke hinauf zur Zimmertür und war froh, dass sich von oben her nichts rührte, als sie ihre Nichte ins Wohnzimmer schob.

»Ich will nicht wissen, was los ist«, sagte Edith, als sie den Schrank öffnete, eine verschlossene Flasche Whisky herausholte und diese samt Glas vor ihrer Nichte auf den Tisch stellte. »Wenn du Liebeskummer hast, betrink dich, aber leise.« Damit ging sie in ihre Küche und ließ ihre bass erstaunte Nichte im Wohnzimmer zurück. Diese versuchte jetzt bei Seth ihr Glück und bat den alten Mops um Verständnis für ihre betrübliche Situation, doch der präsentierte ihr nur seine Rückseite, machte seinem Unmut über Percias Anwesenheit durch einen lauten und langen Furz Luft.

»Ieeeeeh«, schrie Percia, und Edith lachte in der Küche leise. Die feuchten und übelriechenden Hinterlassenschaften des Hundes kannte sie nur zu gut, und sie wusste, dass diese nur noch mit einem speziellen Reinigungsmittel entfernt werden konnte, das sie in einer Tierhandlung kaufte. Als Seth ihr um die Füße strich, als wäre nichts gewesen, beugte sie sich herunter und kraulte ihn hinterm Ohr. »Gut, dass ich noch eine Flasche von dem Reinigungszeug habe«, sagte sie nachsichtig, denn sie konnte die Abneigung des Mopses gegen die schwarzhaarige Frau absolut nachvollziehen.

»Frühstück um neun«, rief sie ins Wohnzimmer und schloss die Tür hinter sich.

Doch anstatt sich um das Essen zu kümmern, schlich sie die Treppe hinauf in ihr Zimmer, lauschte noch einmal kurz hinunter, und als sie sicher sein konnte, dass diese weibliche Pestilenz mit ihrem Alkohol beschäftigt war, zückte sie ihr Mobiltelefon und rief Connor an. Es brauchte nur ein paar Sekunden, dann nahm er ab, und zum zweiten Mal an diesem Tag musste er einen Wortschwall über sich ergehen lassen, der seinesgleichen suchte. Aber das wusste Edith nicht, und deshalb ließ sie ihrem Mundwerk freien Lauf.

***

Edith konnte nicht verneinen, dass sie manchmal spürte, dass sie langsam, aber sicher alt wurde. Der Tag war aufregender als die, die sie sonst so zu haben pflegte. Dass er auch noch äußerst unangenehm endete, stand auf einem anderen Blatt geschrieben, das sie in den nächsten Tagen würde korrigieren müssen. Sie wollte Percia nicht hier haben. Basta. Aus. Punkt. Der Charakterzug ihrer Nichte entsprach nicht dem, was sie ihr Leben lang gelebt hatte. Nächstenliebe. Obendrein glaubte Edith Stone, dass sie für diese Person schon mehr als genug getan hatte, indem sie die junge Frau nicht auf der Straße stehen ließ. Niemals hatte sie Percia allein gelassen, wenn diese mal wieder mit einem ihrer Vorhaben, die Weltherrschaft – ein wenig Sarkasmus gönnte sich die alte Lehrerin beizeiten – grandios scheiterte. Immer war sie das Netz und der doppelte Boden für ihre Nichte. Bisher glaubte die alte Dame, dass sie es ihrem verstorbenen Bruder schuldig war, auf dieses verzogene Blag aufzupassen und, manchmal zumindest, auch die Scherben aufzufegen, die Percia mit ihrem Tun hinterlassen hatte.

Aber das sollte jetzt vorbei sein. Dieses Miststückchen war zu weit gegangen. Sie hatte Menschen verletzt und in Angst und Schrecken versetzt, die Edith am Herzen lagen. So konnte das nicht weitergehen, und je schneller Percia dieses Haus verließ, desto besser.

Edith war müde, doch gleichzeitig immer noch so aufgedreht, dass sie selbst nach diesem langen, sehr ereignisreichen Tag nicht zur Ruhe kommen wollte. »Ich bin zu alt dafür«, sagte sie zu sich, rückte ihre Kissen zurecht, nahm sich ein Buch vom Nachttisch, das sie aber an diesem Abend nicht fesseln konnte und sie sogar nicht wusste, worum es darin überhaupt ging.

# 19.

Ich schlafe wie ein Murmeltier. Tief und fest. Um mich herum könnten Bomben heruntergehen, ich würde es nicht hören. Es ist ein erholsamer Schlaf, und irgendwann tun mir auch meine Muskeln nicht mehr weh. Die Schwindelanfälle verschwinden auch, doch trotzdem bin ich vorsichtig, als ich ins Bad gehe. Das könnte sich jedoch sofort ändern, wenn ich unvorsichtigerweise in den Spiegel blicke. Der Schreck, den die Leiche, die ich dort sehen würde, mir einjagen könnte, könnte jeden Fortschritt meiner kleinen Genesung zunichtemachen. Ich weiß, ich bin blass, und meine Haare sind so struppig, als hätte ich sie monatelang nicht gepflegt. Eigentlich mag ich meine Haare, aber rotes Haar ist so empfindlich. Wenn man es nur einen Tag ignoriert, sieht man aus wie eine Hexe aus einem Disneyfilm. Und trotzdem erschlägt mich das, was mich aus dem Spiegel her ansieht, doch mehr, als ich es für möglich gehalten hätte.

Die Dusche weckt meine Lebensgeister, und irgendwann ist auch mein Schopf so in Ordnung, dass ich damit arbeiten kann. Ein Nebeneffekt der erwachten Geister ist meine Denkfähigkeit. Einige der Gedanken sind eher belangloser Natur, andere hingegen treiben mich an.

*Du hast dich in den letzten Wochen genug gehenlassen,* ist einer davon.

Ein weiterer bestätigt diesen ersten Gedanken und fordert mich auf, weitergehend zu denken. Ich mag diese Gegend, die Landschaft, und mit Edith war ich bereits in Cumbernauld zum Einkaufen. Ein nettes Städtchen, in dem es sich gut leben lässt. Wären da noch die kleineren Probleme mit dem Job, einer Wohnung und vielleicht noch einem kleinen Auto. Obwohl: Die Pension ist nicht so weit von der Stadt entfernt; vielleicht bräuchte ich nur eines zu mieten, dann könnte ich täglich hinunterfahren. Die einzige Komplikation in diesem Plan würde jedoch der Job werden.

Wie sollte ich einem zukünftigen Arbeitgeber meine überstürzte Kündigung in London schmackhaft machen? Ich hatte bei *McAllister, Hammersmith & Co* gekündigt, und das unter seltsamen Umständen. Somit fehlen mir Referenzen. Und die sind hier so etwas wie eine Absolution. Natürlich habe ich Zeugnisse der Universität über die diversen Abschlüsse. Auch eine Bescheinigung über das Praktikum bei der Bank. Aber sobald es um meine Berufstätigkeit gehen würde, käme ich in Erklärungsnot.

Die anfänglich berauschende Empfindung, die ich während meiner Planung spürte, fällt wie ein Soufflé in sich zusammen. Wie soll ich jemandem plausibel machen, dass ich meinen Vorgesetzten angezeigt habe? Keine gute Referenz.

Bei dieser gedanklichen Inventur fällt mir ein, dass ich Lewis Stone versprochen hatte, ihn auf dem Laufenden zu halten. Vielleicht hatte der Polizist eine Idee, wie ich diesen kleinen, aber ziemlich unfeinen Fels in meiner persönlichen Geschichte umschiffen konnte. Mit einem Handtuch bekleidet gehe ich zurück in mein Zimmer und sehe sofort, dass Edith mir ein Frühstück hingestellt hat. Mit einer Nachricht: *Tun Sie sich selbst den Gefallen und verzichten Sie auf ein Kennenlernen mit meiner Nichte. Edith.*

Diese Nichte scheint ja ein besonderes Früchtchen zu sein, denn anders kann ich mir Ediths Warnung nicht erklären. Nachdem ich mich ein wenig gestärkt und mein Haar in annehmbare Formen gebracht, ein wenig Make-up aufgelegt und mich angezogen habe, nehme ich das Tablett und gehe hinunter. Edith kann wohl jede moralische Unterstützung gebrauchen, auch wenn sie noch so mickrig ausfallen mag wie in meinem Fall.

Vorsichtig, Schritt für Schritt, Stufe für Stufe und immer wieder an dem Tablett vorbeischielend, steige ich die Stiege hinunter. Aufgeregte Stimmen klingen aus dem Wohnzimmer zu mir ins Treppenhaus und bestätigen mich in meiner Annahme, dass ich keine Minute zu früh auftauchen werde. Ich stelle das Tablett so leise wie möglich in der Küche ab und gehe dann hinüber. Überraschungseffekt.

»Guten Morgen«, sage ich so fröhlich wie möglich in den Raum und versuche, die Lage zu sondieren. Edith sitzt im Wintergarten, während eine junge, schwarzhaarige Frau, die sehr modisch und teuer gekleidet ist, vor ihr auf und ab geht und eine Rede schwingt, die vor dem Unterhaus sicherlich viel Applaus in Bezug auf soziales Engagement bekommen würde. Jetzt dreht sich die Frau um und funkelt mich wütend an. Anscheinend habe ich ihren gut geplanten Auftritt vermasselt. Edith nutzt die Gunst der Stunde und springt auf und begrüßt mich herzlich, besorgt und überschwänglich. Als sie mir einen Kuss auf die Wange haucht, ist ihre Erleichterung über mein Erscheinen und die daraus folgende Ablenkung spürbar.

»Noch eine Minute mit der allein, und ich wäre zur Mörderin geworden«, flüstert Edith, doch als sie sich umdreht, liegt ein spitzbübisches Lächeln in ihrem Gesicht. Sie nimmt mich bei der Hand und stellt mich ihrer Nichte vor, die mich die letzten Minuten argwöhnisch beobachtet hat. »Percia, meine Liebe, das ist Madison Cavanough, mein momentaner Pensionsgast. Madison: Das ist meine liebe Nichte Percia Stone, ihren Bruder Lewis haben Sie ja bereits kennengelernt.«

Edith strahlt über das ganze Gesicht, als sie Lewis' Namen

nennt, und ich glaube auch, dass Percia ihrerseits deswegen zusammenzuckt.

»Ach, Sie kennen meinen Bruder?«, säuselt Percia, und ich nicke.

»Ich hatte das Vergnügen, kurz in London mit ihm zusammenzuarbeiten«, bestätige ich. Ich beobachte Nichte und Tante, und die offensichtliche Feindseligkeit der Jüngeren gegen ihre Tante schmerzt mich.

»Wo waren wir stehen geblieben, meine Liebe?«, fragt Edith ihre Nichte, geht zum Tisch und schenkt für alle Kaffee ein.

»Nicht der Rede wert«, näselt Percia, nimmt ihre Tasse entgegen und rührt wütend darin herum.

Ich danke artig für meine Tasse, setze mich auf den Stuhl, der im hinteren Bereich des Wintergartens steht. Von dort kann ich die beiden Frauen weiter beobachten. Wie zwei fremde Möpse, von denen sich einer in das Revier des anderen gewagt hat, umkreisen sie sich. Eigentlich fehlen nur noch die aufgestellten Haare, was bei Percias Bob bestimmt witzig aussehen würde. Als hätte er auf sein Stichwort gewartet, schleicht Seth durch die Hundeklappe herein und macht es sich auf meinen Füßen bequem. Edith nutzt die Gunst der Stunde und wechselt das Thema; ob ihre Wahl allerdings zu unserer Gewogenheit in Percias Augen ausfällt, halte ich still amüsiert für fraglich.

»Was haben Sie heute vor?«, fragt mich die alte Dame. »Sie sehen heute schon wesentlich besser aus als gestern. Wusstest du, dass Connor Ms. Cavanough gerettet hat?« Sie wendet sich an Percia, aber diese Information ist auch für mich neu, denn seinen Namen hatte Edith mir nicht genannt. Percia scheint nicht erfreut zu sein, dass ihr *Unter-Umständen-immer-noch-Verlobter* eine andere Frau rettete. Die Mimik der schwarzhaarigen Frau verändert sich von Argwohn in offene

Feindseligkeit direkt und unverhohlen in meine Richtung.

»Ja, der Gute«, fährt Edith unbeirrt fort, und ich schwöre, sie lacht sich dabei ins Fäustchen, »er hat sie vollkommen durchgefroren und durchnässt gefunden, ohnmächtig und dem Tode näher als dem Leben war das arme Mädchen.«

Die Beschreibung meines Zustands fällt sicher etwas drastischer aus, als es tatsächlich der Fall war.

»Ach«, ist das Einzige, was Percia dazu anmerken will. Plötzlich stellt sie ihre Tasse auf dem Tisch ab, dass es klirrt, und springt auf. »Ich muss noch was erledigen, wenn Sie mich entschuldigen wollen.« Sie wartet keine Antwort ab und stürmt aus dem Haus. Ich sehe Edith an und muss über das zufriedene Lächeln der alten Dame schmunzeln.

»Jetzt haben wir die nächsten Stunden Ruhe.«

»Schwieriges Persönchen«, merke ich vorsichtig an, und Edith lacht laut auf.

»Sie ist der Pest näher als der Heilung, genau wie ihre Mutter. Wie mein Bruder sich auf so ein Weib einlassen konnte … Nun: wenigstens ist Lewis sozial kompetenter.« Edith stellt die Tasse auf dem Tisch ab, streicht die obligatorische Blümchentischdecke glatt und sieht mich auffordernd an. In ihrem Blick steht geschrieben, dass sie von mir etwas hören möchte.

»Ich will es nicht beschwören«, sagt sie, »aber Sie kommen mir heute Morgen verändert vor.« Diese Frau hat hellseherische Fähigkeiten, die mich ab und an erschrecken.

»Ja, Sie haben recht. Ich habe mich entschlossen, hier sesshaft zu werden. In den nächsten Monaten komme ich noch finanziell gut über die Runden, aber danach brauch ich einen Job. Was mir ein wenig zu schaffen macht, ist meine überstürzte Abreise aus London und wie ich die einem möglichen Arbeitgeber erklären könnte. Außerdem fehlen mir Referenzen.« Edith winkt ab.

»Papperlapapp«, sagt sie, und damit ist für sie die Sache erledigt. »Ich werde Ihnen eine ausstellen, sagen wir mal als Praktikantin. Was wollen Sie überhaupt arbeiten?«

»Ein Bürojob ... Sekretärin oder so was. Ich glaube nicht, dass mich jemand als Wirtschaftsprüferin nimmt, wenn ich nicht – auch mit Ihrer freundlichen Empfehlung – eine lange Liste von Unternehmen als Referenzen aufweisen kann.«

»Was macht man als Wirtschaftsprüferin?«, fragt Edith neugierig, und der Ton, wie sie diese Frage stellt, lässt mich hellhörig werden. Aber ich lasse sie zunächst mal zappeln.

»Das, was andere gebucht haben, auf ihre Richtigkeit hin überprüfen. Unter anderem.« Aber die Dame ist fix. Edith zieht eine Augenbraue hoch und lächelt verschmitzt.

»Ihr Problem sollte sich schneller lösen lassen, als Sie Popocatéepetl sagen können.« *Wie bitte?*, denke ich und muss doch lachen.

»Ach ja?«

»Ach ja!« Edith reibt sich vergnügt die Hände. »Aber jetzt zu etwas anderem: Am Wochenende findet auf *Wigtown House* das Frühlingsfest *Eostrae* statt. Ein wirklich großes Fest mit keltischem Ursprung. Deshalb auch der 21. März. Wollen wir gemeinsam dort hingehen? Dann könnte sich auch gleichzeitig Ihr kleines Jobproblem – sagen wir mal – in sonniges Wohlgefallen auflösen.« Edith scheint sehr zufrieden mit sich und ihrer Idee, und wer war ich schon, der alten Dame zu widersprechen?

***

Percia glänzt in den kommenden zwei Tagen durch Abwesenheit. Das kurze, aber unerfreuliche Intermezzo ihres Auftritts hinterlässt aber weder bei mir noch bei Edith den Wunsch, näher mit dieser Person in Kontakt zu treten. Ich denke, es war der alten Dame sogar egal, ob ihre Nichte noch in der Pension schlief oder nicht; Hauptsache, sie lief ihr nicht über den Weg.

Ich denke weiterhin intensiv über meine Zukunft nach, und es beflügelt mich so sehr, dass ich mich fühle, als würde ich auf frisch geschorener Schafswolle laufen. Meine To-do-Liste ist so lang, dass ich innerlich die Augen verdrehe, weil ich so viele Dinge in den letzten Wochen und Monaten habe schleifen lassen. Einer der wichtigsten Punkte ist mein Anruf bei Lewis Stone. Er zeigt sich doch tatsächlich erfreut darüber, dass die Zeit bei seiner Tante so positiv für mich verläuft und mir so guttut. Da ist die Tatsache, dass es über die Hanks-Sache nichts Neues gibt, nur ein kleiner Wermutstropfen.

»Das hängt alles, und wenn ich ehrlich bin«, sagt er, »hängt mir das auch zum Hals raus. Die sind so lahmarschig, dass man ihnen die Stühle unterm Hintern wegziehen kann, um sie gleich wieder drunterzustellen.« Er stöhnt herzhaft. »Aber ich bin an der Sache dran, Ms. Cavanough, versprochen, und einige Kollegen des Yards gehen Spuren und Hinweisen nach, ob es eine direkte Verbindung zwischen Ihrem Attentat und Hanks gibt. Die Kollegen sind sehr zuversichtlich.«

Angenehm ist das nicht. Natürlich erwarte ich, dass man mich ernst nimmt und die Ermittlungen ebenso, aber ich muss wohl dankbar sein, dass überhaupt etwas passiert.

Edith spürt meine kurzzeitige Verstimmung und verfrachtet mich in den Wagen, um mit ihr nach Cumbernauld zu fahren, damit wir dort einen gemeinschaftlichen Einkaufsbummel –

nein, eher ein Einkaufsgelage – veranstalten können. Wieder einmal bin ich erstaunt, wie viel in dieses kleine Vehikel passt, denn ich habe bestimmt ein Monatsgehalt an neuer Kleidung und Schuhen verbraten. Was Wunder, hatte ich doch nur warme Wintersachen dabei, die nun wirklich nicht mehr passend sind, zumal es am Wochenende warm werden soll. Meine Ausbeute sprengt beinahe das Fassungsvermögen meines Schranks, aber ich bin zufrieden. Obendrein hätte ich mir niemals träumen lassen, Edith als Modeberaterin einzustellen. Aber die alte Dame ist so stilsicher, dass es mir eine Freude ist, meine Geldbörse zu plündern.

## 20.

Für diesen Samstag wird herrliches Wetter vorausgesagt, und so entscheide ich mich für ein geblümtes Kleid mit passender Strickjacke und Sandaletten.

»Perfekt«, sagt Edith schmunzelnd, als ich an diesem Morgen die Treppe hinunterschwebe. Ich fühle mich gut, vor allem fühle ich mich hübsch. Meine roten Haare, die ich zu einer lockeren Frisur hochgesteckt habe, und einige Strähnen, die sanft mein Gesicht umspielen, harmonisieren mit den Blümchen auf meinem Kleid. Strahlend hake ich mich bei Edith unter, und gemeinsam gehen wir hinaus.

***

Bevor mich Edith auf die Menschheit loslässt, werde ich noch eingehend für das Fest bei einem Glas Whisky gebrieft. So erfahre ich, dass dieses Fest ursprünglich als Betriebsfeier konzipiert war und sich im Laufe der Jahrzehnte – denn schon Großvater und Vater des Earls hielten diese Tradition hoch – zu einem überregional bekannten Event ausweitete. Wobei auch bereits die »Alten« darauf achteten, dass *Eostrae* nicht zu einer Festivität erwuchs, die über ihre Möglichkeiten lebte. Heutzutage nannte man dies »Nachhaltigkeit«. In den Entstehungstagen »schottische Sturheit«. Edith reibt sich während ihrer Erzählung die Hände vor Freude.

»Es gibt sogar *Highland Games*«, erzählt sie aufgeregt. Ihre Augen leuchten vor Aufregung. »Das wird ein Spaß.« Ihr letzter Hinweis, dass es viele äußerst stramme Männerwaden zu begutachten gibt, ist bereits überflüssig. Ich bin genauso aufgeregt wie sie.

»Wussten Sie, dass der Kilt eigentlich kein Rock, sondern ein – je nach Größe des Herrn – langes Tuch ist?«

***

Ich bin so aufgedreht wie seit Urzeiten nicht mehr. Ein wenig erinnert mich dieser Trubel an einen Sonntagnachmittag, den ich mit meiner Mutter auf einem Rummelplatz erlebt habe. Vor langer, langer Zeit. Diese schönen Tage waren so selten, dass sie mir in Erinnerung blieben, aber meist wurden sie von den traurigen Ereignissen überschattet. Heute fühle ich mich wieder so, und ich denke, ich werde diesen Tag in vollen Zügen genießen können.

Dass Edith mich beobachtet und jede meiner Bewegungen analysiert, bemerke ich, denke mir aber nichts dabei. Ich bin ihr auch dankbar, dass sie diese Jobsache nicht noch einmal anspricht, auch wenn ich glaube, dass sie bereits hinter meinem Rücken Fäden zieht. Die alte Dame plappert wie ein Wasserfall über die vergangenen Feste und deren Wettbewerbe.

Die Zufahrt von *Wigtown House* ist schon kilometerweit vorher abgesperrt, und wir reihen uns in eine wandernde Menschenmenge ein, die geschlossen in eine Richtung zieht. Die Besucher des Festes sind alle bester Laune, und sie zeigen dies in ihren Kleidungen. Die Damen tragen bunte Frühlingskleider, so wie ich. Manche haben extravagante Hüte auf dem Kopf, und ich denke mir, dass sie vielleicht eigentlich nach *Ascot* wollten und falsch abgebogen sind. Doch als ich in der Menschenmenge einige Herren sehe, die Cut und Zylinder tragen, bin ich mir nicht mehr so sicher. Die Menge ist so bunt, dass es ein Fest für die Sinne ist. Zwischen all den feierlich gekleideten Menschen kann man auch Gäste erkennen, die den traditionellen Tartan ihrer Familien tragen. Frauen wie Männer tragen stolz ihren Kilt. Edith und ich lassen uns von der Menschenmenge an *Wigtown House* vorbeilotsen. Ich habe keine Chance, auszubrechen und mir das wundervolle Haus näher anzusehen. Der Hof ist mit wunderschönen Rosenbüschen und grünen Sträuchern gestaltet, Hortensienbüsche breiten ihre Blätterpracht über den mit Kieselsteinen ausgelegten Platz aus, ihre Blüten sind noch Knospen, die vom bevorstehenden Sommer erzählen. Dass Edith einen spitzen Blick auf diese Gewächse wirft, dabei kurz schadenfroh lächelt, bemerke ich, doch ich finde es bedauernswerter, dass ich mir diese Pracht nicht länger ansehen kann. Ich werde das in den nächsten Tagen nachholen. Und dann ganz bestimmt, ohne mich zu verlaufen.

Eine Musikgruppe begrüßt die Besucher und leitet sie gleichzeitig geschickt auf das große Feld, auf dem sich die

Feuerwehr und einige Sportgruppen bei ihren Vorbereitungen tummeln. Stände mit bunten Markisen, an denen Lebensmittel aus der Region angeboten werden oder Handarbeiten und Kunstgegenstände, locken die Besucher auf das weite Stück Land. Etwas abseits des Geschehens sind Gatter aufgestellt, und die Bauern der Umgebung führen ihr Vieh vor.

Der Duft von gebratenen Würstchen zieht über unsere Köpfe hinweg, und plötzlich bekomme ich Hunger. Ich sehe Edith an, und sie lacht.

»Ja, ich auch«, jammert sie lachend, und wir schlagen den Weg zu einem dieser Büdchen ein. Wir müssen uns an Clowns und Akrobaten vorbeischlängeln, die Kindern Luftballons zu Pudeln drehen, sie zu wilden Jagden durch die Menge animieren. Mit unseren Würstchen in den Händen drängen wir ebenfalls durch die vielen Leute, um an einen Stand zu kommen, der das Bier der Familie McLymont ausschenkt.

»Er spendiert das alles«, sagt Edith mit einer Ehrfurcht, die mir einen Schauer über den Rücken jagt. »Das ist so Tradition hier, das haben schon sein Großvater und auch sein Vater so gemacht.«

Ich bin überwältigt von den Eindrücken, denn ich habe schließlich in den letzten Monaten doch mehr wie eine Einsiedlerin gelebt. Die vielen unterschiedlichen Geräusche, die Gerüche lassen mein Herz höher schlagen. Als ich das erste Glas Bier in den Händen halte und mir der Duft in die Nase steigt, ist es, als hätte ich nie etwas Besseres gerochen.

»Da ist aber nicht nur Hopfen und Malz drin«, stelle ich fest und nippe an dem kühlen, hellbraunen und schäumenden Nass.

»Nein, nicht nur«, sagt eine dunkle Stimme hinter mir, und ich fahre herum, wobei etwas von dem Bier aus dem Glas schwappt und meinem männlichen Gegenüber aufs Hemd platscht. Der bärtige Mann mit den tiefliegenden blauen Augen sieht an sich herunter. »Sie haben es mit Nässe, oder?«, fragt er amüsiert, und ich halte vor Schrecken die Hand vor den Mund. »Keine Sorge«, sagt er lachend, »Sie sind heute nicht die Erste, die mich tauft.« Er lacht ein rauhes Lachen, eines, das tief aus dem Inneren kommt und so ehrlich klingt, dass ich – obwohl es mir fürchterlich peinlich ist – nicht anders kann, als mitzulachen.

»Hallo Edith«, begrüßt er meine Begleiterin mit einem Kuss auf die Wange.

»Madison? Darf ich Ihnen den *Earl of Wigtown* vorstellen, Connor McLymont mit bürgerlichem Namen.« Er legt einen Arm um Ediths Schulter und drückt sie herzlich, während er mir die Hand reicht. Und ich stehe also das erste Mal meinem Retter gegenüber. *Puh.* Das erste Mal sehe ich ihn bewusst, nicht von hinten – flüchtend – oder als Traumbild. Ich kann ihn mir genau ansehen, und – auch wenn ich im Moment überrascht bin – er ist eine imposante Erscheinung, und sein Händedruck wirkt bei mir wie das Summen einer elektrischen Leitung. Es ist angenehm, kribbelnd und anregend. Nein: aufregend.

»Angenehm«, sagt er. »Sie sehen wach und trocken viel netter aus, obwohl Sie als Wasserleiche auch eine sehr gute Figur abgegeben haben.«

Warum werde ich jetzt rot? Und warum zupfe ich verlegen an meiner Frisur?

»Und die sieht auch besser aus als das strähnige, feuchte Büschel.« Verflucht, erwischt, denke ich, und meine Beherrschung liegt lachend auf dem Boden.

»Ich würde Ihnen gerne derartige Komplimente zurückgeben, aber leider war ich außer Gefecht gesetzt.« Connor grinst breit, dann wendet er sich an Edith.

»Du solltest das Mädchen ein bisschen besser füttern, sie wiegt fast nichts.« Erneut küsst er sie auf die Wange. »Sehen wir uns noch?«, fragt er und sieht dabei jedoch nicht Edith an, sondern mich, was aber Edith nicht davon abhält, heftig zu nicken.

»Natürlich, Schatz, ich muss noch mit dir über etwas reden, was definitiv keinen Aufschub verträgt.« Er tut schuldbewusst, lacht dann und geht, um andere Gäste zu begrüßen. Sein weißes Hemd hat hinten ebenfalls einen dicken nassen Fleck, der bis zu seinem breiten Ledergürtel reicht, der über seinem Kilt liegt.

»Er macht sich gut«, bemerkt Edith, nimmt einen Schluck aus ihrem Glas, als sie ihm hinterhersieht. »Bisher war er immer der Meinung, dass er nur mit Percia an seiner Seite eine gute Figur bei den Leuten machen würde. Hoffentlich sieht er, wie sehr er sich geirrt hat.« Ich enthalte mich einer Einschätzung. Ich kann nicht glauben, dass dieser stattliche Kerl, der seinen blau-grünen Tartan wie eine Auszeichnung trägt – und wirklich verdammt stramme Waden hat, die den Rest des Mannes nur noch attraktiver erscheinen lassen –, also … ich kann nicht glauben, dass er Probleme damit hat, sich zu präsentieren. Seine blauen Augen frischen meine Erinnerung an unsere erste Begegnung auf und rauben mir den Atem. Um meine Unsicherheit etwas zu überspielen, nippe ich an meinem Glas.

Edith zieht mich durch die Menge und stellt mich einigen Gästen vor. So lerne ich die *High Society* von Cumbernauld und Umgebung kennen. Unmöglich, dass ich mir alle Namen merke, aber alle sind höchst erfreut, dass meine Rettung so glücklich endete, und möchten mich in den nächsten Tagen unbedingt zu einem Tee und Scones einladen. Diese Leute sind ehrlich an mir interessiert, und ich fühle mich, als wäre ich in dieser Nachbarschaft willkommen. Ein schönes Gefühl, das sich in die Reihe derer einreiht, die mich an diesem Tag überwältigen wollen.

Eine Fanfare erklingt, und plötzlich laufen alle aufgeregt lachend hinunter zum Feld, das jetzt mit einem Absperrband umrahmt ist. Sie lachen und trinken und essen, und dieses Fest ist einfach umwerfend. Edith nimmt mich erneut bei der Hand und zieht mich mit sich. Erstaunlich, wie fix diese alte Dame noch zu Fuß sein kann, denke ich, und lachend lasse ich mich von ihr führen.

»Es geht los«, ruft ein Mann im Kilt und vollführt unter dem Applaus der Umstehenden einen albernen Freudensprung. Das ist so unwirklich, denke ich, als wäre ich in einer Geschichte von Lewis Caroll gelandet. Diese Aufregung ist so wundervoll, und obwohl ich überhaupt keine Ahnung habe von dem, was da vor sich geht, lass ich mich anstecken und verfalle in eine angespannte, aufgeregte und kindlich nervöse Spannung.

Edith und ich erobern einen Platz am Absperrband und haben von hier aus einen hervorragenden Blick auf das Geschehen. Und es ist äußerst anregend, was wir da zu sehen bekommen. Eine Gruppe starker Männer – was für ein Ausdruck – hat sich ungefähr in der Mitte des Feldes versammelt. Alle tragen Kilts in den Farben ihrer Familien, und alle sind halbnackt. Etwas, was die Damen im Publikum lautstark zu würdigen wissen.

»Und jetzt können Sie sich ungefähr vorstellen«, sagt Edith über den Tumult hinweg, »wie es in den Schlachten um Schottland so zuging. Für gewöhnlich war es andersherum: keine Kilts, dafür lange Hemden … und wenn die Gegner diesen wütenden halbnackten Kerlen gegenüberstanden, war die halbe Schlacht meist schon gewonnen. Den Rest erledigten sie dann mit ihren Keulen und Schwertern.«

Waren die Herren schon imposant, dann stand ihr Spielgerät ihnen in nichts nach. Riesige Baumstämme und Steine, etwas, das aussieht wie beim olympischen Hammerwurf, sind an ganz bestimmten Punkten bereitgestellt. Während sich Ringrichter mit wichtigen Gesichtern vom ordnungsgemäßen Zustand der Spielgeräte überzeugen und das auf ihren Klemmbrettern vermerken, sammeln sich die Kiltträger und vollführen eine Art Anfeuerungsritual. Sie stellen sich im Kreis auf, stampfen wie die Irren mit den Füßen auf und brüllen sich gegenseitig auf Gälisch entweder Aufmunterungen, Glückwünsche oder Verfluchungen zu. Ganz genau weiß ich es nicht, denn ich verstehe kein einziges Wort. Aber es hallt über das ganze Feld, und alle wirken so vergnügt, dass die Schlachtrufe nichts Schlimmes bedeuten können.

Die Wettkampfteilnehmer beruhigen sich ein wenig und machen einer Gruppe von Dudelsackspielern Platz. Acht Männer mit ihren eindrucksvollen Instrumenten marschieren im Gleichschritt hinter einem Dirigenten her, der sie zu *God Save the Queen* anleitet. Nach einer kleinen Pause, in denen die Blasebälge neu mit Luft gefüllt werden und dabei komische und schräge Töne abgeben, ertönt *The Flower of Scotland,* welches dann in einem furiosen *Scotland, the Brave* übergeht. Die Musiker geben alles und setzen sich ein musikalisches Denkmal. Viele der älteren Besucher salutieren und kämpfen mit den Tränen, die Damen hingegen winken mit ihren weißen Taschentüchern, wieder andere stehen nur still und andächtig da und lauschen den Melodien, die von ihrem Stolz und ihrer Liebe erzählen. Der letzte Ton hallt über das Feld, und es herrscht atemlose Stille.

Einen Wimpernschlag später spendet ein Einzelner Beifall, ergriffen und sichtlich berührt, gefolgt von einem anwachsenden Sturm applaudierender Hände. Ich bin so sehr in dieser Stimmung gefangen, dass ich mir tatsächlich eine Träne aus dem Augenwinkel wischen muss, bevor ich mit einem schweren Seufzer in den Beifall einstimme. Ich kenne dieses Gefühl der Gemeinschaft nicht. Höchstens aus Erzählungen, und die sind meist so abstrus, dass es eher wie Wunschdenken klingt. Aber das hier, hier unter all diesen Menschen diesen Stolz auf ihr Land und ihre Wurzeln zu spüren, lässt mich das erste Mal erfahren, was Heimat wirklich bedeuten kann.

Im fliegenden Wechsel tauschen die Dudelsackspieler mit den Teilnehmern der Wettbewerbe die Plätze. Auf dem Programm stehen die drei wichtigsten Disziplinen: *Tossing the Caber*, *Putting the Stone* und *Scottish Hammer*.

Die ersten Hammerwerfer machen sich quasi mit ihrem Instrument warm, und jeder Wurf, ist er auch noch so schlecht, wird vom Publikum wie die Erfindung der Eisenbahn oder der Flug zum Mond gefeiert, und die Spieler an sich produzieren sich als Dankeschön wie brüllende Affen. Die Stimmung ist perfekt, und als ich Connor zwischen den Sportlern entdecke, sehe ich Edith fragend an.

»Eine Frage der Ehre, und er ist gar nicht mal so übel«, sagt sie. Tatsächlich wird Connors Wurf als einer der besseren gewertet, und er bedankt sich für den Applaus lautstark brüllend und tanzend.

Der erste Wettbewerb geht seinem Ende zu, und eine Dixie-Band spielt ein paar Musikstücke, während die Vereinigung der schottischen Landfrauen Kaffee und Kuchen an das Publikum verteilt. Man breitet Decken und Tücher aus, setzt sich auf die Wiesen und plaudert. Die eine Fraktion fachsimpelt über die Qualität der Würfe und die Chancen der Werfer beim großen Wettbewerb im September, die andere verhandelt lautstark über die Preise bei Viehverkäufen. Es ist ein heilloses, gut gelauntes Durcheinander, und während die einen sich beim Bier über ihren Disput bei den Würfen wieder versöhnen, werden anderswo Viehkäufe per Handschlag abgeschlossen.

## 21.

Ich stehe ein wenig wie Falschgeld in der Menge, weil ich nicht wirklich dazugehöre. Bin nur Besucher. Eine faszinierte Besucherin, ja, aber mir fehlt ein wichtiger Teil. Meine Wurzeln. Zwar bin ich in Glasgow geboren, aber schon so früh von hier weg. Ein wenig Wut auf meine Mutter kommt in mir auf, und für einen kleinen Moment glaube ich, die Frau, die mir so viel vorenthalten hat, in der Menge zu sehen. Ich schüttle die bösen Gedanken ab und wende mich wieder den Spielen zu. Von den zwanzig Teilnehmern hat sich nun eine kleine Gruppe den Steinwürfen zugewandt.

Um sich vor schweren Verletzungen zu schützen, haben sie sich Stützen aus Leder um ihre Hüften geschnallt und sehen nun noch martialischer aus, als sie es mit ihren nackten, verschwitzten Oberkörpern eh schon tun. Lautstarkes Gebrüll unterstützt die Kämpfer bei ihren Versuchen, die Wackersteine zu heben und dann noch mindestens zehn Fuß weit zu werfen. Mit offenem Mund sehe ich dem Treiben zu und bekomme schon allein vom Zusehen Rückenschmerzen.

Das Publikum diskutiert derweil wild über Taktik, Körperhaltung und Wurftechnik, und ich nehme diese Kommentare als Begleitmaterial für meinen kleinen Heimatkundeunterricht.

So langsam, aber sicher geht es auf den Höhepunkt des heutigen Nachmittags zu. Der Wettbewerb des Baumwurfs wird mit Spannung erwartet, und die Ordner, die sich bisher vornehm zurückgehalten haben, müssen nun doch einschreiten, weil das Publikum zu nah an die Spielfläche drängt. Etwas murrend, aber doch verständig folgt die Menge der Aufforderung zurückzutreten. Damit die Stimmung nicht doch noch umschwenkt, wird Salzgebäck und Bier gereicht.

Die Vorbereitungen der Teilnehmer sind so ernsthaft wie die bei olympischen Turnieren. Ledergurte um die Hüften, Magnesium, damit sie die Stämme gut greifen können. Es herrscht Totenstille auf dem Feld, als der erste Teilnehmer an den Start geht, sich konzentriert – vielleicht sogar ein Stoßgebet gen Himmel schickt –, sich dann bückt, um mit einem Urschrei den Stamm, der gut und gerne seine hundert Kilo haben muss, am unteren Ende fasst, hochhebt, balanciert, damit der Stamm gerade vor ihm steht, die zehn Schritte in Richtung Zielmarke zu rennen, um dann ein letztes Mal Gott und alle verdammten Erdgeister anzurufen, während er dem Stamm den nötigen Schwung zum Fliegen gibt. Der Baum kommt mit einem Poltern auf dem Boden auf, und ein Raunen untermalt das Fallen. Die Punktrichter stürmen auf das Feld, jetzt schlägt ihre Stunde. Mit Maßbändern und Winkeln bewaffnet wird akribisch nachgemessen und das Ergebnis notiert. Ich richte mich auf, recke meinen Kopf über meine direkten Nachbarn hinweg und versuche, hinter die Regeln dieses Wettkampfes zu kommen. Bisher dachte ich immer, dass es um höher und weiter ging, aber falsch: Die Punktrichter versammeln sich um den Stamm, vermessen seinen Abstand zur Ziellinie und den Winkel, in dem der Stamm auf dem Boden zum Liegen kam.

»Je grader, desto mehr Punkte für das Team«, flüstert Edith

neben mir. Sie ist genauso angespannt wie ich, und als die Punktrichter das Ergebnis ihrer Messung bekannt geben, sind ein paar anerkennende Pfiffe aus dem Publikum zu hören.

»Oh, Connor«, ruft Edith neben mir, und mein Blick geht ruckartig in seine Richtung. Mein Herz macht einen Salto, als ich ihn beobachte. Da steht ein Mann auf dem Feld, der so vor Kraft strotzt, dass es eine Freude ist, ihm dabei zuzusehen, wie er sich vorbereitet. Dass es obendrein auch noch tierisch sexy aussieht, verschweige ich mir natürlich. Hoch konzentriert steht er vor seinem Arbeitsgerät, fixiert es mit Blicken und reibt sich die Hände, seine Muskeln treten hervor, und … Himmel, das ist zu viel für meine überstrapazierten Nerven.

Er hebt den Stamm, balanciert ihn aus, nimmt Anlauf und stemmt das Holz hoch. Von der Wucht seiner eigenen Kraft wird er zurückgeworfen, und der Baumstamm fliegt. Applaus brandet auf, und Connor nickt zufrieden. Die Punktrichter bestätigen sein gutes Gefühl nach ihrer Messung. Sein Blick gleitet über die Gesichter am Rande des Spielfelds und bleibt an meinem hängen. Er lächelt kurz, worüber ich etwas verschreckt reagiere, weil dieses Lächeln etwas aussagt, das ich nicht einordnen kann, und als ich endlich den Mut finde, ihn ebenfalls anzulächeln, ist es zu spät. Da hat er sich bereits umgedreht und ist zu den anderen zurückgegangen.

*Ein verpasster Augenblick,* denke ich und hoffe, dass ich so etwas mit ihm noch einmal erlebe. Die muntere Runde der Wahnsinnigen, wie Edith die Teilnehmer lachend nennt, gibt sich redlich Mühe, ihrem Publikum ein Spektakel der besonderen Güte zu bieten. Viele sind regelrechte Profis, deren Passgenauigkeit beim Wurf mit viel Applaus bedacht wird. Andere hingegen können von Glück sagen, dass ihre Stämme sie nach dem Wurf nicht erschlagen. Einen erwischt sein Stamm sogar am Fuß, und als er von den Sanitätern vom Platz getragen wird, bekommt er den größten und besten Trostbeifall, den man sich vorstellen kann. Bis auf diesen Ausfall jedoch bleibt die Veranstaltung ohne weitere Verletzte. Bei der Siegerehrung werden Flutlichter eingeschaltet, sodass man die Mannschaften bei ihren Freudentänzen gut beobachten kann, denn mittlerweile bricht die Abenddämmerung herein. Das Richtergremium marschiert mit ernsten Gesichtern auf das Feld, und einige Hilfsbereite aus dem Publikum tragen ein paar Tische und Podeste hinterher, die dazu dienen sollen, die Siegermannschaften ins rechte Licht zu rücken. Eine weitere Gruppe schleppt Kartons hinter den ersten her, und das mit nicht weniger wichtigem Gesichtsausdruck. Jeder Teilnehmer bekommt seinen Pokal, und jeder bekommt seine Extraanerkennung, indem er sich noch einmal vor dem Publikum verbeugt und seine ganz persönliche Ovation einheimsen kann. Die drei bestplatzierten Mannschaften erhalten außerdem noch Medaillen umgehängt und feiern ihr Weiterkommen im Gesamtwettbewerb.

## 22.

Es ist spät geworden, und so langsam spüre ich die Erschöpfung in mir aufsteigen, deshalb bin ich beinahe dankbar, dass Edith in eine Unterhaltung mit einigen ihrer Bekannten vertieft ist und ich mich etwas zurückziehen kann.

Ich schlage den Weg nach *cnoc of luibhean* ein, den Hügel mit den überwachsenen Überresten einer alten keltischen

Burg, der umrahmt von einer kleinen Schonung unweit vom neu errichteten *Wigtown House* liegt.

Dort oben haben schon andere Zuflucht vor dem Lärm und Getöse auf dem Feld gesucht, und jemand zündet ein Lagerfeuer an, ich setze mich dazu und lausche den Klängen einer Klampfe. Hier oben ist es bereits stockdunkel, aber das Licht des Feuers verbreitet einen mystischen Glanz. Funken sprühen in den Nachthimmel, der heute sternenklar ist.

»Der spielt ganz gut«, sagt Connor plötzlich neben mir, und ich wende mich um. Im Schein des Feuers sind seine markanten Züge beinahe hart, doch sein Lächeln mildert den Eindruck gleichzeitig. Er setzt sich neben mich. Nah neben mich, um genau zu sein, und ich spüre seine Wärme.

»Ja, tut er«, erwidere ich. »Sie haben sich gut geschlagen.«

Connor verneigt sich und lacht. »Aye ... ich bin damit aufgewachsen, für den Landesmeister hat es nie gereicht, aber es macht Spaß, und deshalb bin ich jedes Jahr dabei. Waren Sie schon einmal bei den großen Spielen?« Wow, so beiläufig? Merkt er denn nicht, dass wir uns beinahe auf dem Schoß sitzen?

»Zu meiner Schande muss ich gestehen: nein. Das liegt aber eher daran, dass ich früh aus Glasgow weg bin und so überhaupt keine Ahnung von allem habe, was ihr hier oben so treibt.« Connor schmunzelt, zieht amüsiert eine Augenbraue hoch. Er lehnt sich etwas zurück, stützt sich mit dem Arm hinter mir ab, und es fühlt sich an, als würde er den Arm um mich legen. Zufällig natürlich, rein zufällig. Für gewöhnlich schrillen in solchen Augenblicken bei mir die Alarmglocken. Nähe – gerade zu einem Mann – ist für mich immer mit etwas Unwohlsein behaftet. Hanks versuchte auf diese Art, mich davon abzubringen, weiter in den Untiefen seiner Machenschaften zu wühlen. Nähe zu einem Mann – bis auf die zu

Cesar – hatte immer eine Art von Forderungen in sich, die ich nicht imstande war, leisten zu können oder gar zu wollen.

Bei Connor fühlt sich das aber ganz anders an. Ich weiß nicht, ob es ihm bewusst ist, aber er wärmt mich. Und ich fühle mich beschützt. *Wie blöd ist das denn,* frage ich mich und muss lächeln. Fragend sieht er mich an, doch ich kann nur den Kopf sachte schütteln. Er gibt sich damit zufrieden und nimmt unser Gespräch wieder auf.

»Das klingt, als ob wir das diebische kleine Gebirgsvolk wären, das mit heimlichen Ritualen versucht, die Weltherrschaft an sich zu reißen; dabei versuchen wir es doch nur im Kleinen mit der Trennung vom Haupthaus.« Ich spiele die Entsetzte und falle in sein ansteckendes Lachen ein. Die Musik wird etwas lauter, und ein weiteres Gespräch wird unmöglich, aber das macht nichts. *Es ist schön, hier zu sitzen. Mit ihm,* denke ich und werde rot.

*Was tue ich hier? Da ist nichts und rein gar nichts, aber ich verhalte mich wie ein rotzlöffeliger Teenager.* Und wie um meine Gedanken Lügen zu strafen, lehnt er sich noch etwas näher an mich, zeigt mit seinem Finger in den Himmel. Er markiert drei Punkte, zieht dann eine Linie. Das letzte Musikstück klingt aus.

»Das Frühlingsdreieck«, sagt er leise, »beeindruckend, oder?« Ich folge mit meinen Blicken seinen Himmelsmalereien, und tatsächlich kann ich ein Dreieck erkennen. »Oben links *Arktur,* darunter *Spika,* rechts *Regulus.*«

»Woher wissen Sie das?« Er lächelt.

»Sie sitzen hier an einem magischen Ort«, sagt er, und seine Stimme wird mit jedem Wort einen Ton dunkler. »Sie sollten gewappnet sein.« Jetzt lacht er leise auf und wendet sich wieder dem Musiker zu.

»Edith erzählte mir, dass Sie gut im Rechnen wären«, nimmt Connor das Gespräch wieder auf, als der Gitarrenspieler etwas leiser spielt, und ich sehe ihn so erstaunt an, dass er schmunzelt. »Wie gut sind Sie im Rechnen?«

»Sehr gut?«

»War das eine Frage oder eine Aussage?«

»Sehr gut.« Er nickt.

»Aye, dann sehen wir uns Montagmorgen um neun. Ich brauch jemanden, der gut rechnen kann, und Sie suchen einen Job. So mag ich das.«

Fragend sehe ich ihn an, aber er sieht keinerlei Veranlassung, mir mehr zu erzählen. Ich hoffe nur, dass ich den Freudensprung, den ich innerlich vollziehe, gut verbergen kann.

»Er spielt wirklich gut«, meint Connor, als der Klampfenspieler erneut aufspielt, und ich nicke in Gedanken versunken. Die Wahrheit, die wir beide kennen, ist, dass der Mann genau drei Akkorde beherrscht und jeden Song, den er spielt, damit vergewaltigt. Aber da ist ein Lagerfeuer, da sind Menschen, die diesen misshandelten Songs andächtig lauschen, und über diesen Menschen ist ein sternenklarer Himmel in einer erstaunlich lauen Frühlingsnacht.

An diesem Abend reichen die drei Akkorde, um Menschen glücklich zu machen. Und nicht nur das: Sie reichen, um mir ein Gefühl von Freiheit und der Lust am Leben zu vermitteln.

Ich sitze hier mit einem Mann, der nicht nur attraktiv ist, sondern mir auch noch mein Leben gerettet hat. Der mich obendrein im Laufe dieses Tages so beeindruckt hat, dass mir seine Nähe gefällt. Mehr noch. Ich will sie nicht mehr hergeben. Hier und jetzt klopft mein Herz wie verrückt, und ich muss mit mir kämpfen, dass ich nicht augenblicklich die Vorstellung auslebe, dass ich erfahren möchte, wie sich die Haut in seinem Gesicht anfühlt. Dass ich mich zwingen muss, ihn nicht zu küssen, weil seine Lippen – so schmal sie auch sein mögen – mich locken.

»Wollen wir gemeinsam zurückgehen?«, fragt Connor, unterbricht mich in meinen Gedanken – wofür ich ihm nicht böse bin, weil ich sonst nicht wüsste, wohin mich das geführt hätte –, und wenn seine Stimme bisher fest und rauh klang, ist sie jetzt leise und beinahe schüchtern. Es ist wieder an mir zu nicken, seine Hand zu greifen, um mir aufhelfen zu lassen. »Ich will ja sichergehen, dass Sie sicher unten ankommen, denn es grenzt schon an ein Wunder, dass Sie den Hügel überhaupt gefunden haben.«

Der Moment der Schüchternheit ist vorbei, und sein freches Auftreten amüsiert mich. Er gibt mir auch den Moment, den ich brauche, um meine gefährlichen Gedankenspiele zu beenden.

Der Weg hinüber zum *Wigtown House* ist viel zu kurz, seine Nähe neben mir zu spüren ist eine wundervolle Erfahrung. So seltsam sich das anhören mag. Schließlich kenne ich den Mann nicht, aber seine Ausstrahlung berührt mich. Im wahrsten Sinne des Wortes. Es ist angenehm, neben ihm zu gehen, und wie er meine Hand nimmt, hat etwas von Fürsorge. Es sind nur ein paar Schritte den Hang hinunter, und am Fuß des Hügels werden wir von einer vollkommen aufgelösten Edith in Empfang genommen.

»Kindchen«, ruft die pensionierte Lehrerin schon von Weitem, »da sind Sie ja. Himmel, ich hab mir schon Sorgen gemacht. Connor, schäm dich, du hättest etwas sagen können.« Er nickt mir verschwörerisch zu, geht auf Edith zu und umarmt sie.

»Nicht so laut, aber ich hab sie schon wieder gerettet«, sagt er breit grinsend, dann verabschiedet er sich. »Montag um neun!«, ruft er mir über die Schulter hinweg zu, und meine Hand hebt sich schüchtern zum Gruß. Edith sieht breit grinsend zwischen uns hin und her und klatscht dann vor Vergnügen in die Hände.

»Wusste ich es doch … O Mann, ich bin so gut.« Edith schwankt etwas, also hänge ich mich bei ihr ein, und wir gehen zurück zum Wagen. Die alte Dame ist so beschwipst, dass sie schlüpfrige Anekdoten über die Leute erzählt, denen ich heute die Hand geschüttelt habe. Lachend und schwankend erreichen wir den Wagen, und Edith übergibt mir nur zu gerne die Autoschlüssel. »Ich kann beim besten Willen nicht mehr«, sagt sie prustend, steigt ein und lässt sich liebend gern von mir kutschieren.

## 23.

Die beiden Frauen hatten den Mann, der im Schatten der Eingangstreppe von *Wigtown House* stand und darüber schimpfte, wie diese Banausen und Vandalen mit seinen Hortensien und Rosenbeeten umgegangen waren, nicht bemerkt. Dem Gärtner von *Wigtown House,* von allen nur *Grumpy Matt* genannt, war das jährliche Frühlingsfest ein verdammter Dorn im Auge. Jedes Jahr latschten die Gäste durch seine Beete, und er benötigte jedes Jahr genau ein Jahr, um die Schäden am Rasen wieder einigermaßen zu kaschieren.

Trotzdem war der Hausherr nicht davon zu überzeugen, den Quatsch mit diesen Mini-Spielen und dem Grillen und was sonst noch so aufgefahren wurde, einfach sein zu lassen. Nein: Jedes Jahr waren seine Beete keine Beete mehr, sondern trauriger Abklatsch ihrer einstigen Pracht. Gerade bei den Hortensien ärgerte sich Matthew jedes Mal aufs Neue wieder, denn diese Büsche waren sein ganzer Stolz und hatten bereits einige Preise gewonnen. Jetzt hingen die Blütendolden zum Teil abgeknickt an ihren Stängeln. *Jedes Jahr der gleiche Mist,* dachte der Mann im Schatten.

Wenn es nicht zu viel gewesen wäre, hätte er liebend gern jedem Besucher des Fests eine üble Verwünschung entgegengeschleudert, aber dazu war er zu alt. Trotzdem beobachtete er die Festbesucher, wenn sie sich auf den Heimweg machten. Teils schwankend vom starken Bier, teils lachend und singend. Aber alle gut gelaunt. Er hasste sie alle dafür.

An diesem Abend jedoch traf ihn der Schlag. Er war ein Stück weit aus dem Schatten des Eingangs herausgetreten, um einigen besonders dreisten Randalierern, die sich Ableger seiner Hortensien stahlen, die Leviten zu lesen, als er diese junge rothaarige Frau am Arm dieser fürchterlichen Beißzange Edith Stone sah. Die ehemalige Lehrerin wäre ihm überall aufgefallen.

Diese Person, die ihm die größte Schmach seines Lebens zugefügt hatte, indem sie mit ihren jämmerlichen Rosenstöcken und dem Abklatsch einer fliederfarbenen Hortensie den Gartenpreis vor sechs Jahren an Land gezogen hatte und ihn damit quasi entthronte, diese Person stach ihm wie ein Dorn ins Auge. Aber es war nicht Edith Stone, die ihm das Herz beinahe stehen bleiben ließ. Es war der Anblick der Rothaarigen. Dieses Gesicht kannte er. Von früher. Aus Zeiten, in denen man ihn noch nicht den *Grumpy Matt* nannte, sondern ihn mit seinem Titel und Rang bei der Army ansprach. Als die Leute noch Respekt vor ihm und seiner Arbeit hatten. Da kannte er jemanden, der dieses Gesicht trug und diese wunderschönen langen, roten Haare.

Matthew ging zurück in den Schatten. Erinnerungen konnten so grausam sein.

## 24.

Der Sonntag bringt einen Wetterumschwung, den ich so noch nie erlebt habe. Der Samstag war noch ein wundervoller Frühlingstag, der mit einem lauen Abend endete und den Sommer schon erahnen ließ. Doch am Sonntag ziehen graue Wolken über den Himmel, und es wird kalt. Verdammt kalt. Durch Ediths Pension zieht ein eisiger Wind, und das Feuer im Kamin will immer wieder ausgehen. Wir befeuern ihn ständig, sind in dicke Decken eingewickelt und versuchen, uns mit Tee und dem Sonntagsprogramm von BBC1 warm zu halten. Dass meine Gastgeberin ständig in der Nähe der Fenster steht und mit besorgtem Blick den Himmel absucht, macht mir Sorgen. »Da kommt heute noch was runter.«

»Ich fürchte«, sagt die alte Dame, »das wird ein Blizzard, wie wir ihn schon lange nicht mehr hatten.« Für einen Augenblick halte ich inne, damit ihre Worte wirken können. »Blizzard? Um diese Jahreszeit?« Sie nickt nachdenklich, dann dreht sie sich um, nimmt eine der unzähligen gefalteten Decken und legt sie vor die Türritze zum Wintergarten. Ein schmaler Versuch, die Fußkälte davon abzuhalten, durch das Haus zu ziehen. »Manchmal haben wir das … eine besondere Wetterlage … dann fallen die Temperaturen so plötzlich, dass man es kaum glauben mag.« Sie schüttelt sich, als könne sie den Gedanken daran abwerfen. Ich sehe sie an und denke, dass sie wohl übertreibt, auch wenn meine klammen Finger über die Tastatur meines Laptops hüpfen wie fußlahme Frösche. Das Klappern der Tasten harmoniert eigenartigerweise mit dem Klavierkonzert, das gerade aus dem Radio klingt.

Ich konzentriere mich auf meine Mails, klicke Spams zum Löschen an. Für einen Moment bleibt mein Herz stehen, und meine Finger verharren wie eingefroren in der Luft. Diesen Namen da, den wollte ich eigentlich nicht mehr lesen müssen. Mit zittrigen Fingern nehme ich meine Tasse, nippe daran und hoffe inständig, dass Edith meinen Stimmungsumschwung nicht bemerkt. Mit starrem Blick auf den Bildschirm versuche ich, einen mittelschweren hysterischen Anfall zu unterdrücken. Ich sehe auf, Edith lächelt mich an und wendet sich dann wieder ihrem Strickzeug zu. Wie sie bei dieser Kälte ihre Finger so beweglich halten kann, ist mir ein Rätsel. Sie sieht versonnen hinaus und seufzt leise.

»Schade, dass der Frühling schon wieder vorbei ist.«

Ich wende mich meinen Mails zu. Mit flauem Gefühl im Magen lese ich die von Emmet Hanks. *Was will der Kerl denn noch von mir,* denke ich und füge ein verständnisloses *Warum wird er so unvorsichtig?* hinzu. Mich schriftlich zu kontaktieren, Beweise zu hinterlassen? Es sind fünf Nachrichten, die ich, ohne sie genauer zu lesen, an Lewis Stone weiterleite. Meine Finger sind jetzt nicht nur kalt, sondern auch starr vor Angst.

Unter all den Nachrichten aus Spam und Aktualisierungen irgendwelcher Newsletter war auch eine von Cesar, die er kurz nach meiner Abreise abgeschickt hatte, in der er mir voller Stolz erzählt, dass er eines seiner Bilder verkaufen konnte. Ein beruhigendes Gefühl, denn von hier aus kann ich ihn nicht mehr finanziell unterstützen. Ich verspüre zwar einen leichten Anflug eines schlechten Gewissens, weil ich mich so lange nicht bei ihm gemeldet habe, aber jetzt, da ich weiß, dass ich mir keine Sorgen mehr machen muss, ob er weiß, was er am nächsten Tag auf dem Tisch hat, bin ich zufrieden. Ich beantworte seine Mail nur mit einem kurzen Text; denn er soll zumindest wissen, dass es mir gut geht und dass ich die Chance habe, ein neues Leben zu beginnen. Dass ich damit gegen eine Vereinbarung mit Stone verstoße, fällt mir leider erst später ein.

***

Meine letzte Nacht in Freiheit, wie Edith es nennt, ist eiskalt. Irgendwann in dieser Nacht wache ich vor Kälte schnatternd auf. Meine Nase fühlt sich an, als wäre sie ein Eiszapfen. Ich ziehe die zwei Federbetten, die mir lieb und teuer geworden sind, bis über die Ohren und blinzle verschlafen in das fahle Licht der Nachttischlampe. Irgendetwas drückt in meine Wange, ich hebe den Kopf und merke, dass ich über meinem Buch eingeschlafen bin. Es ist aber nicht das Buch, das mich hat wach werden lassen. Es ist die Kälte.

Ich wickle mich in eine Decke ein, stehe auf und kontrolliere den Heizkörper. Eiskalt. Kälter als kalt. Unter den Fenstern zieht ein eiskalter Hauch hindurch. Ich schlüpfe in die Hausschuhe, die Edith mir geschenkt hat und die verdammte Ähnlichkeit mit einem Ferkel haben, und gehe nach unten. Aus der Küche kann ich schon das leise Fluchen meiner Wirtin hören.

»Edith?«, frage ich, sehe auf dem Herd Feuerholz liegen.

Der kupferne Wasserkessel dampft vor sich hin. »Wohnzimmer«, ruft Edith zurück. Ich muss schmunzeln, als ich den Wohnraum betrete und nur Ediths Hinterteil sehe. Rückwärts krabbelt sie hinter dem großen Sessel hervor.

»Es tut mir leid, dass Sie wach geworden sind«, sagt sie sichtlich zerknirscht und etwas außer Atem. »Aber das Problem bei diesen alten Häusern ist, dass sie an allen Ecken und Enden und an Stellen, an denen man es gar nicht vermutet, so luftdurchlässig sind, dass es innerhalb von einer Stunde auskühlt, wenn bei solch einem Wetter nicht geheizt wird.« Ächzend steht sie auf, sich am Sessel abstützend. Nachdenklich fügt sie hinzu: »Ich dachte, das Miststück würde durchhalten.«

»Miststück?«, frage ich und nehme Edith eine Wolldecke aus der Hand, die ich dann vor das große Fenster neben dem Kamin lege.

»Die Therme«, antwortet Edith. »Sie ist alt, hat aber immer ihre Dienste getan. Vor einem halben Jahr hab ich sie noch mal reparieren lassen und ab da immer wieder inständig gehofft, sie würde wenigstens diesen Winter noch durchhalten, weil ich mir eine neue nicht leisten kann.«

Ich sehe über meine Schultern hinweg zu Edith. Die alte Dame lässt ihren Blick ins Leere gehen. »Ist nicht alles Gold, was glänzt, und die neuen Geräte sollen viel anfälliger sein, aber dass es ausgerechnet heute passiert … dumme Sache.« Ich stehe auf, ziehe mir die Decke enger um die Schultern und blicke aus dem Fenster hinaus in die Nacht.

»Ist das Schnee?«, frage ich, lege die Stirn an die Scheibe, um besser sehen zu können.

»Nein. Frost. Es passiert nicht oft hier oben, aber wenn der Wind von Norden kommt, fallen die Temperaturen schon mal tiefer als gewöhnlich und das dann auch noch schnell. Das ist dann das, was wir einen Blizzard nennen.« Edith ist neben mich getreten und sieht ebenfalls hinaus.

»Wenn es nicht so kalt wäre, wäre es beinahe schön, es anzusehen.« Sie seufzt leise. »Ich hab Wasser für Tee und Wärmflaschen aufgesetzt«, sagt sie und geht in die Küche. »Vielleicht können Sie dann noch etwas schlafen.«

»Oben ist es viel zu kalt«, antworte ich leise, sehe noch einmal fröstelnd zum Fenster hinaus und beginne damit, die Sessel zusammenzuschieben. Kurz darauf rücke ich auch das kleine Sofa, auf dem Edith den Nachmittag verbracht hat, näher an den Kamin. Ich lege einige Holzscheite nach und bin froh, dass er wenigstens jetzt das Feuer hält. »Wir sollten es uns hier unten gemütlich machen. Mit der Wärme aus der Küche sollte das funktionieren«, sage ich keuchend. Die Holzscheite sind schwer.

»Ich hol noch Decken von oben, und dann machen wir es uns bequem.« Edith sieht mich skeptisch an.

»Aber Sie müssen doch morgen arbeiten?«

»Ich hab die letzten Wochen gefaulenzt und lange ausgeschlafen«, antworte ich, »da wird mich die halbe Stunde Schlaf, die mir jetzt fehlt, nicht töten.« Ich lächle tapfer und fege wie ein Derwisch nach oben. Kurze Zeit später verteilen wir die Decken im Wohnzimmer, und Edith serviert Tee und Wärmflaschen.

»Dass das so schnell geht«, wundere ich mich, als ich mir eine Decke auf den Sesseln zurechtlege.

»Luftdruck ist was Tückisches«, sagt Edith nachdenklich. »Das hab ich meinen Schülern auch immer versucht beizubringen.« Sie lacht, und ich ahne, dass dieses Bemühen nicht immer von Erfolg gekrönt war. Das Feuer im Kamin spendet rotes, flackerndes Licht, und wir hängen unseren Gedanken nach. Irgendwann bemerke ich, dass Ediths Kopf leicht zur Seite fällt. Ein leises Schnarchen sagt mir, dass sie bereits tief und fest schläft.

## 25.

Connor mochte diese Sonntage nach dem Fest. Die Ruhe, die dann im ganzen Anwesen körperlich zu greifen war. Jeder der Beteiligten hatte bis zum Schluss seine Aufgaben erledigt und war dann irgendwann todmüde ins Bett gefallen. Die Firmen, die ihre Stände lautstark in der Woche vorher aufgebaut hatten, waren so leise und klammheimlich verschwunden, dass man glauben konnte, sie wären nie da gewesen. Sie hatten sich wie Diebe aus dem Staub gemacht. An diesen Sonntagen nach dem Fest war kaum ein Geräusch im Haus zu hören. Seine Angestellten hatten heute frei und würden erst am Montag wieder ihre Aufgaben übernehmen.

Connor hatte sich einen Tee aufgesetzt, einen Scone aufgebacken und beides mit in sein Zimmer genommen. Dort stand er nun mit der Tasse in der Hand am Fenster und sah hinunter. Wenn er glaubte, dass alle seine Angestellten ihren freien Tag genossen, dann lag er falsch. Matthew, der Gärtner, stand im Hinterhof und harkte den feinen weißen Kies. Wie immer hatte der alte Mann seine graugrüne Cordjacke an, trug seine Schiebermütze tief ins Gesicht gezogen, damit niemand seine Gesichtszüge sehen konnte. Heute trug er obendrein Handschuhe, denn in der Nacht hatte das Wetter umgeschlagen, und es war eisig kalt. Die schweren Stiefel, die der Gärtner über einer blauen Arbeitshose trug, verursachten knirschende

Geräusche auf dem Kies. Connor schüttelte lachend den Kopf.

Matthew war der seltsamste Mensch, den er jemals kennengelernt hatte. Der Alte war noch von seinem Vater eingestellt worden, und als Connor von seiner Ausbildung als Brauer zurückkam, war Matthew bereits das Faktotum des Familienbetriebs. Immer schlecht gelaunt, immer unhöflich, aber der beste Gärtner, den man für Geld bekommen konnte. Doch auch wenn Matthew sozialen Kontakten eher ablehnend gegenüberstand, konnte der Alte niemandem auch nur ein Haar krümmen. So hatten sich alle, die mit ihm zu tun hatten, mit seinen Eigenarten abgefunden und ließen ihn in Ruhe seine Arbeit machen.

***

Connor leerte seine Tasse und ging zu seinem Schreibtisch. Vor ein paar Jahren hatte er das Schlafzimmer, das er von seinen Eltern übernommen hatte, gegen diesen Raum auf der linken Seite des Hauses eingetauscht. Das Zimmer war kleiner, etwas gemütlicher als das, was seine Eltern Schlafraum genannt hatten. Hier hatte er es sich gemütlich gemacht. Ein Bett, Schrank, Schreibtisch und ein Radio. Der Kamin gegenüber dem Fenster flackerte heute gemächlich vor sich hin und vertrieb die Kälte, die vom Fenster herüberkroch. Er stellte die Tasse auf dem Schreibtisch ab und sich davor. Vor ihm lag ausgebreitet der Umbauplan, den Percia mit diesen Manageridioten ausgearbeitet hatte. In einem Moment der Unvernunft hatte er ihn wieder aus dem Müll geholt, glatt gestrichen und sich ernsthaft damit beschäftigt.

Percia hat ihn überrumpelt, so viel war klar. Hätte sie vorher mit ihm darüber gesprochen, wäre eine angeregte Diskussion über einen so umfangreichen Plan sicherlich nicht ausgeschlossen. Aber so? Ihn vor vollendete Tatsachen zu stellen? Aber auch der Umbauplan an sich war absolut indiskutabel. *Moment*, dachte er, *ziehst du gerade Percias Vorschläge in Erwägung? Oder überhaupt etwas, was dieses Aas sich ausgedacht hat? Was tust du da, Connor McLymont? Bist du vollkommen irre geworden? Niemals.*

*Wigtown House* war von seinem ursprünglichen Grundriss quadratisch. Nun. Beinahe quadratisch. An der rechten Seite fehlten ein paar Zentimeter, sodass seine Großmutter väterlicherseits sich immer wieder genötigt fühlte, das Haus als architektonische Missgeburt zu bezeichnen. Er schmunzelte kurz, dann setzte er sich, beugte sich hinunter und holte seinen eigenen Plan aus der Schublade.

Zugegebenermaßen war dieser nicht so beeindruckend gestaltet wie der von Percias Mannschaft. Keine Blaupause einer großen Unternehmung. Nur DIN-A4-Seiten, die mit Bleistift die vielen Ideen, die er hatte und von denen er nicht wusste, ob er sie jemals so umsetzen konnte, widerspiegelten. Connor faltete die Blaupause zusammen und ließ sie in der Schublade verschwinden, dann breitete er seine Pläne auf dem Tisch aus. Auch wenn diese nicht die Professionalität der anderen hatte, konnte man doch gut erkennen, wohin der Weg gehen sollte. Zunächst würde da der große Teich angelegt werden, dem Matthew das Wasser für seine Pflanzen entnehmen sollte. Der benötigte Wasserzulauf war bereits durch einen Bach vorhanden, der Abfluss hinunter zur Wasseraufbereitung der Brauerei würde ein großes Stück an Arbeit verursachen, aber das war es Connor wert. Nachhaltigkeit war die Devise, und dieser Teich würde ein nicht geringer Teil davon werden. Zumal er schon kleinere Vorhaben zur Vollendung dieser Angelegenheit begonnen hatte.

Eigene Stromversorgung durch Sonnen- und Windenergie. Beides auf dem Gelände des Anwesens und der Brauerei verteilt. Eine Regenwasseraufbereitungsanlage im hinteren Bereich des Gartens, den Matthew mit so viel Herzblut pflegte, hinter Sträuchern gut versteckt. Connor war zufrieden mit dem, was er erreicht hatte. Aber noch war er nicht am Ende.

Neben dem Teich war die Erweiterung des Gebäudes ein weiteres Vorhaben. Im Laufe der Jahre waren zwar immer wieder Gebäude angesetzt worden, so zum Beispiel die Wirtschaftsräume, die uneingeschränktes Herrschaftsgebiet seiner Köchin und Haushälterin Riba McIntire waren und die in Percias Plan zu den seinen werden sollten. Ein unmögliches Unterfangen. Er konnte seine Köchin und seinen Butler nicht ausquartieren. Auch wenn die beiden seit Jahren zu vertuschen suchten, dass sie ein Paar waren, wäre es von Connors Seite ein Affront gegen die Arbeit der beiden, wenn er sie für ihre Unterkunft hätte zahlen lassen sollen. Und das wäre eine unweigerliche Schlussfolgerung aus Percias Plan. *So geht das nicht, Percia,* dachte er verärgert und wandte sich dann wieder seinen eigenen Plänen zu.

Auf der rechten, der schiefen Seite, wollte er ein kleines Büro einrichten. Dazu mussten ein paar Wände versetzt werden. Es sollte das neue Office seiner ebenfalls neuen Buchhalterin werden. Aber bis es so weit war, würde sich Ms. Cavanough mit dem kleinen, an eine Abstellkammer erinnernden Raum abfinden müssen. Mary Blair hatte immer nur stundenweise gearbeitet, doch wenn er jetzt jemanden hatte, der den ganzen Tag dort drinnen verbringen würde, wäre er – Connor – dafür verantwortlich, dass diese Person womöglich klaustrophobische Anfälle entwickeln würde. Deshalb würden die Arbeiten an dem neuen Büro schon bald beginnen müssen. Den Teich hatte er für die Zeit eingeplant, wenn der Boden nach dem Winter so weit wäre. Alles in allem viel Arbeit.

Er stand auf, ging zurück zum Fenster und sah hinunter in den Hof. Matthew harkte nicht mehr, und so war es jetzt noch ruhiger als vor zwanzig Minuten. Connor ließ seinen Blick über die Hügel schweifen, die hinter dem Garten sachte aufstiegen. Wie sehr wünschte er sich jetzt dort oben hin. Auch wenn es kalt war und es für die nächsten Tage keine Aussicht auf Besserung des Wetters gab, er liebte es, gerade um diese Jahreszeit in der Natur zu sein. Es gab ihm einen Stich, denn er wusste, dass er in den kommenden Wochen kaum Gelegenheit dazu haben würde, sich dort herumzutreiben. Mit Sean oder einem der anderen Jungs angeln zu gehen. Hier und da ein paar Bierchen zu zischen. Die Seele baumeln zu lassen. Nein, er würde weder angeln, noch würde er Zeit finden, ein paar Bierchen mit seinen Freunden zu trinken. Er würde hier sitzen, den Earl geben, der er nicht war, und sich mit Problemen rumschlagen müssen, die er – bis auf eine Ausnahme namens Percia – nicht verursacht hatte.

*Gratulation, mein Lieber,* dachte er sarkastisch und stieß sich vom Fenster ab. Weil Riba frei hatte, musste er sich um seine Verpflegung selbst kümmern. Aber die Köchin erkannte *ihre Schweine am Gang*, wie sie lachend zu sagen pflegte, und deshalb hatte sie vorgekocht, und Connor brauchte es nur noch in der Mikrowelle zu erwärmen.

*Ein vollkommener, ruhiger, sehr melancholischer Sonntag,* dachte er und ging hinunter in den Anbau. Seine Pläne für das neue Büro kamen ihm wieder in den Sinn und somit auch die Frau, die laut Edith das Beste war, was ihm nach Mary Blairs Weggang passieren konnte. Ihre blasse Haut, die unter den leuchtenden roten Haaren hervorstach, diese Augen, die mandelförmig ihr Gegenüber beobachteten und die immer irgendwie auf der Hut zu sein schienen. Connor pfiff fröhlich vor sich hin. Eine Melodie, die er nicht kannte oder besser erkannte, die sich aber irgendwann in seinem Kopf festgesetzt hatte. Er stellte den Teller in die Mikrowelle, drückte den Schalter und betrachtete den sich drehenden Teller.

Es war ein schönes Gefühl, neben ihr zu sitzen. Der Musik zu lauschen, ihr die Sterne zu zeigen. Er lächelte versonnen. Wann hatte er so etwas das letzte Mal getan? *Eigentlich noch nie,* sagte er leise zu sich. Aber diese Frau, die hatte etwas, das ihn berührte. Natürlich war da der Gedanke, dass er sie quasi vor dem Ertrinken oder dem Unfalltod durch einen unvorsichtigen Fahrer gerettet hatte. Klar. Aber da war noch etwas, das er noch nicht in Worte fassen konnte. Denn seit gestern Nacht schlich sich Madison Cavanough in seine Gedanken, und die waren alles andere als sittsam, und vor allem wurden diese Gedanken von der Erinnerung an ihre zarte Haut genährt.

# 26.

Im Haus ist es so kalt, dass meine Zähne schon klappern, als ich nur die Treppe hinauflaufe, um mir ein paar Sachen zum Anziehen zu holen. Auf den Möbeln in meinem Zimmer liegt Rauhreif. Das ist so unglaublich, dass ich hingehe, darüberfahre und feststelle, dass meine Augen mich nicht im Stich lassen. Tatsächlich Rauhreif. Ich bin kaum zur Küchentür rein, da hält mir Edith bereits eine Tasse Tee unter die Nase. Edith sieht mich mitleidig an. »Ich bring Sie nach *Wigtown House* und fahr dann runter in die Stadt, um einen Installateur zu organisieren. Beten Sie, dass er das Miststück reparieren kann.«

Diese vergangene Nacht erfordert besondere Maßnahmen. Zum Beispiel angemessene Kleidung. Ich wähle den Zwiebellook, auch wenn ich mich danach kaum noch rühren kann. Ausziehen kann ich mich später immer noch. Edith und ich treten vor die Tür, und der Anblick des *Sage Yard* verschlägt mir die Sprache. Da, wo gestern noch Blüten ihre zaghaften Gehversuche in den Frühling wagten, ist jetzt buntes Eis. Auch wenn der Himmel jetzt wieder klarer ist als noch in der Nacht, müssen sich die Pflanzen gegen diese Eisschicht erst wehren. Die Sonne gibt sich alle Mühe, ihre Wärme bis auf den Boden zu schicken. Doch bis jetzt hat die Kälte noch alles im Griff. Es sieht aus, als hätte jemand seinen Puderzuckerstreuer verloren. Alles ist weiß, und darunter kann man den Frühling erahnen.

Wir stehen gemeinsam vor dem Fiesta und – irgendwie ist es lustig, auch wenn es jetzt vollkommen unangenehm ist – er ist zugefroren. Mit vereinten Kräften versuchen wir, wenigstens eine Tür zu öffnen. Ob der Motor anspringt? Fraglich. Ich organisiere meinen Fön und ein Verlängerungskabel. Es sieht saudämlich aus, wie ich da vor der Fahrertür stehe und die Tür enteise. Aber es funktioniert, und als Edith vom Fahrersitz aus sitzend mit den Füßen gegen die Beifahrertür tritt, ist es beinahe einfach, die Tür zu öffnen. Der Fiesta braucht auch nur zwei Aufforderungen, bis er hustend anspringt. Triumphierend lächelt mich Edith an.

»Man gewöhnt sich an das verrückte Wetter hier oben. Sogar, wenn man ein Auto aus dem Süden ist.«

Die Straßen sind glatt, doch Edith lenkt ihr kleines Vehikel sicher über die engen Fahrbahnen. Die lange Auffahrt von *Wigtown House* erkenne ich unter dem Frost kaum wieder. Sie ist grau-weiß, und die Bäume und Sträucher sehen so zerbrechlich aus. Edith lenkt den Wagen auf den Vorhof, und wir steigen aus.

Ich bin so in Gedanken, dass ich mich fürchterlich erschrecke, als sich ein Mann in Cordjacke aus den Rosenstöcken erhebt. Nicht die Bewegung erschreckt mich, sondern sein prüfender Blick. Feindselig beinahe.

»Lassen Sie sich nicht von dem ärgern«, sagt Edith und zieht mich am Ärmel zum Anbau. »Der ist immer so mies gelaunt.«

Ich bin mir nicht ganz sicher, aber hat Edith dem Mann gerade tatsächlich die Zunge rausgestreckt? Der Alte jedenfalls scheint etwas in Ediths Verhalten ihm gegenüber als beleidigend zu empfinden und schickt ihr einen wütenden Blick hinterher. »Von dem kam noch nie was Freundliches«, ergänzt Edith, schiebt die Tür zum Anbau auf und lotst mich hinein.

»Riba?«, ruft sie in den Gang hinein, und einen Augenblick später hörte man das Klappern von Geschirr. »Küche.« Die Stimme ist eindeutig weiblich, wenn auch rauh und kumpelhaft. Ich bin so neugierig auf das, was mich hier erwartet.

»Riba, ich bring dir jemanden vorbei.« Edith geht vor, anscheinend kennt sie sich hier gut aus. Während ich mich vorsichtig umsehe, jedoch in dem dunklen Flur nicht viel erkennen kann. Ein paar Schritte noch, und ich stehe in einer großen Küche. Edith ist nicht zu sehen, aber vor mir steht eine kleine, rothaarige Frau Ende fünfzig, die sich gerade die Hände an einem Handtuch abwischt. Ihre kleinen, freundlichen Augen sehen mich neugierig aus einem runden, rotwangigen Gesicht an.

»Kannst du dir das vorstellen«, fragte sie mit kurzem Blick auf Edith, die aus einem anderen Raum wieder auftaucht, »er ist schon wieder ohne Frühstück verschwunden.« Edith taucht wieder auf, schüttelt nachsichtig den Kopf. »Aber egal«, sagt Riba McIntire, »wir werden es uns gemütlich machen.« Sie kichert ein wenig dabei und greift nach meinen Händen. »Habt ihr schon was gegessen?«, fragt sie Edith, ohne den Blick von mir abzuwenden. »Wo bekommst du eigentlich immer diese hübschen Mädchen her?« Riba lässt Edith gar nicht erst zu Wort kommen. »Kommen Sie«, sagt sie zu mir, »Alfie müsste auch gleich von seinem Rundgang zurück sein, und dann gibt es erst mal was Gutes.« Und zu Edith gewandt: »Du bleibst doch?«

»Natürlich, einen Kaffee mit Alfie lass ich mir nicht entgehen«, sagt Edith und stapft entschlossen an Riba vorbei.

»Und Mary Blair wollte auch gleich auftauchen«, bemerkt Riba, die mich immer noch unverhohlen anstarrt. »Ihre Vorgängerin, wissen Sie?«

Ich weiß gar nichts, deshalb lächle ich erst einmal unsicher.

»Uhhh, wie niedlich. Auch noch gut erzogen und höflich und schüchtern. Edith, da hast du dir ein Goldstück an Land gezogen.« Riba zieht mich zum Tisch, rückt mir einen Stuhl zurecht und drückt mich sanft darauf, und ich lasse meine Tasche, die ich wie ein Schutzschild vor mir trage, auf den Boden sinken. »Wie kommt es nur, dass deine Nichte so ein mieses, kleines Dreckstück ist?« Riba McIntire geht zum Herd, rührt in einer Pfanne und schüttelt nachdenklich den Kopf. Edith verzieht das Gesicht und bringt mich damit zum Lachen. In diesem Moment betritt ein großer, sehr hagerer Mann die Küche.

»Lästert sie schon wieder?«, fragt er Edith, beugt sich zu ihr und küsst sie auf die Wange.

»Alfie Forbes«, stellt er sich mir vor und reicht mir eine schmale Hand mit langen dünnen Fingern daran. »Und Sie wollen uns jetzt hier also verstärken?«

Er nickt mir zu, setzt sich gleich an den Tisch, ohne eine Antwort von mir abzuwarten, und macht sich über das Frühstück her, das Riba ihm serviert. Der zärtliche Blick, den sie ihm dabei zuwirft, entgeht mir nicht. Edith sieht mich über den Rand der Tasse hinweg an und verzieht vielsagend das Gesicht. Und als sie die Tasse abstellt, legt sie wie zufällig einen Finger auf ihre Lippen. *Irgendwas läuft hier,* und ich freue mich darauf herauszufinden, was, denn als ich das Gesicht des Butlers genauer ansehe und die sorgenvollen Falten nicht in meine weiteren Überlegungen über diese Beziehung einbeziehe, da fällt mir auf, dass der Butler diesen zärtlichen Blick erwidert. *Spannend, spannend,* denke ich, *sehr spannend.*

»Und Mary Blair müsste ja auch noch kommen«, wiederholt Riba sich, wie um von einem Thema abzulenken, das ihr unangenehm ist. Kaum hat sie es ausgesprochen, da fliegt die

Küchentür auf, und eine ältere, sehr schlanke und mich an eine ehemalige Lehrerin erinnernde Frau betritt den Raum. Sie trägt eine Steppjacke und flucht leise vor sich hin. »Kalt, verdammt kalt und ich brauche Kaffee«, murmelt sie, und ihre Stimme klingt beinahe so rauh wie die von Riba. »Kommen Sie, ich hab heute nicht viel Zeit. Leider.« Ich springe auf, nehme meine Tasse und folge ihr.

»Dann werde ich auch mal«, sagt Edith.

»Och schon?« Riba scheint ehrlich enttäuscht zu sein, denn Ediths Aufbruch bedeutet, dass Riba die Neuigkeiten seit dem Fest entgehen würden.

»Ja«, bedauert Edith aufrichtig, »ich muss. Die Therme spinnt, und ich kann Madison heute Nacht nicht schon wieder vor dem Kamin schlafen lassen.«

»Aber«, versuche ich dazwischenzugehen, doch Edith blockt ab. »Ich muss.«

Sie winkt kurz und verschwindet.

Ich hole Mary Blair im Eingangsbereich des Haupthauses ein und bleibe für einen Augenblick stehen. Die Architektur von *Wigtown House* verspricht einige interessante Stunden der Betrachtung, der bodenständigen Pracht nach zu urteilen. Dicke Teppiche liegen auf den Stufen, die in das obere Stockwerk führen. Ölgemälde an den Wänden erzählen die Geschichte der Familie und deren Bedeutung in dieser Gegend. In Vitrinen steht kostbares Porzellan. Leider bleibt es bei dem ersten flüchtigen Eindruck, denn Mary Blair fegt wie ein Derwisch durch die Halle in den nächsten Gang hinein. Für einen Augenblick verschwindet sie sogar aus meinem Blickfeld, weil sie ein Zimmer betreten hat.

»Hier«, ruft sie, und ich folge ihrer Stimme. Ich betrete ein Büro, das den Namen nicht verdient, weil es so klein wie eine Besenkammer ist. Ein Tisch vor der Wand, auf dem ein altertümlicher Computer steht, ein Stuhl und viele Regale sowie eine Tür zur Linken runden das Bild eines notwendigen Übels ab.

»Nicht verzagen, für gewöhnlich sind sämtliche Türen geöffnet und dann kann man es ertragen«, sagt Mary Blair lächelnd. »Und wenn mich nicht alles täuscht, hat er schon Pläne zum Umbau«, fügt sie abwesend hinzu, während sie einige Briefe auf dem Tisch sortiert.

»Also«, hebt sie ihre Stimme. »Hier sind die Passwörter für die Banken, und die Konten, zu denen sie gehören, stehen hier. Ich konnte mir das nie merken, deshalb hab ich es mir aufgeschrieben und in mein persönliches Lieblingsversteck gelegt.«

Sie zieht eine Schublade am Schreibtisch auf, klopft mit der Hand unter die Tischkante, und eine Klappe schwingt auf, der sie den Zettel mit den Passwörtern entnimmt. Mit einem triumphierenden Lächeln reicht sie mir das Stück Papier.

»Da kann man auch prima andere Sachen drin verstecken.« Sie wendet sich zur Seite, schaltet den Computer an, der entsetzlich stöhnende Geräusche von sich gibt. »Den sollten Sie beizeiten mal durch was Neueres ersetzen. Ihr jungen Leute kennt euch da ja besser mit aus.« Es dauert unendlich lange, bis sich überhaupt ein Cursor auf dem Bildschirm zeigt, und die Ältere erklärt mir kurz das Ablagesystem in den Regalen. Ich nicke artig und aufmerksam. Schließlich piepst der Computer und zeigt seine Bereitschaft, seine mühsame Arbeit endlich aufzunehmen, lautstark an.

»Stören Sie sich nicht an den Geräuschen, die er macht. Er ist halt alt und langsam, aber immer noch diensttauglich. Wie die meisten, die hier arbeiten.« Sie lacht.

»Warum sind Sie gegangen?«, frage ich, denn es ist doch ungewöhnlich, dass eine langjährige Mitarbeiterin so plötzlich aufhört, und ich glaube, dass mir die Information zumindest in kleinen Häppchen zusteht. Mary Blair stemmt die Hand in die Seite und sieht mich amüsiert an. »Sie sind anscheinend die Einzige im ganzen Landkreis, die noch keine Bekanntschaft mit Percia gemacht hat«, sagt sie lachend.

»Doch, hab ich«, gestehe ich. »Allerdings bin ich ihr wohl rechtzeitig aus dem Weg gegangen.«

»Träumen Sie weiter, Kindchen«, prustet die Ältere los. »Sie sind viel zu hübsch, als dass Percia Sie nicht als Gefahr erkannt haben könnte. Dass sich diese kleine Hexe gerade auf mich und andere eingeschossen hat, heißt nicht, dass Sie ungeschoren davonkommen. Zumal Sie jetzt die Verfügungsgewalt über die Finanzen haben. Da dauert es keine zwei Tage, bis sie sich mit Ihnen anlegt.«

Mary Blair gibt etwas am Computer ein, und wieder dauert es, bis sich das Gerät dazu entschließt, den Befehl auszuführen. »Das Passwort müssen Sie auch noch ändern«, sagt sie nachdenklich. Ich lehne an einem der Regale und beobachte Mary Blair aufmerksam.

»Aber so wie ich das verstanden habe, ist sie doch jetzt weg?« Mary sieht kurz auf, dann fällt ihr Blick auf den Bildschirm.

»Eine Frau wie Percia gibt nicht so leicht auf. Die kommt wieder, darauf verwette ich meine Rente.«

Die Einweisung in die Finanzen ist kurz und intensiv. Mary Blair hat für sich einen Fahrplan der zu erledigenden Dinge erstellt, den sie mir nun zur Verfügung stellt. Sie hinterlässt ihre Telefonnummer für den Fall, dass es Fragen oder Probleme gibt.

»Aber Edith ist so begeistert von Ihnen«, sagt Mary, »dass ich wohl nur noch zum Kaffee vorbeikommen werde. Ich wünsche Ihnen viel Erfolg und Spaß hier. Es ist alles ziemlich locker, und der Earl lässt Ihnen für gewöhnlich freie Hand. Sie sollten jedoch versuchen, ihn zu etwas mehr Interesse für seine Unternehmen zu erziehen. Das lässt er immer gerne schleifen.« Sie nimmt Madison kurz in den Arm und geht. »Und viel Glück mit Percia«, fügt sie hinzu, als sie im Türrahmen steht.

*Wow*, denke ich, als ich allein bin. *Das kann ja heiter werden.* Ich stelle meine Tasche auf dem Tisch ab und richte mich mit meinem Laptop häuslich ein.

Während ich die Post sortiere, immer mal wieder äußerst skeptisch auf den Bildschirm des alten Monsters sehe, schaut Riba herein und stellt mir ein Sandwich mit Roastbeef hin. »Um drei Uhr machen wir alle für gewöhnlich zusammen Kaffeepause.«

Ich sage erfreut zu, doch als es so weit ist, verpasse ich sie beinahe. Riba McIntire und Alfie Forbes sitzen am langen Tisch in der Küche, die ich erst jetzt richtig in Augenschein nehmen kann. Dieser Raum steht in vollem Kontrast zu der Küche, in der ich die letzten Wochen und Monate meine Zeit verbracht habe. Diese Küche macht einer Großküche alle Ehre, wenn nicht in der Größe, dann aber in der Ausstattung. Und obwohl die Einrichtung so professionell erscheint, ist das Zusammensein darin umso herzlicher.

»War Matthew schon da?«, fragt Alfie zwischen zwei Bissen, und Riba hebt abwehrend die Hände.

»Zum Glück noch nicht«, sagt sie, sieht dabei auf die Uhr, »aber er müsste gleich reinschneien.«

»Matthew ist?«, frage ich, und bevor Alfie antworten kann, fällt ihm die Köchin bereits ins Wort.

»Der Gärtner, ein fürchterlicher Mensch. Ständig mies gelaunt und ein Eigenbrötler, wie man ihn sonst nur aus schlechten Romanen kennt. Will nichts von uns und wir nichts von ihm. Er lebt hinten in seinem Gartenhäuschen und kommt drei Mal am Tag vorbei. Morgens, um seinen Tee zu brühen – vor allen anderen –, dann gegen Mittag, um sich ein Sandwich zu machen, und dann noch mal zwischen drei und fünf, je nachdem, wie er mit seiner Arbeit vorankommt.« Sie verdreht die Augen, und Alfie lacht.

»Er tut keiner Fliege was zuleide«, fühlt sich der Butler bemüßigt zu bestätigen.

»Klar«, fällt ihm die Köchin daraufhin erneut ins Wort, »weil keine Fliege in seine Nähe kommt.« Als Schritte zu hören sind, hält die Köchin inne, zieht die Augenbrauen abwartend hoch und versteckt den Rest ihres Gesichts hinter ihrer Tasse.

Mit Argusaugen beobachtet sie den Mann, der nun die Küche betritt. Ich sehe ihn unverwandt an, grüße ihn freundlich und erkenne ihn als den Mann aus den Rosen. Er nickt, nimmt seine Mütze ab und steckt sie in die Jackentasche.

»Darf ich?«, fragt er leise, aber es klingt nicht wirklich nach einer Frage um Erlaubnis, trotzdem nickt Riba großzügig. Matthew wäscht sich die Hände, geht – während er sich abtrocknet – an den Kühlschrank, nimmt eine Tüte mit Brot heraus, legt es auf der Anrichte ab, geht zurück und sucht sich etwas, womit er die Brote belegen kann. Er wählt sorgsam, und man kann Riba an der Nasenspitze ansehen, dass sie diesen Menschen nicht in ihrer Küche haben will. Mit spitzen Fingern schiebt sie einen Teller mit Keksen von rechts nach links, doch trotzdem huscht ihr der ein oder andere Finger auf den Tisch und tippt mit seinem Nagel lautstark einen strengen Rhythmus.

Matthew scheint sich sehr wohl bewusst, dass er unter Beobachtung steht. Ob er sich gerade deswegen so langsam zwischen Kühlschrank und Anrichte hin- und herbewegt, ist nicht zu erkennen. Vielleicht kann er sich auch nicht schneller bewegen, denke ich. Die Situation ist ziemlich seltsam, aber es ist durchaus erkennbar, dass Riba den Gärtner lieber von hinten sehen möchte.

Matthew legt das Sandwich auf einen Teller, geht erneut zum Kühlschrank und entnimmt ihm eine Flasche Bier. Dann nimmt er seinen Teller, grüßt noch einmal verhalten und geht. Die Pause, die zwischen dem letzten hörbaren schlurfenden Schritt und Riba McIntires hörbarer Erleichterung entsteht, liegt wie dicke Wolle in der sonst so kühl eingerichteten Küche. In den letzten Minuten war in Ribas Mimik ihre gesamte Gefühlswelt abzulesen. Abneigung, Ekel und Wut darüber, dass dieser verhasste Mann sich an IHREN Geräten zu schaffen machte, wechselten sich im Sekundentakt darin ab.

»Wenigstens ist er ordentlich«, versucht Alfie zu beschwichtigen, und ich beeile mich, meine Hand vor den Mund zu legen, sonst hätte ich über Ribas entsetzten Gesichtsausdruck laut lachen müssen.

»Alfie«, ruft die Köchin empört, »nicht mal du bist so dreist und machst dir selbst was zu essen.« Der Butler, der wirkt, als trüge er all das Leid dieser Welt auf seinen hängenden Schultern, erhebt sich und küsst sie auf die Stirn. Dabei lächelt er, und all die Falten, die sein Gesicht so lang und traurig erscheinen lassen, straffen sich und es ist, als würde die Sonne aufgehen.

»Ich kenn dich auch schon länger.« Dieser Satz lässt mich vermuten, dass er mit dem Temperament Ribas bereits Bekanntschaft gemacht haben musste, nachdem er ihren Herrschaftsbereich für sich nutzte, um sich etwas zu kochen. Er zwinkert mir zu und geht.

»Du kannst dir aber gerne ein Beispiel an dem … dem … was weiß ich, wie ich ihn nennen soll, nehmen und deine Kaffeetasse in die Spülmaschine stellen«, schimpft sie ihn aus, und wieder überrascht Alfie mich. Er dreht sich so schwungvoll herum, dass ein Windhauch meine Nase streichelt. Alfie salutiert vor Riba, nimmt seine Tasse, stellt sie ordentlich in die Maschine und wartet das alles entscheidende Urteil der Haushälterin ab.

»Du kannst gehen«, sagt sie schnippisch.

Er ist schon halb aus der Tür, da hält er inne.

»Wie kommen Sie heute eigentlich nach Hause?«, fragt er mich.

»Ich werde wohl Edith bemühen müssen oder laufen«, antworte ich. »Es sind ja nur ein paar Kilometer.«

»Ha!«, ruft Riba. »Du hast verloren.« Sie zeigt triumphierend in Alfies Richtung, und der zeigt sich zerknirscht, wenn auch amüsiert. Ich sehe beide erstaunt und fragend an, und Riba sieht sich zu einer Erklärung genötigt. »Wir haben heute Morgen gewettet, dass Sie das sagen, und der Earl hat darauf bestanden, dass Sie den Firmenwagen nehmen. Der hat Navigation.« Ich lasse meinen Kopf langsam auf die Tischkante sinken.

»Wird mich das jetzt ewig verfolgen?«, frage ich zerknirscht, und Riba lacht nachsichtig.

»Seien Sie froh, dass er Sie gefunden hat.« Sie streicht mir über das Haar. »So weich, wie schön«, schwärmt sie.

»Dann stell ich Ihnen den Mini nach vorne.« Alfie verschwindet, und kurze Zeit später sitze ich mit einer frischen Tasse Kaffee wieder an meinem Schreibtisch. »Er könnte sich ja mal blicken lassen, der Herr Earl«, sage ich leise in den Raum hinein, als ich darauf warte, dass der altertümliche PC die Eingaben des Tages verarbeitet. Das Gerät macht dabei Geräusche, die mir Angst einjagen, dass dieser Stöpselikon den heutigen Tag nicht überleben wird. Als ich dann noch den

Nadeldrucker einschalte, wird es mir zu laut. Ich flüchte mich in den Vorhof und sehe mich dort um. Ein leises Rascheln veranlasst mich, mich umzudrehen und nach dem Geräusch zu suchen.

Es ist Matthew, der aus den Sträuchern seiner Hortensien gekrochen kommt. Ich lächle ihn an. *Ein Versuch,* denke ich, *schaden kann es nicht.*

»Die sind so schön, vor allem die hier mit der roten Farbe«, versuche ich, ihn in ein Gespräch zu verwickeln. Die Büsche breiten ihre Blätterpracht bis weit über den Kies aus, und die Blütendolden sind so gleichmäßig über diesem Grün verteilt, dass es von Weitem wie kleine Rubine auf grünem Samt wirkt. Und das Rot ist deshalb zu sehen, weil die Sonne im Laufe des Tages tatsächlich ihren Job machen konnte. Leider habe ich davon nichts mitbekommen, bin aber über das Ergebnis umso erfreuter.

»Das ist nicht Rot«, sagt er mürrisch. Der Alte zupft an seiner Schiebermütze und sieht auf seine Füße. »Das ist Bordeaux.«

»Oh, Entschuldigung, natürlich. Es ist ja viel satter und intensiver als normales Rot.« Ich mustere ihn. Etwas in meiner Stimme muss ihn wohl erweicht haben, sich mit mir zu unterhalten. Unsere Blicke treffen sich, und sofort habe ich ein Déjà-vu. *Diese Augen kenne ich,* schießt es mir durch den Kopf. Vollkommen verwirrt stammle ich eine weitere Entschuldigung und laufe beinahe hektisch über den Kies zurück ins Haus. Meine Schritte sind so laut, dass mir der lärmende Drucker wie ein Flüstern vorkommt. *Warum bin ich so verwirrt, wenn ich in diese Augen sehe?,* frage ich mich und sehe auf mein Spiegelbild, das vom Fenster reflektiert wird. *Ich kenne den Mann doch gar nicht,* aber mir bleibt erneut beinahe das Herz stehen. *Diese Augen, woher kenne ich die Augen? Wie kann die Form und Farbe seiner Augen mir so einen Schrecken einjagen?* »Also wirklich, Madison«, schimpfe ich mit mir, »du bist paranoid. Wie deine Mutter. So fängt es an.«

Ich lache hysterisch und reiße mich zusammen. »Zehn Minuten noch, dann kannst du verschwinden. War ein langer Tag.« Ich sortiere die Ausdrucke, lege sie ab und fahre den PC runter. Gleichzeitig kontrolliere ich meine Mails auf dem Laptop.

Cesars kurze Antwort lässt ein Lächeln über mein Gesicht huschen, und dass Lewis Stone meine Mails bezüglich der Drohungen von Hanks als höchst wichtig eingestuft hat, beruhigt mich. Es geht vorwärts. *Irgendwie geht es aufwärts,* denke ich und klappe den Laptop zu. Ich vermeide es, über den Vorhof zu gehen, und schleiche mich wie ein Dieb durch die Küche hinaus. Noch einmal diese Augen, und ich werde in der kommenden Nacht kein Auge zu tun. Aber ich habe Glück: Matthew hat sich verzogen, und ich kann unbehelligt den Mini suchen, den Alfie mir versprochen hat. Der Butler hat den Wagen hinter dem Anbau geparkt und ist gerade dabei, ein paar Sachen aus dem Inneren zu holen, als ich ihn finde.

»Oh …«, rufe ich entzückt, »der ist ja niedlich.« Der kleine Wagen ist zweifarbig lackiert: rosa und blau. Mit dem rosafarbenen Dach werde ich sicherlich nicht so schnell in den Highlands verloren gehen. Alfie stößt sich den Kopf an der Säule des Wagens, als er mich hört. Er lacht und reibt die schmerzende Stelle.

»Es ist ein Automatik, und Ihr Heimweg ist bereits einprogrammiert.« Ich verdrehe amüsiert die Augen.

»*Es* wird mich verfolgen.« Alfie reicht mir den Schlüssel, und ich steige ein. Einen Augenblick später rolle ich langsam vom Hof und biege auf eine dieser kleinen Straßen ein, die von

Steinmauern umgeben und so typisch für diese Gegend sind – und deren Nutzen ich schon unfreiwillig kennengelernt habe. Bei Edith auf dem Beifahrersitz waren mir die Straßen nicht so eng vorgekommen, und in der Nacht, als wir vom Fest zurückfuhren, habe ich wohl weniger gesehen, als ich dachte. Jetzt muss ich auf jeden Fall höllisch aufpassen, dass ich nicht an den Mauern entlangkratze. Trotzdem bin ich froh, dass ich nicht laufen muss, denn die Nacht vor dem Kamin hat mir doch mehr zugesetzt, als ich wahrhaben will. Ich bin schlicht und ergreifend zum Umfallen müde, und der Gedanke, in ein kaltes Haus zurückzugehen, heitert mich nicht gerade auf.

# 27.

Als ich das *Sage Yard* erreiche und den Wagen abstellen will, muss ich mir einen Platz neben dem Haus suchen, denn da steht ein alter blauer Transporter in der Einfahrt und beansprucht so ziemlich allen verfügbaren Raum auf dem Hof. Die Hecktüren des Wagens sind geöffnet, und in vielen Schubladen und Kästen liegen Werkzeug und Schrauben. Ich schließe den Mini ab, und bevor ich an der Tür bin, werde ich von einer freudestrahlenden Edith in Empfang genommen. »Das olle Miststück ist noch mal zu retten«, ruft sie, während sie die Hände an einem karierten Handtuch abtrocknet. »Und Essen ist auch gleich fertig.« Sie zwinkert mir zu. Ich kann ihre Begeisterungsstürme nachvollziehen. Gerade als ich den Fuß auf die erste Stufe nach oben setze, poltert etwas unter der Treppe, und ein großer Mann im Blaumann krabbelt darunter hervor.

»So«, sagt er mit dunkler Stimme, und ich wundere mich, wie sich dieser Riese wohl in der kleinen Abstellkammer unter der Treppe bewegen, geschweige denn arbeiten kann. Der Mann bemerkt mich, nickt zum Gruß und wendet sich wieder an Edith.

»Tante Edith, das gute Stück da drin hat ein Gnadenbrot bekommen. Sieh zu, dass du das Ding auswechselst, sonst zahlst du dich an Reparaturen dumm und dämlich, und außerdem kann ich nicht garantieren, dass ich noch lange genug Ersatzteile für das gute Stück haben werde.« Er verabschiedet sich. Man kann so gerade noch hören, wie er die Türen seines Wagens zuschlägt und losfährt. Edith lächelt nachsichtig. »Einer meiner ehemaligen Schüler«, erklärt sie, »warum die mich alle Tante nennen, ist mir schon ein wenig schleierhaft ... aber gut: besser als alte Schachtel.« Plötzlich poltert ein unangenehmer Gast von oben herunter. DIE braucht jetzt wirklich keiner.

»Kann man jetzt endlich duschen?«, keift Percia und schiebt sich an mir vorbei. Ich sehe Edith fragend an. »Der liebe Herrgott prüft einen an manchen Tagen mehr und an manchen weniger«, sagt diese und geht in ihre Küche. »Essen in fünf Minuten.« Ich beeile mich, in mein Zimmer zu kommen, nicht ohne den einen oder anderen mitleidigen Gedanken an Edith zu haben.

»Mit der Nichte würde ich mich erschießen«, rutscht es mir raus, als ich in meinem Badezimmer vor dem Spiegel stehe und mich frisch mache. Für einen Moment betrachte ich mich, halte inne. Genau einen Moment zu lang. Denn etwas stimmt nicht mit diesem Bild; es ist verschwommen, undeutlich. Ich sehe genauer hin, und über mein Gesicht, schmal und blass, hat sich das eines alten Mannes darüber geschoben, mit wettergegerbter Haut und meinen Augen. Mein Herz klopft wie ein Presslufthammer, und ich weiß nicht, warum. Schnell beuge ich mich über das Waschbecken, spritze mir kaltes Wasser ins Gesicht, um den Schwindel in meinem Kopf zu vertreiben. Ich richte mich auf, Wasser läuft mir die Wangen herunter, und die Konturen des alten Mannes verschwinden.

»Du fängst an zu spinnen, Madison«, schimpfe ich mit mir. *Es wird immer schlimmer,* denke ich und versuche, es auf meine Übermüdung zu schieben. »Vielleicht solltest du in nächster Zeit mal deinen Kopf untersuchen lassen.«

Um mich abzulenken, beeile ich mich, in die Küche zu kommen und Edith bei den Vorbereitungen zu helfen. Ich muss etwas tun, alleine sein würde mich jetzt nur wahnsinnig machen. Während wir den Tisch decken, plappert die alte Dame fröhlich vor sich hin. Ich weiß, dass sie das nur tut, um von ihrem Unmut über Percias Auftauchen abzulenken, die jetzt am Esstisch sitzt, ihre Nachrichten auf dem Smartphone kontrolliert und sich ansonsten um rein gar nichts kümmert.

Mary Blair hat also recht behalten. Percia ist schneller aufgetaucht, als es mir oder jemand anderem lieb sein kann. Wer kann schon hinter die hübsche Stirn der Schwarzhaarigen sehen?

Dass ich mit meinem unguten Gefühl nicht ganz falschliege, zeigt sich beim Dinner. Während mir die Bratkartoffeln und die gebratene Leber ganz vorzüglich schmecken und ich sie mit einem Glas Wein genieße, pirscht sich Percia nicht gerade elegant an das Thema Finanzen im Hause *Wigtown* heran. Sie mault unverhohlen über das Essen und den Wein, was sie aber nicht davon abhält, sich ständig nachzuschenken.

»Und Sie haben sich jetzt also die Konten unter den Nagel gerissen?«, fragt sie, und ihre Stimme klingt so aggressiv, dass ich nicht gleich antworte. Für Percia quälend langsam, hebe ich mein Glas, nippe daran und stelle es genauso langsam zurück.

»Ich kontrolliere sie, wenn Sie das meinen.« Ein Schatten huscht über das Gesicht der Schwarzhaarigen, und mir fällt eine gewisse Ähnlichkeit zu den bösen Hexen aus Disney-Filmen auf. Die Stimmung bei Tisch ist beinahe so eiskalt wie die Temperaturen in der letzten Nacht. Aber ich bin nicht allein am Tisch. Edith geht in Position, und ich glaube, dass es ihr Vergnügen bereitet, ihre Nichte auflaufen zu lassen.

»Madison hat bei einer großen Bank in London gearbeitet und wird dem Earl schon Beine machen, wenn es um seine Finanzen geht.« Percia zuckt kurz und kaum merklich zusammen. Sie sieht mich über den Rand ihres Glases hinweg an. Ihr kleiner Finger spreizt sich, zieht kleine Kreise, bevor sie das Glas auf dem Tisch abstellt.

»Haben Sie schon von dem Projekt zum Umbau gehört?«, fragt Percia plötzlich. »Wenn Sie die Finanzen im Blick haben, dann werden Sie sicher verstehen, dass es dringend notwendig ist, solche Vorhaben in Angriff zu nehmen.«

»Ach, Sie meinen das Projekt, weswegen Sie des Anwesens verwiesen wurden?« Riba war es ein unglaubliches Vergnügen, mir davon zu erzählen … Die kleine Frau wuchs förmlich zu stattlicher Größe, als sie die Heldentat ihres Chefs bis ins Kleinste darlegte. Natürlich war die Köchin nicht selbst dabei, sondern sah es als ihre gottgegebene Pflicht an, hinter dem Küchenfenster Stellung zu beziehen. Percia erstarrt zur Salzsäule. Na: beinahe. Ihre Augen zucken, ihre Mundwinkel arbeiten in eine Richtung, die sie richtig hässlich werden lässt.

Zum Glück ist Mary Blair eine verflucht gute Buchhalterin, die zwar mit altertümlichen Mitteln arbeitete und alles ein wenig umständlich gestaltete, doch sie hat mir eine saubere Buchhaltung hinterlassen, die mit einem Klick zeigt, dass »solche Vorhaben« eben nicht nötig waren, um das Unternehmen *Wigtown House* gesund zu halten. Percia schluckt ihre Antwort herunter, legt ihre Serviette etwas zu dramatisch auf den Tisch und steht auf.

»Das werden Sie bereuen«, prophezeit sie mir.

»Ich glaube nicht«, sage ich. Percia – die wohl keine berühmten letzten Worte erwartete nach ihrer kleinen Drohung – bleibt stehen, wir starren uns an, und es ist klar, dass ich aus diesem »Blickfight« als Siegerin herausgehe, als sie unverrichteter Dinge abrauscht – und aus dem Augenwinkel heraus kann ich sehen, dass Edith befriedigt grinst. Ich bin zufrieden, denn jetzt weiß Percia, dass sie es nicht mit einem Mauerblümchen zu tun hat, das sie mal eben vom Tisch fegen kann. Edith versucht erst gar nicht, ihre Freude über Percias Niederlage zu verbergen.

»Das haben Sie richtig gut gemacht. Ich wünschte, es hätte diesem Kind jemand viel früher die Stirn geboten, dann wäre bestimmt einiges anders gelaufen.«

»Aber der Earl hat es doch jetzt getan?«, frage ich, nehme mein Glas und spüle den faden Geschmack eines vorübergehenden Sieges herunter.

»Ja, aber zu spät. Connor war zu sehr von ihr beeindruckt, als dass er gesehen hat, wer sie wirklich ist. Na ja. Mann halt. Ich will es nicht beschwören, aber ich denke, Percia hat ihre Finger tiefer in der Materie verankert, als ihm und mir – als Blutsverwandte – lieb sein kann.« In jedem Wort ist die Verbitterung über ihre Nichte zu spüren, und es tut mir so leid für sie.

»Aber Sie können doch nichts für die bucklige Verwandtschaft.« Edith lächelt sanft.

»Nein, aber es ist trotzdem äußerst enervierend.«

***

Später, als ich in meinem mittlerweile wieder warmen Zimmer sitze, habe ich Zeit, über das Gespräch mit Edith nachzudenken. Ich spüre, dass die alte Dame unter ihrer Nichte leidet, und es schmerzt mich. Percia ist die Pest, und Edith kann es kaum noch ertragen, mit ihr in Verbindung gebracht zu werden.

Dass sich der Earl in diese Frau verliebt hat, ist einerseits nachvollziehbar, denn Percia hatte es bestimmt darauf angelegt und ist eine hervorragende Schauspielerin. Andererseits darf man an seinem gesunden Menschenverstand zweifeln. Ein klein wenig zumindest. Aber mein Mitleid für ihn hält sich in Grenzen.

Es ist schon spät, aber ich bin zu aufgedreht, um ins Bett zu gehen. So surfe ich noch ein wenig im Netz, und wenn ich schon mal dabei bin, kann ich mein Konto kontrollieren. Ich bin bestimmt nicht geizig, aber ich war in den letzten Wochen und Monaten so sparsam – mal von unserem Ausreißer für das Fest abgesehen –, dass es auf meinem Bankkonto noch ziemlich gut aussieht. Der Verkauf der Möbel, meines heiß und innig geliebten Citroën und – was mich besonders geschmerzt hat – meines Apartments lässt das Komma weit nach rechts rutschen. Der Betrag, der da steht, bringt mich auf eine Idee.

Diese Idee ist ein wenig ungewöhnlich, und bei ihrer Durchführung kommt es nicht auf mich an. Meine Hände sind feucht, als ich vor Ediths Schlafzimmertür stehe, und ich wische sie mir erst an der Hose ab, bevor ich klopfe. Die alte Dame ist, wie ich gehofft habe, noch wach und sitzt auf ihrem Bett und winkt mich zu sich, nachdem ich eingetreten bin.

»Alles in Ordnung?«, fragt Edith, klopft auf die Bettkante, und ich setze mich neben sie.

»Ja«, antworte ich, suche nach Worten, um nicht gerade mit der Tür ins Haus zu fallen.

»Aber?«

»Ja. Hmmm. Aber.« Ich setze mich etwas bequemer hin, lege mein Scheckheft mit dem Kugelschreiber darin auf mein Knie.

»Ich hab mich gefragt«, beginne ich, »was so eine Heizungsanlage wohl kosten mag.« Edith sieht mich prüfend an.

»Sie wollen doch keinen Unfug machen?«, fragt sie und legt ihren Kopf schräg. Es scheint, als wolle sie mir durch mein Ohr in den Kopf sehen, denke ich und versuche, ein Schmunzeln zu vertuschen.

»Unfug? Nein, keinen Unfug.« Ich lache leise; diese Frau ist ein echtes Unikum.

»Sie haben so viel für mich getan in den letzten Wochen und Monaten, außerdem muss ich sowieso noch die Pensionskosten hier begleichen.« Jetzt sehe ich sie zur Abwechslung mal streng an. »Also: Ich denke, dass ich mit zweitausend Pfund ganz gut liege und damit die Rechnung begleichen kann.« Ohne auf Edith zu achten, fülle ich einen Scheck über diesen Betrag aus. »Und dann …«, fahre ich fort, während ich einen weiteren ausfülle, »nehmen wir diesen Betrag als Anzahlung für meinen weiteren Aufenthalt und den Rest für die Therme.« Ich unterzeichne die Schecks, reiße sie aus dem Heftchen und gebe sie Edith. Die sitzt mir stocksteif gegenüber. »Ich kann's mir leisten«, versichere ich ihr, weil ich glaube, sie beruhigen zu müssen. »Ich hab bei der Bank immer gut verdient und nie viel für mich gebraucht. Ab und an konnte ich mal einen guten Freund etwas finanziell unterstützen. Aber selbst das hat mich nicht arm gemacht, und Sie brauchen eine neue Therme. Kaufen Sie eine, die mindestens hundert Jahre hält.« Edith sieht auf ihre Hände, in denen die Schecks liegen, schiebt sie auseinander, und ihr fällt buchstäblich die Kinnlade herunter.

»Das kann ich nicht annehmen«, haucht sie entsetzt.

»Sie können nicht nur, Sie müssen.« Ich lächle nachsichtig. »Sehen Sie es als puren Egoismus an. Eine neue Therme wird verhindern, dass ich noch mal auf dem Sessel schlafen muss.« Sie will nicht, aber sie kann das Lachen nicht unterdrücken.

»Ja, wahrscheinlich«, sagt sie nachdenklich. »Aber …« Die alte Dame fühlt sich unwohl, ich spüre das und frage mich, wie ich das ändern könnte.

»Ich kann Ihnen nicht anders zeigen, wie dankbar ich dafür bin, dass Sie mich hier aufgenommen haben. Dass Sie mir gezeigt haben, was ich in all den Jahren, in denen ich in ›Feindesland‹ gelebt habe, hier verpasst habe. Ich bin nach Hause gekommen, und das habe ich Ihnen zu verdanken.«

In einer Hand hält Edith die Schecks, die andere wandert zu ihrem Mund, damit sie das Zittern ihrer Lippen verbergen kann. Sie räuspert sich mehrfach, bevor sie spricht.

»Ist das nicht traurig, dass eine alte Frau wie ich …«

Hier muss ich sie einfach harsch unterbrechen.

»Das ist nicht wahr. Sie sind nicht auf Almosen angewiesen. Ich bezahle nur meine Rechnungen.« Himmel, ich kann nur hoffen, dass das nicht nach hinten losgeht und Edith glaubt, dass ich ihr wirklich Almosen zustecken will.

# 28.

Aber es ist Edith Stone, mit der ich da gestern Abend gesprochen habe, und am nächsten Morgen wird der Plan »neue Therme« gleich in die Tat umgesetzt.

»Ich hab schon telefoniert«, sagt Edith stolz, reicht mir eine Tasse Tee und einen Scone. »Und die Kavallerie rückt heute gleich an.« Sie lächelt glücklich, und ich … ich bin beruhigt.

Mein Büro ist kein Büro, sondern eine Zelle, und genauso werde ich es jetzt nennen. Nachdem ich alle angrenzenden Türen geöffnet habe, sehe ich die Post für den heutigen Tag durch. Nichts Wichtiges dabei, denke ich und sehe mit skeptischem Blick auf meinen neuen alten Kollegen. Mit spitzem Finger drücke ich den Schalter, und unter entsetzlichem Gejammer und Gestöhne springt der Computer an. Bevor ich den Tod dieses Geräts miterlebe, verlasse ich mein Kabuff und öffne ein Fenster.

Gestern hatte ich keine Zeit, mich hier umzusehen; es muss das Büro des *Earls of Wigtown* sein. Sehr gediegen, sehr vornehm und auch irgendwie sehr bodenständig elegant. Keinerlei überflüssige Schnörkel. Der Raum ist gemütlich, aber funktionell eingerichtet. Ein großer, aus dunklem Holz gefertigter Schreibtisch gegenüber meiner Bürotür, hohe Regale mit in Leder gebundenen Büchern – Klassikern, wie ich bei näherem Hinsehen feststelle –, ein kostbarer Teppich, der über die Steinplatten des Fußbodens wie zufällig drapiert wurde. Zwei unglaublich gemütlich wirkende Sessel, die nur eine Aussage haben: *Komm her, setz dich und genieße die Ruhe.* Ich könnte mir vorstellen, dass man diese Sessel auch für ein …

*Schäm dich, Madison*, denke ich und kichere wie ein Schulmädchen. *Gut, dass mich niemand sieht.*

Stil und Geschichte der Familie vereinigen sich hier. Eigentlich fehlt nur eines: ein echter, lebendiger, großer Mann, der als Earl hier schaltet und waltet.

Aber auch heute Morgen glänzt Connor McLymont durch Abwesenheit. Ich gehe zurück in mein Büro, betrachte kurz mit sorgenvollem Blick den Bildschirm und entscheide mich, dass ich einem möglichen frühen Tod des Geräts erst einmal aus dem Weg gehe und mir einen Kaffee bei Riba besorge. Sie begrüßt mich überschwänglich und versorgt mich nicht nur mit Kaffee, sondern auch mit einem zweiten Frühstück. In dieser halben Stunde erfahre ich so viele Dinge über *Wigtown House* und seinen Besitzer, dass ich mir vorkomme, als wäre ich vom MI6. Wir schenken uns gerade Kaffee nach, da schlurft Matthew herein, der uns kurz ansieht, was wohl einem Gruß gleichkommt, sich einen Kaffee nimmt, um dann einer Geistererscheinung gleich wieder zu verschwinden.

»Der Kerl macht mich wahnsinnig«, gesteht Riba und lacht verhalten.

»Ja, man fühlt sich nicht richtig wohl in seiner Gegenwart«, bestätige ich ihr und denke an meinen gestrigen Anflug von Paranoia. »Wird Mr. McLymont heute anwesend sein?« Riba schüttelt den Kopf.

»Nein, er arbeitet unten in der Brauerei, der neue Anstich wird diese Woche fertig, was immer das auch sein soll.« Ich lasse mich von ihrem Lachen anstecken, obwohl ich so gar nicht weiß, warum wir lachen.

»Es gibt so ein paar Sachen, die ich mit ihm besprechen müsste. Kann ich ihn per Telefon erreichen?«

»Sie können es versuchen, aber soweit ich weiß, haben Sie alle Vollmachten, die Sie brauchen.«

»Auch die, einen neuen Computer anzuschaffen?«, frage ich zweifelnd.

»Ach Gottchen, das alte Ding«, sagt Riba. »Das hat Mary Blair schon zum Verzweifeln gebracht, aber sie hatte sich so dran gewöhnt, dass sie sich doch nicht trennen wollte.« Sie kichert, hat sich aber bald schon wieder unter Kontrolle. »Seine Handynummer müsste gespeichert sein. Versuchen Sie es.«

***

Nach der fünften Ansage der Mailbox, dass der Angerufene nicht erreichbar sei, gebe ich klein bei und hoffe, dass ich den Earl in dieser Woche noch zu sehen bekomme. Ich wende mich also dem Fahrplan zu, den Mary Blair erstellt hat, und bearbeite die Lohnlisten und Abrechnungen. Es ist keine Arbeit, die einen geistig fordert, so wie das Analysieren von Zahlen, aber es macht Spaß, und es sind Zahlen. Und diese Zahlen bedeuteten für mich immer Sicherheit. Sie sind absolut, und ihre Bedeutung lässt sich niemals leugnen.

Etwas, das mich immer zufrieden und ausgeglichen zurücklässt. Auch heute ist das so. Bis mir die Buchstaben und Worte einen gewaltigen Strich durch die Rechnung machen.

Das Gefühl von Paranoia steigt wieder auf. *Cavanough. Matthew Alexander Cavanough.* Mein Mund ist plötzlich so trocken, und ich räuspere mich, aber das Gefühl geht nicht weg. In kleiner, fein säuberlicher und verflucht gut lesbarer Handschrift hat der Gärtner seinen Stundenzettel ausgefüllt und unterschrieben. Wie gebannt starre ich auf den Namen, um einen Augenblick später spitz aufzulachen.

*Zufälle gibt es*, denke ich und versuche, mich zu beruhigen. Der Name Cavanough ist in dieser Gegend nicht selten. Zwar o häufig wie Smith oder einer der berühmteren Clans. r durchaus geläufig. Ich wiederhole das wie ein Mantra, nd es braucht nicht lange, da glaube ich auch daran. Dass seine Initialen meinen gleich sind, schiebe ich ganz weit nach hinten in meinen Gedanken. *Madison Anne Cavanough.*

*Da musst du tierisch aufpassen,* denke ich, *dass du das nicht verwechselst.* Ich schüttle diese Gedanken mit einem tapferen Lächeln ab und setze meine Arbeit fort. Der Computer meldet sich mit seinen seltsamen Geräuschen und die ähneln denen, die mein gestresster Magen von sich gibt. Die Sache mit dem Gärtner macht mir zu schaffen.

»Bitte, nur bis Ende der Woche durchhalten, dann schick ich dich in Rente. Also: tapfer sein.« Als hätte das Gerät mich verstanden, piepst es kurz vor sich hin. »Von wegen Computer hätten keine Seele«, bemerke ich und bin froh, dass mein Humor nicht ganz verloren gegangen ist.

***

Der Earl lässt sich an diesem Tag nicht sehen, auch am Mittwoch ist die Arbeit in der Brauerei wichtiger, und am Donnerstag glänzt er ebenfalls durch Abwesenheit. Telefonisch ist er nicht zu erreichen, und so langsam, aber sicher fürchte ich, dass ich mein Versprechen nicht halten kann. »Ich hab dir zwar die Rente am Ende der Woche versprochen«, sage ich, während ich den Bildschirm tätschele, »aber unser gemeinsamer Chef macht sich nicht die Mühe, uns zu erlösen.«

Ich lehne am Schreibtisch und denke über die vergangenen vier Tage nach. Wie schnell sich doch Routine einschleichen kann, denke ich und kontrolliere die Ausdrucke aus der Höllenmaschine.

Ich beginne meine Arbeit mittlerweile um zehn Uhr mit

einem Kaffee bei Riba und dem neuesten Tratsch aus *Wigtown House*. Den gibt es nämlich tatsächlich, weil sich immer wieder Handwerker und Lieferanten in Ribas Refugium breitmachen. Und die kleine rothaarige Dampfmaschine saugt jedes Wort auf wie ein Schwamm.

Danach arbeite ich – nur unterbrochen von einem Sandwich – bis drei durch; hier folgt der nächste Kaffee, um mich dann noch einmal bis sechs an den Schreibtisch zu setzen. Die Abende verbringe ich mit Edith oder Spaziergängen um das *Sage Yard* herum. Immer in Rufweite von Edith, die mich keinen Schritt weiter als bis zur Gartenmauer von der langen Leine lässt.

»Noch mal hast du nicht so ein Glück«, pflegt sie dann zu sagen und bringt mich zum Schmunzeln. Als ich Edith sagte, ich würde mich fühlen, als wäre ich zu Hause angekommen, war das nur ein Teil der Wahrheit.

Ich spüre, dass die Unruhe verschwindet, die mein Leben bestimmt hat, weil ich es nie anders kennengelernt habe, weil meine Mutter sie mir so mit auf den Weg gegeben hat, und die immer dazu führte, dass ich auf der Suche nach etwas war, oder mich umdrehte, weil ich glaubte, von etwas verfolgt zu werden, was nicht greifbar war und ist. Das alles hat sich geändert. Ich bin tatsächlich angekommen.

***

Es ist vor allem Mary Blairs hervorragender Arbeit zu verdanken, dass ich mittlerweile einen guten Überblick über die angegliederten Firmen habe. Alles zeigt auf ein gesundes Unternehmen. Die Brauerei ist zwar klein, doch mit zwei regionalen Biersorten gut aufgestellt. Eine angegliederte Landwirtschaft trägt sich ebenfalls selbst, was man von der Forstwirt-

… nicht sagen kann, aber das liegt in der Natur der Dinge. …ss hier im Haus ab und an Zimmer mit Vollpension und …agungsräume vermietet werden, ist ein nettes Zubrot und im Rahmen von Ribas Möglichkeiten. Warum Percia das ausweiten wollte, dahinter komme ich noch nicht, denn diese Investitionen würden ein erhebliches Loch in die Grundfesten dieser Institution reißen, die *Wigtown House* nun einmal darstellt. Dieser Umbau wäre zu groß für diese Firmen. Wo liegt also der Sinn des Ganzen?

***

Glück oder Unglück, zumindest habe ich die schwarzhaarige Pest seit dem Vorfall beim Dinner nicht mehr gesehen, und eigentlich bin ich ganz froh darüber. Trotzdem bin ich auf der Hut und kontrolliere jede Rechnung lieber zweimal, bevor ich über eines von Percias faulen Eiern stolpere. Bisher meine ich, mit einem blauen Auge davongekommen zu sein, doch an diesem Donnerstag liegen die Ausdrucke vor mir, und ich spüre, dass etwas nicht stimmt.

Die Zahlen berichten mir, dass sie nicht ganz korrekt sein können. Da sind Barabhebungen, die ich mir nicht erklären kann und die auch von Mary Blair in der Vergangenheit immer wieder mit einem Fragezeichen versehen wurden. Sie kann mir auch nach einem halbstündigen Telefonat nicht sagen, wer 5000 Pfund abhebt oder abgehoben hat, und so muss ich diesen Punkt auf die To-ask-Liste setzen.

Diese Liste nimmt den restlichen Nachmittag in Anspruch, und als ich Mr. McLymont – Connor – das gute Stück auf den Tisch lege, habe ich zumindest etwas das Gefühl, dass ich einen kleinen Beitrag zur Lösung beigetragen habe. Als PS setze ich noch ein dickes Dankeschön für den Mini darunter.

*Fehlt eigentlich nur noch ein Herzchen,* denke ich und hoffe, dass er meinen überschwänglichen Dank nicht falsch versteht.

# 29.

*SIE ist jetzt schon eine Woche da,* dachte er, und er hatte es immer noch nicht einrichten können, sie zu begrüßen. Dass er es im Geiste mehrfach und auf äußerst amüsante Art und Weise bereits getan hatte, stand auf einem anderen Blatt.

Diese Woche begann für Connor mit einem Notruf aus der Brauerei. Solche Dinge passierten für gewöhnlich immer dann, wenn man sie überhaupt nicht brauchen konnte. Bereits um halb fünf war er auf dem Weg hinüber. Diesen Notruf konnte er definitiv nicht gebrauchen. Dass die Umwälzanlage, die er ein paar Tage vorher noch mit Sean zusammen kontrolliert hatte und die einwandfrei funktionierte, sich jetzt anschickte, im Zwei-Stunden-Takt Fehlalarme auszulösen, passte so gar nicht in sein Konzept.

»Schmeiß das verfluchte Teil raus und ruf bei *Drakes* an, die sollen es austauschen.« Sean, der ebenfalls bis zur Hüfte im Wasser stand, hatte genickt und die Reparaturarbeiten im Laufe des Tages begleitet, während Connor es vorzog, sich in das Büro der Brauerei zurückzuziehen. Dort saß er und grübelte vor sich hin.

Eigentlich hätte er Ms. Cavanough zumindest begrüßen sollen. Eigentlich. Aber ganz uneigentlich war er froh, dass er diese Aufgabe an Riba und Alfie übergeben konnte. Er wollte

, dem Weg gehen. Warum, wusste er nicht so genau, er vermutete, dass es etwas mit seinen anhaltend aufre-.nden Träumen zu tun hatte, in denen sie die Hauptrolle zu spielen pflegte. Dass das nicht immer funktionieren würde, war ihm klar, deshalb war der Ausfall der Pumpe irgendwie doch eine willkommene Entschuldigung. Seit dem Moment, als sie nebeneinander vor dem Lagerfeuer gesessen hatten, ging sie ihm nicht mehr aus dem Kopf. Dass er ihr die Buchhaltung anvertraute, ohne irgendwelche Nachweise ihrer Qualifikationen eingefordert zu haben, hatte er seiner guten Laune und Edith zu verdanken.

Er lehnte sich zurück, spielte mit seinem Bart. Manchmal waren seine Entscheidungen, die er so aus dem Bauch heraus traf, selbst für ihn nur schwer zu verstehen.

Und dann gab es da noch ein weiteres *Eigentlich,* mit dem er sich hätte beschäftigen müssen. Und dieses verknotete ihm den Magen. Doch wenn er noch länger wartete, dann war es womöglich zu spät. Connor wählte die Nummer seines Anwalts. Nachdem er verbunden worden war, schilderte er das Problem. »Und sie hat tatsächlich gesagt, dass sie dir *Wigtown House* wegnehmen will, wenn du dich entlobst?«, fragte Aidan Haig ungläubig.

»Ja«, hatte Connor geantwortet. Er saß immer noch an seinem Schreibtisch und fuhr sich müde über die Augen. Außerdem war es ihm peinlich, unendlich peinlich, sich mit dieser Sache an seinen Freund wenden zu müssen.

»Glaub ich nicht, dass sie das kann, aber ich mach mich schlau und ruf dich im Laufe des Tages an. Noch etwas, das ich in Sachen Percia erledigen soll?« Connor schüttelte traurig den Kopf.

»Nein. Das reicht auch erst mal, oder?« Aidan lachte. »Sie

ist ein kleines durchtriebenes Biest. Aber keine Sorge, wir holen dich da schon wieder raus. Ich denke, dass eine kleine Pressemitteilung morgen auf den Seiten der Bekanntmachung der News, dass die Verlobung aufgehoben ist, angebracht ist. Für alle Fälle.«

Connor stützte den Kopf auf seine Hände und stöhnte leise, als er das Gespräch beendete. Wie hatte es so weit kommen können? Seit Tagen zerbrach er sich den Kopf, was ihn da geritten hatte, sich mit dieser Frau einzulassen.

Anfangs glaubte er tatsächlich, dass es Liebe war. Das Gefühl war schnell verflogen, und alle Aktionen, die Percia danach startete und die angeblich nur zu seinem Besten waren, schob er darauf, dass er sie für vernünftige Entscheidungen hielt. Dass nicht eine davon vernunftbetont war, sondern von der Überlegung, dass er jemanden wie Percia brauchte, um in der Öffentlichkeit präsent zu sein, das verstand er erst viel später.

Dass er sich damit selbst kleiner machte, als er tatsächlich war. Nicht erst jetzt, im Nachhinein, fragte er sich, wann ihm bewusst wurde, dass er sich wie ein *German Gartenzwerg* benahm. Klein und nur zu sehen, wenn man genau hinsah, weil er unter großen Blättern versteckt war. Wenn er es genau überlegte, in dem Augenblick, als sie den Verlobungsring in die Kamera hielt. Das war Percias großer Auftritt, ihre große Chance.

Dass Percia es selbst so weit getrieben hatte, dass er sie vertreiben musste, war die Summe aller, nicht nur in seinen Augen idiotischen Aktionen, die sie sich danach geleistet hatte. Immer den Titel *Countess* im Auge, spielte sie sich auf wie eine Tochter der Queen. Und Connor lief wie ein Dackel hinter ihr her und versuchte, die schlimmsten Auswüchse ihres

Benehmens wieder auszubügeln. Percia war jetzt seit einer Woche nicht mehr auf dem Anwesen, und der Stoßseufzer seiner Angestellten war jetzt noch zu hören und zu spüren.

Ja … und dann? Und dann tauchte Edith mit Madison Cavanough auf. Beziehungsweise er fand sie als nasses Bündel, und danach tauchte sie als schöne, sehr lebendige Rothaarige bei dem Fest auf. *Wäre er eine Comicfigur,* dachte er sarkastisch, *dann wäre in diesem Augenblick eine Glühbirne über seinem Kopf aufgetaucht, und sein Zeichner hätte ein riesengroßes Pling darüber gezeichnet.* Vielleicht hätte dieser Zeichner ihm auch eine Holzlatte vor den Kopf geschlagen. Möglich wäre alles gewesen, denn so hatte es sich angefühlt: Holz vor Kopf und darüber ein lautes Plong.

Connor gehörte nicht zu den Männern, die sich Hals über Kopf verliebten, schon gar nicht, wenn sie gerade erst eine Beziehung unschön beendet hatten. Aber wie diese langbeinige Schönheit in ihrem geblümten Sommerkleid neben Edith stand, sich umsah und neugierig alles in sich aufnahm, war ein so beeindruckendes Bild, wie er es schon lange nicht mehr gesehen hatte. Während des Fests hatte er immer wieder versucht, sie in der Menge der Gäste ausfindig zu machen und anzusehen. Dass sie dann später am Abend an diesem verflixten Lagerfeuer zusammensaßen und er ihre Nähe spürte, hatte ihn so beeindruckt, dass er nicht nur am Sonntag davon zehren konnte. Gerade als sich seine Gedanken in Tagträume ergehen wollten und seine Hände bei einer Reise über ihren schlanken Hals hinunter zum Dekolleté begleiten wollten, betrat Sean das Büro.

»Bessere Laune?«, fragte Sean. Connor sah auf und schüttelte den Kopf.

»Läuft die Pumpe?«, fragte er und folgte Sean mit Blicken.

Der sah demonstrativ auf seine Armbanduhr. »Seit ungefähr fünf Stunden?« Erschrocken sah Connor zur Uhr. Er hatte tatsächlich den ganzen Tag damit vertrödelt, über Probleme nachzudenken und keine Lösung zu finden.

»Jetzt weiß ich auch, warum mein Arsch wehtut.« Sean betrachtete seinen Chef und besten Freund. Er hatte sich auf einen Stuhl vor dem Schreibtisch gesetzt und seine Arme auf die Knie gestützt. »Soll ich dir was zeigen, was deine Laune bessert?« Connor wurde hellhörig.

»Ich nehme alles, was du bieten kannst.« Sean nickte, erhob sich, und Connor folgte ihm. »Du kennst doch diese deutsche Biersorte. Dieses obergärige Zeugs aus Weizen.« Connor lachte leise, als er hinter sich die Tür schloss.

»Die heißen Weizenbiere und ja, ich kenn sie.« Er folgte Sean hinüber ins Labor.

»Ja, dass du ein Klugscheißer bist, weiß ich auch.« Sean grinste breit, und die Narbe auf seinem Gesicht verschwand fast hinter seinen Ohren. »Die Deutschen mixen das Zeugs jetzt mit jeder Menge Süßkram.« Connor nickte.

»Ich hab ein bisschen getüftelt«, sagte Sean kleinlaut und machte seinen Freund damit neugierig.

»Wann und wie?«

»Nach Feierabend, wenn du mit Misses Zicke beschäftigt warst.« Connor verzog das Gesicht zu einer schrägen Grimasse.

»Danke auch.«

»Immer wieder gern.«

»Also?«, fragte Connor, und er war froh, das Thema wechseln zu können.

»Na … Ich hab mir gedacht, was die anderen können, können wir schon lange, und das hier ist dabei rausgekommen.«

Er hatte eine dunkle Flasche aus einem der Kühlschränke genommen, in denen sie bestimmte Proben lagerten, die von der Lebensmittelkontrolle irgendwann abgeholt wurden, um getestet zu werden. Dem Etikett war nicht zu entnehmen, was es war, und so sah Connor skeptisch die geöffnete Flasche an, die Sean ihm reichte. »Probier halt. Wenn ich dich vergiften wollte, würde ich dir Percia auf den Hals jagen.«

»Freundchen, es reicht langsam.« Sean hob beschwichtigend die Arme.

Connor warf noch einen zweifelnden Blick auf die Flasche mit dem selbst beschriebenen Etikett. *Pfoten weg,* war da geschrieben, und so nahm er zunächst vorsichtig Kontakt mit der Flüssigkeit auf, indem er sich die Flaschenöffnung zaghaft unter die Nase hielt. Es roch nach Bier, nach Weizenbier, um genau zu sein, aber da war noch etwas anderes.

»Gib mir ein Glas, das will ich sehen.« Sean reichte ihm eines der großen Gläser vom Regal, und Connor schenkte sich ein. Die Flüssigkeit war dunkel, ein wenig trübe. Der Schaum war weich, was für eine verlangsamte Gärung und weniger Kohlensäure sprach. Erneut roch er daran, dann fasste er allen Mut zusammen und nahm einen Schluck von diesem seltsamen Gebräu. Noch während er den ersten Tropfen im Mund hatte, versuchte er, die Komponenten zu erkennen.

»Peperoni?« Sean nickte. Connor ließ den ersten Schluck die Kehle herunterlaufen. Untergründig war da noch ein weiterer Geschmack. Er brauchte einen zweiten Schluck, um es zu erkennen.

»Honig?« Sean grinste.

»Und?«, fragte er angespannt.

Connor trank erneut, dann nickte er. »Verdammt gut. Wie viel Promille?« Sean hüstelte verlegen. »Also?«, hakte Connor nach.

»Entspricht nicht ganz den Regeln«, wich Sean aus.

»Wie viel?«

»7,5 Promille.«

Connor pfiff anerkennend.

»Durch die Zusätze wohl.« Er stellte das Glas ab und lehnte sich an einen der Tische. »Wie viel hast du davon?«

»Zwei Fässer, aber das ist noch nicht alles. Man kann da wirklich alles reinmischen, und wenn wir noch eine oder zwei Geschmacksnoten machen, dann können wir in den Kneipen ein niedliches kleines – wie sagst du immer so unzutreffend – *Nischenprodukt* anbieten. Ich hab schon ein paar Flaschen im *Dragon* abgegeben, der Wirt war begeistert.«

»Soso«, lachte Connor, »du bist jetzt also nicht nur in der Fertigung, sondern auch in der Entwicklung und im Marketing.«

»Man tut, was man kann«, sagte Sean mit der ihm ureigenen Unbescheidenheit. Connor nickte nachdenklich.

»Welche hättest du noch im Sinn?« Sean antwortete nicht sofort, sondern holte noch zwei Flaschen aus dem Kühlschrank. »Was für die Mädels. Feige mit Honig oder so. Irgendwas Süßes.« Er öffnete die Flaschen, schenkte Connor ein, und nachdem er ein Glas vom Regal genommen hatte, sich ebenso. »Das hier ist Ingwer, im Abgang ein wenig schärfer.«

Connor kostete von dem Bier und wartete auf die versprochene Schärfe. »Ist noch ausbaufähig«, sagte Sean grinsend. »Das Schöne am Erfinden ist das Probieren.« Sean leerte sein Glas zügig. »Wie oft ich in den letzten Wochen 'nen Kater hatte!« Connor schmunzelte. Er kannte den Konsum seines Freundes nur zu gut.

»Okay. Wir machen es. Deine Verantwortung!« Sean setzte das Glas nicht vollständig ab, zog fragend die Augenbrauen hoch und sah Connor über den Rand hinweg an.

»Wie?«

»Nix wie. Du ziehst das durch. Volles Programm.«

»Das war aber nicht das, was ich damit machen wollte.«

»Ist mir klar. Zu spät. So ist das mit Ideen, die einen verfolgen.« Er verabschiedete sich und ließ einen verdutzten Sean zurück. Connor amüsierte sich köstlich bei dem Gedanken, dass sein Freund wohl glaubte, sich ins gemachte Nest setzen zu können. Doch er kannte den Mann nun schon seit Jahren, und wenn er eines wusste, dann, dass Sean gerne Verantwortung abgab.

Vergnügt machte er sich auf den Heimweg, und als er die Küche betrat, wurde er von einer aufgeregten Riba in Empfang genommen. Sie verfrachtete ihn an den Küchentisch und berichtete ausführlich über den Neuzugang in *Wigtown House*. Jedes Mal, wenn Connor zufrieden nickte, legte sie ihm ein weiteres Stück vom Braten auf den Teller und hielt ihn so zwei Stunden in der Küche fest.

»Krieg ich jetzt wenigstens ein Bier?«, fragte er hilflos, und Riba stoppte kurz in ihrem Redeschwall. Kaum hatte sie sich wieder gesetzt, erzählte sie ihm in allen Einzelheiten, wie sehr sie Madison jetzt schon mochte und wie begeistert Mary Blair von ihrer Nachfolgerin war. Nur Alfie konnte die Köchin in ihrer Euphorie bändigen.

»Wird das jetzt jeden Abend so gehen?«, fragte Connor verzweifelt, aber mit einem Lächeln um die Lippen.

»Ich fürchte«, bemerkte Alfie und lachte leise über Ribas Empörung.

»Jetzt habt ihr schon mal so ein Prachtstück im Haus und seid immer noch am Meckern. Also wirklich.«

# 30.

Das überschwängliche Referat Ribas begleitete ihn die ganze Nacht. In seinen Träumen saß er mit Madison wieder am Lagerfeuer und hörte der schlechten Musik zu.

In diesem so unschuldig beginnenden Traum verfiel er der Melodie, der Frau, die neben ihm saß und die der Musik genauso fasziniert lauschte.

In diesem so unschuldig beginnenden Traum streichelte er zu Anfang noch ihre Hand, versonnen und nachdenklich. Und als er sich bewusst wurde, dass außer ihm und ihr niemand mehr oben am *cnoc of luibhean* saß, wurde er mutiger. Nein, *mutiger* traf es nicht ganz.

Er zog sie zu sich, legte seine Lippen auf ihre und kostete ihren süßen Geschmack, legte seine Hände an ihren Hals, strich darüber und schob den Ausschnitt ihres Kleides über ihre Schultern. Seine Lippen folgten seinen Händen, und als er den Hof zwischen ihren Brüsten erreichte, spürte er, wie sie ihren Kopf in den Nacken legte und sich ihm anbot. Sie hielt ihn dort, forderte gleichzeitig mehr und mehr und bog sich ihm entgegen. Ungläubig und doch neugierig folgte er ihrer Aufforderung, legte sich mit ihr in das von der Sonne noch warme Moos, beugte sich über sie und bedeckte ihren Körper mit Küssen. Ihre leisen Seufzer trieben ihn an, und als er ihre Hände auf seinem Rücken spürte, wie sie Halt suchend und gleichzeitig gierig nun seinen Körper erkundete, verlor er sich in ihrem betörenden Duft.

Und wenn er glaubte, dass diese schüchterne Rothaarige sich ihm nur hingab, täuschte er sich gewaltig.

Überrascht, welche Kraft sie entwickeln konnte, wenn sie

es für angemessen hielt, warf sie ihn auf den Rücken, setzte sich über ihn und übernahm es nun, ihn zu erkunden. Madisons Neugier auf ihn und seinen Körper schien unermesslich und für ihn kaum zu ertragen. Immer wieder neckte sie ihn mit kleinen Küssen, schickte sich an, ihn so lange zu reizen, bis er glaubte, dass ihm schwarz vor Augen wurde.

Als sie plötzlich innehielt, ihn mit ihren mandelförmigen Augen ansah, schwach lächelte, meinte er, sich in ihrem Blick zu verlieren. So viel Leben, so viele Ängste, die sich gleichzeitig mit der Lust auf den Moment vermischten.

Sie beugte sich über ihn, verschloss seinen Mund mit einem Kuss, und in diesem Augenblick, der die Zeit stillstehen ließ, schob sie sich über ihn und ließ ihn langsam in sich eindringen. Connor wollte schreien, seinen Empfindungen eine Stimme geben, aber ihr Mund gab seinen nicht frei, so schlang er seine Beine um ihre, hielt sie im Griff, und unter Aufbringung all seiner Kraft drehte er sich mit ihr, kam über ihr zu liegen, und Madison stemmte sich ihm in ihrem Verlangen entgegen.

***

Dieser Traum hatte ihn wahrlich mitgenommen. In vielerlei Hinsicht. Als er sich am Morgen nach der Dusche hinunter in die Küche trollte, sah ihn Riba strafend an. Er fragte sich, ob seine Haushälterin einen gewissen sechsten Sinn für Dinge haben könnte, die sie nun wirklich nichts angingen, und machte sich mit einer Tasse Kaffee in der Hand auf den Weg in die Brauerei.

***

Das war am Montag. Dann – also am Dienstag – kam ihm der Anwalt dazwischen, der ihn den ganzen Tag mit seinem Besuch in Beschlag nahm. Am Mittwoch funktionierte sein Plan, sie willkommen zu heißen, ebenfalls nicht, weil die vermaledeite – neue – Pumpe ihren Geist aufgab. Wieder stand er bis zu den Hüften im kalten Wasser und fluchte im Duett mit Sean vor sich hin. *Zum Glück,* dachte er, *fällt das jetzt unter Garantie, und die Techniker von* Drakes *standen ebenso ratlos vor dem defekten Teil wie Connor und Sean.* Sie tauschten es nach einer heftigen Diskussion aus, und die Anlage funktionierte wieder.

Durchgefroren sparte er sich den Weg durch die Küche, obwohl er gerne von den Heldentaten seiner neuen Buchhalterin gehört hätte, nahm mit großen Schritten die Treppe hinauf und stellte sich unter die heiße Dusche.

Der Donnerstag verlief ähnlich chaotisch und verhinderte wieder, dass er sie sehen konnte. Langsam zweifelte er daran, dass sein Schicksal es auf irgendeine Weise gut mit ihm meinen konnte. Und zwischendurch musste er immer an diese verflixten Träume denken.

***

Jeden Abend, wenn er das Büro in *Wigtown House* betrat, schwebte eine Spur ihres Parfüms in der Luft. Spürte er, dass sie tagsüber anwesend war. Fühlte er beinahe die Bewegungen, die sie hier vollführte; wie sie sich in ihrem Kabuff sitzend über die Unterlagen beugte und auf dem Bleistift, der jetzt ordentlich neben der Schreibunterlage lag, herumbiss, wenn sie nachdachte. *Himmel,* dachte er, *du hast die Frau einmal – na ja gut, zweimal gesehen.* Und eine andere Stimme in seinem Kopf behauptete ziemlich frech: *Und sie hat dich um-*

*gehauen.* Er grinste, ging hinüber in sein Büro, schob den Stuhl zurück und kontrollierte im Stehen die heutige Post. Obendrauf lag eine Notiz.

Zuerst las er sie nicht, bewunderte nur die gleichmäßige Handschrift, die so ordentlich war, wie er es nie hinbekommen würde. Als er dann die Nachricht las und sie verstand, und obwohl sie so banal wie nur irgendwas war, freute er sich auf den Freitag, und er würde verdammt noch mal alles und jeden beiseiteräumen, der sich ihm in den Weg stellen würde.

# 31.

Ich habe ja zugegebenermaßen wenig Hoffnung, dass ich meinen Chef mal von Angesicht zu Angesicht sehen würde. Dass ich meinen PC nicht unbedingt sehen will, stelle ich fest, als ich das Stück aus *Zuses* Zeiten in Betrieb nehmen muss. Es tut mir wirklich und wahrhaftig im Herzen weh, den alten Kameraden so leiden zu hören. Ohne hinzusehen, öffne ich die Tür zum Nachbarbüro und gehe dann in die Küche zu Riba. Ich bin noch nicht ganz an der Kaffeemaschine, da spüre ich, dass Riba heute anders ist. Sie ist so aufgekratzt.

»ER ist da«, flüstert sie, und als ich nicht gleich reagiere, fügt sie hinzu: »ER sitzt im Büro. Nun gehen Sie schon, Himmelherrschaftszeiten.«

Mit geheimnisvollem Blick schiebt sie mich aus ihrer Küche. Nein, anders: Sie schiebt mich wie einen räudigen Köter aus ihrem Heiligtum. Etwas verwirrt gehe ich zurück und schiele in das große Büro neben meinem. Und tatsächlich: Da sitzt er tief in Gedanken versunken. Ich tausche meine Kaffeetasse gegen die Unterlagen, die ich vorbereitet habe, und klopfe leise an seine Tür.

Viel lieber, als meinen Pflichten nachzugehen, würde ich ihn noch länger beobachten. Er strahlt so eine tiefe Ruhe aus bei dem, was er da auch immer gerade macht. Etwas, das ich auch gerne spüren würde, denn mein Herz schlägt plötzlich doppelt so schnell, und ich fürchte, ich werde rot.

Und wenn ich rot werde, dann kann man mir sicherlich am Gesicht ablesen, dass ich mich in der letzten Woche nicht nur mit Zahlen beschäftigt habe, die mich im Falle von *Wigtown House* bestimmt nicht überfordert haben. Ich hatte genügend Zeit, meine Gedanken schweifen zu lassen. Um genau zu sein, hatte ich viel zu viel Zeit, und meine Fantasie spielte mir in den letzten Tagen mehr als einen Streich. Wie oft ich mich in Gedanken auf seinem Schoß gesehen habe, fällt schon unter Folter. Und jetzt muss ich ihm mit dem Wissen um meine ausartenden Vorstellungen gegenübertreten. Wie soll ich da wohl nicht rot werden?

Er trägt ein leichtes Leinenhemd, unter dem Schreibtisch schauen Beine in dunkelblauen Jeans hervor, deren nackte Füße in bequemen Slippern stecken. *Der Mann weiß sich zu kleiden,* denke ich noch, da blickt er auf.

»Ms. Cavanough«, sagt er, und es klingt ehrlich erfreut. Ich trete ein, während er aufspringt und auf mich zukommt.

»Ich muss mich entschuldigen, aber diese Woche hat es verdammt in sich gehabt.« Mr. McLymont hat meine Hand ergriffen und lässt sie auch nach der Begrüßung noch nicht los. Erst als er mich zu einem Stuhl vor den Schreibtisch führt und ich mich setze, kann ich mich auch ein wenig sammeln, denn seine große Hand entlässt mich jetzt erst auf ihrem Griff. Er selbst setzt sich auf die Kante des Schreibtisches und lächelt mich entwaffnend an.

»Kein Problem«, sage ich leise, »ich bin ganz hervorragend betreut worden.« Connor lacht tonlos.

»Ja, Riba kann sehr anstrengend sein.«

Sein Blick fällt auf die Unterlagen. »Wichtig?« Ich ziehe eine abschätzende Grimasse und hole tief Luft.

»Jein. Interessant, wissenswert, aber nicht dringend. Ich würde gerne ein paar obligatorische Dinge mit Ihnen besprechen«, antworte ich.

»Hmm, also langweilig. Gut: Bringen wir es hinter uns, ich hab da auch noch das ein oder andere, bei dem ich Ihre Hilfe benötige.«

Im Laufe des Tages stelle ich fest, dass alle, die mit ihm zu tun haben und immer restlos begeistert von ihm sind, nicht übertrieben haben. Er hat zwar seine Schwierigkeiten, sich auf die Daten zu konzentrieren, wie er mit einer beschämten Grimasse zugibt, aber ich kann die Informationen so einfach halten, dass er die Entscheidungen treffen kann, die für die kommenden Wochen wichtig sind. Beim Thema Computer lächelt er wissend und sagt, ich solle alles Notwendige tun.

»Aber entsorgen Sie das Stück nicht ganz. Wir haben bestimmt noch eine Vitrine, die ihn würdigt.«

Schmunzelnd blättere ich in meinen Unterlagen.

»Das hier wird jetzt vielleicht etwas unangenehm.« Ich halte ihm die Ausdrucke mit den Abhebungen hin, die weder Mary Blair noch ich erklären können.

»Wer hat denn Zugang zu den Konten?« Connor antwortet nicht sofort, legt aber seine Stirn in sorgenvolle Falten. »Ich, Mary Blair und Riba. Aber wir haben eine gemeinsame Karte und gehen selten an den Schalter. Auch die Beträge sind seltsam.« Der Earl greift nach dem Telefonhörer und wählt die

Nummer der Bank. »Dann kann ich auch gleich Ihre Unterschrift veranlassen«, sagt er, während er darauf wartet, mit dem Filialleiter verbunden zu werden.

Als die Verbindung steht, stellt er das Gespräch auf Lautsprecher. Er tauscht Freundlichkeiten mit dem Mann aus, den er Harry Styles nennt, und als er schließlich zum Grund seines Anrufes kommt, kann man Styles Erstaunen beinahe durch die Leitung greifen.

»Das war Percia, sie hat uns deine Ermächtigung vorgelegt, und deshalb haben wir die Barauszahlungen genehmigt.«

»Harry«, ruft Connor entsetzt, »sie hat keine Ermächtigung von mir. Niemals.«

»Doch«, widerspricht der Mann am anderen Ende der Leitung trotzig, »ich kann sie dir sogar mailen. Deine Unterschrift.«

»Niemals«, flüstert Connor mir zu, während ich nervös an meinem Bleistift knabbere, denn ich sehe da sehr unschöne Dinge auf uns zukommen. *Da hast du ja was angerichtet,* denke ich und fühle mich schuldig, ihm die Laune verdorben zu haben.

Mein PC meldet sich, und ich gehe hinüber, damit ich sehen kann, was das gute Stück von mir möchte. Es ist eine Mail der Bank. Das Bild im Anhang der Nachricht baut sich quälend langsam auf, und als es dann vollständig erscheint, steht dort unten tatsächlich so etwas wie eine Unterschrift. Aber da stimmt was nicht.

Ich winke ihm, und während er den Telefonhörer in der Hand hält, schielt er auf das Dokument. »Harry, willst du mich verkohlen? Das sieht doch ein Blinder, dass die Unterschrift reinkopiert wurde.«

Der Filialleiter stottert eine Entschuldigung nach der anderen in den Hörer, und aus dem Hintergrund kann man hektische Betriebsamkeit hören.

»Wir canceln das jetzt«, meldet sich Styles zurück. »Willst du noch was in die Wege leiten?«, fragt er, und in seiner Stimme schwingt die Hoffnung mit, dass Connor McLymont keine Maßnahmen ergreift, damit die Bank glimpflich aus der Sache herauskommt. Connor zögert kurz, dann sagt er etwas, das mich vollkommen überrascht.

»Nein, das werde ich von hier aus übernehmen«, sagt er müde und fährt sich über das Gesicht.

Er legt auf, starrt auf den Bildschirm, dann schüttelt er den Kopf und geht zurück in sein Büro. Ich verspüre ehrliches Mitleid mit ihm. Percia ist die Pest. Wie oft hab ich diesen Satz in den letzten Tagen gedacht? Zu oft, aber der Wahrheitsgehalt bestätigt sich immer wieder. Dieses Miststück hat den Mann dort drüben zum Narren gehalten, und das hat er definitiv nicht verdient. Zu diesem Gefühl des ehrlichen Bedauerns mischt sich Wut. Unwillkürlich balle ich die Hände zu Fäusten und spüre meine Fingernägel in meinem Handballen. Die Sympathien, die ich für diesen Mann hege, sind tief und ehrlich empfunden. Und wie er da so steht, ein wenig verloren und doch entschlossen, etwas zu tun, weckt zärtliche Gefühle in mir.

*Madison,* denke ich, *der Mann ist dein Chef.* Ein klein wenig bin ich über mich entsetzt. Aber nur ein klein wenig, weil dieses Gefühlschaos in mir hervorragend zu dem passt, was ich mir in der letzten Woche so alles eingebildet habe.

Connor ist zu seinem Schreibtisch zurückgegangen, bleibt einen Moment nachdenklich stehen und sieht kurz zum Fenster hinaus. Aus heiterem Himmel geht ein Ruck durch ihn, er schüttelt ein letztes Mal den Kopf.

»Wird schon«, sagt er, wie um sich selbst aufzumuntern. Dann winkt er mich zu sich. »Ich hatte Ihnen ja gesagt, dass ich noch eine Aufgabe für Sie hätte.« Er versucht zu lächeln, aber es gerät etwas in Schieflage. Sein Gesicht kann nicht verstecken, dass ihm die Sache mit Percia nahegeht. Sie hat ihn betrogen, ausgenutzt und will ihn nun noch an ihre Schergen verkaufen. Kann eine Frau grausamer sein?

Ich versuche, mich zu konzentrieren, aber immer wieder huscht dieser Gedanke an das Miststück durch meinen Kopf. Das Schlimme ist, dass auch ich meine Gefühle nicht so einfach unter Kontrolle bekomme. Wie gerne würde ich nun zu ihm gehen, ihn in den Arm nehmen und trösten. Alles an seiner Körperhaltung schreit danach, dass man ihn jetzt bitte für einen Moment bemuttert, um ihm zu zeigen, dass nicht alle Frauen so sind wie seine Ex-Verlobte.

»Der Vorarbeiter meiner Brauerei hat gerade seine kreative Phase«, beginnt er mit einem Ausdruck in seiner Mimik, die mir sagt, dass dabei nicht immer etwas Gutes herauskommt, er als Freund aber durchaus in der Lage ist, das stoisch zu ertragen. »Er ist ein hervorragender Vorarbeiter, allerdings hat er es nicht unbedingt mit Routinen.« Ich lehne mich auf meinem Stuhl zurück, beobachte ihn aufmerksam. In dem Augenblick, in dem er von seinem Vorarbeiter spricht, hat sich seine ganze Erscheinung geändert. Er wirkt locker, entspannter als noch eine Minute zuvor.

»Ich will Sie vorwarnen, weil Sie in der nächsten Zeit mit ihm etwas enger zusammenarbeiten sollen. Seine persönliche Vorgeschichte ist – sagen wir es höflich – ziemlich bescheiden, und er hat erst im Gefängnis gelernt, einigermaßen mit sich zurechtzukommen.« Er macht eine Pause und sieht mich offen und ehrlich an.

»Was hat er angestellt?«, frage ich mit verhaltener Neugier.

»Ein paar Einbrüche und eine Schlägerei. Brachte ihm vier Jahre ein, die er gut genutzt hat. Machte im Knast eine Ausbildung, und seitdem er draußen ist, benimmt er sich vorbildlich. Meistens jedenfalls.« Er grinst schief, und ich nicke wissend.

»Also, die Sache ist die: Sean, so heißt er, hat ein paar gute Ideen für ein paar Biermixgetränke. Angefangen hat er auch schon, leider ist er frei von Strukturen und Planungen, und deshalb möchte ich, dass Sie sich mit ihm zusammensetzen, um eine Kalkulation auf die Beine zu stellen.«

»Kein Problem«, sage ich.

»Keine Bedenken wegen des Knastis?« Ich verneine.

Der Gedanke, mal etwas vollkommen Neues zu tun, gefällt mir.

»Montag gleich?« Connor nickt, und sein Erstaunen, dass ich gleich zustimme, steht ihm ins Gesicht geschrieben. *Der arme Mann,* denke ich, *wird von einem Gefühlschaos ins nächste gejagt.*

»Haben Sie noch etwas auf Ihrer Liste?« Ich verneine erneut. »Dann sollten wir jetzt ins Wochenende gehen. War schließlich anstrengend genug.«

# 32.

Madison verabschiedete sich von ihm. Jetzt war es endgültig um ihn geschehen. Diese Frau war nicht nur aufregend schön und eine Bereicherung. Sie war auch so herrlich unkompliziert und unvoreingenommen. Er sah ihr nach, auch noch lange, nachdem er den Mini über den Kies des Vorhofes hatte fahren hören. Prompt fehlte sie ihm. Er hatte kaum ein paar Stunden mit ihr zusammengesessen und gerade mal über geschäftliche Dinge mit ihr gesprochen, aber sie fehlte ihm. *Du bist ein Idiot,* sagte er zu sich. Kaum war er die eine los, die ihm dann auch noch ganz nebenbei das Genick brechen wollte und gerade auf dem besten Weg war, das zu tun, da trabte er mit wehenden Fahnen auf das nächste Schlachtfeld der Gefühle zu.

Aber Madison Cavanoughs Persönlichkeit war einfach zum Verlieben. Jetzt konnte er Ribas Lobeshymnen auf die junge Frau verstehen. Madison hatte so viel Feingefühl, dass sie wusste, wann sie etwas sagte und wann eben nicht. Es war angenehm für ihn zu sehen, dass sie nicht in wüste Drohungen verfallen war, als sie gemeinsam die Sache mit Percias Betrug herausgefunden hatte, obwohl er spürte, dass ihr genau danach war. Sie sagte nichts, aber er hatte ihre besorgten Blicke in seine Richtung gespürt. Sie war da. Ganz einfach. Er war sich sicher, das, wenn er lautstarke Verwünschungen in Percias Richtung ausgestoßen hätte, Madison ihm einfach zugehört hätte, bis er sich beruhigte. Woher er das wusste? Witzigerweise war es nur ein Gefühl. Ein Gefühl der Sicherheit. Er lehnte sich in seinem Stuhl zurück, verschränkte die Arme im Nacken, legte die Füße auf den Tisch und sah zum Fenster hinaus.

Dass er die Sache mit Percia noch vor der Brust hatte, beunruhigte ihn nicht. Sie störte ihn auch nicht mehr. Sie war nur ein Problem, das es zu lösen galt. Aber nicht mehr heute. Heute würde er das schöne Gefühl genießen, das Madison bei ihm hinterlassen hatte. Schwungvoll zog er die Füße vom Tisch und ging hinauf in sein Zimmer, um sich umzuziehen. Er zog Pullover und feste Schuhe aus dem Schrank, und kurze Zeit später ging er durch den Garten in die Hügel hinaus. Der perfekte Abschluss für einen seltsamen Tag.

# 33.

Der Verkäufer, der mich zum Wagen begleitet, staunt nicht schlecht, als ich alle Pakete und Schachteln im Mini verstauen kann und obendrein auch noch Platz für mich ist. Bereits eine Minute nach Öffnung des Geschäfts habe ich den Laden geentert, und eine halbe Stunde später stehe ich sehr zufrieden mit meinen Errungenschaften an der Kasse. Nun rausche ich mit meinem kleinen Lastwagen über die Landstraßen. Ich muss den alten Computer unbedingt heute in Rente schicken. Das habe ich ihm und mir versprochen. Meine freudige Aufregung beflügelt mich so sehr, dass ich sie, etwas fester als gedacht, aufs Gaspedal übertrage.

»Ups«, sage ich und trete auf die Bremse. Auch wenn die Aussicht, endlich schneller und sicherer arbeiten zu können, mich antreibt, will ich die Landschaft genießen. Die Sonne scheint, und die Frühnebel, die noch vor zwei Stunden über den Hügeln lagen, haben sich noch nicht ganz verzogen. Die Landschaft sieht weicher aus, als sie ist.

Heute Morgen beim Frühstück kam das Gespräch unweigerlich auf Ediths Nichte zu sprechen, und der alten Dame fiel beinahe der Scone aus der Hand, als sie hörte, was sich ihre liebe Verwandte an kleinen Schweinereien ausdenken konnte, um ihre Ziele zu erreichen. Dass Percia auch nicht vor Betrug zurückschreckte, entsetzte die alte Lehrerin.

»Die kommt mir hier nicht mehr rein«, sagte Edith entschlossen. »Wie kann sie es wagen?«, fügte sie noch hinzu und schüttelte dann angewidert den Kopf.

»Er nimmt das recht locker, und ich denke, zu gegebener Zeit wird er sie dafür zur Rechenschaft ziehen«, versuchte ich sie zu beruhigen. Ich hatte meine Hand auf ihren Arm gelegt, und Edith sah mich dankbar lächelnd an.

»Ich weiß, dass er das tun wird. Es ist nur … wie kann man so ein böser Mensch sein?« Dass ich darauf keine Antwort habe, obwohl ich Percia live und in Farbe erleben durfte, kann sie mir vom Gesicht ablesen.

»Ach«, sagte Edith und wischte mit einer Handbewegung die dunkle Stimmung am Tisch einfach beiseite. »Das Wetter ist zu schön, um sich über Percia Gedanken zu machen. Was hast du heute vor?«

»Computer kaufen«, antwortete ich mit vollem Mund. »Ich bin schon ganz kribbelig bei der Vorstellung, dass ich das olle Ding loswerde.«

***

Und jetzt fahre ich also mit meinen frisch erworbenen Schätzen die Auffahrt von *Wigtown House* entlang und kann es kaum erwarten. Allerdings wird mein Enthusiasmus ein paar Minuten später ausgebremst, weil nicht alle Pakete in meinem Büro Platz haben.

»Selbst der Mini ist geräumiger«, seufze ich, als ich versuche, unter dem Tisch die Kabel und Steckdosen zu verteilen.

»Was tun Sie da?« Prompt haue ich mir den Kopf am Tisch an. »Au«, protestiere ich, lasse mich auf den Hintern fallen. »Arbeiten.«

»An einem Samstag?«

»An einem Samstag.«

Mr. McLymont reicht mir die Hand und hilft mir beim Aufstehen. »Tut es sehr weh?«, fragt er schuldbewusst.

»Nein, der verletzte Stolz sitzt tiefer«, sage ich und sehe ihn tadelnd an.

»Wie kann ich das wohl je wiedergutmachen?«

»Mit Kaffee«, antworte ich und gehe auf seine Neckerei ein. »Starker, schwarzer Kaffee. Wäre ein Anfang.« Ich sehe ihm nach, als er in Richtung Küche geht, verkrieche mich aber gleich wieder unter den Tisch. Endlich kann ich die Geräte tauschen, nachdem ich die Kabel sortiert habe. Ich mache es mit nervösen Fingern, nicht, weil ich glaube, dass ich etwas falsch mache, sondern weil die Vorfreude mich immer noch beflügelt.

Als der Neue das erste Mal vor sich hin blinkt, seufze ich leise.

»Sie können es ja wirklich nicht erwarten«, sagt Mr. McLymont hinter mir. Er reicht mir meinen Kaffee und versucht, in sein Büro zu kommen, ohne seinen zu verschütten. Das hat einige Verrenkungen zur Folge, die meine Schmach mit dem Kopfstoß etwas schmälern.

»Wie lange brauchen Sie dafür?«, fragt er, als er in der Tür lehnt und mir dabei zusieht, wie ich die Programme installiere.

»Nicht mehr lange«, antworte ich abwesend. »Ich muss gleich nur noch die Festplatten spiegeln, und dann: voilà!«

»Gut.« Er zwinkert mir zu und verschwindet in sein Büro. *Na dann,* denke ich und fahre mit meiner Arbeit fort. *Kann er das mit dem Zwinkern nicht lassen?* Das letzte hat mich eine schlaflose Nacht gekostet. Eine halbe Stunde später bin ich fertig und lehne mich zufrieden zurück. »Wo soll ich das alte Stück hinbringen, Mr. McLymont?« Ich höre seine Schritte.

»Wie haben Sie mich genannt?«, fragt er lachend. »Connor reicht vollkommen, oder wenn Sie mich ärgern wollen: Earl.« Ich nicke etwas verschämt. »Das kann Alfie erledigen«, sagt er. »Kommen Sie, ich will Ihnen was zeigen.« Unter seinem Arm klemmt eine Aktenmappe. Er geht vor mir her, hinaus in das Atrium, das von den Häuserflanken links und rechts gestaltet wird, um mich dann in den weitläufigen Garten zu führen.

Auf einem Tisch, dessen Platte mit kleinen Mosaiksteinchen belegt ist, legt er die Mappe ab und öffnet sie. Interessiert trete ich näher. In der Mappe liegen Zeichnungen von den Gebäuden. »Sie haben gestern gesagt«, beginnt er ein wenig abwesend, weil er die Zeichnungen durchblättert, »dass *Wigtown House* finanziell ganz gut dasteht?« Ich nicke.

»Sie sind kein Donald Trump«, füge ich meinem Nicken hinzu, »aber Ihr Unternehmen ist sehr solide.« Connor strahlt mich über beide Wangen hinweg an.

»Gut: Darf ich vorstellen? Das nächste Projekt.«

Er zeigt mir Skizzen eines Anbaus für die linke Seite.

»Ich möchte die Bibliothek erweitern und Sie aus Ihrem Kerker rausholen«, sagt er mit einem unwiderstehlichen Grinsen.

»Danke.« Ich kann meine Überraschung nicht verbergen, allerdings heizt seine Ankündigung meine Neugier unverhohlen an. Der Anbau würde die linke Seite um ein paar Meter verlängern. Außerdem will er die Fenster ersetzen, sodass mehr natürliches Licht in die Räume fallen würde. Schnörkellos, praktisch, aber elegant. Wie der Rest des Anwesens. Der Anbau würde dem gesamten Anwesen mehr Leichtigkeit verleihen, es aber in seinen Grundzügen nicht zerstören. »Die Zeichnungen sind sehr schön.« Er tut es als Hobby ab, aber ich muss ihm widersprechen. In aller Ernsthaftigkeit. Die Freundschaft mit Cesar, dem Maler, hat zwar keine Kunstexpertin aus mir gemacht, aber immerhin mein Auge für Details geschärft.

»Wann wollen Sie damit anfangen?«, frage ich und nehme eine andere Skizze in die Hand.

»Wenn der Feuerwehrteich für Matthew fertig ist.« Er geht

ein paar Schritte aus dem Atrium heraus, um in den eigentlichen Garten zu gelangen. Hier dominieren die Hortensien das Bild, und die Blütenpracht ist jetzt schon imposant, und es scheint, als hätten die Knospen nur den Frost vom letzten Sonntag abgewartet, um jetzt mit aller Gewalt den Frühling einzuläuten. »Von da oben kommt ein Bach, der am Anwesen vorbeifließt und unten die Anlage der Brauerei speist, von da geht er in den *Clyde* über. Wir wollen hier einen großen, mehr oder weniger natürlichen Teich anlegen, damit Matthew seine Sträucher gießen kann, ohne die Wasserrechnung in die Höhe zu treiben.« Er nimmt mich an der Hand und schreitet das Gelände für sein Vorhaben mit mir ab. Plötzlich bleibt er stehen. »Und falls Sie jemals auf die Idee kommen sollten, von hier aus einen Spaziergang machen zu wollen, dann bitte in diese Richtung«, sagt er und zeigt auf das Haus.

Verständnislos sehe ich ihn an. »Warum nicht da lang?«

»Kleiner Rebell«, erwidert er lachend. »Weil da das Moor ist und nicht immer jemand da, um Sie zu retten.« Ich verziehe das Gesicht und schneide ihm eine Grimasse. »Obwohl«, fügt er hinzu und tritt einen Schritt näher an mich heran, »ich könnte mich daran gewöhnen.«

Ich halte den Atem an, spüre die Wärme seines Körpers. Für einen Augenblick steht die Welt still, und ich warte darauf, dass jemand kommt, um der Welt den nötigen Schubs zu geben, damit ich wieder atmen kann. Dieser Jemand ist Connor. Sein Gesicht ist dem meinen so nah, dass ich glaube, jedes einzelne Haar seines Barts würde mich auf diese kurze Distanz bereits kitzeln. Und doch geht es noch ein Stückchen näher. Zuerst berühren sich unsere Nasenspitzen, und es fühlt sich für mich an wie ein kleiner elektrischer Schlag, den man bekommt, wenn man über eine spezielle Sorte Teppichboden läuft.

Seine Mundwinkel zucken kurz; er scheint es ebenso gespürt zu haben. Als sich unsere Lippen treffen, bin ich verwundert, wie weich und zart seine sind. Er berührt mich nur kurz, lässt – von seinem eigenen Mut anscheinend überrascht – kurz von mir ab, um sich dann von seiner Überraschung leiten zu lassen und noch mutiger zu werden. Er legt seine Lippen so vorsichtig und fragend auf meine, dass ich kaum anders kann, als ihn weiter zu ermutigen. Ich will wissen, wie er schmeckt. Will spüren, was er spürt.

Seine Arme legen sich um meine Hüften, und er zieht mich noch näher an sich, wenn das überhaupt geht. Sein Mund löst sich von meinem, und Wange an Wange lassen wir die Zeit, die jetzt träge wie Honig und wie in einer Wolke gefangen ist, einfach an uns vorbeiziehen. Ich lehne mich an ihn. Meine Hand legt sich wie von selbst an seine Brust, und dort spüre ich seinen Herzschlag, der im gleichen Tempo wie meiner schlägt.

»Zu schnell?«, fragt er leise, und sein Atem streichelt meine Haut. Sachte, aber stockend schüttele ich den Kopf. »Überraschend«, gebe ich zu. Sein Gesicht verzieht sich zu einem schamhaften Lächeln, und diese Bewegung streichelt mich erneut. »Aber sehr angenehm«, füge ich hinzu.

»Wiederholung?«, fragt er, und statt auf meine Antwort zu warten, küsst er mich erneut. Heftiger dieses Mal, fordernder. Ich sinke in seine Arme, auch wenn ich bisher dachte, dass ich dazu niemals in der Lage sein sollte. Aber sein Kuss besteht auf meiner absoluten Hingabe, und wer bin ich schon, dass ich einem so gut aussehenden, so fürsorglichen Earl widersprechen würde?

Außerdem fördert dieser Kuss Gefühle zutage, von denen ich glaube, dass ich diese auf ewig in meinem Inneren begraben habe. Wann war ich das letzte Mal so wundervoll aufgeregt, ja gar verliebt? Mal von meinen Träumen in der letzten Woche abgesehen, die nicht zählen, weil es eben Träume waren. In der achten Klasse, schießt es mir durch den Kopf, und damals kam es nicht einmal zu einem Kuss. Es war nur Schwärmerei. Dieser Kuss vermischt sich mit meinen Fantasien der letzten Woche. Aber seltsamerweise erregt es mich nicht. Es fühlt sich nur so richtig an. Ich begreife, dass ich es zulassen kann und darf. Denn dieser Kuss beinhaltet auch eine Forderung: Nähe.

***

Riba McIntire liebte die Einkäufe auf dem Markt, während Alfie Forbes die Samstage deshalb schon meistens am Freitagabend lautstark verfluchte. Sie ließ sich jedoch von seinen Meckereien nicht den Spaß daran verderben. Vor einer halben Stunde waren sie zurückgekommen und verstauten gemeinsam die Einkäufe. Nun machte sie ihren Rundgang durch das Haus, damit sie für die kommende Woche die anfallenden Arbeiten vorbereiten konnte. An der Treppe in der Eingangshalle blieb sie stehen. Von irgendwoher kam ein Luftzug.

»Da hat wieder einer vergessen, die Fenster zuzumachen«, schimpfte sie leise und machte sich auf die Suche nach dem Übeltäter und dem Fenster. Als sie an der Treppe vorbeiging, bemerkte sie, dass nicht ein geöffnetes Fenster der Schuldige war, sondern die Tür zum Garten. »Matthew«, stöhnte sie und ging hin, um die Tür zu schließen. Doch als sie den Türgriff in der Hand hielt, blieb sie wie angewurzelt im Eingang stehen. Spielten ihr ihre alten Augen jetzt einen Streich, oder stand Connor wirklich mit Madison in enger Umarmung im Garten? Sie rieb sich die Augen, sah noch mal hin und lachte leise und ungläubig. Jetzt küssten sie sich sogar.

Riba hörte Alfies schlurfende Schritte hinter sich.

»Komm her und sei leise«, flüsterte sie und winkte ihm hektisch. »Siehst du das Gleiche wie ich?«, fragte sie. Alfie sah sie verständnislos an, beugte sich dann zu ihr herunter, um in einer uneleganten Bewegung ihrem Blick zu folgen.

»Ich denke: Ja.« Ein Lächeln straffte sein faltiges Gesicht. »Wenn das nichts ist«, sagte er, »dann weiß ich auch nicht. Und jetzt: Du neugieriges Weib, komm von der Tür weg und lass die beiden in Ruhe.« Empört sah sie zu ihm auf.

»Ich«, begann sie, doch er verschloss ihren Mund mit einem schnellen Kuss.

»Halt den Mund, Weib, und geh in deine Küche.« Er schob sie von der Tür weg, ignorierte dabei ihren leisen Protest, ließ es sich aber nicht nehmen, selbst noch einmal in den Garten zu sehen. »Das passt schon«, sagte er.

***

Ein paar Meter weiter stand jemand, der nicht so generös dachte. Matthew war gerade mit einer Karre Dünger vom Gerätehaus herübergekommen, als er Connor und diese Rothaarige im Garten stehen sah. Als er den Kuss beobachtete, wurde er wütend. Wie konnte sie es wagen? Wie konnte sie auch nur einen Gedanken daran verschwenden, sich den Earl zu greifen? Percia war ja schon ein berechnendes Miststück, das sie jetzt zum Glück los waren. Aber jetzt tauchte diese rothaarige Hexe hier auf und machte sich nach wenigen Tagen an Connor heran.

Matthew ballte die Hände in seinen Taschen zu Fäusten. Er war wütend. Wütend auf Connor, dass dieser Trottel es nicht merkte, was diese Frau vorhatte. Die spielte doch nur die Nette. Sah das hier keiner außer ihm? Und wenn es wenigstens nur das wäre. Der Gärtner atmete tief durch, versuchte, seine Wut unter Kontrolle zu bekommen.

Aber da war dieses Gefühl. Dieses unbestimmte, unterschwellige, wie eine graue Wolke seine Gedanken und Herz verhüllende Gefühl, dass er das alles schon einmal erlebt hatte. Nicht unbedingt ein Déjà-vu. Nein. Dazu war diese Empfindung zu schwammig. Denn bis auf eine rothaarige Frau, die ihm vor vielen, vielen Jahren den Verstand raubte, um ihn schließlich zu verlassen, als er ein gebrochener Mann war, war da nicht viel, wonach er greifen konnte.

Nur eines war da, das ihm die Kehle zuschnürte.

Madison Cavanough sah dieser Frau zum Verwechseln ähnlich.

## 34.

Ich betrete die Pension, schließe die Tür hinter mir und lehne mich daran. *Was ist da gerade passiert?*, frage ich mich, wie ich es schon die ganze Rückfahrt von *Wigtown House* getan habe. »Willst du drüber nachdenken?«, hatte er mich gefragt, und eigentlich hätte ich es nicht tun müssen, brauchte aber dringend eine Pause. Vielleicht um meine Gedanken doch etwas zu sortieren. Meine Knie zittern, in meinem Bauch rumort es, und mein Kopf fühlt sich so fluffig an. Rosafarben fluffig. Das alles gepaart mit einer unglaublichen Aufregung über das, was im Garten passiert ist. Es war nicht geplant. Definitiv nicht. Gewünscht. Sicherlich. Einen solch attraktiven Mann mit diesen Charaktereigenschaften wünscht sich jede Frau. Auch eine Madison Cavanough. Aber Wunsch und Planung … Himmel, das waren zwei verschiedene Welten. Universen, um ehrlich zu sein. Ich atme so heftig aus, dass es mir beinahe Schmerzen bereitet.

»Ach, da bist du ja. Hab ich doch richtig gehört.« Edith steckt den Kopf zur Küchentür heraus und lächelt. Als sie jedoch sieht, wie aufgewühlt ich an der Tür lehne, kommt sie heraus und legt mir mit besorgtem Blick die Hand auf die Wange. »Alles in Ordnung?« Ich sehe auf, ein Lächeln zuckt um meine Lippen und verschwindet so schnell, wie es kommt.

»Wir haben uns geküsst«, sage ich atemlos, und ich sehe Edith so verwirrt an, dass diese glaubt, sich verhört zu haben.

»Wer hat wen geküsst?«, fragt sie, nimmt mich bei der Hand und führt mich in die Küche, denn alleine bin ich nicht mehr in der Lage, auch nur einen Schritt zu machen.

*Denn hey: Connor McLymont hat mich geküsst und ich ihn!*

In der Küche legt mir Edith die Hände auf die Schultern und drückt mich auf einen Stuhl. Mit einem Blick über ihre eigenen Schultern geht sie zum Herd, setzt Wasser auf und richtet eine Kanne für Tee her.

»Connor«, flüstere ich.

»Wer?«, fragt Edith zurück, doch dann versteht sie, wen ich meine. »Meine Güte.« Sie schlägt die Hände vor den Mund und unterdrückt einen freudigen Aufschrei, denn ich mache kaum den Eindruck, als würde mich ein unkontrollierter Ausbruch von Freude über gewisse Entwicklungen glücklich machen. »Und?«, fragt sie stattdessen.

»Ich hab keine Ahnung, wie es weitergehen soll.« Edith weiß, dass es unfair mir gegenüber ist, aber mein echtes Entsetzen über das Geschehen amüsiert sie königlich. Bevor sie spricht, versucht sie deshalb, durch Räuspern ihre Stimme wieder unter Kontrolle zu bekommen. »Na, na, das wird schon«, sagt sie mit der Inbrunst der Überzeugung, doch dann muss sie laut lachen. »Ach Kindchen, das ist doch schön!«

»Edith«, fange ich an, empört darüber, dass die alte Dame wohl nicht verstehen will, worum es geht. »Ich hab meinen Chef geküsst, der gerade emotional etwas aufgewühlt ist, weil er seine Verlobung mit einer Frau gelöst hat, die ihn wirtschaftlich und wahrscheinlich auch gesellschaftlich ruinieren will. Und außerdem kenne ich ihn erst … knapp eine Woche!« Edith lächelt nachsichtig.

»Na UND? Ihr seid zur richtigen Zeit am richtigen Ort aufeinandergetroffen. Ich wäre froh, wenn nur die Hälfte der Menschheit so ein Glück hätte. Basta.«

»Du immer mit deinem *Basta*«, antworte ich pikiert, doch dann muss ich selbst über mein Entsetzen lachen.

»Und?«, fragt Edith erneut, und ihr Wissensdurst quillt aus diesem *und*.

»Und was?«, lasse ich die pensionierte Lehrerin zappeln. Sie boxt mich sacht auf den Arm. »Wie war es?«

Zur Antwort verdrehe ich nur genüsslich die Augen, und Edith lacht leise. »Hab ich mir gedacht.«

Sie bereitet den Tee, und gemeinsam gehen wir hinüber in den Wintergarten, den Edith bei diesem schönen Wetter geöffnet hat. Die laue Frühlingsluft strömt in den Raum, und diese Luft duftet ganz besonders. Süß und schwer. Der Duft ihrer einzigen Hortensie veredelt diesen frühen Samstagabend. Wir schweigen, während wir unseren Tee trinken, aber ab und an sieht Edith zu mir hinüber, glaubt, dass ich es nicht merke. Ich sehe in Gedanken versunken in meine Tasse. Ab und an huscht ein Lächeln über mein Gesicht, und Edith nickt zufrieden.

***

Ich brauche den Sonntag *ohne alles*. Ohne Connor, ohne Edith, die sich zu einer ihrer Freundinnen aufgemacht hat, und vor allem ohne Percia. Ich brauche diesen Tag für mich allein. Zum Nachdenken. Denn auch wenn ich in der Nacht die wildesten, aufregendsten Träume geschenkt bekam, mischt sich etwas in dieses Glücksgefühl hinein, das ich noch nicht einordnen kann. Zunächst dachte ich, es wäre meine eigene Vorsicht. Schließlich kenne ich dieses Gefühl nicht, und ich bin nun mal ein Kopfmensch, der immer den Befehl an seine Füße bereithält, sich auf eine mögliche Flucht vorzubereiten. Meist taucht diese Vorsicht in Form eines Bauchgefühls auf. Doch an diesem Sonntag ist es anders.

Kaum hat Edith das Haus verlassen und ich mich in den Wintergarten verzogen, ein Buch auf dem Schoß, Seth zu meinen Füßen und Klaviermusik aus dem Radio, da taucht die Stimme meiner Mutter auf. *Du bist irre*, sagt sie kalt und hasserfüllt. *Hab ich dir nicht beigebracht, dass du so etwas nicht zulässt? Du weißt, was passiert, wenn du ihn an dich ranlässt. Du weißt, dass er das nicht als lapidare Geschichte ansieht. Er will hinter dein Geheimnis kommen. Pack deine Sachen und mach, dass du wegkommst, bevor es zu spät ist und er etwas gegen dich in der Hand hat.*

Ihre Stimme klingt so erschreckend real, denn ich weiß, dass – wenn sie noch leben würde – sie es mir genau so sagen würde. Wie damals in der achten Klasse. Was hatte sie für einen Aufstand gemacht, als ich meine Schulliebe mit nach Hause bringen wollte.

Gut: Meine Mutter lebt nicht mehr, aber ihre Erziehung wirkt. Connor ist wirklich nicht der Mensch, der sich mal eben auf eine Affäre einlässt. Dazu ist er viel zu zurückhaltend. Er hätte an diesem einen Sonntag an *cnoc of luibhean* schon zum Frontalangriff gehen können, wenn er es darauf angelegt hätte. Und ich wäre sicher nicht abgeneigt gewesen. Nein: Connor McLymont ist nicht der Mann für schnelle Nummern. Die Stimme meiner Mutter hat recht: Er will mehr, und er gibt sich nicht mit Kleinigkeiten zufrieden. Der Kuss war ein Hinweis in die Richtung, in die es mit Connor gehen würde. Eine enge, tiefe Beziehung.

Kann ich das? Ich? Die, die das nie gelernt hat? Nähe zuzulassen? Denn Nähe beinhaltet Wahrheiten. Echte Wahrheiten, die in meinem Leben sind. Ich bin mir sicher, dass er mich und mein Dasein unter die Lupe nehmen wird. Nicht weil er mich prüfen will, sondern weil er ein Teil dessen sein möchte. Aber wenn er alles über mich weiß … was, wenn ich etwas falsch mache – und dass ich das kann, beweist die Angelegenheit Hanks ja ganz hervorragend –, ist Connor dann der Typ Mensch, der sein Wissen gegen mich verwendet? Ich weiß es nicht, und allein der Gedanke, dass er es könnte, jagt mir tierische Angst ein.

Für einen Moment schließe ich die Augen, lächle, weil sich Seth auf meinen Beinen bequemer hinlegen möchte und dabei mit seinen kleinen Mopspfoten meine Oberschenkel malträtiert, und stelle mir dann Connor vor. Dass sich diese Vorstellung – entgegen meiner gedanklichen Verfassung – in eine Richtung entwickelt, die ich als äußerst angenehm und aufregend empfinde, will mich nicht beruhigen. Im Gegenteil: Meine Einbildungskraft ist so immens, dass ich seine Hände förmlich auf mir spüre, dass mir diese Hände die Fähigkeit zum Denken und Analysieren nehmen wollen. Dass ich ihn rieche, seine Wärme spüre, macht es mir fast unmöglich, in meinem Sessel sitzen zu bleiben. In meinen Träumen verfalle ich Connor McLymont, dem Highlander, und ich genieße diese Furchtsamkeit vor seiner Nähe bis in die letzte Pore.

# 35.

Ich bin nervös, als ich am Montag vor den Toren der Brauerei stehe und auf den Mann warte, dem ich Nachhilfe in Betriebswirtschaft geben soll. Es ist nicht Sean, der mich nervös macht. Ich habe zwei schlaflose Nächte hinter mir und bin in einem Gefühlschaos, wie ich es schon lange nicht mehr erlebt habe.

Einerseits will ich diesen Connor McLymont so sehr, dass die Vorstellung, ihn nicht fühlen zu dürfen, meine Kehle zuschnürt. Andererseits ist da immer wieder diese verfluchte mahnende Stimme, die ausgerechnet die Tonlage meiner Mutter hat und mich glauben lässt, dass ich kurz davorstehe, genauso paranoid zu werden wie sie. Ich sehne mich nach diesem Mann und muss doch so vorsichtig sein, dass er glauben wird, ich würde ihn wegstoßen. *Verdammt,* fluche ich innerlich und kann nur hoffen, dass man mir diesen Zwiespalt nicht ansieht.

Dass meine Finger unwillkürlich an meine Lippen fahren, an die Stelle, an der er mich das erste Mal berührte, bemerke ich erst, als ich am Abend Ediths Lächeln gewahr wurde. Wenn die Angelegenheit nicht so aufregend und romantisch wäre, wäre mein eigenes Verhalten darüber beinahe zum Auswachsen. Ich fühle mich wie ein Teenager, und ich mache das volle Programm der verqueren Gefühlswelt eines solchen durch. Himmelhochjauchzend, betrübt, nervös, und immer wieder stelle ich mir die Frage, wie es weitergehen soll und wird.

Ich wippe ungeduldig auf meinen Füßen auf und ab. Nicht nur, dass dieser Sean keinen Plan hat, wie man eine solche Sache aufzieht; von Pünktlichkeit hat er auch keinen blassen

Schimmer. Ich sehe auf die Uhr und erschrecke: *Ich bin viel zu früh. O Gott, Madison,* denke ich, *du bist nicht nur unfair, sondern auch blöd. Perfekte Kombination.*

Ich gehe auf das geschlossene Metalltor zu, welches das Wappen der Familie McLymont trägt, und versuche, mich damit zum einen ein wenig durch die Bewegung aufzuwärmen, denn in der letzten Nacht hatte es noch einmal einen abschließenden, sich gegen den Frühling aufbäumenden Nachtfrost gegeben, und zum anderen versuche ich damit, meine Nervosität abzulaufen.

Wieder sehe ich auf meine Uhr, und der Zeiger der kleinen eleganten Armbanduhr, die ich von meiner Mutter geerbt habe und die mir als Einzige nicht sagt, dass ich verfolgt werde oder ein Versager bin, hat sich nicht ein Stück bewegt.

»Sie sind die Rechentante?«, fragt eine dunkle Stimme mit derbem Akzent, und ich fahre erschrocken herum.

»Himmel, müssen Sie sich so anschleichen?« Ich zupfe nervös an meinem Cardigan.

»'tschuldigung«, nuschelt der Mann, und sein Versuch, mit seinem Gesichtsausdruck Bedauern auszudrücken, amüsiert mich. Doch die Narbe über seiner Wange verzieht diesen Versuch ins Schiefe.

Sean öffnet das Tor und lässt mich vorbei. Ich spüre seine prüfenden Blicke auf meinen bestrumpften langen Beinen.

»Bisken kalt für die Jahreszeit.« Zwei Schritte, da setzt er noch einen drauf. »Und unpraktisch für 'ne Brauerei.« Der Vorarbeiter stapft mit den Händen in den Taschen vor mir her, und so sieht er nicht, wie ich erheitert den Kopf schüttele. »Das kann ja heiter werden mit dem«, sage ich zu mir und bestätige es mit einem albernen Nicken. Vor einer schweren Metalltür, die so gar nicht zu dem braunen Backsteingebäude passen will, bleibt er stehen, schließt auf und wartet auf mich.

»Wir gehen erst mal nach oben ins Labor, da können Sie sich umziehen.« Ich ducke mich unter seinem Arm hindurch und stehe in einer dunklen Halle, nur das Licht, das der Türschlitz hereinlässt, leuchtet ein paar Meter Weg zu meinen Füßen aus. Aber auch das verschwindet, als Sean die Tür zuzieht. Einen Augenblick später ertönt ein ohrenbetäubender Knall, und gleichzeitig springen über mir die Neonröhren der Deckenbeleuchtung an. Ich zittere am ganzen Körper vor Schreck.

»Der Transformator«, sagt Sean entschuldigend, »der ist ein wenig alt und laut.« Der Transformator interessiert mich schon gar nicht mehr, denn vor mir stehen ganz andere Monster. Zwei immens große glänzende Kupferkessel. Rohre und Schläuche und – jetzt lautstark – zischende Ventile kündigen die Produktion an. »Laut, wa?«, schreit mir Sean ins Ohr. Er hebt die Hand und zeigt mir so, dass ich ihm weiter folgen soll. Schwer beeindruckt sehe ich mir die Kessel genau an, während wir daran vorbeigehen. Irgendwie verspüre ich den Drang, den Kopf einzuziehen. Hinter dem zweiten Kessel führt eine Metalltreppe in die oberen Etagen des Gebäudes, und ich sehe skeptisch auf meine Füße. Jetzt weiß ich, was Sean damit meinte, dass meine Schuhe unpraktisch wären. Das Gewebe der Stufen. Da bleibt selbst mein breiter und etwas bequemerer Absatz drin hängen. *Also Zehenspitzen, Prinzessinnenwalk*, denke ich und halte mich am Geländer fest. Oben angekommen stehen wir vor einer weiteren Tür, dieses Mal aus Sicherheitsglas. Wir verlassen die Halle, und als sich die Tür hinter uns schließt, ist es augenblicklich ruhig.

»Die Kessel reinigen automatisch, das is immer ein wenich laut«, erklärt mein Begleiter.

»Hier können Sie sich umziehen. Sieht dann zwar nicht halb so sexy aus wie das hier, aber Sie frieren nicht und ärgern sich nicht über Flecken. Hat alles seine Vorteile.« Er zeigt mir den Umkleideraum, hängt mir einen weißen Sicherheitsanzug hin, stellt ein Paar Sicherheitsschuhe parat, und bevor er geht, zeigt er mir noch, wo er auf mich warten würde. »Sie können Ihre Sachen da reinpacken«, sagt er und nickt in Richtung eines Spinds. Ich danke ihm und ziehe meinen Cardigan aus.

»Gratulation, Madison«, sage ich in den Raum hinein, »du wirst aussehen wie ein *Wensleydale-Käse*.« Ich beeile mich mit dem Umziehen, und als ich mein Spiegelbild sehe, muss ich lachen. »Eher wie ein *Blue Stilton* mit roten Schimmelkulturen.« In der Tasche des Anzugs ist ein schlichtes Gummiband, mit dem ich meine Haare hochstecken kann. So ausstaffiert gehe ich hinüber ins Büro. Sean mustert mich von oben bis unten. »Sie sehen aus, als hätten Sie Ahnung vom Bierbrauen.«

»Hab ich aber nicht«, gebe ich kleinlaut zu. »Wie wäre es mit einem Crashkurs? Damit ich so ungefähr weiß, wie die Arbeitsabläufe sind.« Sean scheint der Vorschlag zu gefallen, zumindest wird es ihn von seinem Nachhilfeunterricht abhalten, und da ist ihm wohl alles recht. »Gut«, sagt er, »machen wir.«

In den nächsten Stunden lerne ich einiges über die Biere, die hier gebraut werden. Es gibt *Porter* und *Stout* und natürlich *Ale*. Das *Stout* ist ein Schwarzbier, das aus stark gerösteter, unvermalzter Gerste – was immer das sein mag – hergestellt wird. Das *Ale* ist obergärig, da es im Gegensatz zum *Pilsener* weniger Kohlensäure hat. *Aha,* denke ich. Ich gestehe, dass ich kaum Bier trinke, was mir einen strafenden Blick von Sean einbringt. Kopfschüttelnd fährt er mit seinem Unterricht fort.

»Das *Ale* verkaufen wir nicht, das wird für die Herstellung des *Porters* verwendet.« *Porter* ist eine Mischung aus *Stout* und *Ale*. Das sollte selbst ich mir merken können. Innerhalb kürzester Zeit schwirren mir die Sinne, weil Sean mich mit Gewichten, Promillezahlen und Trinktemperaturen bombardiert. Ich lehne an einem der langen Metalltische, die im Labor stehen.

»Und Sie wollen jetzt was machen?«, frage ich ihn. Sean sammelt sich.

»Einen Mix. Ich könnte natürlich das *Stout* nehmen und es süßer oder bitterer machen, aber das machen so viele. Ich würde gerne ein etwas helleres Bier mit Weizen brauen.« Er geht an den Kühlschrank und holt mehrere Flaschen heraus, stellt sie auf dem Tisch vor sich ab. Dann greift er nach den Gläsern auf dem Regal.

»Es ist halb zehn!«, rufe ich fassungslos, als ich verstehe, dass das jetzt hier eine echte Bierprobe werden soll. »Ich hab nicht mal gefrühstückt.« Sean lacht, geht erneut an den Kühlschrank, nimmt eine Tüte mit Aufbackbrötchen heraus, schaltet hinter sich den Inkubator, einen Brutschrank, an und legt die Backwaren hinein.

»Sie trinken und probieren, und ich sorge dafür, dass Sie hier nicht auf allen vieren rauskriechen.« Noch einmal öffnet er den Kühlschrank und entnimmt ihm ein Tellerchen, auf dem ein Stück goldgelbe Butter liegt.

Ohne sich um meinen Protest zu kümmern, schenkt er ein und reicht mir jeweils ein Glas.

»Ich hab keine Ahnung von Bier, aber das hier würde ich bestellen«, sage ich und koste erneut.

»Weizenbier mit Feige, Honig und einem Hauch Erdbeere.« Sean hat die Flasche in die Hände genommen und hält sie, wie ein Sommelier eine Weinflasche halten würde.

Der Duft frisch gebackener Brötchen zieht durch das Labor, und Sean öffnet den Inkubator, reicht mir ein Messer, ich richte mir eines der Brötchen her und beiße herzhaft hinein. »Ey«, sagt Sean beeindruckt, »Sie können ja richtig essen und picken nicht wie ein Vögelchen.« Mir bleibt der Bissen beinahe im Hals stecken, und ich sehe ihn tadelnd an.

»Hmmm«, drücke ich heraus, und Sean hat ordentlich Spaß mit meinen kleinen Peinlichkeiten.

»Nächstes Bier?« In den nächsten Stunden wird sich unsere Unterhaltung arg einschränken. Er fragt, ob er einschenken soll, ich werde nicken und mit Butter bestrichene Brötchen essen.

»Nur fürchte ich, ich werde gleich nicht mehr rechnen, geschweige denn Ihnen irgendwas beibringen können. Seien Sie ehrlich, das hier machen Sie mit Absicht.« Er nimmt das Messer, mit dem ich gerade ein Brötchen aufgeschnitten habe, und tut so, als hätte ich es ihm ins Herz gestochen. »Natürlich«, gibt er danach breit grinsend und unumwunden zu.

Ich sehe ihn prüfend an, und dann dämmert es mir. »Sie wollen mich unter den Tisch trinken?« Sean lehnt sich an den Kühlschrank, verschränkt kampfeslustig die Arme vor der Brust. »Das werden Sie nicht schaffen«, sage ich selbstbewusst.

Sein Blick ist siegessicher.

»Das können wir dann ja mal testen«, schlägt er vor, stößt sich ab und durchquert das Labor, um hinter einer weiteren Metalltür zu verschwinden. Während er in dem Raum dahinter rumort, gehe ich zum Fenster und sehe hinaus. Die Sonne hat sich durch die Frühnebel gekämpft, ein paar andere Arbeiter der Brauerei rauchen ihre letzte Zigarette, bevor sie ihre Schicht beginnen. Ein sehr ruhiges, sehr klares Bild. *Das letzte klare Bild, das du hier heute sehen wirst,* denke ich und füge noch ein halb amüsiertes *Hilfe* hinzu. *Auf was hast du dich da bloß eingelassen?,* schicke ich zur Sicherheit noch nach. Mit zwei Kisten dunklem Bier bewaffnet kommt Sean zurück.

Mir dreht sich bei dem Gedanken an diese Menge der Magen um, aber ich hab mich drauf eingelassen, und ich fürchte, das hier, das hat etwas mit Respekt zu tun.

»Glas oder Flasche?«, fragt er, stellt zwei Flaschen auf den Tisch und öffnet sie.

»Glas, wenn schon untergehen, dann wenigstens stilvoll«, antworte ich. Ich setze mich auf einen der Tische, überschlage die Beine und sehe ihm dabei zu, wie er die Gläser füllt. Sean reicht mir eines, prostet mir zu. »Auf einen fairen Wettkampf«, seufze ich. Innerlich jedoch stelle ich mich darauf ein, dass diese Sache hier nicht gut ausgehen kann und wird.

***

Connor sah auf die Uhr. Es war drei, und Madison war noch nicht aus der Brauerei zurück. Er konnte sich beileibe nicht vorstellen, dass Sean sich so dämlich anstellte, dass sie ihm nicht beibringen konnte, wie er seine zukünftigen Preise kalkulieren konnte. Ebenso wenig konnte er glauben, dass Madison unfähig sei, seinen Vorarbeiter ein wenig zur Kontrolle zu disziplinieren. Trotzdem war es seltsam, dass sie noch nicht im Büro erschienen war.

»Ich fahr mal rüber«, sagte er zu Riba und stibitzte sich ein Stück vom Roastbeef. Er spürte ihre Blicke in seinem Rücken, als er an der Tür stand, und drehte sich ruckartig herum. »Was?«

»Nichts«, flötete sie unschuldig. Connor schmunzelte.

Er stieg auf sein Fahrrad und fuhr über Schleichwege zur Brauerei. Der Betrieb schien ganz normal zu laufen, als er das Rad an der Wand des Lagers abstellte. Der Eingang zur Halle ließ ebenfalls keine Rückschlüsse auf Vorkommnisse zu, die unter Umständen problematisch sein könnten. Einige Arbeiter kamen ihm entgegen, grüßten ihn, und er wechselte ein paar Worte mit ihnen. Dann stieg er die Treppe hinauf und betrat den Bürotrakt. Hier oben herrschte immer eine bedrückende Stille, die dadurch verursacht wurde, dass die Lärmdämmung wirklich jedes Geräusch schluckte. Er sah sich um. Eigentlich hatte er erwartet, dass Sean schwitzend am Computer saß, während Madison ihm die Grundzüge der Betriebswirtschaft erklärte. Aber von beiden war nichts zu sehen.

Er suchte weiter, betrat das Labor. Und was er da zu sehen bekam, ging in die Geschichte der Firma ein. Ein paar leere Flaschen standen herrenlos auf dem Metalltisch herum, auf dem für gewöhnlich die Proben für die Lebensmittelkontrolle abgefüllt wurden. Glas klirrte leise, kurz darauf hörte er ein leises Stöhnen. Ein weibliches leises Stöhnen. Besorgt ging er um den Tisch herum und starrte fassungslos auf das Bild, das sich ihm bot.

Madison trug einen der Sicherheitsanzüge, und das Weiß ließ ihr Gesicht sehr blass erscheinen, außerdem lag sie mehr als sie saß an den Kühlschrank gelehnt, und ihr Zustand war – höflich ausgedrückt – desolat. Das, was einmal ein strenger Zopf war, hing jetzt wie Kraut und Rüben um ihr Gesicht, und eine Strähne fiel ihr immer wieder in die Augen, und sie kämpfte damit, diese endlich zu bändigen. Umgeben war sie von vielen leeren Bierflaschen. Sie hatte die Beine ausgestreckt, und Seans Kopf lag in ihrem Schoß. Der große Mann hatte sich wie ein Kind zusammengerollt und schlief. Als er anfing zu schnarchen, grinste Madison schief. Sie sah auf, lächelte und rülpste leise.

»Er hat mich herausgefordert«, lallte sie und kippte zur Seite weg.

Connor traute seinen Augen nicht, aber es war so wahr, wie er hier stand. Er zückte sein Telefon und rief Edith an. »Sie kommt heute etwas früher nach Hause«, sagte er, und er musste ständig ein Lachen unterdrücken. Auf Ediths besorgte Nachfrage, was denn passiert wäre, gab er ihr einen kurzen Bericht. »Hat wohl gut geschmeckt«, sagte er, ging vor Madison in die Knie und streichelte ihre kühle Wange. »Ich pack sie jetzt ins Auto und bring sie zu dir. Mal sehen, wie ich Sean hier rausbekomme.«

Er betrachtete die beiden und schüttelte immer wieder lachend den Kopf. Für Sean würde er zwei, wenn nicht drei oder gar vier starke Männer brauchen, um ihn sicher die Treppe herunterzubekommen. Der Abtransport von Madison hingegen gestaltete sich einfacher. Über die Schulter und ab ins Auto.

Er ging zur Halle zurück, rief ein paar Leute, die, als sie die Bescherung im Labor sahen, ebenso amüsiert waren und mit ihren Smartphones ein paar Erinnerungsfotos machten. Sie packten Sean und trugen ihn vorsichtig in seine Wohnung, die nur ein paar Meter von der Brauerei entfernt war. Connor schulterte Madison und suchte vor dem Gebäude nach ihrem Wagen. Auf sein Fahrrad konnte er sie schließlich schlecht packen, obwohl ihr die frische Luft bestimmt den Kopf frei pusten würde.

***

Wieder einmal saß sie ohne Bewusstsein neben ihm auf dem Beifahrersitz. Sie hatte sich kräftig gegen ihren Transport gewehrt und würde sicherlich den einen oder anderen blauen Fleck als Trophäe für ihre heroische Tat, Sean unter den Tisch zu trinken, davontragen, aber mittlerweile saß sie sicher und recht komfortabel neben ihm. Ihr Kopf fiel ihr zwar bei jeder Kurve an seine Schulter, aber das konnte er so gerade eben noch ertragen.

Als er das *Sage Yard* erreichte, wartete Edith bereits in der Haustür. Wieder schulterte er Madison, nachdem er den Wagen so nahe wie möglich am Eingang abgestellt hatte. Als er Edith erreichte, blieb er kurz stehen, und sie betrachtete ihre Patientin. »Ich hab den Eimer schon ans Bett gestellt«, sagte sie, schüttelte den Kopf und folgte Connor hinein. »Und wie sieht Sean aus?«

»Den hat es richtig erwischt«, sagte Connor lachend. »Man sollte rothaarige Frauen einfach nicht unterschätzen, und das hat der Dummkopf anscheinend getan.«

Er legte Madison vorsichtig auf ihrem Bett ab, und sie stöhnte leise, als sie sich auf die Seite legte, ohne groß wach zu werden, gleich weiterschlief und jetzt leise schnarchte.

»Möchtest du einen Tee?«, fragte Edith, als sie neben Connor vor Madisons Bett stand. Beide hatten die Arme verschränkt, beide schüttelten den Kopf über so viel Unvernunft, aber beide hatten gehörigen Respekt vor so viel Trinkfestigkeit, denn sie kannten Sean und dessen Gewohnheiten, und sie waren sich bewusst, dass der Vorarbeiter für gewöhnlich als Sieger aus dieser Art Wettbewerb hervorging.

»Gerne, aber bitte ohne Schuss. Ich hab für heute genug Alkohol.«

# 36.

Der praktische Nutzen von Sonnenbrillen wird bei Weitem unterschätzt. Schützen diese dunklen Gläser doch nicht nur vor der schädlichen UV-Strahlung. Auch Berühmtheiten können sich hervorragend hinter großen, dunklen Gläsern verstecken. *Oder Frauen mit einem Kater, der seinesgleichen sucht.* Jeder verfluchte Lichtstrahl schmerzt an diesem Morgen, als würde mir jemand einen Dolch ins Auge stechen. Ich weiß nicht, wie ich es aus dem Bett geschafft habe. Wie ich reingekommen bin, ist mir vollkommen schleierhaft. Ich habe einen kapitalen Blackout. Keine Erinnerungen an die letzten Stunden des gestrigen Tages. Nur dass mir so schlecht ist, dass bei dem Gedanken an Bewegung der Restinhalt meines Magens fürchterlich rebelliert. In meinem Schädel hämmert es, und als würde das noch nicht reichen, ist mir schwindlig.

Wie ein geprügelter Hund gehe ich unter die Dusche, und dank der neuen Therme versiegt das heiße Wasser erst nach einer halben Stunde. Da sind meine Lebensgeister zwar noch nicht wieder fit, aber sie wissen immerhin, zu wem sie gehören, und sie schimpfen und mosern über unseren Gesamtzustand, dass mich auch noch zusätzlich mein schlechtes Gewissen plagt, ihnen so etwas angetan zu haben. Irgendwie schaffe ich es, nach der Dusche die Treppe hinunterzugehen. Auch wenn die einzelnen Stufen so weit entfernt sind, dass sie vor meinen Augen verschwimmen.

Und doch komme ich heil unten an. Jeder Schritt hallt in meinem Körper wider, und als ich die Küche betrete, meldet sich auch mein Magen wieder. Edith steht am Herd und lebt ihre sadistische Seite aus, die sie wohl als Lehrerin jahrelang unterdrücken musste. Edith kocht. Speck und Eier. Würstchen und Tomaten. *Bitte nicht,* denke ich und schleppe mich mit letzter Kraft zum Stuhl, auf den ich leise seufzend sinke.

»Nur Kaffee, bitte«, flüstere ich, weil ich fürchte, dass die Lautstärke meiner eigenen Stimme mich umbringt. Edith sagt nichts, als sie mir Kaffee einschenkt, aber ihre mütterliche Mimik spricht Bände. Ich fürchte, dass ein falsches oder vielmehr richtiges Wort von mir ausreichen wird und die alte Dame lacht schallend los. Soll ich ihr den Spaß gönnen? Lieber nicht. Ich würde vor Scham im Erdboden versinken. Wortlos legt mir Edith eine Schachtel Aspirin neben den Teller und stellt auch gleich ein Glas Wasser dazu.

»Aber du kannst sicher sein, das wird schwer an seinem Ego arbeiten. Von einer Frau in seiner Lieblingsdisziplin gedemütigt zu werden … Ich fürchte, Sean wird das nicht so einfach verkraften.« Jetzt lacht das Luder doch, verstummt aber gnädigerweise, als sie mein schmerzverzerrtes Gesicht sieht. »Armes Kind. Hat es sich denn wenigstens gelohnt?«

»Wir haben – soweit ich weiß – auf Bruderschaft getrunken«, vermute ich, denn so richtig kann ich mich nicht mehr erinnern. Irgendwo zwischen dem zweiten Beutel aufgebackener Brötchen und der Mitte des zweiten Kastens verlässt mich mein Erinnerungsvermögen. Ich nehme meine Tasse und lasse diese göttliche Gabe namens Kaffee über meine Zunge laufen. *Herrlich,* stöhne ich in Gedanken. Ich muss mich wirklich anstrengen, um einen klaren Gedanken zu fassen, und ich fürchte, genau diese Anstrengung sieht man mir an.

***

Nun sitze ich also in meinem Büro, die Augen mit der Brille verdunkelt, und versuche, mich auf meine Arbeit zu konzentrieren. Es ist leichter, als ich erwartet habe. Das mag auch an der guten Pflege meiner beiden Damen liegen. Denn Riba hat meine Betreuung von Edith übernommen, und auch sie muss das eine oder andere schallende Gelächter unterdrücken. *Sie haben mich schon lieb, meine beiden alten Mädels,* denke ich sarkastisch und rechne zur Sicherheit noch mal die letzte Rechnung nach.

Connor begrüßt mich mit einem breiten Grinsen und einem ganz vorsichtigen, sachten Kuss auf die Stirn.

»Wie habt ihr das in der kurzen Zeit geschafft?«, fragt er, und ich sehe ihm an, dass er keinen Funken Mitleid für mich und meinen desolaten Zustand übrig hat.

»Ich meine mich dunkel zu entsinnen, dass einer von uns auf die Idee kam, ein richtiges Wett-Trinken zu veranstalten. Wer zwei Flaschen zuerst leert … oder so ähnlich. Irgendwas war da.« Ich stöhne leise und trinke einen großen Schluck Wasser. Danach fühlt sich mein Mund zwar immer noch so trocken wie die Wüste Gobi an einem stürmischen Tag an, aber wenigstens hilft der Tropfen auf den heißen Sand etwas. »Hast du wenigstens was dabei gelernt?«, fragt er, und ich schüttele den Kopf.

»Ich fürchte, die Gehirnzellen, die den Produktionsablauf verstanden haben, sind irgendwann abgetötet worden.«

Ich leide und bade in Selbstmitleid. Doch als am Nachmittag Sean in *Wigtown House* auftaucht, nicht weniger derangiert als ich, freue ich mich insgeheim doch über meinen kleinen Erfolg, auch wenn der so hart erkämpft ist. Sean betritt mein Büro, lehnt in der Tür und mustert mich. »Alle Achtung«, sagt er mit einem schalen Lächeln, denn auch ihn schmerzt wohl jede Veränderung seiner Mimik. »Das hat noch keine geschafft.«

»Willst du dich mit einem schlechten Tag rausreden?«, frage ich spitz, und er verneint.

»Ne, lass man«, sagt er leise, »ich weiß, wann ich verloren hab.«

»Trotzdem kommst du nicht um die Schulbank rum, wenn du dein Weizen brauen willst.«

»Ich hab's befürchtet«, sagt er, und es klingt ein wenig nach Resignation. »Morgen?« Ich nicke und bereue, genickt zu haben.

»Aber ohne Bier.«

***

Ich weiß nicht, wovor Sean sich fürchtete, als er sich so trickreich gegen die »Nachhilfe« versuchte zu wehren. Er ist ein sehr gelehriger Schüler und begreift die Bedeutungen der Zahlen sehr schnell. Ich habe ihm nur das Handwerkszeug in Form einiger Tabellen gegeben, ihm ein paar Formeln erklärt und nach ein paar Stunden entwickelt er eine Eigendynamik, die mich sicher sein lässt, dass er dieses Vorhaben hier gut über die Bühne bringen wird.

Connor ist zufrieden mit meinem Bericht über seinen Schützling, kann sich aber in dieser Woche die eine oder andere spitze Bemerkung über meinen Zustand, mit dem ich diesen Status quo erreicht habe, nicht verkneifen und neckt mich immer mal wieder mit meinem Ausfall. Ich versuche, es mit stoischer Gelassenheit zu ertragen, und wenn er es übertreibt, dann verschließe ich seinen Mund mit einem Kuss.

»Du weißt, dass ich dich nur deshalb damit aufziehe«, fragt er.

***

Die Tage und Wochen in *Wigtown House* gehen ruhig ihren Gang, und ich fühle mich als ein Teil der Familie. So, als wäre ich bereits seit Jahren hier und wäre mit jedem Einzelnen so vertraut wie sie mit mir. Wann immer sich die Gelegenheit ergibt, verbringe ich die Zeit mit Connor und bin immer wieder erstaunt, wie enthusiastisch und ungeduldig er die kommenden Veränderungen angeht. Jedes Mal, wenn ich ihn ansehe, verliebe ich mich ein wenig mehr in ihn. Auch weil er in *unserer Sache* so zurückhaltend ist. Er drängt mich nicht in etwas, das ich nicht will. Wir knutschen wie verliebte Teenager, drücken uns in Ecken herum, und wenn Riba uns auflauert, dann verziehen wir uns mit leisem Kichern in entgegengesetzte Richtungen, um ein paar Türen weiter wieder aufeinanderzutreffen und uns erneut zu küssen. Das mag für eine erwachsene Frau albern klingen, aber mir fehlen solche Erfahrungen, wie andere sie in ihren Teenagertagen erleben durften, und ich bin dankbar, dass es Connor ist, der mich auf diesen Schritten begleitet.

***

Nur einer will sich mit meiner Anwesenheit nicht abfinden. Matthew. Obwohl ich ihm immer freundlich begegne und seine Arbeit ehrlich und aufrichtig bewundere, trifft mich seine offene Feindseligkeit wie ein Hammerschlag. Er legt jedes Wort von mir auf die Goldwaage, und ich fühle mich unter seinen Blicken wie ein Sezierobjekt.

»Mach dir keinen Kopf um den«, sagt Edith eines Abends, als wir gemeinsam mit Connor im *Sage Yard* vor dem Kamin sitzen und sie mit einer ihrer Strickarbeiten beschäftigt ist. »Der ist zu allen so.«

Connor wiegt den Kopf hin und her.

»Nicht zu allen. Ich kann ganz gut mit ihm.« Edith stößt einen spitzen Ton aus.

»Wen wundert's, du bist sein Chef.« Er schmunzelt über ihren Ausbruch.

»Nein, nicht direkt«, beginnt er und spielt dabei mit meinen Fingern. »Der Chef war mein Vater. Mich hat er gerade so akzeptiert. Mehr nicht. Aber ein Bier kann ich immer mal mit ihm trinken. War im Übrigen seine Idee mit dem Feuerwehrteich.«

»Er muss mich nicht lieben«, sage ich nachdenklich, »nur nicht immer so feindselig ansehen. Das kann einem schon Angst einjagen.«

Dieser eine Gedanke ist der einzige Störfaktor in meinem jetzigen Leben, das so schön nach Plan verläuft. Meine To-do-Liste arbeite ich im Augenblick Stück für Stück ab. *Job suchen? Erledigt. Wohnung suchen? Ebenfalls.* Ediths Pension ist und bleibt für mich die beste Wahl. Diese beiden Punkte sind die wichtigsten und im Prinzip die Basis für alles Weitere. Da ich bisher immer noch nicht weiß, woher ich komme und was nach meinem dritten Lebensjahr geschehen ist, brauche ich einen Rückzugsort für den Fall, dass mir das Ergebnis meiner Nachforschungen nicht so ganz gefallen könnte. *Seelischer Beistand? Connor, Edith, Riba und Alfie. Erledigt.*

Nun kann ich nachsehen, woher ich komme, und werde in den nächsten Tagen und Wochen mal bei den Ämtern in Glasgow nachforschen, wo zum Beispiel meine Geburtsurkunde abgeblieben sein könnte.

***

An diesem Abend im *Sage Yard* beschloss Connor, dass es mal wieder Zeit für einen Abend mit Matthew war. Anscheinend musste man dem Alten auf den Zahn fühlen. Dass Madison sich vor ihm fürchtete, war nicht zu akzeptieren. An einem der kommenden Tage würde er sich ein paar Leckereien aus Ribas Kühlschrank stehlen und hinüber zu der kleinen Kate gehen, die Matt bewohnte. Der Alte hatte sich bei Percia still verhalten, obwohl die in allen Lebenslagen wie ein Derwisch durch *Wigtown House* gestürmt war und mehr Scherben hinterlassen hatte, als man es dem zarten Persönchen zutrauen wollte.

Madison war da ganz anders. Sie war behutsam, zurückhaltend und begeisterungsfähig. Connor mochte es, sie dabei zu beobachten, wie sie ihre kleinen *Fünf-Minuten-Drucker-Pausen* im Vorhof des Hauses verbrachte und an den Hortensien vorbeiging, zärtlich die eine oder andere Dolde in die Hand nahm und daran roch. Diese Geste war so zauberhaft, dass er es bedauerte, nicht malen zu können. Aber Matt begegnete ihr mit einer Feindseligkeit, die er auf keinen Fall hinnehmen konnte. Das musste Connor ändern, und zwar bald. Aber zuerst war da etwas, das er mit Madison erleben wollte.

Er verabschiedete sich von Edith, und Madison brachte ihn zur Tür.

»Wir sehen uns morgen?«, sagte er, doch es klang eher wie eine Frage. Sie nickte, strich über seine Wange.

»Ja.« Es war ein kleines Wunder für ihn, dass sie ihn küsste. Und wie sie das tat. Immer zaghaft, ein wenig ungläubig, aber sobald sich ihre Lippen trafen, war es, als würde ein Feuerwerk in ihr explodieren. Sie bestimmte sein Denken und Handeln, und in seinen Träumen entlud sich dieses Feuerwerk auf sehr intime Weise.

Dieses Büro- und Besuchsarrangement, welches sie beide stillschweigend getroffen hatten, war zwar ganz nett, aber auf Dauer würde er wahnsinnig werden. Er ging daraus hervor wie ein Traumwandler. Wie jemand, der sich gerade in einer Tiefschlafphase befand, um dann mit einem Eimer kalten Wassers geweckt zu werden, wenn er Madison verlassen musste. Das war eine Qual.

Nicht nur körperlich. Er wusste noch so wenig über sie. Doch das, was sie tat und wie, ließ tief blicken. Wäre Edith nicht seine beste Beraterin und obendrein darum bemüht, selbst hinter Madisons kleine große Geheimnisse zu kommen, würde er immer noch vollkommen im Dunkeln tappen. So wusste er zumindest, dass die Frau, in die er sich Hals über Kopf verliebt hatte, die alle seine Sinne ansprach und bis aufs Äußerste reizte, obwohl ihr das gar nicht bewusst war, kein einfaches Leben führte, bevor sie ins *Sage Yard* zog.

Es wurde Zeit, dass er Madison einmal für sich hatte, denn sie standen beide unter strenger, wenn auch wohlwollender Beobachtung. Entweder in *Wigtown House* oder hier bei Edith. Für die Entwicklung einer Beziehung war das ein ziemlich ungesundes Klima. Er wollte diese Frau wesentlich enger an sich binden, und das ging nun mal nicht, wenn ständig zwei Gouvernanten um sie herum waren. Noch bevor er diesen Gedanken zu Ende gedacht hatte, buchte er telefonisch eine Suite im *Mar Hall*. Das alte Gebäude erfüllte gleich mehrere Voraussetzungen für ein Wochenende zu zweit. Es war abgelegen, aber nicht zu sehr. Das Fünf-Sterne-Hotel lag in der Nähe von Glasgow, und so konnte Connor ihr die wichtigsten Sehenswürdigkeiten ihrer Geburtsstadt zeigen. Außerdem war da ein großer Park, der am *Clyde* endete und von dort aus zu romantischen Bootstouren in den Hafen einlud. Und als wären diese Punkte noch nicht Argument genug, war die Suite an sich mit einem Himmelbett ausgestattet.

Jetzt musste sie nur noch ja sagen.

# 37.

Es ist quasi eine Entführung. Eine schöne, eine von Herzen kommende, aber eine Entführung. Mein Earl, wie Edith zu sagen pflegt, hat sich vor meine Zimmertür im *Sage Yard* postiert und so lange gewartet, bis ich meine Tasche für ein Wochenende in Glasgow gepackt habe. Dabei ist er mit Informationen relativ spärlich umgegangen, und ich wähle lieber eine etwas größere Tasche, was ihm ein schiefes Lächeln und ein gestöhntes *Weiber* entlockt. Mit keinem Wort erwähnt er, wohin es gehen soll. Nur eben, dass es Glasgow sein soll.

Er kündigt diese Fahrt zum Hotel als Sightseeing an und fährt extra langsam, damit ich mir das Gebäude im viktorianischen Stil schon von Weitem gut ansehen kann. Wenn er mich in eine romantische Stimmung versetzen will, dann verfehlt sein Vorhaben seinen Sinn nicht.

*Mar Hall* liegt im aufgehenden dunklen Nachthimmel mit hell erleuchteten Fenstern vor uns und wirkt wie ein Schloss aus vergangenen Zeiten. Mein verzückter Blick bestätigt ihm, dass er mit der Auswahl unserer Wochenendresidenz nicht falschgelegen hat. Ich staune wie ein kleines Kind, als wir die Eingangshalle betreten, und sauge jedes einzelne Detail – vom Kerzenleuchter über die vielen kostbaren Dekorationen an den Wänden bis hin zur wuchtigen Treppe – in mir auf.

Er nimmt mich bei der Hand, weil ich zur Salzsäule erstarrt dort stehe und staune, und gemeinsam gehen wir – nein, schreiten wir den kurzen Weg hinauf in unsere Suite. Ich möchte mich nicht bewegen, möchte den Zauber des Moments nicht mit einer profanen Handlung zerstören. Connor gibt mir den Augenblick.

»Sightseeing?«, fragt er, nachdem der Page das Gepäck abgestellt hat und gegangen ist. Ich nicke. »Aber nicht so, wie du dir das vorstellst«, sage ich verführerisch lächelnd, meinen ganzen Mut zusammennehmend. Ich trete an ihn heran und küsse ihn, und während ich das tue, beginne ich damit, sein Hemd aufzuknöpfen und meine Hand über seine Brust wandern zu lassen.

»Das nenne ich mal eine Besichtigungstour der besonderen Art«, raunt er gierig, greift mich, hebt mich hoch, und wir lassen uns gemeinsam auf das riesige Bett fallen. Endlich sind wir allein. Keine Riba, keine Edith. Keine selbst auferlegten Restriktionen. Nur er und ich. Endlich können wir unseren Gefühlen einmal freien Lauf lassen. Seine Haut nun endlich unter meinen Händen zu spüren ist so, als würde ich mir die Finger verbrennen. Seine Muskeln darunter zu fühlen, die sich bisher unter seiner Kleidung so gut versteckt haben, dass ich zwar wusste, sie waren da, aber sie zu sehen war mir nicht gegönnt. Er beugt sich über mich, und die Lippen, die mich jetzt schon so viele Male geküsst haben, überraschen mich mit ihrer Neugier auf mich. Heiß und warm gleiten sie über meinen Mund, zu meinem Hals, verharren dort, und ich spüre seinen Atem so intensiv.

So viel hat sich davon in den letzten Wochen aufgestaut, dass es nun aus uns herausbricht, herausbrechen darf wie aus einem Vulkan. Seine Hände suchen sich ihren Weg, halb neugierig, beinahe scheu und um Erlaubnis bittend, über meinen Körper. Ich will ihn, will das hier auskosten, und so antworte ich ihnen, indem ich mich in seinen Armen winde. Ihm entgegenwinde.

Ich weiß nicht, wie, kann mich im Nachhinein nicht erinnern, aber plötzlich sind unsere Körper nackt. Ohne schützende Hüllen. Einfach so. Mir bleibt kaum Zeit, mich zu wundern, da nehme ich ihn schon in mir auf, und wir reiben uns aneinander, schwitzend, keuchend und sehen uns dabei nicht an. Nur fühlen, nur schmecken und in der Bewegung eins sein. Nur das zählt. Ihn so nah bei mir zu haben, in mir, kommt in keiner Weise auch nur in die Nähe dessen, was ich mir in meiner Fantasie vorgestellt habe. Ich sehe ihn, nehme ihn wie durch eine Wolke wahr und weiß, dass ich ihn jetzt für immer haben werde.

Ich rieche ihn, schmecke das Salz auf seiner Haut, und er kommt über mich wie das Meer, von dem man ganz entfernt das Rauschen hören könnte, wenn man denn wollte und nicht damit beschäftigt wäre, sein Gegenüber zu erforschen oder gar wie *Alexander MacKenzie* Kanada zu entdecken. Die Höhen und Tiefen von Connors Körper, die Furchen und Gräben seiner Seele zu finden und zu erkunden, ist das oberste Gebot meiner ganz persönlichen Exkursion über den Highlander in meinen Armen.

Der erste Genuss des anderen Körpers währt nur kurz. Die Gier, sich nun frei und ungezwungen lieben zu können, ist zu groß, als dass sie gestillt werden könnte. Doch als wir erschöpft nebeneinander, eng umschlungen auf dem Himmelbett liegen, auf dem wir nicht mehr viel zurückgelassen haben als ein oder vielleicht zwei Kissen, lachen wir atemlos über diese Gier.

Connor nimmt sich jeden Zentimeter meines Körpers vor und unterzieht mich einer liebevollen Untersuchung. Ganz so, als wolle er sich jede Pore, jede kleine Falte, jeden Zentimeter Haut für die Ewigkeit einprägen. Er streicht sanft über meine Rundungen, und als er die Narbe bemerkt, sieht er mich fragend an. Ich spüre den Stich wieder, der diese Scharte zur Folge hatte, nur kurz, intensiv, aber er ist da.

»Später«, flüstere ich, und er gibt sich mit diesem *Später* zufrieden.

Unsere nächste Begegnung ist ruhiger, vom Gedanken beflügelt, jede einzelne Körperstelle des anderen kennenzulernen und auszukosten. Meine Hände liegen ruhig auf seiner Brust, und ich glaube, jede seiner Bewegungen vorauszuahnen, als ich mich gegen ihn dränge und wir uns erneut lieben. Sanfter als zuvor, aber nicht weniger intensiv und fordernd. Ich werde mutiger, lasse meine Hände auch in Regionen seines Körpers vordringen, die ich vorher beinahe verschämt ausgelassen habe. Meine Finger graben sich in das Fleisch seines Hinterns, drücken, massieren es, und er drängt sich, wenn das überhaupt noch möglich ist, näher an mich. Seine harte Männlichkeit presst sich fordernd an meine Scham, und wie sie dort so heiß und pochend liegt, lässt mich schwindlig werden. Mit fließenden Bewegungen legt er seine Hände unter meinen Po, hebt mich etwas an, und als ich mit meinen zarten Lippen über seine glühende Spitze hinwegstreiche, damit ich ihn in meiner Lust locken kann, sich in mein Innerstes vorzuwagen, klammere ich mich um seinen Hals, seinen Oberkörper, als brauche ich ihn wie einen Anker. Ich sehe ihn an, genieße seine Mimik und bin doch ungläubig.

Ungläubig darüber, dass ich mich so verlieren kann und dabei doch so glückselig bin. Unsere Körper sind eins, in Bewegung und Stillstand. Lust und Liebe lassen uns in diesen Stunden wie in einem Vakuum zurück, um doch der Relativität von Raum und Zeit ein Schnippchen zu schlagen. Nur er und ich. Das Hotelzimmer, ein eigenes Universum, in dem die Uhren anders ticken.

***

Als wir nebeneinanderliegen, uns ansehen, uns streicheln, fühle ich mich das erste Mal in meinem Leben glücklich. Das gesamte Paket. Ich bin bereit, alle Eventualitäten, die auf mich zukommen werden, anzunehmen, sie zu genießen, sie zu hassen und zu lieben. Hauptsache, er ist dabei. Hauptsache, er ist es, mit dem ich sie erleben darf. Dieses Gefühl treibt mir die Tränen in die Augen, und ich bin froh, dass ich mit dem Rücken zu ihm liege, denn ich könnte ihm diese Tränen nicht erklären.

***

Jetzt stehe ich in eine Decke gehüllt am Fenster, sehe in den Nachthimmel hinaus und lausche leiser Klaviermusik, die aus dem Salon weit unter uns vom Wind heraufgetragen wird. Fahles Mondlicht lässt meine weiße Haut leuchten.

»Miss Dashwood, Sie sehen bezaubernd aus«, sagt Connor hinter mir, und ich drehe mich zu ihm herum.

»In welcher filmischen Version?«, frage ich, gehe zurück, klettere auf das Bett, steige über ihn und ziehe uns die lange Decke über die Köpfe.

»In jeder, Miss Dashwood, in jeder.« Ich küsse ihn und kuschle mich in seine Arme. »Hunger?«, fragt er, und ich denke kurz nach. Mit solch profanen Dingen wie Nahrungsaufnahme will ich mich nicht beschäftigen.

»Nur eine Kleinigkeit, wenn.« Er entlässt mich aus seiner Umarmung und ruft den Service an, um ein paar warme Sandwiches zu ordern.

***

Ich friere etwas, als er zurückkommt. In der kurzen Zeit ist sein Arm, der mich in den letzten Stunden so warm und beschützt gehalten hat, etwas ausgekühlt.

»Vielleicht sollten wir uns was anziehen?«, frage ich, und er küsst mich auf die Schulter.

»Du bleibst liegen, und wenn der Kellner kommt, ziehe ich die Vorhänge vom Bett zu und verweigere ihm einfach den schönsten Anblick der Welt.« Er zieht die Vorhänge tatsächlich zu, als der Kellner sein Kommen durch Klopfen ankündigt.

***

»Ich hab gar nicht gemerkt, wie hungrig ich bin«, gebe ich zu, beiße herzhaft in mein Sandwich und trinke einen Schluck Wein dazu. Er beobachtet mich dabei, und mir fällt ein, wie sehr Sean beeindruckt war, dass ich zur essenden Hälfte der Frauen gehöre.

»Hab ich irgendwo Soße?« Connor schüttelt mit einem zärtlichen Lächeln den Kopf.

»Und morgen«, beginnt er, »entern wir Glasgow.« Ich reiche ihm eine Serviette. »Es kann schließlich nicht angehen, dass du eine halbe Stunde von deiner Geburtsstadt entfernt bist und noch nie da warst. Ich hoffe, du hast bequemes Schuhwerk dabei.«

***

Ich bin froh, dass ich wirklich bequeme Schuhe eingesteckt habe, denn Connor lässt nichts aus. Er ist ein echtes Wandertalent und zeigt mir gleich mehrere interessante Stadtteile. Eines unserer Ziele ist die Kathedrale, und ich kann mich nur schwer von den blauen Kirchenfenstern trennen. Staunend sitze ich in einer der Bänke darunter und lasse das Lichtspiel auf mich wirken. *St. Mungos* ist aber nicht nur berühmt für seine filigran gestalteten Fenster. Noch während ich die Bilder in den Fenstern betrachte, beginnt jemand, auf der Orgel zu spielen. Ein kostenloses Konzert lädt die Besucher ein, zu verweilen und Ruhe, Einkehr zu finden. Connor muss mich quasi aus dem Kirchenschiff herauskomplimentieren.

»Ich hab Hunger«, flüstert er und zieht mich am Arm hoch. Ich protestiere leise, aber gegen eine Mahlzeit habe ich nichts einzuwenden.

Er zeigt sich gnädig und lässt mich nicht bis ins West End laufen. Ein Taxi ist unsere Kutsche für eine kurze Stadtrundfahrt, und ich fürchte, die Stielaugen, die der Fahrer bekommt, weil er uns bei unseren kleineren Zärtlichkeiten beobachtet, werden in das Guinness-Buch der Rekorde aufgenommen. Wir pausieren im *The Curlers Rest*. Der Pub mit der urigen Atmosphäre schenkt das *Stout* aus Connors Brauerei aus, und der Besitzer begrüßt uns persönlich.

»Wart ihr schon einkaufen?«, fragt er, als er uns die Sandwiches mit Lamm und Gemüse serviert.

Connor verdreht kurz die Augen, und ich habe den Verdacht, dass er genau dieses Thema vermeiden wollte, was den Wirt aber nicht davon abhält, eine Reihe besonders schöner Geschäfte zu nennen, die vor allem mich beeindruckt.

»Hey«, protestiert Connor lachend, als er merkt, dass er auf verlorenem Posten steht, »eigentlich wollte ich mit der Dame heute noch etwas mehr erleben als Tütenschleppen.« Ich küsse ihn schnell besänftigend auf die Wange, ziehe ein kleines schmollendes Schnütchen. »Gut, dann Tütenschleppen.«

# 38.

Fünf Stunden später lässt er sich laut stöhnend auf das Bett fallen. »Ich bin mir sicher, dass ich mal Füße hatte, aber das da unten … kann unmöglich mir gehören.« Ich verteile meine Ausbeute mit einem Lächeln auf einen Stuhl und Tisch, gehe zu ihm und helfe ihm dabei, die Schuhe auszuziehen.

»Warte einen Moment«, sage ich, verschwinde im Bad und lasse heißes Wasser in die Wanne ein, die auf vier versilberten Füßen steht. Ein paar Minuten später gehe ich hinüber, in einen flauschigen Bademantel gehüllt und mit einem verführerischen Lächeln auf den Lippen. Er beobachtet mich, während ich auf ihn zugehe.

»Der arme alte Mann hier hat sich ein besonders angenehmes Bad verdient«, sage ich und küsse ihn auf die Nase. »Schaffst du es, dich selbst auszuziehen, oder soll ich dir behilflich sein?«

»Bitte, bitte, bitte, hilf mir«, fleht er, und die Aussicht, seinen Körper im Licht zu sehen, lasse ich mir nicht entgehen. Ein wenig staune ich über mein eigenes Geschick, das ich entwickele, während ich sein Hemd und seine Hose öffne. Meine Finger zittern vor Aufregung, aber trotzdem husche ich flink und zielsicher über die Verschlüsse. Ich zupfe ihm die Socken von den Füßen und lasse alles dort fallen, wo ich stehe. Connor hilft mir kein bisschen, als ich versuche, ihm die Hose herunterzuziehen. Provozierend sieht er mich an.

»Ein wenig mehr Kooperationsbereitschaft, alter Mann«, tadele ich ihn, und er hebt seinen Hintern, damit ich die Hose endlich runterziehen kann. Nachdem auch die Shorts fällt, liegt er in seiner ganzen Pracht vor mir, und – für mich ziemlich außergewöhnlich – ich schäme mich nicht, ihn ausgiebig zu betrachten. Herrgott, dieser Mann ist so schön. So kräftig und stark. Unter meinen Blicken regt sich seine Männlichkeit, richtet sich auf, und es wirkt, als würde sie mich genauso neugierig ansehen wie ich sie.

Langsam beuge ich mich über ihn, wobei sich mein Bademantel wie ein schützendes Zelt über uns legt. Connor nimmt mein so offensichtliches Angebot zum Sex mit einem zufriedenen Lächeln an. Mein Körper streicht über seinen. Jede freie Stelle kitzelt und lockt, reizt und ködert ihn, mir zu folgen. Ich will ihn ansehen, will, dass er sieht, wie ich ihn ansehe, wenn wir uns lieben, und so verweigere ich ihm den Kuss, den er einfordern will. Aufrecht gleite ich über ihn, zeige ihm, dass ich ihn will und nicht mehr erwarten kann, ihn in mir zu spüren. Er scheint erstaunt, und doch … lässt er sich von mir leiten und dringt in mich ein. Dieser Seufzer, der ihm dabei entfährt, klingt so lange in mir nach wie das Spiel der Orgel in *St. Mungo*.

Langsam bewegen wir uns und steigern uns der Erlösung aus diesem Liebesspiel entgegen. Nicht gleichzeitig, nein: Ich kann es sehen, sehen, wie er seinen Körper anspannt, seine Mimik sich in lustvollem Schmerz verzerrt und er dann in mir die Erleichterung über ein geglücktes, liebevolles Spiel findet. Einen tiefen, gespannten Atemzug später folge ich ihm; nicht weniger erfüllt von diesem Zusammensein.

***

Wenig später reiche ich ihm eine helfende Hand, als er vom Bett aufsteht, und ihm scheint wirklich jeder Knochen wehzutun. *Oha, was habe ich getan,* denke ich schmunzelnd, und das bei einem Mann, der Baumstämme wirft. Im Bad lasse ich meinen Mantel langsam über meine Schultern gleiten, halte ihn kurz über den Hüften, bis ich ihn ganz zu Boden gleiten lasse.

»Allein dafür hat sich die Einkaufstour schon gelohnt«, sagt er, steigt in die Wanne, reicht mir eine Hand, und wir lassen uns gleichzeitig in das heiße Wasser gleiten. Auf einem Stuhl, der neben der Wanne steht, habe ich einen Sektkühler und zwei Gläser vorbereitet. Er öffnet die Flasche und schenkt uns ein.

»Himmel, tut das gut«, seufzt er ergeben.

Ich binde mir einen lockeren Zopf und sehe ihm lächelnd zu, wie er mit geschlossenen Augen ins Wasser eintaucht. Wie er das Glas am Rand der Wanne abstellt, mit beiden Händen das warme Nass schöpft und es sich ins Gesicht gibt, um dann über seine Haare zu streichen. Noch einmal seufzt er und legt den Kopf zurück. Ein paar Minuten liegen wir still da, lassen die Wärme auf uns wirken. Ich schaue ihn an, weil er – so wie er da liegt – das Schönste ist, was ich je gesehen habe. Sein kurzes Haar tropft, und in seinem graublonden Bart glitzert das Licht. Er spürt meinen Blick auf sich und öffnet die Augen.

»Erzählst du mir jetzt, was das da ist?« Er zeigt auf meine Narbe, nimmt das Glas und trinkt. Ich sehe an mir herunter, streiche über das rosafarbene Fleisch, das mich nicht nur bei einem Wetterwechsel an meine jüngere Vergangenheit erinnert.

Es fällt mir schwerer, als ich glaubte, schließlich habe ich Edith schon einmal davon erzählt. Aber ich fürchte mich ein wenig vor dem, was er von mir denken wird. Was wird er von mir halten, wenn ich ihm die Wahrheit über die Frau erzähle, die mit ihm in der Badewanne liegt. Die in der letzten Nacht in seinen Armen lag und von der er glaubte, wenigstens einen kleinen Teil zu kennen. Vielleicht sollte ich es mit Kaltschnäuzigkeit versuchen?

»Eine Messerstecherei«, sage ich und lache über seinen entsetzten Gesichtsausdruck.

»Ich bin mit einer Gangsterbraut in der Wanne.« Er versucht, es mir leicht zu machen. Sein gespieltes Entsetzen ist ein Zeichen dafür.

»Nicht ganz«, antworte ich. »Ich bin in der U-Bahn überfallen worden.« Connor richtet sich auf, nimmt meine Hand und führt meine Fingerspitzen an seine Lippen. *So weich*, denke ich.

»Warum sagt mir mein Gefühl, dass das nicht die ganze Wahrheit ist?«, fragt er leise. In die Stille, die darauf folgt, klingt das Tropfen des Wasserhahns wie ein Donnerhall.

»Weil du mit Edith geklatscht hast«, schelte ich ihn.

»Schuldig.« Er stellt sein Glas auf dem Rand ab, zieht mich näher an sich, und wir sitzen uns nun im Krebssitz einander gegenüber. Seine Hände liegen auf meinem Rücken, und er schöpft Wasser mit seinen Händen, lässt es über meine Haut laufen. »Also?«, fordert er mich auf, aber irgendwie sperre ich mich.

»Wenn du mit Edith gesprochen hast, dann kennst du die Geschichte doch schon.« Er schüttelt sacht den Kopf.

»Sie hat mir nur erzählt, dass du wegen Schwierigkeiten, die du nicht verursacht hast – darauf hat sie bestanden –, aus London wegmusstest.« Er küsst mich auf die Nasenspitze. »Aber ich will die ganze Geschichte der Madison Cavanough hören. Und ich hab die ganze Nacht Zeit.«

Ich lehne mich zurück, sehe ihn trotzig an.

»Du bist schlimmer als die beiden Waschweiber zusammen. Wie kann ein einzelner Mann nur so neugierig sein?«

»Wahrscheinlich«, lamentiert er, »haben die alten Mädels

einfach einen schlechten Einfluss auf mich.« Er grinst so breit, dass ich ihm nicht einmal böse sein kann. Auch wenn ein fahles Gefühl zurückbleibt. Connor greift nach seinem Glas und schwenkt es hin und her.

»Ist da noch was, wo das hier herkam?« Ich richte mich auf, vermeide dabei, seinen Blick zu kreuzen, und schenke ihm nach. Als ich die Flasche zurückstellen will, hält er meine Hand fest. »Mir ist es egal, woher du kommst oder was du warst«, sagt er, und das so eindringlich, dass mir der Atem stockt. »Hauptsache, du bleibst. Und wenn es etwas gibt, das verhindern könnte, dass du bei mir bist, dann will ich das wissen.« Ich versinke in seinem Blick. So ernst, so tief, so unendlich entschlossen. Wie kann er so sein, wo wir uns doch erst ein paar Wochen kennen? Wie kann er sich so sicher sein? Er weiß doch wirklich nichts über mich.

Ich nehme ihm sein Glas ab, trinke einen Schluck und reiche es ihm zurück.

»Wo soll ich anfangen?«, frage ich mit zitternder Stimme.

»Geburtsdatum, Geburtsgewicht. Na … der Kleinkram reicht für den Anfang.« Ich stöhne herzhaft auf.

»Du bist lästig«, sage ich, nehme sein Gesicht in meine Hände und küsse ihn.

»Madison Anne Cavanough. Geboren 05. Mai 1982 in Glasgow, Schottland, im Princess Royal Maternity Hospital, mehr weiß ich nicht. Den ersten Umzug mit meiner Mutter habe ich im Alter von zwei oder drei Jahren mitgemacht. Auch das weiß ich nicht so genau. Meine Mutter hieß Annie und ist vor fünf Jahren gestorben. Von meinem Vater weiß ich nur, dass er bei der *Royal Air Force* war. Ansonsten: nichts. Rein gar nichts. Ich hab auch keinerlei Erinnerungen an ihn.« Ich sehe ihn an. »So in etwa?«

»In etwa«, antwortet er.

»Du willst mich quälen, oder?«, frage ich und lehne mich zurück. »Im Übrigen wird das Wasser kalt, lass bitte was nach.« Mit einer Drehung am Hahn kommt er meiner Aufforderung nach. »So«, sagt er, »keine Ausreden mehr.«

Ich hole tief Luft, kann aber nicht gleich sprechen. Für ihn mochte das alles amüsant und neu sein, aber ich höre schon wieder die Stimme meiner Mutter, die in den letzten Tagen so wundersam verschwunden und verstummt war, wie sie mir sagt, dass ich ihm eben nichts erzählen soll. Weil er das gegen mich verwenden kann. Irgendwann, wenn ihm danach ist, wenn er mich nicht mehr will. Und dieses Gefühl der Beklemmung ist wieder da. Vermisst habe ich es nicht. Ich senke meinen Blick, damit er mir während dieses Chaos in meinem Kopf nicht in die Augen sehen muss. Er würde sofort sehen, dass da mehr ist, als ich zugeben kann. Weil er so ist, wie er ist, kann er diese Stimmungen erkennen.

»Ich war nie lange am gleichen Ort. Meine Mutter – sie war krank, psychisch krank – packte jedes Mal die Koffer und Kisten, wenn sie der Meinung war, dass mein Vater – warum und wie auch immer – uns gefunden haben mochte. Nach ihrem Tod habe ich eine Kiste mit Briefen gefunden. Keine Umschläge, nur die Briefe. Bei manchen konnte ich verstehen, dass sie Angst hatte, bei anderen fragte ich mich, warum wir nicht zu ihm zurückgegangen sind.«

Ich spiele gedankenverloren mit einer Fluse, die am Rand der Wanne liegt und plötzlich meinen Blick auf sich zieht. Schiebe sie hin und her und vermeide es, Connor anzusehen.

»Ich habe insgesamt zwölf Schulen in meiner Vita«, sage ich und lächele schmerzerfüllt. »Es wurde erst besser, als ich zur Uni ging. Denn obwohl ich jede Menge Unterricht verpasste, war ich eine Einser-Schülerin.« Ich lehne den Kopf zurück, denn die Erinnerungen sind zu schmerzhaft, und ich muss mich ablenken. *Stuck,* denke ich und schließe die Augen, *wie hübsch.*

»Ich habe einen Doktor in Betriebswirtschaft, Bachelor in Mikro-Ökonomie.« Ich hebe den Kopf, sehe ihn an. »Möchtest du die Zeugnisse sehen?«, frage ich spitz, und er verneint schmunzelnd.

»Beizeiten, wenn ich einen Rahmen und einen Platz an der Wand dafür gefunden habe. Ich kann nämlich nur mit dem bestandenen Bierbrauer aufwarten, und das sieht ziemlich jämmerlich an der Wand aus.« Er wedelt mit der Hand, damit ich fortfahre.

»Ich bekam einen Praktikumsplatz bei *McAllister, Hammersmith & Co.,* weil der alte McAllister ein großzügiger Sponsor meines Kurses war. Drei Monate später war ich fest angestellt und hatte die beste Zeit meines Lebens. Ich konnte mich endlich niederlassen, musste nicht mehr ständig auf gepackten Koffern und Kisten sitzen.« Ich schließe erneut die Augen, lasse dieses Gefühl der Sicherheit, das ich damals empfunden habe, Zeit, sich in mir auszubreiten.

»Ich hatte ein Penthouse in Paddington«, sage ich nicht ohne Stolz, und Connor pfeift leise und anerkennend.

Ich nicke ein wenig affektiert, denn seit ich in Ediths *Sage Yard* lebe, vermisse ich den Trubel der Großstadt nicht, obwohl er mich einmal am Leben erhalten hat. Auch meine damalige Wohnung empfinde ich jetzt als bizarr, und ich wundere mich ein wenig über mich selbst, dass ich mal der Meinung war, so etwas brauchen zu müssen.

»Durch den Verkauf unter anderem dieses Penthouses sowie einiger Besitztümer bin ich finanziell unabhängig, also bilde dir nichts auf dein Geld ein.« Er hebt abwehrend die Hände.

»Niemals, Miss Dashwood!« Connor dreht den Wasserhahn zu. »Warm genug?«

Wohlwollend nicke ich ihm zu.

»Wo war ich stehen geblieben? Ach ja: beim Geld. Damit hab ich, bevor ich hierherkam, einen jungen Künstler unterstützt. Ab und an mal die Miete bezahlt und so. Mittlerweile braucht er mich nicht mehr. Er hat wohl ein paar seiner Bilder verkaufen können.« Ein liebevolles Gefühl übermannt mich, und als ich spüre, dass Connor mich prüfend ansieht, schmunzle ich kurz.

»Ja, Cesar war so etwas wie ein Freund mit besonderen Vorzügen. Mehr nicht.« Vorsichtig, beinahe fragend, streichle ich über Connors Bein. Er lässt es geschehen. »Aber eher ein Freund.«

Er richtet sich auf, zieht mich näher und setzt eine sehr ernste Miene auf.

»Das ist gut so, sonst hätte ich ihm jetzt mit einer Axt den Schädel einschlagen müssen. Nicht weil ich fürchterlich eifersüchtig bin, was ich natürlich bin, aber weil es sich für einen Highlander so gehört, seine Kontrahenten so zu erledigen.«

Das bringt mich zum Lachen, und er zieht mich so, auf seine ganz eigene Art, aus diesem dumpfen Gefühl der Vergangenheitsbewältigung heraus.

»So siehst du aus«, rufe ich lachend, schnippe Wasser in seine Richtung und treffe ihn auch.

»Erzähl weiter«, ermahnt er mich, »sonst ersäufe ich dich.«

»Was hab ich mir mit dir bloß eingefangen?« Connor reicht mir mein Glas, und ich nippe daran. »Dann hab ich einen neuen Boss bekommen. Ein Arschloch, um es höflich auszudrücken. Einer, der sich bestens mit Percia verstehen würde.« Connor verzieht das Gesicht, der Name seiner Ex-Verlobten ist wohl der letzte, den er hören will, aber so kann ich ihm einen Eindruck vom Charme meines Vorgesetzten geben. »Und der betrog die Leute nach Strich und Faden. Und ich hab's rausgefunden.« Ich proste ihm zu, leere mein Glas in einem Zug und halte es ihm unter die Nase.

»Nachschub bitte.«

»Was willst du ertränken«, fragt er, während er dem Champagner dabei zusieht, wie er im Glas perlt.

»Alles, was danach kam.« Der bittere Geschmack des Verlusts vermischt sich mit dem des Champagners und lässt mich das Gesicht verziehen. Verlust von Vertrauen, Verlust von Sicherheit.

»Er fand heraus, dass ich ihn angezeigt hatte, nachdem er über Kundenkonten Millionen gescheffelt hat.« Ohne dass ich etwas dagegen tun kann, sinken meine Hände in das Wasser, noch bevor ich das Glas abstellen kann. *Du hättest ihm das nicht sagen sollen,* höre ich die Stimme meiner Mutter, *jetzt hat er Mitleid mit dir. Abfälliges, unnötiges Mitleid.*

»Zwei Tage nachdem ich Anzeige erstattete, wurde ich in der U-Bahn niedergestochen.« Für einen Moment herrscht greifbare Stille im Badezimmer. Nicht einmal der Wasserhahn tropft. »Lewis Stone hat – weil er nicht beweisen kann, dass der Überfall mit der Anzeige zusammenhängt – dafür gesorgt, dass ich verschwinde. Zu Edith. Den Rest kennst du.«

***

Connor schaut mich an. Sagt erst mal nichts, legt sein Kinn auf seine Fingerspitzen und wendet kurz den Blick ab.

»Ich hätte mehr Leichen im Keller erwartet«, gibt er zu und macht sich Mühe, ein enttäuschtes Gesicht zu machen. Ein kläglicher Versuch, mich aufzuheitern.

»Mir reicht es, ehrlich gesagt«, gebe ich leise zu bedenken, ziehe die Knie heran, lege meine Arme darum und stütze meinen Kopf auf meine Knie, unterdrücke die Tränen, die aufsteigen wollen.

Mein Highlander rückt näher an mich heran. Stark und kräftig fühlt er sich an. Meine Schenkel sind warm vom Wasser, meine Schultern kalt. *Eine so tiefe Kluft innerhalb eines Menschen,* denke ich. Connor legt die Arme um mich, küsst mich in den Nacken und lässt seine warmen Lippen dort liegen. Ein wohliger Schauer jagt mir durch den Körper.

Plötzlich fühle ich mich so leicht und frei, wie ich mich einen Moment vorher noch ängstlich und verloren gefühlt habe.

Connors Umarmung ist ein Zeichen seiner Hilflosigkeit, das spüre ich, und doch … gleichzeitig kann ich so viel positive Energie von ihm bekommen, dass es unglaublich ist. Ich spüre, dass auch er dieses dunkle Loch kennt. Dass er erst vor Kurzem selbst darin war. Meine Gedanken gehen kurz zu Percia, aber wirklich nur kurz, denn ich weiß, dass diese Frau seine Nemesis ist wie Hanks meine.

»Wie fühlst du dich jetzt?«, fragt er, und sein struppiger Bart streicht über meine zarte Haut an der Schulter. Ich kann nicht sofort antworten, weil ich will, dass diese eine Antwort ehrlich ist, und so rücke ich erst einmal näher an ihn. Will ihn spüren, wenn ich ihm antworte, damit ich weiß, dass es wahr ist.

»Ich weiß es noch nicht«, gebe ich zu. Es ist ehrlich. Unsicher, aber ehrlich. Er entlässt mich aus seiner Umarmung, steht umständlich auf, und ich sehe ihm nach. Mein Blick wandert über seinen Körper, und in mir regt sich eine Erregung, die unpassend für diesen Augenblick ist, aber eines ganz genau aussagt: Ich will ihn. Mit Haut und Haaren. Egal wie, egal wann und unter welchen Umständen. Ob es die Hitze und die feuchte Luft hier im Bad ist, kann ich nicht sagen, aber für einen Moment wird mir schwarz vor Augen.

*»Nein«*, höre ich meine Mutter sagen, *»es ist die Angst vor den Konsequenzen – vor dem, was du gerade getan hast.«*

Connor greift nach einem der großen Badelaken, wickelt es sich um die Hüfte und raubt mir mit diesem Anblick zusätzlich den Atem. *Wie aus dem Bilderbuch*, denke ich. Erneut greift er zu den Laken, zieht ein weiteres heraus, kommt zurück zu mir und hilft mir, aus dem Bad zu steigen. Wie ein Zauberer sein Tuch über eines seiner Objekte legt, so hüllt er mich mit dem Tuch ein und trägt mich hinüber zum Bett.

Er legt sich hinter mich, deckt mich samt Handtuch zu.

»Wie fühlst du dich jetzt?« In seinen Armen fühle ich mich sicher, aufgehoben und beschützt. Ein gutes Gefühl.

»Gut, sehr gut.«

Er nickt sacht.

»Dann merk es dir, denn es ist ein Versprechen.« Bevor er weiterspricht, atmet er tief ein. »Es ist mein Versprechen, dass so etwas nie wieder passieren wird und dass du dich nie wieder so einsam und verlassen fühlen musst.« Kurz trennt er sich von mir und löscht das Licht.

***

Mitten in der Nacht werde ich kurz wach, da liege ich immer noch in seinen Armen. Wie ein Schutzschild hat er sie um mich gelegt und will mich auch nicht freigeben. Vorsichtig, um ihn nicht zu wecken, bewege ich mich von ihm weg und stehe auf. Das Handtuch fällt mir vom Körper, und ich setze mich zu ihm an die Bettkante, ziehe ein Bein an, lege meinen Kopf darauf. Staunend betrachte ich den schlafenden Mann neben mir, und das liebevolle Gefühl, das ich dabei empfinde, will mir schier den Atem nehmen. Er sieht so zufrieden aus. Mit sich und der Welt. Woher nimmt er dieses Urvertrauen? Wie kann es sein, dass er mir, obwohl er mich doch kaum kennt, so blind vertrauen will und kann? Behutsam streiche ich ihm über die Wange; sein Bart kitzelt mich an meiner Handfläche.

»Gib mir ein bisschen von deiner Zuversicht, Connor McLymont. Nur ein klein wenig. Du hast so viel davon.« Er brummt im Schlaf vor sich hin. »Nur ein wenig«, sage ich, lege mich wieder neben ihn und kann in Ruhe einschlafen.

# 39.

Was willst du heute tun?«, fragt Connor, während wir ein ausgiebiges Frühstück genießen. Wir sitzen auf der Terrasse des Hotels, und die warme Frühlingssonne lässt den nahenden Sommer erahnen.

»Schlag etwas vor«, antworte ich, »nachdem du gestern so tapfer warst, sollten wir vielleicht etwas tun, was dich alten Mann nicht so überanstrengt.« Ich muss mein Lächeln hinter meiner Kaffeetasse verstecken.

»Das war Hardcore, Miss Dashwood, richtiges Hardcore. Da werfe ich lieber Baumstämme.«

Ein Kellner füllt unsere Tassen erneut, und wir danken unisono. Ich lehne mich zurück und betrachte die Steinfiguren, welche die Brüstung der Terrassen säumen. Die Gesichter sind so schön, und es scheint, als würden alle versonnen lächeln. Ein in Stein gemeißeltes Lächeln. Für lange, lange Zeit. Bis es von den Stürmen verwischt werden wird. Ich wünsche mir, dass auch ich für so lange Zeit lächeln kann. Innerlich.

»Dann wirst du mir wohl oder übel folgen müssen. Bin gleich wieder da«, unterbricht er mich in meinen Gedanken. Connor legt seine Serviette zur Seite und steht auf. Er geht ins Hotel, und nach ein paar Minuten kommt er mit einem Korb in der Hand zurück, über seinem Arm liegt eine karierte Decke.

»So ein Sternehotel hat einfach seine Vorteile«, sagt er breit grinsend.

»Eine Jacke brauchst du nicht«, ergänzt er und reicht mir die Hand. Von der Terrasse aus führt er mich hinunter zum Fluss. Wir gehen dort ein paar Meter am Ufer des *Clyde* entlang, das sich bald in eine kleine Bucht verändert. Wir steigen über große Wackersteine hinweg und betreten ein kleines, niedliches Biotop. Connor stellt den Korb ab, breitet die Decke aus, setzt sich und zieht mich auf seinen Schoß. Meine Arme liegen um seinen Hals, meine Hände berühren seine Schultern. Keine fremden Geräusche stören uns, keine Menschenseele weit und breit. *Das natürliche Lebensgebiet eines Highlanders,* denke ich schmunzelnd und bin froh, dass er dieses alberne Schmunzeln und den Gedanken dahinter nicht hinterfragt.

Weil das Wasser dort von der Strömung hereingedrückt wird, plätschert es leise über die Bachsteine, wie es das an einer Quelle tun würde.

»Das ist schön«, sage ich leise. Ich ziehe meine Schuhe und Strümpfe aus, halte meine Füße kurz ins Wasser. »Und kalt.«

»Ich mag es, wenn du lächelst«, sagt er so unvermittelt, dass ich erschrecke. »Und du lächelst viel zu selten.« Ich tauche meine Füße erneut in das kalte Wasser und hoffe, dass mein Herzklopfen von der unerwarteten Kälte kommt. Doch ich weiß es besser, denn die wahre Ursache für meine innere Unruhe ist groß, hat breite Schultern, ist Bartträger und Baumwerfer und der großzügigste Mensch, den ich je kennengelernt habe.

Ein Mann, der gibt, ohne große Erwartungen an den Empfänger zu haben.

»Bringt dich auch so etwas zum Lächeln?«, fragt er, öffnet den Verschluss des Weidenkorbs und holt eine Thermoskanne mit Kaffee heraus, die in einem extra dafür vorgesehenen Fach auf uns wartet. Zwei Tassen folgen, und als er ein drittes Mal in den Korb greift, kommt eine kleine Torte zum Vorschein, die mit dicker Schokolade überzogen ist.

»Lächeln?«, frage ich und schnuppere an dem Kuchen, »vielleicht nicht unbedingt, aber es bringt meine Gier zum Vorschein.« Zur Bestätigung lecke ich mir über die Lippen, und er reicht mir eine Kuchengabel.

»Aber warte bitte, bis ich den Kaffee eingeschenkt habe. Ich denke nämlich, den werden wir brauchen.«

Die Füße im Wasser, den Kopf im Himmel. So verbringen wir den Tag miteinander, und ich muss nie lange darüber nachdenken, ob ich nun lächle oder lache. Ich tue es, und nie hat es sich so gut angefühlt. Connor neckt mich, wir toben wie Kinder im Wasser und auf dem die Bucht umgebenden Hügel, und als wir händchenhaltend, vollkommen erschöpft im weichen Moos auf dem Rücken liegen, den Blick in den Himmel gerichtet und den Wolken folgend, da weiß ich, dass dieser Tag einfach perfekt ist.

Er hält meine Hand so fest, als fürchte er, ich würde mich auf ebendiese Wolken setzen und davonfliegen. Er nähert sich mir so vorsichtig, als hätte es die letzten Nächte nicht gegeben. So sachte, wie er mich berührt, ist es, als wäre ein Windhauch über mich hinweggehuscht und hätte mich nur von Weitem berührt. Ach: Eigentlich gar nicht berührt, nur angesehen. Wenn er mich küsst, dann schwingt da die Sorge mit, ob er es überhaupt darf, ob ich es ihm gestatte.

*Wenn er wüsste …*, denke ich und fordere ihn auf, mir mehr zu geben. Er zieht mich über sich, meine Haare fallen wie ein seidener Vorhang um mein Gesicht, verhüllen seines gleich mit, und wir verfallen in eine Zweisamkeit, die nur in eines führen kann. In ein Uns. Wieder fehlen mir die Sekunden, in denen wir uns der störenden Kleidung entledigen. Nur dass sie fehlen, fühle ich am kühlen Lufthauch, an seiner warmen Haut, die über meine streicht. An seinen Händen, die meine Formen erkunden, wie *John Rae,* der die Arktis erforschte. An seiner Erregung, die ich so deutlich spüre, als wäre sie – o Mann, was für ein Vergleich – der Hammer bei seinen *Highland Games.*

Connor treibt mich nicht nur körperlich von einem Höhepunkt zum anderen. Nein: Mit jeder körperlichen Erlösung meiner Gier nach seinem Körper treibt er mich einer geistigen Vereinigung noch näher heran, als er dies mit seinem Lächeln oder seinem Interesse an mir und meiner Geschichte tun könnte. Ich bin eins mit ihm. Im wahrsten Sinne des Wortes.

***

»Eigentlich bist du jetzt dran«, sage ich nachdenklich, als ich vollkommen erschöpft und verschwitzt neben ihm im Sand liege, den Sand auf meiner Haut spüre, und wende meinen Kopf zu ihm, damit ich sehen kann, wie er reagiert. Er hat die Augen geschlossen, doch jetzt öffnet er sie und sieht mich an, legt seinen Körper noch etwas näher an mich heran.

»Womit?«

»Mit Erzählen.« Er legt sich auf die Seite, schiebt eine Hand unter die Wange und denkt kurz nach.

»Was willst du wissen?«

»Alles?«, fordere ich und sehe ihn zärtlich an.

»Ich kann dir aber nicht versprechen, dass es bei mir nur halb so aufregend zuging wie bei dir.«

»Das werde ich entscheiden«, stelle ich fest und küsse ihn. »Also?«

»Geboren 1975, am 12. August in Cumbernauld, aufgewachsen in *Wigtown House* und durch die wirklich harte Schule einer Edith Stone gegangen.« Er versucht, Mitleid zu heischen, und ich gewähre es ihm großzügig. »Danke«, sagt er ein wenig übertrieben. »Ausbildung zum Bierkocher, Übernahme der Brauerei zwei Jahre später. Hobbys: Bäume werfen, Steine schleppen, fischen und Ruhe.« Als hätte es ihn fürchterlich angestrengt, legt er sich zurück und seufzt theatralisch.

»Du hast den Komiker vergessen«, ermahne ich ihn, und er grinst.

»Und Komiker, wenn du es möchtest.«

»Ich glaube, du unterschlägst da wichtige Informationen«, tadle ich ihn, und er grinst weiter.

»Dieses Recht behalte ich mir vor«, erwidert er, »weil ich eine Geheimidentität habe. Ab und an komme ich als Ritter in weißer Rüstung und rette rothaarige, in Zahlen vernarrte

Exil-Schottinnen.« Er sieht mich ernst an und nickt. Bis jetzt war ich bei meinen Versuchen erfolgreich, ein Lachen zu unterdrücken; doch das hat er mit diesem ernsten Blick zunichtegemacht. Ich bin vollkommen außer Atem und muss mir die eine oder andere Lachträne aus dem Augenwinkel tupfen.

»Was ist mit deinen Eltern, deiner Mutter?«, frage ich und puste noch einmal ausgiebig aus. Er verschränkt die Arme hinter dem Kopf. »Mein Vater«, beginnt er ein wenig nachdenklich, »war das, was du vielleicht aus *Jane-Austen*-Romanen kennst.« Dann scheint er zu merken, dass diese Aussage dem Mann, der sein Vater war und von dem er mehr geerbt zu haben scheint, als ihm bewusst ist, nicht gerecht wird. »Er war ein guter Mann. Im besten Sinne des Wortes. Keine Extravaganzen, keine Fehltritte. Die Verantwortung in Person.« Er denkt einen Moment nach. Sein Blick verschwimmt, einen Moment später scheint er sich an die zweite Hälfte seiner Erziehungsgewalt zu erinnern.

»Oh, meine Mutter, die würdest du lieben.« Für einen Moment hängt er noch mal seinen Gedanken nach, dann lächelt er versonnen. »Lady Evelyn ist groß und schlank und verrückt.« Er hört sich belustigt an, aber da ist auch tiefe Verehrung für seine Mutter zu hören.

»Versteh mich nicht falsch«, fährt er fort, »ich liebe meine Mutter aufrichtig und wie es sich für einen Sohn gehört, aber sie ist schlicht verrückt. Nach dem Tod meines Vaters hat sie sich ihren Teil des Erbes auszahlen lassen und ist in eine Künstlerkolonie in die Toskana gezogen. Nicht um Künstler zu sein, sondern um das arbeitsscheue Volk ans Arbeiten zu bekommen.«

Er lacht bei der Vorstellung, wie seine Mutter wie ein Derwisch durch die Kolonie zog. »Sie taucht immer mal wieder auf, rauscht durch *Wigtown House* und bringt alles durcheinander; was Riba regelmäßig zum Toben bringt, und der Stoßseufzer, wenn sie wieder verschwindet, ist an allen Küsten gleichzeitig zu hören.«

Er wendet sich mir zu, streicht mir zärtlich über die Wange. »Meine Mutter ist also eine echte Naturgewalt. Frage beantwortet?« Schmunzelnd nicke ich, obwohl ich irgendwie schon wieder mit den Tränen kämpfe. Wie er von ihr erzählt, wie er dabei aussieht, ist so niedlich und süß. Lady Evelyn muss eine charismatische und charmante Persönlichkeit sein, etwas, das sie ihrem Sohn ohne viel Federlesen weitergegeben hat.

Und was habe ich von meiner Mutter mitbekommen? Macken. Mehr als ich brauche, zu viele, als dass ich damit umgehen kann. Das lässt mich für einen Augenblick wehmütig werden, doch dann sehe ich ihn an und gönne ihm diese positive Erfahrung von Herzen.

***

Es ist bereits dunkel, als wir das Hotel erreichen, und während wir uns für das letzte gemeinsame Dinner an diesem märchenhaften Wochenende umziehen, schweigen wir. Kein bedrückendes Schweigen; es ist zu spüren, dass wir beide den Tag Revue passieren lassen. Die opulente Einrichtung der Suite, die Aussicht, ein hervorragendes Essen und einen guten Wein zu genießen; das alles in stiller Zweisamkeit erleben zu können, adelt diesen Augenblick. Er erhebt sich zu etwas Besonderem und zeigt uns, wie wichtig es sein kann, zur rechten Zeit zu schweigen. Aber ich ahne, dass dieser Moment der stillen Zweisamkeit, das, was wir hier teilen, für lange Zeit der letzte sein wird. Ab morgen werden wir wieder unter Beobachtung stehen, und der Alltag hat uns wieder, wobei das eher das kleinere Übel wäre.

Wir sehen uns nur verliebt an, als wir uns in dem golden ausgeleuchteten Speisesaal gegenübersitzen, beinahe vergessen wir das, was auf unseren Tellern liegt, aber nur beinahe. In seinen Blicken liegt Fürsorge, und so schiebt er mir immer wieder mein Besteck hin, damit ich nicht vergesse zu essen. Aber eigentlich will ich nicht essen. Ich will ihn nur ansehen und mir sicher sein, dass ich bei ihm bin.

In dieser Nacht liebt er mich so zärtlich und hingebungsvoll, so wild und leidenschaftlich, dass ich meinen Verstand verliere.

Und als ich am nächsten Morgen wie neu geboren neben ihm aufwache, ist es, als würde ich das allererste Mal einen neuen Tag erleben.

***

Mein neues Ich und meinen Verstand finde ich auf der halbstündigen Rückfahrt nach *Wigtown House* wieder. Der Himmel hat sich am frühen Morgen zugezogen und drückt ein paar Regentropfen aus den dicken Wolken heraus, die bereits über *Mar Hall* hingen. Drohend steht das alte Gebäude in den dunkelgrünen Hügeln, und ich bin froh, dass wir an diesem Wochenende Glück mit dem Wetter hatten. Ein einfacher Umstand, der dafür sorgt, dass ich mich so wohl wie schon lange nicht mehr fühle.

# 40.

Cesar konnte es nicht glauben. Immer wieder ging er durch sein Atelier und raufte die dunklen Haare. Wütend und zweifelnd sah er sich in den Überresten seines Lebens um.

»Vermissen Sie etwas?«, fragte der Constable, und Cesar zuckte fragend die Schultern.

»Kann ich nicht sagen bei dem Chaos.«

Er schob mit der Fußspitze zerbrochene Pinsel beiseite, hob einen unbespannten Rahmen auf und ließ ihn gleich wieder fallen. »Ich weiß nicht, wo ich anfangen soll zu suchen.«

Hilflos stand er in den Trümmern, die einmal die Ausstattung seines Ateliers waren. Die ihm alles bedeutete, die sein Leben war. Nicht einmal die Couch, auf der er für gewöhnlich seine Modelle positionierte, hatten die Einbrecher verschont. Die Armlehnen waren aufgeschlitzt, das Rückenteil angebrochen, einer der Füße abgeknickt.

»Ich will Sie bestimmt nicht ärgern, aber es sieht aus, als hätten die hier ’ne Party gefeiert, bevor sie abgezogen sind und sich an Ihren Sachen womöglich bedient haben.«

Der Constable nahm seine Mütze vom Kopf, klemmte sie unter seinem Arm ein und kratzte sich am Kopf. Er hatte schon einige Einbrüche zu sehen bekommen, aber der hier hatte eine besondere Güte.

Cesar nickte abwesend. Zwei Kollegen des Polizisten nahmen Spuren auf, und Cesar fühlte sich so fehl am Platz, dass er in die Küche ging. *Wenigstens die Kaffeemaschine haben sie verschont,* dachte er frustriert und bereitete sich und den Polizisten Kaffee zu. Nachdenklich lehnte er seinen Kopf an einen der Oberschränke und schloss die Augen. *Das durfte doch nicht wahr sein.* Gerade hatte er ein paar Bilder an eine Galerie verkaufen können, die zu seinem verfluchten Glück auch schon abgeholt worden waren, da wurde sein Atelier verwüstet. In Gedanken ging er das letzte Bild vom intakten Raum durch, das er vor ein paar Stunden noch vor seinem inneren Auge hatte. *Was stand wo?*, fragte er sich, und plötzlich durchfuhr ihn ein Schreck, dem ähnlich, der ihn erfasste, als er vor einer Stunde von einer Vernissage zurückkam. Wie ein elektrischer Schlag rauschte es durch ihn hindurch.

»Madison!«, sagte er tonlos und stürzte zurück in den großen Raum. »Die Bilder eines meiner Modelle fehlen. Eine gute Freundin hat für mich gesessen, und die Bilder sind weg.« Der Constable sah ihn prüfend an, aber Cesar erinnerte sich und fuhr unbeirrt in seinem Bericht fort. »Die standen dort drüben, im Rahmen. Ich wollte sie in den nächsten Tagen verschicken.« Er zeigte auf die Fensterreihe, unter der ein Tisch stand, von dem allerdings nach dem Einbruch nicht mehr viel übrig war.

Der Polizist neben ihm räusperte sich.

»Wert?« Cesar hob die Schultern.

»Keine Ahnung. Für gleichwertige Bilder habe ich gerade pro Stück 10000 Pfund bekommen.« Er ging hinüber zum Fenster, wie um sich zu vergewissern, dass die Bilder von Madison wirklich nicht mehr da waren. »Aber sie waren unverkäuflich. Ich wollte sie meinem Modell schenken, weil … ach, lange Geschichte.«

»Ich bin für lange Geschichten immer zu haben«, sagte einer der Polizisten, die die Spuren aufgenommen hatten. Cesar drehte sich zu ihm und sah ihn skeptisch an.

»Es tut aber nichts zur Sache«, warf er ein. Der Polizist zuckte mit den Schultern.

»Das lassen Sie bitte uns entscheiden.« Für einen Augenblick schloss der Maler die Augen entnervt, dann holte er tief Luft.

»Warum?«

Der Mann von der Polizei sah auf seine Füße, und man konnte ihm ansehen, dass er sich zusammenreißen musste, um Cesar nicht anzubrüllen. Er schob mit seiner Fußspitze ein paar Scherben zur Seite.

»Vielleicht hat Ihr Modell sich schon vorher bedient?«, bemerkte er, und Cesar lachte spitz auf. »Die Frau hat mir mein Leben finanziert; wir sind Freunde.« Jetzt lachte der Polizist.

»Freundschaften sind schon aus nichtigeren Gründen zerbrochen. Sie ist nicht mehr in Ihrer Nähe und hatte vielleicht schlicht Angst, dass Sie die Bilder verkaufen? Was waren das überhaupt für welche?« Erneut durchfuhr Cesar ein Schlag.

*Aber würde Madison so etwas tun? Ihre eigenen Bilder stehlen? Warum?* Sie kannte die Bilder, wusste, was darauf von ihr zu sehen war und was nicht. Sicher: Im Grunde waren es Aktbilder. Aber ohne Anzüglichkeiten. Cesar hatte beim Malen immer darauf geachtet, dass sie niemals kompromittiert werden konnte. Da war nur Haut zu sehen. Kein Busen, keine Scham. Kein Nichts. Nur die nackte Schönheit einer rothaarigen Frau.

»Niemals«, sagte er mit der Inbrunst der Überzeugung. »Das würde sie niemals tun.«

»Sie haben meine Frage nicht beantwortet. Was waren das für Bilder?« Der Polizist reagierte ungehalten, und Cesar konnte es sich nicht leisten, die Unterstützung bei der Suche nach diesen Ölgemälden zu verlieren.

»Akte.« Der Polizist stieß verächtlich die Luft aus. »Sind Sie so weltfremd, dass Sie immer noch an das Gute im Menschen glauben?« Cesar sah den Polizisten mit festem Blick an.

Ja, er hatte keine Zweifel, was Madison anging, und genau das sollte dieser Idiot erkennen. Sekundenlang fixierten sich die Männer mit Blicken, dann nickte der Polizist und wandte sich ab. »Gut. Wenn Sie das sagen, glaube ich Ihnen.«

# 41.

Kann man Glück irgendwie messen? Kann man es wiegen, in Messbecher füllen oder gar mit den Händen fassen? Oder kann man es wie ein kleines Kätzchen auf seinen Schoß nehmen, um es zu hegen und zu pflegen? Ich erinnere mich an einen Artikel, der vor langer Zeit erschienen war und in dem Kinder gefragt wurden, was für sie *Glück* bedeuten würde. Es waren so viele schöne und herzliche Antworten dabei, die ich mir nicht alle merken konnte. Aber zwei fand ich so beeindruckend, dass ich sie mir sogar aufgeschrieben hatte.

Ein Junge, ich meine, er war gerade sechs Jahre alt, sagte, dass er glaube, *Glück wäre wie ein Luftsprung, nur dass man niemals wieder auf dem Boden aufkommt. Passt,* denke ich. Ein anderes Kind erzählte, dass *sein Glück ein kleines Fantasiefigürchen* wäre. *Eines, wie man es aus den japanischen Mangas kennt. Pink, klein und rund wie eine Kugel, mit kleinen speckigen Beinchen, die es springen und tanzen lassen konnten. Mit großen dunklen Augen, die von einem Kranz aus langen Wimpern umrahmt wurden.* Dieses Kind konnte sein Glück mit den Händen fassen, und dieser Gedanke gefällt mir so sehr, dass ich ihn adoptiere.

Allerdings bin ich mir nicht sicher, ob das, was ich da fühle, wirklich Glück ist. Ich kenne dieses Gefühl nicht. Kannte es nie, und irgendwo in meinem Hinterkopf ist immer noch diese mahnende Stimme, die mir entsetzlich auf die Nerven geht, weil sie mich nicht unbelastet fühlen lässt. Damit ich wenigstens ein klein wenig klarer sehe, suche ich in meinen Erinnerungen nach Ähnlichem.

Da war der Moment, in welchem ich meine Urkunden für meine Abschlüsse in den Händen halte. Das war ähnlich, aber weit von dem entfernt, was ich fühle, wenn ich Connor ansehe oder nur an ihn denke. Berührt er mich, dann stehe ich auf Zehenspitzen und drehe Pirouetten. Küsst er mich, höre ich Glöckchen und Geigen. Ich muss über mich selbst grienen. Einen Zustand zu beschreiben, der mir vollkommen unbekannt ist, ist ein weiteres Abenteuer in dieser neuen spannenden Geschichte. Mir fehlen die Worte, fehlt die Erfahrung. Und es ist so neu und so gut.

***

Connor hat mich bei Edith abgesetzt, und die alte Dame platzt naturgemäß vor Neugier. Als sie jedoch meinen traumversunkenen Gesichtsausdruck sieht, den ich die ganze Zeit zur Schau trage, zieht sie sich lächelnd und wissend zurück. Dieser Zustand bedarf keiner weiteren Erläuterung. Und als ehemalige Lehrerin weiß die alte Dame, wann man Fragen stellt und wann man es besser nicht tat. Wir verbringen den Abend zusammen, und als ich mich von ihr zur Nacht verabschiede, ist Edith sehr zufrieden.

Wie kann man Glück messen? Auf keine Art und Weise. Also entscheide ich mich dafür, dieses kleine Fantasiewesen auf den Schoß zu nehmen, es zu tätscheln, zu bestaunen und mich daran zu erfreuen, dass es da ist.

# 42.

Aber dass Glück so flüchtig wie eine chemische Lösung sein kann, sollte ich schon bald erfahren. Der nächste Morgen im Büro ist von Schüchternheit geprägt. Connor steht bereits in der Tür, wartet auf mich. Langsam trete ich zu ihm, nicht ohne im Vorübergehen meine Höllenmaschinen anzuwerfen. Schließlich bin ich ja immer noch und an erster Stelle seine Buchhalterin und dann erst seine Geliebte.

Als wir uns dieses Mal zur Begrüßung küssen, ist es uns spürbar egal, ob Riba oder einer der anderen in einer Ecke stehen könnte, um uns zu beobachten. Wir genießen diesen morgendlichen Kuss, der eine Mischung aus Neugier und der Erinnerung an das gemeinsame Wochenende ist.

»Du hast mir gefehlt«, sagt er leise. »Ich habe kaum geschlafen, weil deine Wärme nicht da war.« Er stupst mich mit der Nase an und lächelt zärtlich. Mir bleibt für einen kurzen Moment das Herz stehen, denn so etwas hat noch nie jemand zu mir gesagt, und ich möchte diesen Augenblick so lange wie möglich genießen.

***

Es liegt nicht an ihm oder mir, dass daraus nichts wird.

Denn plötzlich erschüttert donnernder Lärm das Haus, und die Wände zittern wie bei einem Erdbeben. Erschrocken fahren wir auseinander, sind mit zwei Schritten am Fenster. Ein Bagger, ein Bulldozer und diverse Hundertschaften an Bauarbeitern fallen auf dem Vorplatz ein. Für die Spanne einer Millisekunde befürchte ich, dass Percia ihre Drohung irgendwie doch wahr gemacht haben könnte. Dass sie es irgendwie geschafft hat, irgendjemanden aufzutreiben, der ihre wahnsinnige Idee in die Tat umsetzen will, solange nur jemand dafür bezahlt.

Dann spüre ich, wie Connor sich entspannt und lacht.

»Verdammt, die hab ich total vergessen«, sagt er breit grinsend. »Der Feuerwehrteich.« Ich kann leider nicht anders und boxe ihn leicht auf den Unterarm.

»Himmel, musst du mich so erschrecken? Ich dachte ja schon wer-weiß-was.« Er entschuldigt sich mit einer Grimasse, geht hinaus und leitet den Bautrupp nach hinten in den Garten.

»Ich kenne jemanden, auf den *Grumpy Matt* ab heute stinksauer sein wird«, sage ich nachdenklich und setze mich an meine Arbeit. Und richtig: Der Alte ist fuchsteufelswild, weil nicht nur der Rasen im Garten unter den Baumaschinen leidet, sondern auch die ein oder andere Hortensie in Mitleidenschaft gezogen wird. Sobald ich aus dem Fenster sehe, sehe ich einen Connor, der wahlweise mit eingezogenem Kopf neben dem wild auf ihn schimpfenden Mann in der Cordhose steht, oder der versucht, gestenreich zu erklären, dass man das doch alles wieder reparieren kann und bis zum Sommer buchstäblich Gras darüber gewachsen sein wird. Aber so einfach lässt sich Matt nicht beruhigen. Ich fürchte, er hat sich den Bau seiner Bewässerungsanlage weniger dramatisch vorgestellt.

Und um ehrlich zu sein: ich mir auch. In den nächsten Tagen bekomme ich Connor nur zu sehen, wenn er mit einer Entschuldigung auf den Lippen wegen des Lärms, des Drecks und überhaupt an mir vorbeihuscht. Riba ist mit den Nerven vollkommen am Ende, denn sie muss ständig den Bauarbeitern, die immer den kurzen Weg durch das Haus nehmen, anstatt außen herumzugehen, hinterherwischen. Selbst den von Alfie mit Filztüchern ausgelegten Weg durch das Untergeschoss schaffen die Männer so zu umgehen, dass die Filztücher wie neu aussehen. Nach meinem Bericht vom ersten Arbeitstag ist Edith kaum zu halten und steht ihrer Freundin am nächsten Morgen hilfreich zur Seite, was darauf hinausläuft, dass beide Damen mit Schürzen bekleidet über die ungezogenen Idioten jammern, um dann mit Eimer und Wischmopp bewaffnet die teuren Fliesen so schnell wie möglich vom Dreck zu befreien.

Denn als hätten es Riba und Edith und natürlich Alfie mit den Bauarbeitern nicht schon schwer genug, beginnt es auch noch zu regnen. Der Garten verwandelt sich in eine Schlammwüste, von dem Matt behauptet, dass er nie wieder zu retten sei. In den nächsten Tagen hängt eine dunkle Wolke über *Wigtown House,* die nicht nur Unmengen an Wasser von sich gibt. Als sich auch noch Sean dazugesellt und den ziemlich besorgten Gesichtsausdruck Connors innerhalb von Minuten teilt, wird allen Beteiligten klar, dass sich dieser Teich zu einem verflixten Problem ausweiten wird.

»Wir müssen das da nur stabilisieren«, sagt Sean und fuchtelt mit seinen Händen in Richtung des ausgehobenen Loches. Ich stehe in Hörweite, traue mich aber nicht näher ran, weil ich vermeiden will, dass ich die Herrschaften auch noch belästige oder gar im Weg stehe. Denn nicht nur Sean gibt Ratschläge. Jeder einzelne der Bauarbeiter hat eine Lösung für das Problem, das sich erst zeigt, als das Loch bereits da ist. Connor fährt sich über seinen Bart und sieht mehr als besorgt aus.

»Verdammt, das stand nicht in den Plänen«, seufzt er. Jetzt trete ich doch näher heran, und als ich die Bescherung sehe, kann ich die Aufregung verstehen. Denn nicht nur der Teich ist als Bauvorhaben in Gefahr, sondern auch die Erweiterung des Gebäudes. Connor dreht sich zu mir um und nimmt mich in den Arm.

»Scheiße, würde ich mal sagen.«

Am Grunde des Lochs sind Holzbalken zu erkennen. Halb vermodert stecken sie in der Erde.

»Das sieht nach einem alten Schacht aus. Weiß der Henker, was das sollte.« Ich beuge mich vor, und er hält mich fest.

»Bis wohin geht der?«, frage ich.

»Bis zum linken Anbau des Atriums.« *Kein neues Büro für Madison,* denke ich und bin ein wenig enttäuscht.

»Aufschütten«, sagt Sean neben mir, »anders geht's nicht. Und den Teich weiter nach oben.« Er schiebt die Hände in die Hosentaschen, und die anderen Bauarbeiter tun es ihm gleich. Die Situation, so ärgerlich sie auch sein mag, verbirgt nicht eine gewisse Komik. Connor nickt, kratzt sich noch einmal am Bart und räuspert sich.

»Das wird Matt nicht gefallen«, meint er, »das wird keinem gefallen.« Ratlos stehen wir um das große Loch herum. Dass ausgerechnet der Gärtner die Lösung für das Problem anbringt, ist erstaunlich.

»Es hilft nichts«, sagt Matt außergewöhnlich redselig. »Das hier muss alles aufgerissen werden, damit man sehen kann, wie lang und breit der ursprüngliche Tunnel war. Danach erst kann man das ordentlich verfüllen.« Er geht ein paar Schritte am Rand des Lochs entlang, beugt sich immer wieder darüber, schaut, denkt nach, und als er dann weiterspricht, klingt er beinahe erleichtert. »Sei froh, dass wir das jetzt entdeckt haben. Nicht auszudenken, wenn das bei einem riesigen Unwetter aufgetaucht wäre ... und der volle Teich ins Rutschen gekommen wäre ... Jetzt kannst du was dagegen tun.« Und nach einer kleinen Pause fügt er säuerlich hinzu: »Auch wenn ich meinen Preis dieses Jahr vergessen kann.«

***

»Wir haben jetzt Mitte Mai«, stellt Riba am selben Abend in der Küche fest, und ihr Gesichtsausdruck spricht Bände, »wenn die noch mehr finden, sind die im Juli, August noch nicht fertig.« Sie wirft einen fragenden, aber auch einen auf ein baldiges Ende hoffenden Blick zu Connor, doch der kann nur mit den Schultern zucken.

»Ich weiß es nicht«, sagt er, und es klingt genauso resigniert wie Ribas Frage. »Während die da draußen buddeln, muss ich noch mal ins Archiv. Irgendwo muss dieser verdammte Tunnel ja herkommen.«

»Suchen kann ich«, biete ich mich an, und er lächelt dankbar. »Gerne, wenn ich eines hasse, dann verstaubtes Papier.«

***

Zumindest entkomme ich hier unten im Keller dem Lärm und Dreck ein wenig. Auch wenn ich mir die Suche etwas einfacher vorgestellt habe. Denn *Archiv* ist gewaltig übertrieben. Das hier unten ist ein feuchtes Verlies, in dem sich Kisten mit Papierkram stapeln. Von Bauplänen aus den frühen 30er Jahren des letzten Jahrhunderts, die sorgsam aufgerollt in ihren Behältnissen liegen, bis hin zu Zeichnungen auf Seidenpapier, das schon beim näheren Ansehen auseinanderzufallen droht, ist alles dabei. Riba versorgt mich mit Kaffee und Sandwiches, und Alfie schmuggelt eine Taschenlampe mit extra starken Batterien rein.

»Er muss ja nicht wissen, wo die Stromausfälle immer herkommen.«

Und so wühle ich mich durch die Geschichte dieses Hauses und seiner Besitzer und mache mir Notizen. Dass nicht nur der *cnoc of luibhean* historisch belegt ist, sondern *Wigtown House* ebenso, ist aufregend und interessant. Zumindest kann ich nach dem Studium der Akten sagen, dass der erste Tunnel unter einem richtigen Schloss wohl für eine gewisse *Mary – Königin von Schottland* – gebaut wurde, damit die, im Falle eines Falles, flüchten konnte. Nach ihrem mit Dokumenten belegten Besuch bei Verwandten in *Wigtown Castle* – so der ursprüngliche Name – stürzte der Mittelteil des Gebäudes ein und blieb erst einmal eine Ruine, bis im 18. Jahrhundert der berühmteste Architekt der damaligen Zeit, *William Adam*, das heutige *Wigtown House* errichtete. Ob der Tunnel den Zusammensturz und den Wiederaufbau überstand, kann ich aber nicht herausfinden. Wo er beginnt, habe ich nach zwei Tagen Suche herausgefunden. Gleich hier in meinem Kellerverlies.

»Erstaunlich, dass das noch nie jemandem aufgefallen ist«, sagt Connor, nachdem er mit Seans und Alfies Hilfe einige schwere, modrig riechende Möbel beiseiteschaffte. Vor uns prangt tatsächlich eine zugemauerte Tür. Ein wenig weht gerade ein Hauch von Geschichte durch das Gewölbe.

»Und *Mary* ist tatsächlich da durchgegangen?« Ich nicke.

»Wenn du das denkst, was ich jetzt denke«, bemerkt Sean, der hier unten kaum aufrecht stehen kann, ebenso wie Alfie, der noch gebückter stehen muss und ein schmerzverzerrtes Gesicht macht, »dann könnte das mit ein Grund sein, warum die gute Percia so wild auf einen Umbau war. So was lässt sich heute gut finanziell ausschlachten.«

Connor zuckt zusammen, als Sean dieses Thema anspricht, aber er weiß auch, dass sein Freund recht hat. Wenn alle Stricke reißen, könnte der Garten wiederhergestellt werden, der Tunnel restauriert und *Mary Stuarts kleiner Geheimgang* als Schild mit Wegweiser am Haupteingang angeschlagen werden.

»Nichts da«, sagt er kurz angebunden. »Wir behalten das erst mal für uns. Wenn wir irgendwann Zeit und Muße haben, dann holen wir uns einen Historiker, und der soll dann weiterwühlen. Jetzt ist erst mal der Teich dran, und der muss mindestens zweihundert Meter weiter vom Haus weg sein, sonst saufen wir hier ab.«

So einfach, wie Connor sich das jedoch vorstellt, ist die Angelegenheit nicht ganz. Überall da, wo die Bagger ein Loch ausheben wollen, kommen Überreste des Tunnels zum Vorschein.

Teilweise bestehen sie aus eingefallenen Steinmauern, an anderen Stellen zeugen vermoderte Holzbalken von der Existenz eines weitverzweigten unterirdischen Systems.

»Es ärgert mich, dass ich das nicht vorher rausgefunden habe«, sagt Connor nach drei Wochen Grabungsarbeiten zu mir. »Jetzt sieht das dahinten wie nach einem Bombenangriff aus, und wir sind keinen Schritt weiter.«

Wir sitzen an einem lauen Abend in den Überresten des Gartens und denken darüber nach, wie es weitergehen soll. Bisher hat die Aktion nur Geld gekostet und bei allen Beteiligten schlechte Laune verursacht. »Man kann aber auch nicht sehen, in welche Richtungen diese blöden Tunnel gehen«, seufzt er, »dann wäre alles einfacher.«

Er sieht mich an und grinst. »Du musst ja einen tollen Eindruck von meinen Fähigkeiten als Architekt bekommen haben.«

»Willst du etwa schon wieder Mitleid ergattern?« Connor lacht und fährt sich müde über die Augen.

»Vielleicht ein wenig.«

# 43.

Zunächst schickt er die Bauarbeiter mit ihren Maschinen weg, dann holt er ein paar seiner Mitarbeiter aus der Brauerei. Nachdem die ausgiebige Regenfront abgezogen ist, machen sich die Männer mit Schaufeln daran, in den Gräben nach weiteren Spuren der Geschichte zu suchen. Wann immer ich Zeit habe und mir einen Kaffee gönne, gehe ich in die Überreste des Gartens und sehe mir das Schauspiel an. Ab und an kommt mal ein Schopf aus den Untiefen zum Vorschein, flucht auf Gälisch und verschwindet wieder. Wenn die Gesamtsituation nicht so nervig wäre, würde ich sagen, dass kein Kinofilm bessere Unterhaltung bietet.

Ich würde gerne häufiger zusehen, doch die Buchhaltung kann nicht liegenbleiben, zumal der Steuerberater den Jahresabschluss anmahnt. Also gehe ich zurück zu meinen Zahlen und versuche, wenigstens das am Laufen zu halten. Dass ich zwischendurch an meinem Laptop meine Mails kontrolliere, ist so etwas wie ein kleiner Pausenfüller, den ich meistens genieße, wenn ich Nachrichten von Cesar zu lesen bekomme.

Ich bin gerade dabei, Spam-Mails zu löschen, da fällt mir eine mit einer Überschrift ins Auge, die mein Herz stillstehen lässt und mir den Grund für mein Hiersein in schrecklicher Weise vor Augen führt.

*Ich hab dich gefunden, kleine Schlampe*, steht da, und die Angst schnürt mir die Kehle zu. Der Name in der Überschrift gibt mir jeden Grund für meine Furcht. Hanks, Emmet. Im weiteren Text lässt mich mein ehemaliger Vorgesetzter wissen, dass er mir in den nächsten Tagen einen Besuch abstatten möchte, *damit wir die leidige Angelegenheit endlich persönlich aus der Welt schaffen können*, und wenn dies nicht passiert, dann würde er dafür sorgen, *dass ich nicht noch einmal so glimpflich davonkäme*.

Mir steht der Angstschweiß auf der Stirn, mein Atem kommt stoßweise, und ich weiß nicht, was ich tun soll. Dass ich die Mail an Lewis Stone weiterleite, geschieht automatisch. Nur meine Finger bewegen sich, der Rest meines Körpers ist zur Salzsäule erstarrt. Immer wieder rede ich mir ein, dass diese Mail ein – verdammt – böser Scherz ist. Doch ich sehe den Namen, lese die Worte, und ich weiß, er wird nicht aufgeben.

Und neben diesem Wissen zermartere ich mir das Hirn, wie das geschehen konnte, dass er mich hier gefunden hat. Nur durch eine Mail? Nur durch die Weiterleitung? Ein paar Minuten später erkenne ich, was ich mir da eingebrockt habe. *Die IP-Adresse*. Hanks muss einen Trojaner eingespeist haben, der bei der Weiterleitung aktiviert worden ist. Um sicherzugehen, schreibe ich eine Nachricht an Lewis Stone, hoffe, dass er mir meinen Verdacht nicht bestätigt, aber insgeheim weiß ich, wie blöd ich war. Hatte Stone nicht gesagt, keine Nachrichten? Er hatte. Und das habe ich jetzt davon. Durch meine eigene Dummheit bin ich noch tiefer in diese Sache reingerutscht, als ich eh schon drinhing.

Das wirklich Schlimme an der Sache: Ich kann niemandem sagen, was ich hier lese. Es geht nicht. Connor ist mit seinen Tunneln so sehr beschäftigt, dass er selbst die Brauerei vergessen hat. Riba und Edith versuchen, das Chaos zu beherrschen, und sind ebenfalls nicht ansprechbar. Von Alfie rede ich gar nicht. Mir kann nur Lewis helfen, aber der ist in London und hat schon auf meine letzte Mail nicht mehr wirklich geantwortet. Deshalb hab ich wenig Hoffnung, dass er auf die heutige reagiert.

Ich sehe auf. Im Hof vor meinem Fenster stehen die restlichen Baumaschinen, dass ich kaum etwas von der verbliebenen Blütenpracht sehen kann. Langsam stehe ich auf, gehe hinaus und versuche, mich etwas zu beruhigen. Aber es bringt nicht viel. In meinem Kopf tobt ein Kampf.

Flucht oder Flucht. So verzwickt sich das für mich anhört. Eigentlich müsste ich Connor mit dieser Sache belästigen. Eigentlich. Aber ganz uneigentlich will ich nur noch meine Sachen packen und verschwinden. Hanks wird nicht alleine auftauchen. So viel dürfte von vornherein sicher sein. Er ist nicht der Typ, der sich in solchen Situationen an die erste Stelle begibt. Dafür hat er Leute. Leute, die keine Rücksicht auf die Menschen, die hier leben, nehmen werden. Nicht auf Connor, nicht auf Edith, Riba und Alfie oder Matt. Auf niemanden.

Die einzige Chance, die sie haben, ist, wenn ich nicht mehr da bin.

Ja, das klingt vernünftig, versuche ich mir einzureden. Aber wohin?

Bis ich die Antwort darauf weiß, bleibt mir nicht viel zu tun. Ich muss so tun, als ob alles in schönster Ordnung wäre. Als ob mir nicht gerade der Schreck meines Lebens durch die Knochen gefahren wäre. Ich muss gute Miene zum verdammt bösen Spiel machen, damit mich die anderen nicht mit Fragen löchern. Ich muss so tun als ob.

Und ich bekomme auch gleich Gelegenheit, meine neue Fassade zu prüfen.

Jemand ruft mich, aber ich verstehe es erst beim zweiten oder dritten Mal. Es ist Connor, der mir freudestrahlend entgegenkommt.

»Das glaubst du mir nie«, ruft er mir zu, die Arme weit ausgebreitet. »Wir haben einen vollkommen intakten Tunnel gefunden, und nun rate, wo der hinführt?« Ich versuche zu lächeln, die Mail zu vergessen und Connors Freude zu teilen. »Sag's mir.«

»In die Brauerei. Na ja, nicht direkt ins Gebäude, aber kurz davor. Am Generatorraum. Verkürzt meinen Arbeitsweg um knapp fünf km.« Er strahlt über das ganze Gesicht. Soll ich ihm den Spaß jetzt wirklich mit meinen Problemen verderben? Nein, das kann ich nicht und werde es auch nicht tun.

Er nimmt mich in den Arm, drückt mich und zeigt mir den Eingang zum Tunnel.

»Die anderen laufen schon wie die Kleinkinder ständig hin und her … Endlich was Positives. Jetzt können wir weitermachen.« Connor küsst mich auf die Wange und ist ein Augenzwinkern später im dunklen Gang verschwunden. Jetzt erst kann ich mich umsehen und stelle fest, dass wir kurz hinter dem rechten Anbau, dem etwas schiefen, stehen.

»Kommst du?«, ruft Connor mir aus dem Tunnel zu, und mit einem *Ja, ja* gehe ich hinein. Feuchte, muffige und abgestandene Luft schlägt mir entgegen. Es ist so kalt hier drinnen, dass ich in meinem dünnen Twinset gleich friere.

»Wo bist du denn?«

»Immer dem Lichtschein nach«, ruft er zurück. Doch da ist keiner, und so stolpere ich durch die Dunkelheit, bis ich ihm quasi in den Rücken laufe. »Wackelkontakt«, flucht er und schüttelt die Taschenlampe, bis sie wieder von selbst angeht. »Aber im Dunkeln ist gut munkeln«, sagt er breit lächelnd, als er sich zu mir umdreht und mich auf die Nase küsst.

»Bring mich hier raus«, flehe ich ihn an, und er nimmt mich an die Hand und zieht mich durch den Gang. Ich verliere das Gefühl für Zeit und wie weit wir wohl schon gegangen sind, als ich entfernt Stimmen höre. »Gleich«, bestätigt Connor, und einen Augenblick später gehen wir um eine Biegung und stehen tatsächlich in einem Raum unter den Generatoren.

»Was sagst du?«

»Praktisch?« Er ist genauso aufgeregt wie die anderen. Sean schmiedet bereits Pläne, wie sie diesen Gang nutzen können.

»Ich denke«, so doziert er, »das war mal ein Schmuggglertunnel – und zu dem wird er wieder. Wir schleppen das ganze Bier über diesen Weg zum Haus.« Niemand, auch er selbst nicht, nimmt ihn ernst, und so beenden wir den Ausflug damit, dass wir im Tageslicht zurückgehen. Es wird ein langer Spaziergang, denn der Gang unter unseren Füßen ist in exakter Luftlinie angelegt, während wir nun Haken schlagen müssen wie die Karnickel, um zum Haus zurückzukommen.

***

Die Tage vergehen, allerdings werden Wochen aus dem Vorhaben, nachhaltig zu wirtschaften, und es raubt allen Anwesenden den letzten Nerv. Doch auch die schlimmste Katastrophe geht irgendwann vorbei, und langsam, aber sicher kehrt wieder Ordnung in *Wigtown House* ein. Und ich halte mich gut mit meiner Fassade. Ich kann meine eigenen Probleme gut verstecken. Niemand, nicht einmal Connor hat bisher gemerkt, wie es in mir drin aussieht. Und ich denke jeden Tag darüber nach, wie und wann ich fliehen kann.

Connor beschließt nach einigen Diskussionen mit Matt und Sean, nicht alle Tunnel wieder zu verschließen. Im Laufe der kommenden Jahre würde der Garten dann zwar aussehen, als würde die Abteilung für Archäologie der Universität Glasgow eingezogen sein, aber nachdem Connor Matt versprochen hat, dass er einen anderen Teil zum Hausgarten machen darf, ist dieses Problem sein kleineres.

Das größere ist, einen Platz für den Teich zu finden, denn noch ist das Wasserproblem nicht in den Griff zu bekommen. Im Endeffekt fällt die Entscheidung auf einen Ort, der in der Nähe des Baches liegt, und der Transport des Wassers würde nun eben über unterirdische Rohrleitungen funktionieren. Zumindest, bis alles wieder seinen normalen Gang gehen würde.

# 44.

Eine Flucht ist eine logistische Meisterleistung. Und ich habe sie vergeigt. Was bei meiner Mutter immer so einfach aussah, war in Wahrheit wesentlich komplizierter gewesen, als ich es mir in meinem kindischen Kinderkopf hatte vorstellen können. Für mich hatte es immer nur so ausgesehen, dass wir die Koffer packten und irgendwann Pappkisten auspackten, in denen unsere eh schon spärlichen Habseligkeiten verstaut waren. Niemals machte ich mir Gedanken darum, wie ich von einem Ort zum anderen komme und was es dazu benötigt. Und genau das rächt sich gerade.

Irgendwie habe ich Connor heute aus dem Weg gehen können. Seine Freude über den gelungenen Tunneldeal, den wir quasi unter uns geschlossen haben, bis unter die Brauerei, die immer noch anhält, will nicht so ganz zu meiner Angst passen. Noch weniger, als ich, kurz bevor ich ins *Sage Yard* fahre, noch eine Mail von Cesar bekomme, in der steht, dass die Bilder, für die ich ihm Modell gesessen habe, schon vor Wochen gestohlen wurden. Warum verheimlicht er mir das? Aber ich erspare es mir, ihn anzurufen. Mir ist nicht mehr danach, überhaupt noch mit jemandem zu reden.

Schon gar nicht über mich. Mein kleines, pinkfarbenes Glücksmanga hat gerade seinen Koffer gepackt, ist von meinem Schoß gesprungen und dackelt auf kleinen krummen Beinchen auf und davon. Ganz plötzlich bin ich so erschöpft wie schon lange nicht mehr. Sogar so sehr, dass ich mich für einen Moment abstützen muss. Als ich dann zum Fenster hinaussehe, gefriert mir das Blut endgültig in den Adern.

Da steht Hanks. Arrogant, selbstsicher, ekelhaft. Er hat also nicht gelogen, er hat mich tatsächlich gefunden. Noch bevor ich darüber nachdenken kann, was ich tue, greife ich meine Geldbörse und renne in den Garten hinaus.

Niemand ist da, der mich fragen könnte, was los ist. Niemand ist da, der mich aufhält. Niemand. Nicht einmal Connor. Die Geräusche der Arbeiter, der Maschinen dringen wie von ganz weit entfernt an mein Ohr. Ich sehe niemanden, es sieht mich also auch keiner. Ein letztes Mal drehe ich mich um, vergewissere mich, dass mir niemand folgt, und tauche in den Tunnel ein.

*Praktisch,* denke ich sarkastisch, *dass wir ihn gerade jetzt entdeckt haben.* Ich greife nach einer Taschenlampe und bete inständig, dass sie funktioniert. Als ich in den Gang hinabsteige, schlägt mir muffige Luft entgegen. *Passend,* denke ich, *sehr passend. So kann man seinen Abgang gut inszenieren.* Die Taschenlampe funktioniert natürlich nicht gleich, deshalb stolpere ich in den Gang hinein, schlage mit meiner Schulter an der rauhen Wand an. Jetzt brechen die Dämme bei mir, und ich kann die Tränen nicht mehr zurückhalten.

***

Wenn es nur um mich ginge, dann wäre das ja alles nicht so tragisch. Aber dieser Mann da oben, der ist zu allem fähig, und genau das kann ich den Menschen, die mich hier so liebevoll aufgenommen haben, nicht antun. Als wäre meine Heulerei nicht schon Strafe genug, weil sehen kann ich dadurch überhaupt nichts, kommen mir jetzt noch die zärtlichen und wilden Momente mit Connor ins Gedächtnis. Kann man sich selbst mehr kasteien? Nein. Aber ich muss gehen, so schnell wie möglich. Bevor etwas Schlimmeres passiert.

Der Tunnel ist verdammt lang. So lang kam er mir mit Connor als Begleiter gar nicht vor. *Und was,* schießt es mir durch den Kopf, *wenn die andere Seite abgeschlossen ist und du gar nicht rauskommst? Gott bewahre,* denke ich … *bitte lass dieses verdammte Loch weit geöffnet sein.*

***

Er hatte sie gesehen. Wie sie in den Tunnel ging. Matt versuchte seit dem ersten *Granateneinschlag,* seinen Garten zu retten. Immer mal wieder, mal hier, mal da, ging er mehr oder weniger ambitioniert seiner Arbeit nach, um sich dann umzudrehen und festzustellen, dass an anderer Stelle ein neues Loch entstanden ist. So räumt er nur hinter den Arbeitern her, vermied es, Connor in die Augen zu sehen, damit er nicht Gefahr liefe, dem jungen Earl die Leviten zu lesen, die sicherlich mit dem Satz beginnen würden: *Unter deinem Vater hätte es so was nicht gegeben!* Und das alles nur, weil da oben ein Teich hinsollte, damit er – als Gärtner, wer denn wohl sonst, wenn nicht er als Gärtner – seine Pflanzen *nachhaltig* gießen könnte. *Neumodischer Scheiß*, dachte er, als er die Rothaarige sah, die auf den wenigen Schritten von der Tür bis zum Tunnel mehrfach verängstigt hinter sich blickte. Ihr Gesicht war verzerrt. Ängstlich verzerrt, aber auch gehetzt. Matt blieb kurz stehen und sah ihr nach. Niemand war hinter ihr. Was konnte da los sein?

Nachdem er sich in den letzten Wochen etwas mehr mit dieser jungen Frau beschäftigt hatte, indem er immer wieder Gesprächsfetzen auffing, diese dann zu einer kleinen Historie zusammenfügte, war ihm bewusst geworden, dass Madison Cavanough mehr war als eine Frau, die seiner Annie glich. Ja, mehr noch: Je häufiger er Madison beobachtete, desto mehr konnte er erkennen, dass sie mehr als eine fremde Rothaarige war, die zufälligerweise den gleichen Nachnamen trug wie er und die nicht nur in den kleinen Gesten seiner verschollenen Frau zum Verwechseln glich. Und wenn er schon bei der Ehrlichkeit zu sich selbst war, dann musste er auch zugeben, dass er Madison Cavanough in den letzten Tagen absichtlich, wenn auch heimlich beobachtet hatte. In den Stunden danach fragte er sich dann aber doch, ob es nur sein Wunschdenken war, seine Tochter … – ja, und seinetwegen auch seine Frau – wiederzusehen, die ihn hoffen, beinahe wünschen ließ, dass Madison sein Kind sein könnte.

Aber diese unglaubliche Ähnlichkeit war einfach nicht zu verleugnen, und soweit er wusste, gab es keinerlei Geschwister in Annies Familie, die bei eventuellen Kindern eben eine solche Übereinstimmung in deren Aussehen gerechtfertigt hätten. Deshalb machte er sich jetzt ernsthaft Sorgen, als er sie so sah.

Er ging ein paar Schritte auf den Tunneleingang zu, dachte kurz darüber nach, ihr zu folgen, doch dann hörte er Ribas spitze Stimme im Hauseingang. Leise, beinahe auf Zehenspitzen ging er zum Eingang, versteckte sich hinter einer der Säulen und lauschte.

Dass Riba McIntire eine Frau der besonderen Art war, wusste er schon lange, dass diese Frau aber so lügen konnte, ohne dabei rot zu werden, ließ ihn doch schmunzeln. *Nein*, hörte er sie sagen, *die Löhne für die Arbeiter würden nicht von Ms. Cavanough ausgezahlt, deshalb würden die Herren, die da jetzt warten würden, auch keines von ihr – Riba – bekommen. Punkt.* Sie wäre außerdem äußerst konsterniert darüber, mit solchen Lappalien – hatte sie wirklich *Lappalien* gesagt, fragte sich Matt und grinste – belästigt zu werden. Dass sich Riba ein paar Stunden später erst an diesen seltsamen Vorfall erinnern würde, stand auf einem anderen Blatt. Aber davon ahnte Matt erst mal nichts.

Matt ging leise zurück zum Eingang ins Erdreich. Dort lauschte er, konnte aber keine Geräusche mehr ausmachen. Madison Cavanough musste das andere Ende bereits erreicht haben, und was immer das auch sollte: Sie wäre erst einmal in Sicherheit.

***

An diesem Abend saß Connor allein in der Küche, vor sich die Reste eines *Stews,* daneben ein Bier. Beinahe sechs Wochen waren seit dem ersten Spatenstich vergangen, und in dieser Zeit hatte er das Zusammensein mit Madison schmerzlich vermisst. Sie war zwar immer in der Nähe, aber das war bei

Weitem nicht das Gleiche wie in *Mar Hall.* Sie fehlte ihm. Nachts noch mehr als am Tag. Lustlos schob er seinen Teller beiseite.

Zum ersten Mal seit Tagen war es hier ruhig. So ruhig, dass man eine Stecknadel fallen hören konnte und das Aufkommen auf dem Boden besagter Stecknadel wie ein Donnerhall durch *Wigtown House* schallen würde.

Es war spät, und Connor vermutete, dass alle – bis auf ihn – bereits in ihren Zimmern waren und die Füße hochgelegt hatten. Mühsam stemmte er sich am Tisch hoch, nahm sein Geschirr und stellte es in die Spüle. Mit seinem Bier in der Hand ging er durch den langen Flur hinüber ins Büro, wo Madison ihm einige Unterlagen zwecks Unterschrift bereitgelegt hatte. Auch das war etwas, das viel zu kurz gekommen war. Ihr gemeinsames Arbeiten.

Er blieb in der Tür ihres Kabuffs stehen, sah auf ihren ordentlich aufgeräumten Tisch. Dass ihr Laptop um diese Uhrzeit noch vor sich hin blinkte, war seltsam. Er ging hin, klappte das gute Stück zu und ging in sein Büro. Obwohl er müde war, würde er die halbe Stunde, die es noch dauern würde, die Belege zu sichten und zu unterschreiben, durchhalten. Allein. Schöner wäre es, wenn Madison hier wäre. Er war so in das *Unternehmen Tunnel* eingebunden, dass er gar nicht mitbekommen hatte, dass sie heute früher gegangen war. Connor griff nach dem Telefon und wählte die Nummer vom *Sage Yard.*

»Du bist heute schon der Zweite, der nach ihr fragt, obwohl es mich bei dir nicht wundert …«, sagte Edith leise lachend. »Aber nein: Sie ist nicht hier.« Das schlagartig aufkommende flaue Gefühl in seiner Magengegend kam nicht vom Bier oder vom *Stew.*

»Ich melde mich wieder«, sagte er, legte auf, und instinktiv ging er zurück zu ihrem Laptop. Mit zittrigen Händen öffnete er das Gerät, fluchte leise, weil nun der Bildschirmschoner aufleuchtete, und kratzte sich am Ohr. War der Computer passwortgeschützt? Er war nicht sicher, bewegte testweise die Maus und wünschte, er hätte es schon früher getan.

Als der Bildschirmschoner verschwand, war das Mailprogramm zu sehen. Ein Blick darauf sagte ihm, dass Madison diverse Mails nach Namen sortiert hatte. Das Eingangsdatum der Nachrichten variierte, die Betreffzeile ebenso, der Name nie. Kaum verstand Connor, was er da gelesen hatte, sprang er auf, suchte nach seinem Mobiltelefon und scheuchte mit seinem Anruf einen Augenblick später Sean an den Apparat.

»Madison ist weg. Sie hat Droh-Mails bekommen, sie ist weg, Sean.«

Mit einem *Bin gleich da* würgte Sean das Gespräch ab, und tatsächlich stand der Hüne keine fünf Minuten später in der Tür. Connor telefonierte noch einmal mit Edith und bat diese inständig, sich daran zu erinnern, wer genau heute nach Madison fragte.

»Ein Mann, aber einen Namen hat er nicht gesagt, nur dass er in deinem Auftrag anruft, weil du etwas wissen wolltest.«

Connor richtete sich auf, legte die Hand über seine Augen und fluchte.

»Das muss er gewesen sein. Dieser Ex-Chef.« Nach einer Pause, in der er Sean verzweifelt ansah, verabschiedete er sich von Edith mit dem Versprechen, sich zu melden. Der Aufruhr, der Seans Auftauchen verursachte, hatte alle anderen Bewohner des Hauses in Rage versetzt, und nun standen sie mehr oder weniger verschlafen auf dem Flur und sahen sich ratlos an. Riba McIntire sah mit einem Blick in die Runde, der mehr als nur betrübt war.

»Heute stand jemand im Hof«, sagte sie leise und schuldbewusst, weil sie ahnte, etwas verdammt Wichtiges vergessen zu haben, »der wollte sie sprechen, aber ich hab gesagt, sie wäre nicht da.« Connor holte tief Luft, legte die Hand über den Mund, und als er sich endlich entschließen konnte auszuatmen, hatte sich seine Anspannung auf die anderen Anwesenden übertragen. Er machte den Eindruck, als würde er alles und jeden in seiner Nähe erschlagen wollen. Doch gleichzeitig war da eine traurige Hilflosigkeit, die jedem Einzelnen in diesem Raum zu schaffen machte. »Sean und ich gehen sie suchen, bleibt ihr in der Nähe des Telefons.«

In diesem Augenblick betrat Matt die Küche, blieb stehen und drehte seine Mütze verlegen in den Händen. Niemand beachtete ihn, also hustete er, und nun wandte sich zumindest Sean zu ihm um. »Sie ist durch den Tunnel«, sagte Matt leise, und Sean nickte, legte den Finger auf den Mund und bedeutete dem Alten so, dass dieses Geheimnis zwischen ihnen sicher zu sein hatte.

***

Doch bevor Connor sich mit Sean aufmachte, setzte dieser sich noch einmal an den Laptop.

»Vielleicht hat sie ja ein Bahnticket gebucht«, mutmaßte er. Was er fand, ließ ihn aufstöhnen. Er öffnete die Mail, schob den Laptop so, dass Sean, draufsehen konnte. »Das muss dieser Malerfreund von ihr sein«, erklärte er.

Nun war es an Sean, Flüche auszustoßen. »Bilder von deiner Madison? Geklaut? Dem Mädchen bleibt aber auch nichts erspart.« Er las die Nachricht erneut.

»Da steht ’ne Telefonnummer, möglicherweise ist sie da hin.« Connor wählte, und als Cesar am anderen Ende abnahm, erklärte er kurz die Situation. Erneute Flüche waren zu hören, und Connor wunderte sich, dass ein Feingeist, wie es

Maler Connors Meinung nach nun mal zu sein schienen, solche Verwünschungen ausstoßen konnten.

»Nein, sie ist nicht hier. Ich rufe jetzt Lewis Stone an, und sobald wir was wissen, melden wir uns.« Connor trennte sich vor dem Haus von Sean.

»Ich nehm den Tunnel … aber vorher muss ich telefonieren«, sagte der Vorarbeiter. Er nickte seinem Chef und Freund zu und ging.

***

Connor setzte sich in den SUV, und während er zum Bahnhof fuhr, der einzigen Möglichkeit, schnell und unkompliziert aus Cumbernauld zu verschwinden, war er sich sicher, dass Madison das wusste. Er tippte nervös auf das Lenkrad. Das Gefühl in seinem Magen verursachte ihm nicht nur Übelkeit. Es war eine Mischung aus Angst und Sorge, die ihm die Magensäure hochtrieb. Es war zu früh, um von ihr das gleiche Vertrauen einzufordern, das er in sie setzte, weil er es immer in die Menschen setzen konnte, die ihm begegneten. Madison war da anders. Sie hatte es nie gelernt. Zu vertrauen. Wie sollte sie es da besser wissen? Und was er nie gelernt hatte, war, einem Menschen wie Madison begreiflich zu machen, dass sie es konnte. Wenn er sie finden würde, konnte er sie zurückholen? Konnte er ihr sagen, dass alles gut werden würde und sie ihm nur ein wenig vertrauen müsse?

Wie ein Schlafwandler fuhr er die schmalen Landstraßen entlang, sah nicht nach links und nicht nach rechts. So tief in Gedanken versunken war er das letzte Mal, als ihm Percia einen ihrer üblen Streiche gespielt hatte. Immer wieder kaute er auf seiner Unterlippe, bis ihn der Schmerz wachrüttelte. Keine Sekunde zu früh, denn ohne es zu bemerken, war er bereits auf der Hauptstraße nach Cumbernauld und hätte beinahe eine rote Ampel übersehen. Das rote Licht strahlte bedrohlich in die aufkommende Nacht und schien ihm sagen zu wollen, dass er sich nicht mehr beeilen müsse, weil er sie verpasst und somit nie wieder sehen würde.

Wütend legte er den ersten Gang ein, und mit quietschenden Reifen missachtete er das Rotlicht, bog in Richtung Hauptbahnhof ab.

***

Im Vorhof von *Wigtown House* sah es immer noch so aus, als hätte man nach diversen Schlachten gegen die Engländer das Aufräumen vergessen. Sean drückte sich an schweren Maschinen vorbei, die anscheinend niemand abholen wollte, suchte sein Telefon in der Tasche, und als er es in der Hand hielt, dachte er kurz über die Reihenfolge der Anrufe nach. Einen Augenblick später hielt er es ans Ohr und grinste breit. Der Polizei wollte er immer schon mal *eins reinwürgen*. Warum also nicht mit Lewis Stone beginnen? Zumindest würde der ihm ein paar Informationen geben können, die ihm bei den weiteren Anrufen hilfreich sein konnten.

Das nervöse – und hörbare – Entsetzen des Polizisten, mit dem er vor Jahren die Schulbank geteilt hatte, amüsierte den Vorarbeiter, und er musste an sich halten, nicht gleich ein wenig ausfallend zu werden.

»Ja … der Knasti. Da staunste, was?« Sean lachte tonlos.

»Was hast du angestellt?« Lewis' Frage ließ ihn die Augen verdrehen. War von dem Bullen was anderes zu erwarten?

»Nichts, rein gar nichts. Ich will nur 'ne Information von dir.« Sein Gegenüber schwieg einen Atemzug lang.

»Sean, lass mich mit deinen krummen Dingern in Ruhe«, sagte der Mann, und er klang so sauer, dass man ihn noch in ein paar Meter Entfernung von Seans Hörer gut verstehen konnte.

»Lewis, halt dein blödes Maul, du weißt, dass ich seit Jahren sauber bin«, antwortete Sean genauso sauer. »Es geht um eine rothaarige Lady, die du wohl in London kennengelernt hast.« Lewis Stone atmete hörbar aus.

»Was ist mit Madison?«

»Eure – sagen wir mal so – idiotische Arbeitsweise hat dazu geführt, dass sie hier Besuch bekommen hat. Bewegt ihr eure Ärsche eigentlich mal?« Stone stieß seinen Atem so heftig aus, dass Sean meinte, den Lufthauch durch die Leitung zu spüren.

»Was ist mit Madison?«, fragte er erneut.

»Wissen wir noch nicht. Jetzt ist sie erst mal weg«, antwortete Sean. »Sie steht aufrecht, und damit das so bleibt, will ich von dir den Stand der Ermittlungen wissen.«

Sean spürte förmlich, wie Lewis die Augen verdrehte, als er ihn so anfuhr, aber das war ihm egal. Lewis war immer der Gute der Jungs gewesen. Schon als sie Kinder waren, wollte er immer nur Polizist spielen. Dass Sean der Gangster in ihren Spielen war, war mehr als ein Zeichen.

»Ich hab endlich jemanden gefunden, der Anklage gegen ihn erhebt, deshalb konnte ich auch noch nicht mit dem Maler zu euch hochfahren. Allerdings haben wir immer noch keine Hinweise auf den Angreifer, selbst wenn Hanks in seiner letzten Mail ja mehr oder weniger zugegeben hat, zumindest mitbeteiligt gewesen zu sein. Aber das reicht nicht, wir brauchen auch den Attentäter selbst.«

»Gut«, sagte Sean, »das ist was. Dann kann ich hier was organisieren. Wir sehen uns … und … danke, Lewis.«

***

Er sah sich um. Er war immer noch allein auf dem Hof. Sean atmete sehr tief ein. Diese Nummer kannte er auswendig, und sie war nirgendwo gespeichert. Es war lange her, dass er diese Nummer das letzte Mal gewählt hatte. Er war ein klein wenig nervös, als er die Tasten drückte und konzentriert auf das Freizeichen lauschte, und als am anderen Ende jemand abnahm, atmete er auf.

»Ich brauche fünf für ein paar Wochen«, sagte er, wartete auf die Antwort, nickte, dann legte er auf. Jetzt würde alles seinen Gang gehen, und sobald sie das rothaarige Weib in Sicherheit gebracht hatten, konnte er seinen nächsten Schritt einläuten. Sean war sehr mit sich zufrieden.

Dann ging er hinüber in die Überreste des Gartens, bückte sich und betrat den unterirdischen Gang.

***

Der Linienbus spuckt mich direkt vor dem Bahnhof aus. Ein wenig Glück hatte ich schon, als ich aus dem Generatorraum trete, mich umsehe und gerade noch frage, wie es jetzt weitergehen soll. Wie ein Zeichen aus dem Dunkel tauchte dieser Bus auf, und ohne weiter darüber nachzudenken, stieg ich ein.

Zumindest habe ich jetzt fast zehn Minuten Zeit, mir Gedanken zu machen. Sarkastisch stelle ich fest, dass ich nicht weiß, wohin die Linie fährt. Aber gut: Mein Ticket ist bezahlt, beschweren kann sich keiner, auch wenn der Busfahrer offensichtlich der Meinung ist, dass er schon hübschere und ordentlichere Frauen gesehen haben mag. Sein schräger Blick, dem ich mich in diesen zehn Minuten ständig ausgesetzt sehe, spricht Bände, und ich denke, dass ich es selbst weiß. Weiß, dass ich schon mal besser, wesentlich unverheulter und sauberer ausgesehen habe. *Aber geh du mal durch einen dunklen, nassen und engen Tunnel,* denke ich und wende mich ab. Ich kann seinen Blick nicht ertragen.

Als ich am Bahnhof aussteige, fühle ich mich wie an dem Tag meiner Ankunft. Dieser Vorplatz hat sich nicht wesentlich zu seinem Vorteil verändert. Immer noch trostlos, immer noch laut hinausschreiend, dass hier Abschiede zelebriert werden. Und jetzt eben meiner. Obwohl es keiner ist und doch irgendwie schon. Ich stehe allein auf dem Bahnsteig, niemand ist da, um mich zu verabschieden. Und doch ist es ein Abschied von einer wundervollen Erfahrung, die ich – viel, viel zu kurz – machen durfte.

Zum Glück ist der Bahnhof so groß, dass es einen Waschraum gibt, und als ich mich endlich dazu durchringen kann, in den Spiegel zu sehen, bekomme ich das ganze Trauerspiel in seiner vollendeten Pracht zu sehen. Blass, verheult, strähnige Haare, ein Riss an der Bluse und Schmutz im Gesicht. Und nicht mal ein Kosmetiktäschchen dabei, um die größten Katastrophen zu verdecken. Ich reinige das Gröbste und stelle mich am Kiosk an. Natürlich werde ich auch hier von oben bis unten gemustert. *Tolle Leistung,* denke ich und sehe auf meine Schuhe.

»Bitte?«, fragt mich die Dame im Kiosk.

»Reinigungstücher, die Handcreme da und einen Tee, bitte.« Sie starrt mich an, als hätte sie mich nicht verstanden, doch bevor ich meine Bestellung wiederhole, setzt sie sich in Bewegung.

»Das können Sie auch brauchen«, sagt sie, legt mir ein Haarband und eine Haarbürste hin. Sie lächelt mich schwach an. »Kerle können schon Arschlöcher sein«, sagt sie und reicht mir mein Wechselgeld. »Die Bürste können Sie mir gleich zurückbringen, Schätzchen, dann ist auch Ihr Tee fertig.« Sie zwinkert mir zu, während ich mich leise bedanke.

*Wenn die Frau nur wüsste ...*, denke ich und gehe zurück in den Waschraum. Notdürftig restauriere ich mich, bürste mein Haar und binde es zusammen. *Annehmbar,* sage ich zu meinem Spiegelbild und gehe zurück.

»Hier, Schätzchen.« Die Dame im Kiosk lächelt mich aufmunternd an, reicht mir den Tee. »Sie sollten sich ein Ticket holen, der 18.15 Uhr kommt gleich, und den sollten Sie nehmen: Sie sehen so aus, als brauchen Sie die Auszeit.«

*Da komme ich gerade her,* denke ich, *sie wurde nur leider viel zu abrupt beendet. Und wo ich meine nächste verbringen werde, weiß ich nicht.* Meine Gedanken ertrinken vor Selbstmitleid.

Der Becher mit dem heißen Tee und mein Portemonnaie sind wie Anker für mich in diesem Moment, in welchem ich auf dem Bahnsteig stehe und auf den Vorstadtzug warte. Ich klammere mich daran, halte mich fest.

Der Wind ist nicht mehr ganz so kühl wie am Tag meiner Ankunft, und so brauche ich mich nicht mehr vor ihm zu verstecken, kann mich bewegen, während ich nachdenke. Hab Luft zum Atmen.

*Wohin? Wohin soll ich gehen?* Ein beunruhigender Gedanke. Dieses *Wohin* ist so scheußlich. *Aber wenigstens hast du die anderen geschützt,* denke ich nicht ganz ohne Stolz. *Denn wenn ich weg bin, dann wird er woanders weitersuchen. Dann hat er aber keinen Grund mehr, in* Wigtown House *nach mir zu suchen, dann wird er weiterziehen, genauso wie ich.*

Meine Gedanken sind wirr. Zugegeben, aber sie sind von der Angst getrieben, dass es jemandem in *Wigtown House* schlecht ergehen könnte und das meinetwegen. Das könnte ich nicht ertragen. Das würde mein Leben nur noch schlimmer machen. Diese Gedanken an *Wigtown House* muss ich zur Seite schieben, schließlich geht es jetzt um mich. Um das *was nun*. Denn ich bin ja nun weg, da wird es *denen* gut ergehen. Da bin ich mir sicher.

Die Anzeige über mir schaltet klackernd um und zeigt nun den nächsten Zug an. Nicht der 18.15, dazu ist es zu früh, und dieser hier, der fährt nur die kleineren Orte bis Glasgow ab, kann ich der Anzeige entnehmen. Das reicht nicht, ich muss weiter weg. Gerade als ich einen Schluck Tee nehmen will, höre ich eine Stimme, eine, die ich kenne, aber die ich jetzt nicht erwartet habe. Eine, die mir sagt, dass ich nicht in diesen Zug einsteigen soll. Ich erschrecke mich zu Tode, und der Becher fällt mir herunter, der heiße Tee schwappt über meine Füße.

***

»Steig nicht in diesen Zug.« Connor kannte seine eigene Stimme nicht mehr. So leise, so dunkel. So zaghaft. Dass sie sich so fürchterlich erschrak, tat ihm leid, und er wäre so gerne zu ihr gegangen, hätte sie liebend gerne einfach nur in den Arm genommen, um so zu verhindern, dass sie ging. Die Fahrt zum Bahnhof hatte ihn mitgenommen, psychisch. Weil er sich ständig einen *Idioten* nannte, weil er ihr Wesen nicht erkannte. Dass er nicht gesehen hatte, dass sie sich zwar wohlfühlte in *Wigtown House*, dass sie sich angekommen fühlte, aber dass jeder kleine Querschläger, der ihr Leben streifen würde, sofort dafür sorgen würde, dass sie die Flucht ergriff.

Das hatte er einfach nicht bedacht und war sich einfach zu

sicher, dass sie das alles überstehen würde. Dass es keine Probleme geben würde, wenn etwas wie Hanks hier plötzlich und unerwartet auftauchen würde. Nein, das hatte er nicht bedacht.

Und dann hatte er sie dort stehen sehen. Auf dem Bahnsteig. Mit dem Rücken zu ihm. Ihr Pferdeschwanz wippte viel zu fröhlich vor sich hin. Ihre Kleidung hatte unter der Flucht durch den Tunnel schwer gelitten. Wie verzweifelt musste sie sein, wenn sie sich so auf die Reise in ein fremdes, unbekanntes Leben machen wollte? Er zückte sein Telefon, wählte Seans Nummer und wartete im Windschatten eines Mauervorsprungs. Nur die Mailbox sprang an. »Ich hab sie«, sagte er und legte auf. Langsam kam er aus seinem Versteck hervor. Die rothaarige Frau vor ihm auf dem Bahnsteig hatte nicht mehr viel mit der Madison zu tun, die er kennengelernt hatte. Die er lieben gelernt hatte. Sie war nur noch ein Schatten ihrer selbst.

»Steig bitte nicht in diesen Zug«, wiederholte er und trat einen Schritt auf sie zu. Madison war so verängstigt, dass sie ihn anscheinend nicht wahrnahm, immer wieder auf ihre Füße sah.

»Das ist nicht mein Zug«, antwortete sie schließlich. »Der Nächste …«

Connor versuchte ihr die Hand zu reichen, doch sie ging einen Schritt zurück.

»Es ist nicht gut«, sagte sie leise. »Ist nicht gut, dass du hier bist.« Sie schüttelte sachte den Kopf, kämpfte mit den Tränen und trat von einem Fuß auf den anderen. »Ich muss gehen.« Dieser Satz kam so bestimmt, dass es ihm einen Stich versetzte. Mit einer langen Klinge. Tief in die Brust, wo diese Klinge noch einmal gedreht wurde, damit sie größtmöglichen Schaden anrichten konnte.

»Das stimmt nicht«, erwiderte er verzweifelt, und er wunderte sich, wie trotzig er klingen konnte. »Das weißt du auch.« Wieder machte er einen Schritt auf sie zu. »Du musst das nicht alleine durchstehen, Madison. Bitte. Komm zurück. Komm nach Hause.« Endlich sah sie auf, Tränen liefen ihr über das Gesicht.

»Nach Hause? Ich hab kein Zuhause. Ich kann kein Zuhause haben, Connor ... wenn ich bleibe, ergeht es euch wie mir.«

Sie riss ihren Kragen der Bluse auf und zeigte ihm die Narbe. Brachte ihm in Erinnerung zurück, was sie hierher zu ihm geführt hatte. Machte ihm deutlich, dass es hier nicht um einen Graben im Garten ging, der nicht das zutage fördert, was er sollte. Hier ging es um Leben. Um ihr Leben. »Wenn ich bleibe, dann seid ihr in Gefahr.« Sie weinte, und diese Tränen wollten ihn sprachlos machen. Das erste Mal spürte er, wie sie sich fühlen musste. Hilflos. Es blieb ihm nicht viel, außer sachte den Kopf zu schütteln.

»Nein«, sagte er leise, machte erneut einen Schritt auf sie zu und hoffte, dass sie stehen blieb. »Wir sind nicht allein. DU bist nicht allein. Nicht mehr. Das da«, sagte er und zeigte auf ihre Narbe, »das da ist das Ergebnis von Einsamkeit. Du musstest da allein durch. Jetzt nicht mehr. Komm nach Hause. Bitte.«

Sie blieb stehen, und er konnte den Abstand zwischen ihnen verringern. Zaghaft machte er einen weiteren Schritt. Die Anstrengung, sich dabei zurückzuhalten, nicht wie ein Sturm auf sie loszujagen, jagte ihm den Puls in die Höhe. Sein Mund war trocken, und die kleinen Bisse auf die Unterlippe von vorhin reizten die Haut darüber noch ein wenig mehr. »Ich habe dir ein Versprechen gegeben, Madison Cavanough, und ich halte meine Versprechen, wenn man mich lässt.«

Wieder machte er einen Schritt auf sie zu. Wenn er jetzt die Hand ausstreckte, dann konnte er ihre greifen, sie an sich ziehen und nicht mehr loslassen. Aber der Ausdruck in ihrem Gesicht warnte ihn. *Eine falsche Bewegung, und sie läuft kreischend davon,* dachte er, und so wurden seine Bewegungen noch etwas vorsichtiger. Es war, als würde er ein Raubtier jagen, so als würde jede hektische Bewegung das Tier vor ihm aufscheuchen und verjagen.

Der angekündigte Zug donnerte in den Bahnhof, und Connor sah Madison bereits vor seinem inneren Auge in diesen verfluchten Zug steigen. Sie schreckte auf, sah auf die Anzeige, und dann zeigte sich so etwas wie zaghafte Erleichterung in ihrem Gesicht. Wollte *sie vielleicht gar nicht gehen?*, fragte er sich. *Warum stieg sie nicht ein?* Mit dieser Frage war er bei ihr, nahm sie so fest in den Arm, dass sie leise unter ihren Tränen protestierte. Dass es nicht der Zug war, den sie nehmen wollte, daran dachte er gar nicht. Nur dass sie vor ihm stand und er um alles in der Welt verhindern musste, dass sie ihn verlassen würde.

»Ich habe dir versprochen, dass so etwas niemals wieder passieren wird und dass du niemals wieder allein sein wirst. Und aye: So wird es sein.«

# 45.

Gehalten werden im richtigen Moment. Das Gefühl von Nähe. Den Herzschlag eines anderen Menschen zu spüren. Kräftig, pulsierend. *Madison Cavanough wagte sich in Universen vor, die sie nie zuvor gesehen hatte.* Ich sehe ihn, spüre ihn, lasse mich in seine Umarmung fallen. So gerne würde ich ihm glauben. Würde so gerne glauben wollen, dass es einen anderen Weg außer diesem gibt, wegzulaufen.

Ich spüre seinen Atem auf meiner Wange. Seinen warmen Körper an meinem und lasse mich von dieser wunderbaren Wahrnehmung davontragen. Buchstäblich, wortwörtlich. Meinen letzten schwachen Protest ignoriert er, hebt mich hoch, und als wir am Kiosk des Bahnhofs vorbeikommen, kann ich so gerade noch das sehnsüchtige Seufzen der Verkäuferin hören.

»Hach …«, klingt es uns hinterher, und beinahe muss ich schmunzeln. Beinahe nur.

***

Jetzt sitze ich neben ihm im Wagen. Schweigend, weil ich mich ein wenig schäme. Aus den Augenwinkeln heraus kann ich sehen, dass er angestrengt nachdenkt. Seine Kiefer mahlen gegeneinander, seine Stirn ist in tiefe Falten gelegt. Und das alles wegen mir. So viel Aufregung nur meinetwegen.

»Als ich ihn gesehen hab, bin ich in Panik geraten«, versuche ich mich zu erklären. Leise, und ich fürchte, dass er mich nicht gehört hat. Doch dann fährt er rechts ran, bremst, macht den Motor aus und dreht sich zu mir.

»Tu das nie wieder, Madison Cavanough«, sagt er streng, und ich kann nicht glauben, was ich da höre. »Da sind Menschen, die … Scheiße, ich sorge mich um dich. Du kannst nicht einfach gehen und mich da im Ungewissen lassen wollen. Verdammt, *Caileag*, was hast du dir dabei gedacht?«

Er ist wütend. Dass er ins Gälische fällt, zeigt mir, dass er sich gerade eben noch beherrschen kann.

Dass sein Ausbruch eher der Auflösung seiner Anspannung geschuldet ist, verstehe ich nicht. *Wenn ich gewusst hätte, dass er wütend auf mich ist, hätte ich mich nicht von ihm wegbringen lassen,* denke ich noch, da packt er mich am Arm, zieht mich zu sich und küsst mich, dass mir schwindlig wird. Nicht nur das: Dieser Kuss holt alle Erinnerungen der letzten Wochen hervor, vermischt sie und lässt mich erneut unter Tränen zusammenbrechen.

»Tu das nie wieder.«

Sanft drückt er mich zurück in meinen Sitz.

»Sie warten schon auf dich, und ich kann dir versprechen, dass du bei den anderen nicht so glimpflich davonkommst wie bei mir«, sagt er mit einem kleinen, aber boshaften Lächeln.

Ich sehe ihn nicht an, sondern wende mein Gesicht ab, sehe hinaus. Die grünen Wiesen, die grauen Mauern, die mit dem Himmel um die Weite kämpfen, lenken mich ein wenig von dem bevorstehenden Donnerwetter ab. *Wenn die wüssten, was auf sie zukommt,* denke ich traurig. *Ich weiß es, denn ich habe das schon erlebt. Angst. Ob sie das wirklich mit mir durchstehen wollen? Ob Connor das tatsächlich kann? Ob ich das kann?*

***

Sie können. An diesem Abend, der mittlerweile zur frühen Nacht geworden ist, bekomme ich keine Zurechtweisung mehr zu hören. Keine vorwurfsvollen oder mitleidigen Blicke. Nur Erleichterung vermischt mit Sorge. Kein gesprochenes Wort, nur die Stille der Erlösung.

»Ich bring sie erst mal ins Bett«, sagt Connor, führt mich nach oben.

In seinem Zimmer geht alles sehr schnell. Als würde er ein ungezogenes Kleinkind zu Bett bringen, achtet er darauf, dass ich einen seiner Pyjamas anziehe, mich ordentlich zudecke. Dann öffnet er ein Fenster, sieht mich an und scheint zu überlegen, ob er mir noch einen Kuss geben soll. Er tut es und kommt zu mir, küsst mich auf die Stirn.

»Bin gleich wieder da«, sagt er, und irgendwie schwingt da die Hoffnung in seiner Stimme, dass ich dann schon tief und fest schlafe, damit er sich nicht über das Geschehene unterhalten muss. An der Tür dreht er sich noch einmal um, lächelt schwach und geht.

Ich bin allein. Allein mit meinen Gedanken und Gefühlen. *Ich hätte mich nicht so leicht überreden lassen sollen,* denke ich, und zum Glück für mich bin ich tatsächlich so müde, dass mein Gedankenkarussell in dieser Nacht nicht noch weiter im Kreis fährt.

# 46.

Er lehnte mit der Stirn an der Tür und atmete leise, aber kräftig aus. Für einen Augenblick schloss er die Augen, versuchte sich zu sammeln, aber es gelang ihm nicht. Immer wieder schob sich der Gedanke zwischen diese Versuche, an ein *wenn sie tatsächlich eingestiegen wäre …* Er hörte Schritte. Schwere Schritte, die über den Teppich schabten und in ein paar Metern Entfernung so plötzlich stoppten, wie sie aufgetaucht waren.

»Alles klar, Alter?« Seans Stimme, so rauh und so draufgängerisch sie auch für manche Ohren klingen mochte, erzählte in diesem nachhallenden Moment mehr, als jedes weitere Wort es hätte tun können.

Connor hob den Kopf, wandte sich seinem Freund zu.

»Weiß ich noch nicht«, antwortete er leise. Sean nickte, dann winkte er seinem Freund und sie betraten gemeinsam eines der kleineren Zimmer, die hier oben für Gäste reserviert waren. Bevor Sean die Tür hinter sich schloss, vergewisserte er sich, dass ihnen niemand gefolgt war.

»Was?«, fragte Connor abgehetzt. Noch eine Überraschung konnte er heute nicht gebrauchen. Sean hob beschwichtigend die Hand.

»Ich will, dass du weißt, dass ab heute Nacht ein paar Jungs hier herumstreunen werden«, sagte Sean, und Connor sah ihn fragend an. »Ich hab noch den einen oder anderen Gefallen bei jemandem einzuholen.« Sean grinste breit. »Und die laufen in den nächsten Tagen hier Wache. Drei Schichten, jeweils fünf.« Connor atmete erleichtert aus. Über das, was jetzt geschehen muss, hatte er sich noch keine Gedanken gemacht.

Sean war da schneller, und Connor war ihm dafür dankbar. Sehr dankbar.

Hinzu kam, dass sich die Londoner Polizei immer noch so skeptisch gab, dass er kaum glaubte, von der hiesigen Polizei Unterstützung zu bekommen. Mit Seans kleinem Gefallen hatte sich zumindest diese Befürchtung in Luft aufgelöst.

»Und noch was«, fuhr Sean fort, hielt aber inne, weil er zur Tür hin lauschte, dann aber schüttelte er den Kopf und fuhr fort: »Ich hab ein paar Kumpels in London auf die Sache angesetzt. Die Infos, die ich von Lewis bekommen habe, waren spärlich, aber sie reichten, um da mal ein paar Gerüchte in Bezug auf Ehrverletzung zu streuen.« Er ging zum Fenster, sah hinunter und ließ einen perplexen Connor mitten im Raum stehen. »Die Kumpels werden sich umhören und mir so schnell wie möglich Bescheid geben.« Er kam zurück, legte seinem Freund die Hand auf die Schulter. »Wir erledigen das jetzt auf unsere Weise. Auf *Albais*.« Dann ließ er Connor allein.

***

Müde und abgespannt ging er hinüber zum Fenster, lehnte im Rahmen und sah hinaus. Die Maschinen, die vom Licht, das aus der Küche hinausfiel, angestrahlt waren, warfen seltsame Schatten in den Vorhof. Drohend und beängstigend breiteten sie sich aus. Das Gefühl, dass endlich etwas zugunsten Madisons geschehen würde, beruhigte ihn. Wenigstens etwas. Aber auf der anderen Seite verursachte ihm der Gedanke, dass Sean alte Kontakte wieder aufleben ließ, ein ungutes Gefühl. Doch er war zu müde, um darüber nachzudenken.

Connor ging in sein Zimmer. Sah der schlafenden Madison dabei zu, wie sie in ihren Träumen gejagt wurde. Es schmerzte ihn, dass er sich nicht in diese Fantasien schleichen konnte, um einem Drachenjäger gleich alles zu töten, was ihr Angst machte.

## 47.

Ich lebe in einem Käfig. Seitdem mich Connor nach *Wigtown House* gebracht hat, habe ich es nicht mehr verlassen. Dieses Zimmer entwickelte sich zu meinem kleinen, goldenen Kerker mit Aussicht auf den Garten. Damit ich nicht auf dumme Gedanken komme, steht ein Mann vor der Schlafzimmertür, der so groß und breit und schwer wie die massive Holztür selbst ist. Er versorgt mich mit allem, was ich brauche, damit meine Langeweile nicht auswuchert. Er bringt mir Bücher, holt mir DVDs, und wenn ich damit fertig bin, tauscht er die Sachen aus und gibt mir neuen Stoff. Aber wehe, ich setze nur eine Zehenspitze vor die Tür. Wehe mir, wenn ich auch nur die Nasenspitze über den Rand des Türrahmens hinweg lugen lasse. Dann baut sich dieser Schrank von einem Mann vor mir auf und sorgt dafür, dass ich sofort wieder zurück ins Zimmer gehe.

Nicht einmal allein zum Essen darf ich gehen. Connor holt mich ab, begleitet mich in die Küche, und sobald wir die Mahlzeit beendet haben, geleitet er mich wieder zurück in mein Gefängnis. Die einzige wirkliche Abwechslung, die ich habe, sind der Austausch der Maschinen und die Gespräche der Arbeiter.

Und die Nächte. So ausgeruht wie in diesen Tagen war ich schon lange nicht mehr, und wir nutzen jede Gelegenheit zum Sex. Wenn ich dann am nächsten Morgen darüber nachdenke – und ich habe viel Zeit zum Nachdenken –, dann weiß ich, dass es auf gewisse Art und Weise auch eine Form der Verdrängung ist. Die Momente, in denen ich Connor körperlich nahe bin, tragen mich in andere Sphären. Lassen mich die Welt mit anderen Augen sehen.

Beinahe entwickle ich eine Sucht, seinen Körper an meinem zu spüren. Seine Haut auf meiner. Seine Hände, die sich ihren Weg suchen, mir Lust zu bereiten. Wie sie sich erst vorsichtig, aber vorwitzig nähern, diese gewissen kleinen, verborgenen Stellen suchen, finden und bis zum Exzess reizen, der sich dann einem Zyklon gleich über mich ergießt und mich auf seinen Wellen davonträgt. Ich lerne ihn kennen, jedes kleine Detail seines Körpers ist mir bald so vertraut, als würde ich ihn schon ewig kennen und lieben. Bald schon weiß ich, wie er reagiert, wenn ich diese kleine Stelle an seinem Hals berühre, und ich spiele mit dieser Reaktion, die ihn leise aufstöhnen und mich noch etwas näher an sich heranziehen lässt. Sein Körper ist mein Tempel, meine Religion, und anders als bei den klassischen Glaubensbekenntnissen erhalte ich tatsächlich eine Reaktion, die mich glauben lässt.

Ich brauche kein Zeichen wie einen *brennenden Busch,* um zu glauben. Wie er erzittert, wenn wir uns berühren; sein Seufzen, sein Stöhnen sind mir Beweis meines Glaubens an uns genug. Das Beben seiner Lenden, das Erwachen seiner Männlichkeit, der Geschmack seiner Haut … all das ist für mich Bestätigung und Entschädigung für das, was ich tagsüber erleiden muss. Und deshalb verzeihe ich ihm, dass er mich vollkommen außen vor lässt. Mich im Ungewissen darüber lässt, was passiert.

***

War da nicht ein *Wir*? Als wir dort am Bahnhof standen, er mich quasi einsammelte. War da nicht ein *Niemand ist allein*? Der Gedanke lässt mich einerseits fragend zurück, andererseits muss ich schmunzeln. *Leg dich nicht mit einem Highlander an*, denke ich, *der regelt das auf seine Weise.*

Doch bevor ich mich wie *Mary Stuart* in ihrem Verlies fühlen kann, verändert sich etwas. Etwas Unbestimmtes geht vor sich. Nicht greifbar, aber da. Noch während ich am Fenster stehe, mir die Langeweile mit Beobachten vertreibe, kann ich es spüren. Unten in dem, was früher mal der Garten war und nun so aussieht, als hätte jemand *Pershings* getestet, steht *Grumpy Matt* und sieht zu mir hinauf. Ob er mich sieht, kann ich nicht sagen, aber sein Blick berührt mich. War er bisher mir gegenüber immer zurückhaltend, fast feindselig, so sehe ich jetzt so etwas wie Traurigkeit darin.

Gut, in meiner Langeweile kann ich mir das auch einbilden, aber es sieht so aus, als würde er über mich nachdenken, und warum sollte er sich dazu das Fenster als Fixpunkt aussuchen, hinter dem ich in den letzten Tagen stand und den Arbeitern und auch ihm zugesehen habe?

Der Kaffee, den ich heute Morgen getrunken habe, will, dass ich ihm seinen Tribut zolle. Also heißt dies für mich, zur Tür gehen, den menschlichen Schrank davor bitten, mich zu begleiten, und mit Eskorte zur Toilette am anderen Ende des Ganges gehen.

Nur dass kein menschlicher Schrank vor meiner Tür steht. Er ist auch auf dem Flur nicht zu sehen. Keine Stimmen, keine Geräusche. Also wage ich es und schlüpfe hinaus, sehe mich um wie ein Dieb und gehe hinüber zur Toilette. Wie immer muss ich an der großen Treppe vorbei und lausche kurz. Auch von unten keine Geräusche. Seltsam ist das schon, aber der Drang der Natur scheucht mich erst einmal weiter.

Eigentlich erwarte ich, dass man mich sucht. Dem ist aber nicht so, und das ist noch seltsamer. Vorsichtig und wie eine Katze auf leisen Pfoten schleiche ich die Treppe hinunter, sehe mich um – und niemand ist da. Der Gang in die Küche ist dunkel, und bis auf zwei dampfende Töpfe zeugt auch nichts davon, dass hier mal menschliches Leben anwesend war. Ratlos nehme ich mir einen Kaffee und frage mich im Stillen, wo die wohl alle sind.

»Alles klar?« Seans Stimme lässt mich aus meinen Überlegungen aufschrecken.

Ich starre ihn kurz verständnislos an, dann lächle ich schwach und nicke. Meine Bewegungen sind aber so fahrig, dass ich fürchte, er glaubt mir nicht.

»Ja«, versuche ich mich zu erklären, »nur ein wenig sehr ruhig hier, oder?« Sean lässt mich nicht aus den Augen. Verschränkt die Arme vor der Brust und beobachtet jede auch noch so kleine Bewegung meinerseits.

»Du bist 'ne ganz schlechte Lügnerin.«

»Willst du einen Kaffee?«, frage ich ihn, und ohne seine Antwort abzuwarten, nehme ich eine Tasse und schenke ihm ein. Als er mir die Tasse abnehmen will, berühren sich unsere Hände, und Sean lässt seine an meiner liegen.

»Also? Was ist hier los?«, frage ich ihn. Er nippt an seinem Kaffee, geht zum Tisch und setzt sich.

»Nicht viel«, antwortet er ausweichend.

»Stell dir vor, das habe ich auch schon bemerkt, auch wenn ihr mich da oben weggeschlossen habt.« Er lacht leise, trinkt noch einen Schluck, dann sieht er mich an. Ernst. Ein wenig zu ernst für meinen Geschmack.

»Dein spezieller Freund ist vorhin noch mal aufgetaucht.« Er sagt das, als wäre dies das Normalste der Welt, während mir das Herz stehen bleibt und meine Fantasie mir ein Schild vor mein inneres Auge hochhält, auf dem ein Pfeil mit der Aufschrift *Da geht's lang* abgebildet ist.

»Keine Sorge«, versucht er zu beschwichtigen. »Die Kavallerie ist unterwegs, Connor bei der Kriminalpolizei, und das Yard ist auf dem Weg hierher. Dieses Mal hat er seine verdammte Nase zu weit rausgestreckt, und sie haben ihn in Gewahrsam … noch nicht verknackt, aber immerhin.«

Ich versuche, zuversichtlich zu nicken. Aber alles, was Sean da sagt, hatten wir schon mal. Hanks war schon einmal hier, er war schon einmal in meiner Nähe, und das Yard ist schon lange involviert, ohne etwas tun zu können. *Was soll sich also jetzt geändert haben?*

In der Küche ist es so still. Überall auf dem Anwesen ist es still. Nicht einmal der leise Hauch eines Windzugs ist zu hören. Draußen vor dem Fenster liegt das Chaos der Bauarbeiten in strahlendem Sonnenschein, und hier drinnen, in der Kühle der mit Fliesen ausgeschlagenen Küche, herrscht genau dieselbe Dunkelheit wie in mir drin vor. Ein Anflug von Verzweiflung durchflutet mich. Sean stellt seine Tasse auf dem Tisch ab und kommt zu mir, legt mir die Hand auf den Arm.

»Wir haben das im Griff«, sagt er bestimmt. Ich sehe auf, ihm in die Augen, und ich würde ihm so gerne glauben. Genauso gern, wie ich Connor glauben will. Aber dass hier alles in Aufruhr ist, zeigt doch, dass sie sich alle mit ihren Kräften überschätzt haben. Mein zustimmendes Nicken wird von einem schwachen Lächeln begleitet. Mein *ja* klingt wie eine Lüge, und das wissen er und ich genau.

***

Behördengänge waren für Connor schon immer so etwas wie eine Prüfung. Wenn möglich, versuchte er, solche Situationen zu vermeiden. Heute ging das nicht, und er musste all seine Kraft zusammennehmen, um dem Polizisten hinter dem Tresen nicht das Gesicht neu zu dekorieren. Glücklicherweise war Connor so geschickt vorgegangen, dass er Aidan Haig gleich mitgebracht hatte. Nur für den Fall, dass er – Connor – sich wirklich vergaß und seinem Gegenüber die Nase zurechtrücken würde, konnte Aidan bezeugen, dass der Beamte den Streit begonnen hatte.

Mittlerweile hatten sich Connors Finger um die Kante des Tresens gelegt, und seine Knöchel traten weiß hervor. Aidan gab sein Bestes, indem er seinem Freund die Hand auf die Schulter legte, um ihn zu beruhigen.

»Officer«, versuchte nun der Anwalt das Wort zu übernehmen, »wir haben hier eine ernsthafte Bedrohung. Mr. Hanks hat bereits einmal einen Auftrag gegeben, Ms. Cavanough schwer zu verletzen.« Aidan holte tief Luft. Die Begriffsstutzigkeit des Mannes in Uniform bohrte auch in seinen Eingeweiden.

»Dem Scotland Yard liegt eine Anzeige vor sowie sämtlichen relevanten Kontrollorganismen, die mit Betrug und ebenjener Körperverletzung zu tun haben. Wenn Sie jetzt so freundlich wären, in Ihrem verdammten System nachzusehen. Vielen Dank.« Connor war hellhörig geworden. Hatte sein Freund da gerade wirklich *verdammt* gesagt? Untypisch für den Mann, der als Anwalt die innerliche Ruhe gepachtet zu haben schien. Aber das böswillige Grinsen Haigs bestätigte den kleinen, unkontrollierten sprachlichen Ausbruch.

Der Beamte rückte seinen Kragen zurecht, atmete tief ein und entschloss sich dann, dem Wunsch seines Gegenübers nachzukommen und im System nachzusehen. Um die Sache spannend zu machen, telefonierte er ein paar Mal und kehrte – nach ungefähr einer halben Stunde – an den Tresen zurück.

»Ich werde dann jetzt Ihre Anzeige aufnehmen.«

Connor und Aidan bedankten sich mit ironischem Unterton, und eine weitere halbe Stunde später verließen sie die Wache.

»Zumindest kann ich Madison jetzt verstehen«, sagte Connor und streckte sich. Die Wärme der Sonne glitt über seinen Körper, und er entspannte sich zunehmend. Er verabschiedete sich von Aidan und machte sich auf den Rückweg. Zumindest war es jetzt offiziell, und nun hieß es warten.

# 48.

In der Einfahrt zu *Wigtown House* stand einen Tag später neben den Baumaschinen ein etwas verloren wirkender Kleintransporter. Ein Mann in Lieferuniform hievte gerade mehrere Pakete aus dem Wagen, als Connor sich neben ihn stellte.

»Was haben wir da?«, fragte er beiläufig, als er die Lieferpapiere unterschrieb.

»Ich liefere die Dinger nur aus … Der Rest ist Ihre Sache«, grummelte der Mann, nahm seine Unterlagen, stieg in den Wagen und verschwand. Connor sah ihm kopfschüttelnd nach.

»Service ist was anderes«, murmelte er, nahm die drei Pakete, die zwar flach, aber sperrig und ziemlich schwer waren, und trug sie in sein Büro. Dort versuchte er, den Absender herauszufinden, scheiterte aber. Auch auf den Kopien des

Lieferauftrags war nichts Entsprechendes vermerkt. Ratlos kratzte er sich am Kinn, und sein Bart gab mit einem schabenden Geräusch einen abfälligen Kommentar. *Aufmachen oder Sprengkommando holen,* dachte er sarkastisch. Denn neuerdings war auf *Wigtown House* alles möglich. Er nahm den Brieföffner vom Schreibtisch, dann hob er das erste Paket auf den Tisch, ritzte die Verpackung vorsichtig ein. Als er das Packpapier zur Seite zog, fielen die Überreste seiner Courage in sich zusammen. Aber das durfte ihn nicht abhalten. Er riss das Papier vollständig ab, sah noch einmal auf den Inhalt und nahm sich dann die anderen Pakete vor, deren Inhalt dem des ersten mehr als nur ähnlich war.

Connor stellte die Bilderrahmen vor dem Schreibtisch auf, trat ein paar Schritte zurück, bis er an einen der Ledersessel stieß, und betrachtete die Gemälde nachdenklich. Eines war sicher: Dieser Cesar war wirklich talentiert und gerissen. Denn diese Frau dort auf dem Bild, deren Nacktheit nur von einem roten Samttuch spärlich bedeckt war, musste nicht zwingend Madison sein. Nur wer wusste, dass sie es sein sollte, konnte sie in diesem sanften Lächeln, der zarten Biegung an ihrem Hals, den angehobenen Schultern wiedererkennen. Er war ein wenig erleichtert. Ein Lächeln huschte über sein Gesicht, dann machte er sich auf die Suche nach ihr und fand sie mit Sean in der Küche.

***

Er steht hinter mir. Wortwörtlich. Gemeinsam stehen wir vor den drei Bildern, und nachdem ich den ersten Schock überwunden habe, kann ich mich auf die Motive – eigentlich nur das eine, nämlich mich – konzentrieren.

»Wunderschön«, sagt er leise, aber sein Bass vibriert an meiner Schulter. »Aber nicht unbedingt du.« Ich muss kurz auflachen. Mit der Aussage hat er nicht ganz unrecht. Ich weiß nicht, was Cesar mit mir gemacht hat, aber diese Frau auf den Bildern könnte jede Endzwanzigerin mit roten Haaren in London sein. Ja, sie ist schön. Sehr schön und sehr verführerisch. Anregend aufregend. Aber nur wer mich kennt, erkennt mich auch.

»Wer hat sie geschickt?«, frage ich, beuge mich vor, was Connor dazu veranlasst, mir einen Klaps auf den Po zu geben. »Keine Ahnung. Ein edler Spender?« Ich wende mich um und sehe ihn skeptisch an. »Sicherlich nicht.«

»Nein, das glaube ich auch nicht, aber …«, er stockt, ich höre Papier rascheln, »kein Absender.« Ich lasse mich in einen der Sessel fallen, doch Connor zieht mich gleich wieder auf die Beine, setzt sich selbst hinein und mich auf seinen Schoß. »Kannst du damit leben, dass die Bilder hier sind?« Ich kuschle mich an ihn, lege meinen Kopf an seinen, wende den Blick aber nicht von den Bildern.

»Hast du eine Nachricht von irgendjemandem bekommen?« Connor schüttelt den Kopf.

»Allerdings hab ich heute noch keine Mails kontrolliert.«

»Das solltest du aber tun. Und die SMS und was weiß ich nicht noch alles.« Er brummt unleidlich, schüttelt dabei den Kopf, und ich muss lächeln. »Ich will jetzt nicht aufstehen.«

»Sei artig«, ermahne ich ihn und ziehe hörbar die Luft ein, als er seine Hand unter mein Shirt schiebt. Warm, ein wenig rauh, aber zärtlich und vorsichtig. »Hier?«, frage ich ihn, und er verschließt meinen Mund mit seinem. »Die Türen sind zu, die anderen auf Patrouille, da werde ich doch der Dame meines Herzens eine ganz spezielle Aufwartung machen dürfen.«

Diese Aufwartung lässt mich schwindlig werden. Der Gedanke, doch noch erwischt zu werden, treibt uns beide in eine genussvolle Hektik, die ungezähmt darauf hinarbeitet, befriedigt zu werden. Meine Bluse, halb geöffnet, Rock und Slip nur halb verschoben; sein Hemd ebenso nur verrutscht, Hose halbherzig beiseitegedrückt und gehalten, sitze ich über ihm, spüre ihn tief und hart in mir. Fühle seinen Atem, der über meine Haut gleitet, spüre seine Hände, die mich halten und führen. Heiße Körper, die sich aneinanderreiben, die sich vereinigen und sich in ihrer Lust aufeinander antreiben. Keuchen und Stöhnen, leise, unterdrückt, doch hörbar und als Untermalung für ein Spiel, das die Sorgen im Hintergrund vergessen lässt. Sein Kommen, mein Orgasmus, ein Spektakel der Lust, bei dem die Akteure sich vollkommen vergessen. Mein Kopf, sonst so belastet und schwer, fliegt hin und her, legt sich wie von selbst in den Nacken, und ich habe nicht mehr die Kraft, ihn zu bewegen.

Ein rauhes, sehr leises Lachen kommt aus meiner Kehle. »Meine Güte«, sage ich, »das war fix.« Auch Connor lacht tonlos.

»Und wie«, gibt er zu und beginnt, meine Kleidung notdürftig zu restaurieren.

## 49.

Er hätte ihr so gerne die Ruhe gegeben, die sie braucht, damit sie lernen konnte, dass sie ihm vertrauen durfte. Aber diese Tage waren so verrückt, dass selbst er daran zweifelte, ob er noch bei klarem Verstand war.

Dieser *eucoireach* tauchte hier auf … hier in *Wigtown House* und machte mit einem Schlag alles zunichte, wofür dieses Heim all die Jahre gestanden hatte. Für Sicherheit. Für Zuversicht. Für Vertrauen. Dieser Mensch jagte allen Angst ein, und das machte Connor so wütend, dass er kaum klar denken konnte. Wie oft ihm bei dem Gedanken an diese Menschen der Wunsch überkam, etwas zu zertrümmern, konnte er nicht mehr zählen. Aber seine Haushälterin hätte ihm nicht nur die Leviten gelesen, wenn er etwas vom Porzellan erwischt hätte. Riba McIntire hätte ihm die Hölle auf Erden beschert. Die resolute Dame war eh schon mehr als gereizt.

Nicht nur, dass die Arbeiter ihre Bemühungen, *Wigtown House* reinlich und ansehnlich zu halten, ständig boykottierten; jetzt war sie auch noch in ihrer Bewegungsfreiheit eingeschränkt, denn nicht nur Madison kam in den Genuss eines ständigen Bewachers. Keiner der Angestellten durfte und sollte das Anwesen allein verlassen. Immer war einer von Seans Bodyguards dabei. Etwas, das Riba bis ins Mark störte.

Connor stand am Fenster seines Büros und sah hinaus auf den Hof. Das Chaos, das dort herrschte, ließ ihn innerlich aufseufzen. Zur denkbar ungünstigsten Zeit waren mehrere nervenaufreibende Episoden zusammengetroffen, die von den Bewohnern das Letzte abverlangten. Jeder ging damit anders um.

Er und Madison zogen sich, sooft es ging, zurück, auch wenn sie maulte, dass sie vor Langeweile sterben würde, wenn sie nicht bald einen Schritt vor die Tür machen dürfe. So versuchte er doch, ihr das verordnete Einsiedlerleben so angenehm wie möglich zu gestalten. Riba maulte ebenfalls, nur lauter und wesentlich drastischer in ihren Äußerungen. Und sie war kaum durch Alfie zu beruhigen, der die Veränderungen mit einer bewundernswerten stoischen Ruhe ertrug.

Edith war für ihre Verhältnisse außergewöhnlich still, half an allen Ecken und versuchte, die Stimmung durch Freundlichkeit und beständige Selbstlosigkeit zu halten.

***

In diesem Moment stapfte *Grumpy Matt* über den Hof, spuckte verächtlich vor den Maschinen aus und schob die Hände in seine Cordjacke. Nachdenklich schüttelte der alte Mann den Kopf, dann ging ein Ruck durch ihn, und einen Moment später stand er in Connors Büro.

Der Alte sprach nicht sofort, drehte seine Mütze in der Hand und starrte auf seine Hände. Er schüttelte den Kopf, rang mit sich, und Connor hätte ihm gerne die Last abgenommen, die er anscheinend mit sich herumtrug.

Aber er kannte Matthew zu gut, als dass er sich – vor allem, weil er der Jüngere von den beiden Männern war – dem Alten so aufdrängen konnte. Matt musste von allein sprechen. Musste von allein den Mut finden, den Mund aufzumachen und zu sagen, was ihn bewegte. So wartete Connor geduldig, und als Matthew endlich den Mund aufmachte, war er erstaunt, dass es sich um eine solche Lappalie handelte.

»Ich brauch zwei Tage Urlaub«, sagte Matthew, ohne aufzusehen. »Ist das in Ordnung?«

# 50.

Es war nicht zu verleugnen: Die ruhigen Zeiten in *Wigtown House* waren vorbei. Seitdem sie aufgetaucht war, hatte Matt eigentlich jeden Tag damit gerechnet, dass etwas passierte, das einem Sturm gleichkam. Denn eines konnte man *seinen Frauen* nicht vorwerfen: dass es langweilig mit ihnen wurde. Wie recht er behalten hatte, wurde ihm nun ständig vor Augen geführt. War er jedoch anfangs wütend und erbost, fiel er jetzt in eine Traurigkeit, die ihn selbst erschreckte. Der Schicksalsschlag, der ihn zu dem gemacht hatte, was er war – einen grimmigen alten Mann, der lieber mit Hortensien und Rosen anstatt mit Menschen redete –, verbot es ihm, außer Ärger noch andere Gefühlsregungen zu zeigen.

Und dann kam dieses rothaarige Mädchen, und das, was er als Panzer um sich herumgebaut hatte und mit dem er jahrzehntelang gut gelebt hatte, bröckelte wie die Salzkruste eines Barsches, der gerade aus dem Backofen kam.

Er hatte gelauscht, denn er war sich sicher, dass ihm sowieso niemand etwas von dem erzählen würde, was hier vor sich ging. So bekam er wenigstens eine Ahnung von dem, warum alle so aufgeregt waren. Und irgendwie hatte ihn diese Aufregung angesteckt. Auch er war der Rothaarigen (von seinem *Kind* mochte er aus für ihn vollkommen verständlichen Gründen immer noch nicht sprechen) ab und an gefolgt und hatte ein Auge auf sie geworfen. Hatte sich hinter dem Rücken des Fleischberges, der auf sie aufpassen sollte, versteckt und war zum Schatten dessen geworden. Selbst wenn der Gedanke, dass er sie – durch einen dummen Zufall – wiedergefunden hatte, ihn befremdete, es gab Augenblicke, in denen er spürte, wie sehr ihn dieser erleichterte. Er konnte seiner Frau nicht verzeihen, aber vielleicht konnte seine Tochter ihm vergeben.

»Ich brauche zwei Tage Urlaub«, sagte er am frühen Abend zu Connor, und der sah ihn so erstaunt an, dass es schon lächerlich wirkte. Tage waren vergangen, in denen in Matt ein Gedanke reifte, der so irrsinnig wie idiotisch war. Aber er musste etwas tun.

»Was hast du vor?«, fragte der Jüngere, aber Matts Gesichtsausdruck war verschlossen. So verschlossen, dass er deutlich machte, dass es Connor nichts anging.

»Ja klar, nimm deinen Urlaub«, hatte Connor darauf gestottert, und Matt war mit einem geflüsterten *Danke* gegangen.

***

Jetzt stand er in seiner Kammer, die in den letzten Jahren sein Zuhause geworden war, weil er nie viel Platz für sich beanspruchte und er seinen Pflanzen hier so nah wie möglich sein konnte. Auf dem Bett ein geöffneter Koffer, der ihn bereits in seiner Militärzeit begleitet hatte und auch dementsprechend ramponiert aussah. Genauso wie sein Träger. Matt ging zu seinem Schrank, öffnete ihn und nahm den Bügel, dessen Inhalt in Folie geschweißt auf ihn wartete, von der Stange. Vorsichtig entfernte er die Folie, und darunter kam eine Uniform der *Royal Air Force* zum Vorschein.

»Na, altes Mädchen«, sagte er und grinste schräg. »Lange nicht gesehen.«

Er legte die Uniform sorgsam gefaltet in seinen Koffer und verließ sein Zimmer. Während er durch das Haus ging, achtete er darauf, dass ihn niemand sah. Leise schloss er die Eingangstür und stieg die Stufen hinunter. Es wurde bereits dunkel, als er über den Kies in Richtung Auffahrt ging.

Warum er das, was er vorhatte, ausgerechnet jetzt tat, wusste er selbst nicht. Nur bei einem war er sich sicher:

Wenn er es zu Ende gebracht hätte, wäre sie nicht mehr allein hier oben. Das war ihm wichtig, und dass es ihm wichtig war, fühlte sich genauso seltsam an wie der Wunsch, es jetzt zu tun. Dann hätte sie etwas von ihrer Familie dabei, und vielleicht – so hoffte er – würde sie ihn als das akzeptieren, was er war.

Das Taxi, das ihn nach Glasgow bringen sollte, wartete an der Einfahrt zu *Wigtown House,* und als er die Tür öffnete, strömte ihm der Geruch von scharfem Curry entgegen.

»Sorry«, sagte der Fahrer, »ich hab heute noch nichts gegessen.« Matt nickte und stellte fest, dass sich etwas an ihm veränderte. Der Matt von gestern hätte lautstark dafür gesorgt, dass ein anderes – mehr oder weniger – geruchsfreies Taxi geschickt wurde. Der Matt, der gerade einstieg, nahm den starken Geruch hin, öffnete das Fenster und gab dem Fahrer Anweisungen.

Fünfundvierzig Minuten später betrat er das Zimmer im *Rennie Mackintosh,* öffnete seinen Koffer, nahm die Uniform heraus und strich sie glatt, als sie auf einem Bügel hing.

»Geht los, altes Mädchen«, sagte er und begab sich ins Bad. Dort sah er in den großen Spiegel. »Du bist alt geworden«, sagte er zu seinem Spiegelbild, »alt und verbittert.« Er ließ heißes Wasser ins Waschbecken laufen, griff nach dem vom Hotel ausgelegten Rasierer und Schaum und begann, seinem Bart den Garaus zu machen. Weitere zwanzig Minuten später sah ihn ein Mann an, den er über Jahre nicht gesehen hatte. Ob er ihn vermisst hatte, wusste Matt nicht zu sagen.

# 51.

Dieser Mann im Spiegel hatte sich in jüngeren Jahren mit dem, was er tat, nicht mit Ruhm bekleckert. Im Gegenteil. Manchmal glaubte er, dass er zu Recht von seiner Frau – Annie – gehasst wurde. Dass sie nicht nur das Monster in ihm gesehen hatte, sondern dass er wirklich eines war. Hatte er eine Ausrede? Vielleicht. Heutzutage gab es ein spezielles Wort dafür, und dieser Begriff erklärte vieles, ließ einiges, aber auch nicht alles verzeihen.

Aber damals kannte man das *posttraumatische Symptom* noch nicht. Oder man kannte es, wollte es ihm aber nicht zugestehen. Schließlich war er kein Kriegsopfer, auch wenn die Vorkommnisse, die zu der Veränderung seiner Persönlichkeit geführt hatten, unmittelbar vor Kriegseinbruch auf den Falklands ihren Lauf nahmen.

Matt hasste diese Erinnerungen. Er legte sich das Handtuch um den Hals, ging zurück in sein Zimmer und öffnete die Minibar.

»Scheiße teuer«, murmelte er, als er zwei dieser winzig kleinen Flaschen Whisky herausnahm, eine öffnete und in einem Zug leerte. Vielleicht konnte er das Gefühl betäuben. Vielleicht sogar ertränken, obwohl er glaubte, dass zwei Minis aus der Bar dazu nicht ausreichen würden. Er würde wohl heute noch mal auf die Straße müssen. Das hier reichte gerade zum

Vorglühen. Und er musste die Nacht in diesem fremden Bett überstehen; er musste sich Mut für den morgigen Tag antrinken.

Er musste sich Mut antrinken, um ehrlich zu sich sein zu können. Der Tag, als er damals aus dem Flugzeug stieg, verwundet, verletzt und verwirrt, da sah er diese große, schlanke rothaarige Frau, die so wunderschön war, dass es ihn daran erinnerte, dass seine Narben ihn jetzt entstellen würden. Das kleine Mädchen, das sie da auf dem Arm trug, war der Grund, warum er weiterleben wollte und musste. *Madison Anne Cavanough*. Er hoffte, nein, er flehte Gott im Himmel an, dass er in den beiden Wesen, die ihm alles bedeuteten, den Anker fand, der ihn hielt und stützte.

Bis zu dem Moment, in welchem Annie einen Kaffee verschüttete und er darüber so wütend wurde, dass er es sich selbst später nicht erklären konnte. Wie die vielen Male danach ebenso wenig. Es tat ihm leid. Unendlich leid. Aber Annie war in ihrer zarten Seele nicht stark genug, und deshalb floh sie. Vor ihm. Sie, die sie ihm doch helfen sollte.

Erst viel später hatte er verstanden, dass sie zu dieser Hilfe nicht fähig sein konnte, und trotzdem war er wütend auf sie. Sie hätte es ihm sagen müssen. Nicht einfach gehen und Madison mitnehmen. *Das wäre sie ihm doch schuldig gewesen, oder nicht?*, fragte er sein Spiegelbild.

Matt hatte sich angezogen, fuhr sich durch das noch feuchte Haar und steckte seine Geldbörse ein. Er war kein Trinker, aber heute Nacht würde er seinen Schmerz mit Alkohol betäuben. Seinen Schmerz und die Angst, die er vor Madison Anne Cavanough und ihrer Reaktion hatte, wenn sie erfuhr, dass er ihr Vater war.

# 52.

Meine Zeit als Einsiedlerin ist vorbei. Zwar ist meine Bewegungsfreiheit immer noch auf Befehl des Highlanders eingeschränkt, doch zumindest darf ich mich jetzt im Haus und ein wenig in den Überresten des Gartens bewegen. Ich habe einen Schatten, einen großen Schatten, aber der ist so gutmütig, dass ich es ertragen kann. Nach Tagen, in denen er vor meiner Tür stand und penibel darauf achtete, dass niemand hereinkam, der es nicht sollte – oder besser: in denen dieser wuchtige menschliche Schrank dafür sorgte, dass ich nicht flüchtete –, fällt mir auf, dass ich nicht einmal seinen Namen kenne, geschweige denn, ihn reden gehört habe.

»Logan«, fiepst er, und ich fühle mich schwer an eine Maus erinnert. An eine überdimensionale Maus. Logan grinst breit, verzieht entschuldigend das Gesicht und tapst weiter hinter mir her, immer bereit, jedem Unbekannten das Genick zu brechen, der sich mir auf zwei Schritte nähert.

Dass mein Verfolgungswahn dadurch nicht weniger wird, versteht sich beinahe von selbst. Denn nicht nur der Riese ist wirklich und wahrhaftig dauernd hinter mir, ich spüre die Blicke sämtlicher Bewohner von *Wigtown House* in meinem Rücken bei allem, was ich tue. Besonders tut sich Riba hervor, die ich immer schon von Weitem zetern höre, doch sobald ich den Raum betrete, dreht sie sich schweigend und mit gerümpfter Nase um.

Sie gibt mir die Schuld für das alles hier, und ich weiß, dass sie recht hat. Sie blockt jeden Versuch, mit ihr zu reden, ab. Sie ignoriert mich, lässt mich nicht an sie heran.

»Sie kriegt sich schon wieder ein«, sagt Alfie zu mir, als sie gerade den Raum in Richtung Vorratsraum verlassen hat, »das ist ihre Art, mit der Angst umzugehen.« Ich sehe zu dem schlaksigen Mann auf, und das Lächeln, das er im Gesicht trägt und das für gewöhnlich seine Mimik aufhellt, wirkt heute wie eine Maske. Wieder bin ich mir bewusst, dass das alles meine Schuld ist, und im Stillen verfluche ich Connor, dass er es geschafft hat, mich zu überzeugen zurückzukommen. Sie wären alle besser ohne mich dran. Dass sich in solchen Situationen mein *lieb Mütterlein* zu Wort meldet, ist auch selbstverständlich. Aber ich kann sie ignorieren. Meistens jedenfalls.

Meine kleine wiedergewonnene Freiheit beinhaltet auch, dass ich etwas arbeiten darf. Zwar war Mary Blair in den letzten Wochen zurückgekehrt, und manchmal konnte ich ihren freudigen Aufschrei bis oben in mein Zimmer hören, wenn sie etwas auf dem PC entdeckte, was ihr die Arbeit besonders erleichterte. Doch sie war immer nur für ein oder zwei Stunden im Büro, sodass viel Arbeit liegengeblieben ist. Allerdings besteht Connor darauf, dass ich neue Mails nur in seiner Anwesenheit lese, was sich etwas schwierig gestaltet, denn er selbst nimmt sich ebenfalls ein wenig Freiheit zurück und trainiert mit den Jungs für die *Highland Games*.

***

Wir versuchen also, etwas Normalität zurückzugewinnen. Auch wenn Baumaschinen und die Bodyguards uns jedes Mal daran erinnern, dass es eben nicht normal ist. Und dann taucht plötzlich ein Problem auf, das wir alle – vor allem Connor – so weit von uns geschoben haben, dass wir fassungslos über unsere eigene Dummheit sind zu glauben, dass sich dieses Problem von allein regeln wird.

Es steht leibhaftig vor uns und hat auch noch eine Entourage von Anzugträgern mitgebracht.

Percia ist – es ist eigentlich zu irrsinnig, aber es ist tatsächlich so – erbost darüber, was wir aus *Wigtown House* gemacht haben. Sie steht konsterniert vor den Baumaschinen und schnappt wie ein Fisch auf dem Trockenen nach Luft. Gut, im ersten Moment amüsieren wir uns darüber. Doch dann wird uns klar, was ihr Auftritt zu bedeuten hat. Es ist kein Besuch aus reiner Freundlichkeit. Sie will ihre Drohung wahr machen.

Was allerdings in den Minuten nach ihrem Erscheinen passiert, ist so unglaublich, dass es wirkt, als hätte jemand hier einen schlechten Film gedreht. Einen sehr schlechten. Sean taucht wie aus dem Nichts auf, und erst jetzt bemerke ich, dass er in den letzten Tagen gar nicht da war, und ich schäme mich dafür. Schließlich habe ich es ihm zu verdanken, dass ich ein wenig in Sicherheit leben kann. Hinter dem Vorarbeiter mit der Narbe im Gesicht bauen sich die Fleischberge auf. Dass es so viele sind, wusste keiner von uns. Sie kreisen Percia und ihre Gefolgschaft ein, Connor positioniert sich vor diesem Kreis und verschränkt die Arme vor der Brust. Er sagt nichts, legt nur den Kopf schräg, lächelt seine ehemalige Verlobte an, und die tobt wie ein Derwisch. *High Noon* in *Wigtown House*.

Keiner rührt sich, sie sind einfach anwesend, und ihr Zugegensein ist selbst für Percia Erklärung genug. Sie bläst zum Rückzug. Natürlich nicht, ohne Verwünschungen und Drohungen auszusprechen, aber sie geht. So viel Vernunft scheint sie dann doch zu haben, dass sie erkennt, wenn eine Schlacht, nein, ein Krieg, den sie angezettelt hat, verloren ist.

Noch als wir die Wagen, mit denen Percias Crew hier eingefallen ist, wegfahren sehen, löst sich unsere Anspannung, und wir gehen zusammen in die Küche, die plötzlich sehr, sehr klein wirkt mit all den Menschen darin.

Riba ist in ihrem Element und scheint selbst mir wohlgesonnen zu sein, als sie mir verstohlen eine Extraportion ihres *Schottischen Traums* zuschiebt. Es herrscht Trubel in dieser Küche und erleichtertes Stimmengewirr; dass wir wenigstens in dieser Sache unmissverständlich unsere – Connors – Position deutlich machen konnten. Wir hoffen, dass es Percias letzter Versuch war, sich dieses Anwesen ungerechtfertigt anzueignen.

Edith lässt sich sogar dazu hinreißen, dass sie den Refrain aus *Loch Lomond* anstimmt und sich dazu sachte im Rhythmus wiegt. Die Gespräche verstummen, jeder lauscht, und ich sehe hinüber zu Connor.

Mein Highlander lehnt mit verschränkten Armen an der Anrichte, den Kopf ein wenig gesenkt, ein zufriedenes Lächeln auf den Lippen. Als er aufsieht, lässt er den Blick über die Menschen gleiten, die hier mit ihm in der Küche stehen, und ich verstehe. Es hat etwas gedauert, aber ich verstehe, was er mir in all den Wochen sagen wollte.

Das hier … das ist nicht nur eine Gruppe von Menschen, die der Zufall mehr oder weniger zusammengebracht hat. Das hier ist Familie. Jeder, der dieses Haus betritt und dies im guten Sinne tut, wird aufgenommen. Wird Teil dieser Sippe. Ist angenommen im Clan. So wie er ist.

Aber wehe dem, der es wagt, einem aus dieser Gemeinschaft etwas antun zu wollen.

Wehe dem, der es auf ein Mitglied dieses Clans abgesehen hat.

Dann wird die geballte Kraft über ihn kommen.

# 53.

Connor versuchte, so etwas wie Normalität in diese verquere Situation zu bringen, und deshalb gab er die Anweisung, dass die Betriebe wie üblich zu laufen hatten, auch wenn das für ihn bedeutete, dass er Madison allein lassen musste. Wenn er sich so umsah, dann hielten sich alle sehr gut. Sie waren wachsam und sorgten sich um ihr neuestes Familienmitglied, auch wenn die es nur schwer ertrug, im Mittelpunkt des Interesses zu stehen.

Madison hatte niemals gelernt, mit Aufmerksamkeit umzugehen. Anfangs machte er sich Gedanken darüber, ob sie es schaffen würde, denn sie zog sich immer mehr in sich zurück, glaubte, dass sie die Schuld an dieser Aufregung trug. Er versuchte, und er hoffte, er hatte es ihr begreiflich machen können, dass nicht sie der Grund war. Sondern diejenigen, die ihr an den Kragen wollten.

Dieses wenige an Normalität beinhaltete auch, dass er mit den Jungs ein wenig für die Wettbewerbe im September trainierte. Sie hatten ihre Übungen unten auf dem Feld abgehalten. In der Nähe. Nur für den Fall der Fälle sozusagen. Falls etwas Unvorhergeschenes geschehen würde. Nur zur Vorsicht eben.

Aber irgendwie und überhaupt schien er es übertrieben zu haben. Sein Nacken schmerzte, seine Arme fühlten sich an, als wären sie mindestens einen halben Meter länger, und die Muskeln in seinen Beinen protestierten so heftig, dass er heute kaum in seine Hose kam.

Er wusste, woran es lag. Die Gesamtsituation war schuld. Connors Würfe mit dem Baumstamm waren miserabel, aber den Umständen geschuldet. Seine Schreie, die er beim Abstoßen ausstieß, waren wütend und zeigten, wie unkontrolliert er an sein Training herangegangen war.

»Wenn du so weitermachst«, ermahnte ihn Sean, »dann ist uns der letzte Platz sicher.« Das Wissen, dass Sean damit recht hatte, ließ Connors Gemütszustand nicht unbedingt abkühlen.

Nun sah er seinen kapitalen Muskelkater als Selbstbestrafung für seine eigene Blödheit an und suhlte sich in Selbstmitleid. Selbst das Greifen nach der Kaffeetasse verursachte ihm Schmerzen.

Er schlug die Zeitung auf, versuchte, so leise wie möglich zu blättern, denn Madison schlief noch, und sie brauchte jede einzelne Minute Ruhe, die sie bekommen konnte. Connor trank einen Schluck Kaffee und überflog die Lokalseite der *Cumbernauld News,* als ihm dieser Schluck in der Kehle stecken blieb. Ihm wurde heiß und kalt, und er musste den kurzen, bebilderten Text mehrfach lesen, bevor er ihn verstand.

»Earl of Wigtown dated Nacktmodell« stand da, und darunter wurde in einem spitzfindigen böswilligen kleinen Artikel der Sorge über die Entwicklungen auf *Wigtown House* Ausdruck verliehen, nachdem der Earl zunächst die Verlobung mit der reizenden Ms. Percia Stone löste und nun wohl eine Verbindung mit seiner Buchhalterin unterhalten und Zuneigung und Bett teilen würde, wobei diese den Gerüchten zufolge in einem anderen Leben ihr Geld als Nacktmodell verdient hatte.

Connor ließ die Zeitung sinken und sah auf das Bett. Madison rekelte sich schlaftrunken, während er versuchte, den Irrsinn dieses Artikels zu erfassen. Wieder sah er auf die paar Zeilen, sah erst jetzt, dass daneben ein Bild zum Beweis von Madisons *schändlichen Taten* gedruckt war. Es war eines der Bilder von Cesar. Connor sah auf.

»Nimmt das überhaupt kein Ende«, flüsterte er, obwohl ihm nach Schreien war. Er faltete die Zeitung ordentlich, trank noch einen Schluck Kaffee, und mit einem letzten Blick auf die schöne Rothaarige verließ er seine Privaträume, ging in sein Büro und wählte die Nummer der Redaktion.

***

»Wie nennt man diese Form des Journalismus?«, fragte er, als der zuständige Redakteur endlich abnahm. Kein Gruß, kein Hallo. Connor war so wütend, dass er dem Mann, den er bis zu diesem heutigen Artikel zu seinem engsten Freundeskreis zählte, am liebsten die Telefonschnur um den Hals gewickelt hätte, um ihn damit zu strangulieren.

»Woher hast du das Foto? Kauft die *Cumbernauld News* mittlerweile Diebesgut? Hehlerware?« Er ließ den anderen Mann nicht zu Wort kommen. »Was hab ich dir getan, Shane, dass du so einen Scheiß veröffentlichst, ohne mich vorher zu fragen?« Ein unsicheres Lachen war zu hören.

»Morgen, Connor, war klar, dass du anrufst, willst du öffentlich Stellung nehmen?«

»Nein, ich will dir das Hirn matschig prügeln«, gab Connor zur Antwort. »Die reizende Ms. Percia Stone? Hat dir die reizende Percia erzählt, dass sie kurz davor steht, eine Anzeige wegen Betrugs oder Unterschlagung zu kassieren?« Connor versuchte, ruhig zu bleiben, aber es fiel ihm schwer. In diesem Artikel war seine verfluchte Lebenssituation zusammengefasst, die da hieß: Ärger an allen Fronten. »Woher hast du das Bild?«

»Kam per Mail rein«, gab Shane kleinlaut zu.

»Und du prüfst das neuerdings nicht mehr?« Connor hatte die Hand zu einer Faust geballt, und die Knochen seiner Finger traten weiß hervor.

»Das wird ein Nachspiel für dich haben«, sagte er und knallte den Hörer auf. Er erhob sich, ging zum Fenster und starrte auf den Vorhof. Kein Matt, der seinen Kies harkte, als wenn das nicht schon seltsam genug wäre. Er vermisste, dass der Alte dort werkelte. Das Chaos vor dem Fenster stellte den Zustand seines Innenlebens ganz hervorragend dar. Einfach mal laut schreien. Das wäre es jetzt. Die Wut über diese beschissene Art und Weise, mit der manche Menschen mit anderen umgingen, laut und unflätig rausschreien. Einfach so. Einfach, weil es notwendig war.

»Alles in Ordnung?«, fragte Madison hinter ihm, kurz darauf folgten ihre Arme, die sich um seine Hüften legten, und ihr Gesicht, das an seinem Rücken lehnte. Er antwortete nicht sofort, und das schien sie stutzig zu machen.

Sie ließ ihn los und drängte sich vor ihn, damit sie ihm in die Augen sehen konnte.

»Nein«, sagte er leise, »nichts ist in Ordnung. Irgendwie haben sich alle gegen uns verschworen.« Er legte ihr einen Arm um die Schulter, nahm die Zeitung vom Tisch und zeigte ihr den Artikel. Er konnte das Entsetzen in ihrem Gesicht nicht ertragen. Er konnte es aber auch nicht ungeschehen machen, was da stand. »Ich hab bereits mit dem Redakteur telefoniert; das Bild kam per Mail.« Er küsste sie auf ihren Schopf, ließ sein Gesicht von ihren Haaren streicheln und atmete ihren Duft.

Er sah sie an und erschrak erneut. Wie lange würde sie noch durchhalten? Sie war schon immer eine gejagte Seele, und die Zeit, in der sie Ruhe finden konnte, reichte einfach nicht, um das Böse aus ihrem Leben vertreiben zu können. »Ich weiß nichts mehr; mein Kopf ist im Moment so leer, dass mir nicht mal mehr einfällt, was ich gestern gegessen habe.«

»Ein hervorragendes *Lammstew*«, antwortete Connor wie aus der Pistole geschossen. Madison lachte tonlos. Er spürte ihre Anspannung, fühlte ihre Hoffnungslosigkeit, und er hätte alles dafür gegeben, dass sie sich anders fühlen durfte.

»Wenigstens wissen wir jetzt, was mit dem Diebstahl der Bilder bezweckt wurde«, sagte Connor leise. »Und wir können unserem speziellen Freund noch eine Anzeige mehr gönnen. Ich dachte zwar, dass das auf Percias Mist gewachsen ist, aber ich bin mir jetzt nicht mehr so sicher.« Madison nickte.

»Percia ist gerissener; das hier«, sie nahm die Zeitung und sah auf das Bild, »ist viel zu plump für sie.«

Er nahm sie bei der Hand und führte sie in die Küche.

»Was hältst du davon, wenn wir dieser unangenehmen Sache entgegenwirken und dem guten Shane, dem ich beizeiten die Kauleiste neu dekorieren werde«, hier zog er eine Grimasse, »so etwas wie ein Interview geben und dich als neue Mitarbeiterin und zukünftige Lady Madison McLymont vorstellen würden?«

Bis zu der Aussage, dass er sie quasi als Richtigstellung als neue Mitarbeiterin vorstellen wolle, empfand sie diesen Vorschlag als akzeptabel. Als er fortfuhr, schien ihr der Atem zu stocken, weil das konnte schließlich nicht sein, dass er das wirklich wollte. Vor allem, dass er es so beiläufig erwähnte, machte sie fassungslos.

»Du spinnst?«, fragte sie zaghaft, als er sich neben sie setzte, ihr einen Kaffee hinstellte, den sie sofort griff, um sich die Hände zu wärmen, dann sah sie ihn an. Connor wich ihrem Blick aus.

»Du hast doch gerade erst eine Verlobung gelöst, du Witzbold, und überhaupt: Willst du das Weib, das dein Leben so durcheinanderbringt und anscheinend nicht lebensfähig ist, wirklich heiraten? Und apropos Heiraten … wie wäre es, wenn du mich mal ordentlich fragen würdest?« Er hatte ihren kleinen Ausbruch verfolgt. Über seine Tasse gebeugt, die er mit beiden Händen hielt, als könne er im Kaffeesatz lesen. Jetzt neigte er den Kopf, grinste sie kurz breit an und sagte nichts.

»Du meinst das ernst?«, fragte sie atemlos, und er nickte, immer noch breit grinsend.

»Auch wenn du der Meinung bist, dass du es aus irgendwelchen – mir – vollkommen unerfindlichen Gründen anscheinend verdient hast, dass dir die Leute auf die Füße treten«, sagte er, immer noch grinsend, »ich glaube das nicht, und ich glaube, nein, ich weiß, dass die Wasserleiche, die ich vor ein paar Wochen gefunden habe, das Beste ist, was mir seit sehr langer Zeit passiert ist, und ich ein ausgesprochener Volltrottel wäre, wenn ich dich nicht packe, um dich bei mir zu halten.«

Er hatte so ruhig, so fest und entschlossen gesprochen, als wäre diese Schlussfolgerung das Einfachste und Logischste der Welt. Und diese Einfachheit verschlug Madison die Sprache. Er konnte ihr ansehen, dass sie mit sich kämpfte, um ihm entweder ordentlich die Meinung zu sagen oder in einem hysterischen Anfall davonzulaufen.

»Idiot«, schimpfte sie, stand auf und stampfte wütend davon. Er sah ihr hinterher. *Gut,* dachte er, *mit dieser Kombination hast du nicht gerechnet, aber auch die war sehr eindrucksvoll.*

***

»Du willst dich in voller Absicht ins Unglück stürzen?«, fragte plötzlich Riba hinter ihm. Er wandte sich um, und da stand die kleine Haushälterin und hatte die Hände in die Hüften gestemmt.

»Es tut mir leid«, sagte sie pikiert, »wenn ich gelauscht haben sollte … Aber einer muss dir ja rechtzeitig den Kopf gerade rücken.« Sie rauschte an ihm vorbei, sammelte geschickt seine leere Tasse ein, stellte sie in die Spülmaschine und blieb an der Anrichte stehen. »Versteh mich nicht falsch«, dozierte sie weiter, »du weißt, wie sehr ich das Mädchen mag …«, hier machte sie erneut eine Pause, »aber ihre persönlichen Probleme, mein Lieber, die passen so gar nicht hierher.«

Connor drehte sich zu ihr, lehnte mit dem Rücken am Tisch und legte die Arme darauf.

»Was?«, fragte er und schüttelte verständnislos den Kopf. Riba reckte ihr Kinn in die Luft. Trotzig wandte sie den Blick ab. »Ich fürchte«, sagte sie streng, »ich werde Lady Evelyn anrufen müssen.« Connor schloss die Augen, zählte langsam bis drei und holte tief Luft.

»Und ich fürchte, ich werde deinem Alfie mal den Tipp geben müssen, dass er dir ordentlich den Hintern versohlt, damit du aufhörst, dich in Dinge einzumischen, die dich nichts angehen.«

Er stand auf, stellte sich vor sie, und sie sah mit empörtem Blick zu ihm auf. Riba versuchte, die zwei, drei Köpfe Größenunterschied mit Standfestigkeit in ihrem Blick wettzumachen, doch es gelang ihr nicht. Connor lachte und ging.

»Irgendwie spinnen hier im Moment alle Weiber.« So lässig, wie es ihm möglich war – denn eigentlich wollte er viel lieber toben und seinen Frust und seine Wut, die er wegen einiger Dinge empfand, lauthals rausschreien –, ging er. Stattdessen schickte er eine freundliche Warnung an Riba. »Du weißt, was passiert, wenn mein lieb Mütterlein hier auftaucht!« Er ging ein paar Schritte, dann fügte er drohend hinzu: »Chaos in deiner Küche.«

Noch während er in sein Büro ging, hörte er seine Haushälterin schnaufen und wüten. Worüber, war nicht mehr auszumachen. Aber der Gedanke, dass nach einem Telefonat mit Lady Evelyn diese hier auftauchen würde – was unwahrscheinlich, aber doch im Rahmen des Möglichen wäre, weil seine Mutter im Gegensatz zu Riba davon ausging, dass es eben nicht vonnöten wäre, hier nach dem Rechten zu sehen, aber Lady Evelyn eben auch Mutter war –, schien Riba McIntire so sehr zu verwirren, dass sie sich kurzfristig entschloss, auf alles und jeden zu schimpfen.

Er ging um seinen Schreibtisch, und sein Blick blieb an der Zeitung hängen. *Sean hat recht,* dachte er, *es wird Zeit, die Angelegenheiten selbst in die Hand zu nehmen.* So griff er nach seiner Jacke und den Wagenschlüsseln und ging. »Ich bin kurz in der Stadt, dann in der Brauerei«, rief er ins Haus zurück. Und etwas leiser: »Falls es jemanden interessieren sollte.«

# 54.

Captain Cavanough, bitte.« Obwohl die weibliche Stimme eine Bitte hinter ihren Aufruf gesetzt hatte, durchschnitt ihr Stakkato die Stille im Warteraum der RAF-Personalabteilung. Die Luft war zum Schneiden dick hier drinnen, und Matt bereute es fast, seine alte Uniform angezogen zu haben. Andererseits: Er musste sie tragen, so war ihm die Entscheidung irgendwie abgenommen worden.

Er erhob sich so schneidig, wie es ihm möglich war, und folgte dem Drachen, der ihn aufgerufen hatte. Diese Frauen der *Air Force* kannte er noch zu gut aus seinen aktiven Zeiten. *Mütter* wurden sie genannt, denn sie wachten mit Strenge über die Türen ihrer Chefs, sie ließen auch ab und an mal Güte gegenüber dem Bittsteller walten und verschafften ihm einen Termin schneller, als es das Reglement vorschrieb.

»Matthew«, rief der Air Commodore erfreut auf, »lange her!« Matt nickte freundlich, stand kurz stramm und ging dann auf seinen alten Vorgesetzten zu. »Keinen Tag älter als fünfunddreißig«, sagte der lachend, nachdem er Matt eingehend gemustert hatte.

Matt grinste schräg und klemmte seine Mütze unter dem Arm ein.

»Nehmen Sie doch Platz, Matt«, bat der Air Commodore. Matt kam der Aufforderung nach, setzte sich und wartete, dass der andere ein paar Unterlagen auf seinem Tisch neu sortiert hatte.

»Mein Gott, so lange ist das her. Sie sind also gekommen, um Ihren Dienst wieder anzutreten?« Der Commodore lächelte breit und wissend.

»Eigentlich nicht«, sagte Matt, schüttelte heftig den Kopf.

Der Air Commodore nahm eine Akte vom Stapel, blätterte kurz darin und nickte dann kaum merklich.

»Die Gesundheitsprüfung haben Sie mit sechzig Prozent überstanden, Matt. Hat sich in den letzten Jahren kontinuierlich gesteigert. Gute Pflege, hä? Fluguntauglich, aber das ist auch kein Wunder nach dem Absturz, die Augen … na ja … in unserem Alter«, las er vor und rückte lächelnd seine Brille auf der Nase zurecht. »Es spricht aber nichts dagegen, dass Sie in einem Unterrichtsraum stehen und ein paar von den Kadetten schleifen.«

Matt begann zu schwitzen, das Gespräch verlief nicht so, wie er es geplant hatte.

»Aber die Technik, Sir«, versuchte er einen nicht von der Hand zu weisenden Einwand anzubringen. »Ach was«, sagte sein Vorgesetzter, »alles nur Kabel und bunte Lichter. Das haben Sie in zwei Tagen wieder drauf. Sie können doch einen Videorekorder programmieren, oder?« Er lachte ein meckerndes Lachen. »Unglaublich, aber ich bin eines von den Dingern geflogen und kann nicht mal den Timer richtig einstellen.« Der Commodore zwinkerte Matt vergnügt zu. »Was machen Sie jetzt?«

»Ich bin als Gärtner beim Earl of Wigtown angestellt.«

»Ja, stimmt, da war was. Hab davon gehört. Kein Job für Sie, Matthew.« Er zog eine weitere Mappe aus einem Stapel rechts von ihm und schlug sie auf. »Sie haben offiziell noch fünf Jahre Dienst?«, fragte er und sah auf, sein Gegenüber nickte. »Damit sind Sie jetzt wieder aktiv. Regeln Sie Ihre Angelegenheiten mit dem Earl. Keine Widerworte.«

Matthew Cavanough hatte nichts anderes erwartet, als er um diesen Termin bat. Er wusste, wie stur der Air Commodore sein konnte, und in all den Jahren, in denen sie immer wieder sporadisch bei den Gesundheitschecks Matts Kontakt hatten, war die Forderung seines Vorgesetzten nach Matts Rückkehr in den aktiven Dienst immer ein Thema gewesen.

Doch dieses unsägliche Ansinnen, wie Matt es einstufte, konnte, immer irgendwie vom Tisch gewischt werden. Dieses Mal lag die Sache etwas anders, und Matt wusste es.

Er hoffte, dass er die Grimasse, die er schnitt, einigermaßen gut verbergen konnte, doch das Lächeln seines Vorgesetzten strafte sein Vorgehen Lüge.

»Sie können das, Matt, und denken Sie an Ihre Pension. Die kann jetzt nur noch besser werden. Fünf Jahre sind keine Lebenszeit mehr.«

Der Commodore zog eine Schublade an seinem Schreibtisch auf, nahm eine Flasche alten Scotch heraus, stellte zwei Gläser daneben und schenkte ein.

»Und außerdem habe ich das hier vermisst!«, sagte er, bevor er Matt sein Glas reichte. »Wir sind gut geflogen, Matt«, fuhr der Commodore fort, nachdenklich, beinahe sehnsüchtig. »Manchmal geht mir der Schreibtisch auf die Nerven, Matt, aber nicht nur Sie können einen Lenkknüppel nicht mehr in die Hand nehmen. Es war schrecklich … und die Bilder verfolgen mich genauso wie Sie.« Er hob sein Glas, prostete Matt zu und nippte dann am Scotch. Für einen Moment sah er aus dem Fenster, versonnen, beinahe so, als könne er den *Merlin* starten hören.

»Danke, Sir«, sagte Matt artig, »aber wenn ich jetzt auf den eigentlichen Grund meines Kommens kommen dürfte …« Der Commodore lachte meckernd.

»Ich hab Sie ausgetrickst, alter Junge«, sagte er stolz, prostete Matt zu und trank. »Ihre Unterlagen liegen fertig bei einer der *Mütter* auf dem Tisch.« Dann wurde er nachdenklich. »Haben Sie etwas von Ihrer Familie gehört? Kommt etwas plötzlich, dass Sie die Urkunden haben wollen.« Matt richtete sich auf, weil er plötzlich einen Schmerz in der Herzgegend verspürte.

»Genau weiß ich das nicht, Sir. Aber es kann sein, dass ich meine Tochter gefunden habe. Oder besser: Ich weiß, dass sie es ist, und ich brauche ihre Geburtsurkunde, um – falls ich ihr gegenübertreten sollte, und das werde ich in einem Anfall von Altersstarrsinn sicherlich tun – etwas in der Hand zu haben.« Er wurde nachdenklich, nahm seine Mütze unter dem Arm hervor, legte sie vor sich auf dem Schreibtisch des Commodores ab, drehte sein Glas mit dem Scotch, den er noch nicht angerührt hatte, weil er noch den Geschmack des billigen Fusels der letzten Nacht auf der Zunge hatte, und suchte nach Worten.

»Natürlich«, so fuhr er fort, »hätte ich die Möglichkeit der DNA-Analyse, aber ich hoffe, dass die Urkunde ausreicht.«

»Das klingt nicht nach Spaß«, sagte der Commodore ernst, und Matt verzog das Gesicht.

»Nein, Sir, definitiv nicht. Es wird viel aufzuarbeiten geben. Ich weiß immer noch nicht, warum Annie damals gegangen ist. Dass ich die Schuld daran trage, ja, das weiß ich, aber ich kenne immer noch nicht den Grund dafür. Vielleicht … vielleicht kennt meine Tochter ihn.«

Und nach einer weiteren kleinen Pause fügte er hinzu: »Und vielleicht blamiere ich mich ja auch nur ganz fürchterlich.«

# 55.

Percia Stone tippte energisch mit ihren rotlackierten Fingernägeln auf dem Tisch herum. Dieses Geräusch trug nicht unbedingt zur Verbesserung der generellen Stimmung in diesem kahlen und funktionell eingerichteten Raum der Stadtentwicklung im Rathaus von Cumbernauld bei. Ihre Begleiter sahen sie strafend an, und sie erwiderte diese Blicke mit tiefer Verachtung, und so wandten die Herren ihren Blick zur Seite.

»Sie sind solche Stümper«, sagte sie schließlich, und auch hier war ihre Verachtung zu hören. »Wie man sich so idiotisch benehmen kann, ist mir ein Rätsel. Ich habe Ihnen *Wigtown House* auf dem Silbertablett präsentiert und Sie? Was machen Sie? Lassen sich von ein paar Idioten vertreiben.« Einer der Männer, eben einer, der sich von diesen – nebenbei erwähnt äußerst entschlossen wirkenden – Idioten hatte vertreiben lassen, rückte seine rote Krawatte zurecht.

»Im Zuge der Stadtentwicklung«, begann er, in der stillen Hoffnung, klüger als seine Kollegen zu wirken, »müssen wir vorher die Besitzverhältnisse klären.« Percia verdrehte genervt die Augen.

»Durch meine gelöste Verlobung ist ein gerichtlicher Prozess in Gang gesetzt worden, der diese Besitzverhältnisse«, hier ließ sie ihrer Verachtung auch hörbar freien Lauf, »in den nächsten Jahren infrage stellt und die Stadt ermächtigt, *Wigtown House* und dessen Grund *zwangszuenteignen*. Mein Gott, wie kann man sich eine solche Chance entgehen lassen?«

Die Tür zum Konferenzraum öffnete sich, und eine Sekretärin trug ein Tablett herein, auf dem Kaffee und Kekse bereitstanden. Sie hielt kurz inne, sah sich um, dann stellte sie kopfschüttelnd das Tablett auf dem Tisch ab. Glücklicherweise konnte niemand in diesem Raum ihren Kommentar, den sie einer Kollegin zuwarf, hören.

»Miese Stimmung, richte dich auf Überstunden ein.«

Im Konferenzraum selbst erhob sich einer der Anzugträger, ging zum Fenster und öffnete es. Dann nahm er sich eine Tasse, schenkte Kaffee ein und setzte sich wieder.

»Das wäre alles etwas leichter zu handhaben gewesen«, begann er, während er in seine Tasse starrte und vermied, mit Percia in Augenkontakt zu treten, denn ihre wütenden Blicke waren nicht nur heute berüchtigt, »wenn Sie – wie uns zu Ohren gekommen ist – nicht den ein oder anderen Querschläger in die Richtung des Earls unternommen hätten.«

Percia richtete sich auf. Empört legte sie den Arm auf den Tisch und schnaufte in die Richtung, aus der diese unerhörte Aussage kam. »Das ist nicht bewiesen, und ich habe für Sie meinen guten Ruf in die Waagschale geworfen ... und was hab ich jetzt davon?«, brüllte sie.

»Das Gerücht reicht«, erwiderte ihr Gegenüber erstaunlich ruhig, »Sie haben nicht die Vollmachten, mit uns über die Entwicklung von *Wigtown House* zu verhandeln. Diesen kleinen, aber wichtigen Umstand hätten Sie uns zu Beginn der Verhandlungen mitteilen müssen.« Percia ließ sich auf ihrem Stuhl zurückfallen.

»Ich habe für den Earl gearbeitet ...«

»Aber keine Vollmachten von ihm bekommen. Das ist der springende Punkt. Und die Gerüchteküche brodelt, Ms. Stone«, sagte der Kaffeetrinker, nahm einen Schluck, erhob sich und ging. »Damit sind sämtliche Projekte, die wir für

*Wigtown House* in Planung hatten, null und nichtig. Sie sollten sich einen Anwalt suchen, der Ihnen vielleicht dabei behilflich ist, die Kosten, die in dieser Angelegenheit auf Sie zukommen werden, so gering wie möglich zu halten.« Er nickte kurz zum Gruß und ging. Die anderen Anzugträger taten es ihm gleich.

Percia saß allein im Raum, in dem vor ein paar Wochen alles so glänzend begann. Sie sah zum Fenster hinaus, der Luftzug, der durch das geöffnete Fenster hereinkam, ließ sie frösteln. Sie brauchte einen Schuldigen. Schließlich hatte sie das hier über Monate geplant. Wer war ihr da in die Quere gekommen?

*Verdammt*, fluchte sie leise in den Raum hinein, sprang auf, nahm ihre Tasche und Jacke von der Rückenlehne ihres Stuhls und ging. »Irgendjemand wird dafür büßen«, sagte sie, als sie über den Flur zum Ausgang stolzierte. »Irgendjemand.«

# 56.

Ich koche vor Wut. So viel ist mal klar. Ich bin so wütend auf mich und meine Hilflosigkeit, dass ich im Kreis laufe. Nicht bildlich, sondern sehr real. Im Schlafzimmer habe ich sämtliche Gegenstände, die mich bei meinem Wutmarsch behindern könnten, zur Seite geschoben, und nun dampfe ich wie eine alte Lokomotive vor mich hin und ziehe meine Kreise. Es hilft nichts, es sieht bestimmt lächerlich aus, aber ich muss mich bewegen, und nach draußen traue ich mich nicht mehr nach dem Auftritt von Seans Schattenmannschaft.

Ich hätte gehen sollen, als noch Zeit dazu war. Als mich noch nicht alle für alles verantwortlich machen konnten. Als sie noch den Glauben an das Gute im Menschen hatten; als hier noch alles in Frieden lebte. Ich hätte in diesen verdammten Zug steigen sollen.

*»Ich hab es dir doch gesagt«*, wieder höre ich die Stimme meiner Mutter in meinem Kopf, und vor meinem inneren Auge sehe ich sie tatsächlich auf der Bettkante sitzen und pikiert den Kopf nach hinten werfen. *Verschwinde, Mum*, sage ich und laufe weiter im Kreis. *Ich habe eine Entscheidung getroffen, weil ich Connor liebe. Ich kann hier nicht weg. Es würde ihm das Herz brechen, und ich wäre auch nicht besser dran. Durch ihn habe ich das erste Mal Liebe erfahren, etwas, was du mir nicht mitgeben wolltest. Verschwinde aus meinem Kopf.*

In dem Augenblick, in welchem ich das Wort *Liebe* ausspreche, verblasst ihr Bild in mir. Ich sehe nur noch die Frau, die sie mal war, die mir ihre Angst und Furcht mitgegeben hat. Aber sie spricht nicht mehr mit mir.

Entweder sie ist beleidigt, oder aber ich habe endlich einen Weg gefunden, mich zu befreien. Ich bleibe stehen, sehe mich in diesem Raum um, als hätte ich ihn gerade das erste Mal betreten.

Ja, es stimmt. Ich liebe Connor. Er ist da und bleibt, weil er denkt, dass ich es wert bin. Was hält mich also davon ab, ihm meine Liebe zu gestehen? Eigentlich nichts, nur die Tatsache, dass er jetzt gerade nicht anwesend ist, auch wenn ich ihn beinahe körperlich spüre. Alles in diesem Zimmer schreit danach, dass es sein Leben ist und dass er dieses Leben mit mir teilen will.

Ich brauche einen klaren Kopf, muss aus diesem Zimmer raus. Nachdem ich mich angezogen habe, stürme ich die breite Treppe hinunter und stoße an der letzten Stufe beinahe mit Riba zusammen.

»Huch«, sage ich und lächle sie an. Doch ihr Blick lässt mein Lächeln gefrieren.

»Keine Angst«, blöke ich sie an, »ich werde dir deinen Herrschaftsbereich nicht streitig machen.«

Energisch reiße ich meine Arme hoch und binde mir einen Zopf, bevor ich ins Büro gehe. Sämtliche Geräte blinken vor sich hin und sind arbeitsbereit. Nur mein Telefon ist nicht zu finden. Während ich noch unter dem Tisch nachsehe, höre ich ein Rascheln hinter mir. Ich sehe auf: Alfie.

»Willst du dich jetzt über mein unmögliches Benehmen Riba gegenüber beschweren? Oder hat sie sich bei dir beschwert? Oder was?« Der Butler, der das Leid dieser Welt in seinem Gesicht und auf seinen Schultern trägt, lächelt schräg.

»Sei nicht so streng mit ihr«, bittet er mich. Ich fahre herum.

»Wie bitte? Sie sieht mich an, als wäre ich der Untergang des Abendlandes. Nur zur Erinnerung: Ich bin immer noch das Opfer.« Fluchend stehe ich auf, suche in Connors Büro nach meinem Telefon. »Und ganz ehrlich«, sage ich abwesend, »ich bin euch für eure Unterstützung dankbar, weil es bisher niemanden gab, der mir gezeigt hat, was Zusammenhalt bedeuten kann. Das ist vollkommen neu für mich und löst so ziemlich jedes verfluchte widersprüchliche Gefühl in mir aus, das du dir vorstellen kannst. Verstehst du das? Wohl eher nicht. Aber auch egal.«

Meine Ansprache entwickelt sich zu einem Monolog. Ich murmle nur noch vor mich hin, und mir ist es egal, ob Alfie mich versteht. Wenn er auf Ribas Seite steht, welche das auch immer sein mag, dann ist das sein gutes Recht. Aber ich kann nichts dafür, ich bin nicht schuld, und um allen genau das zu beweisen, muss ich mein verdammtes Telefon finden. Ich richte mich auf und sehe mich um. Alfie lehnt nun in der Tür zu Connors Büro und streckt mir seine Hand entgegen, in der – o Wunder – mein Telefon liegt.

»Woher …? Ach egal. Danke.«

Vollkommen außer Atem stehe ich in Connors Büro vor dem Fenster und warte, dass die Gegenseite abnimmt. Nach schier endlosen Sekunden höre ich eine vertraute Stimme. Eine, der ich einmal so etwas Ähnliches geschenkt habe wie Vertrauen.

»Mr. McAllister?«, frage ich, und die Gegenseite verstummt für einen Augenblick.

»Madison. Wie schön, von Ihnen zu hören.«

Ich möchte jetzt keine Freundlichkeiten austauschen, und das muss ich ihm klarmachen.

»Dass ich menschlich von Ihnen enttäuscht bin, Sir«, ich belle dieses *Sir* wie ein Kommando in den Hörer, »muss ich wohl nicht betonen. Aber dass Sie es immer noch nicht schaffen, Recht und Ordnung zu unterstützen, ist ein Skandal, und den werde ich jetzt öffentlich machen, Sir. Sie hatten genug Zeit, sich mit der Börsenaufsicht UND Scotland Yard zusammenzutun.« Ich höre den alten Mann atmen. »Ich rufe Sie nur an, weil ich im Gegensatz zu Ihnen noch einen Funken Anstand in den Knochen habe und Ihnen die Möglichkeit gebe, sich auf den Skandal vorzubereiten.« Wozu ich ihm aber nicht die Chance gebe, ist, zu antworten. Mit einem eleganten Schwung aus dem Handgelenk lege ich auf. »Zieh dich warm an, alter Mann.«

Nachdem ich mich davon überzeugt habe, dass meine Hände auch im Normalzustand funktionieren und nicht unbedingt wie Espenlaub zittern müssen, damit ich etwas zustande bekomme, schreibe ich an einige Tageszeitungen Mails. In alle setze ich die Anzeige wegen Körperverletzung und die bei der Börsenaufsicht sowie meine Aufstellung aus der Audit-Abteilung ein.

»Mal sehen, ob euch das interessiert«, sage ich halblaut und schicke die Nachrichten ab. Weil die Stimmung im Moment eh gegen die bösen Banken läuft, hoffe ich, dass die Zeitungen sich auch für die Machenschaften dieser Leute interessieren.

***

»Wir sollten mal wieder angeln gehen«, sagte Sean zu Connor, als er seinen Chef und besten Freund in der Brauerei traf. Connor war durch die Gänge neben den Kesseln auf der Suche nach seinem Vorarbeiter, und als er diesen fand, schleppte er ihn am Arm in sein Büro. Nun saßen sie sich gegenüber, und Sean war besorgt. Connor war immer derjenige in ihrer Freundschaft, der für alles eine Lösung gefunden hatte. Jetzt saß der bärtige Riese hinter seinem Schreibtisch und wirkte so verletzlich. *Passt nicht zu ihm,* dachte Sean.

»Wäre ich sofort dabei«, antwortete Connor, »aber bei dem Chaos hier?« Er atmete aus, und gleichzeitig sanken seine Schultern herunter. Im Stillen verfluchte Sean den letzten Anrufer. Er hatte das Gespräch mitverfolgen können, und wenn er es nicht aus eigener Erfahrung gewusst hätte, wie langsam die Mühlen der Gerechtigkeit bisweilen mahlten, wäre er aufgesprungen und hätte diesen Anwalt durch das Telefon gezogen.

»Ich kann nichts machen«, hatte der gesagt. »Dass sie dir *Wigtown House* wegnimmt aufgrund der gelösten Verlobung, ist mehr als unwahrscheinlich. Aber es gehen Gerüchte um, dass die Stadt einige Privatgründe zu äußerst miserablen Preisen aufkaufen will, um zu expandieren, und dass Percia ihre Finger da drin hat. Aber es sind Gerüchte, und dagegen kann ich nicht vorgehen. Ich muss etwas in der Hand haben, das Hand und Fuß hat … sozusagen.« Es war Connors Antwort auf diese Aussage, die Sean Sorgen bereitete.

»Das heißt, das schwelt jetzt die nächsten Jahre weiter? Das hört nicht auf?«

»Ja, leider, so ist es.« Die Stille danach; nachdem dieser Anruf beendet worden war, war dick wie *Cock-A-Leekie.*

Connor bedeckte sein Gesicht mit seinen Händen. Als er sie herunternahm, hatte sich sein Ausdruck verändert. Er war wütend. Sean hätte gesagt, angepisst, aber gut, das war eine Frage der Definition.

»Hier geht es um meine Familie, Sean. Da sind Menschen, denen es um nichts als ihre Nase geht, und die gehen über Leichen. War ich bisher wirklich so naiv zu glauben, dass dieser Wesenszug an mir vorbeigehen wird?« Er sah auf und Sean fragend an. Der fühlte sich schuldig, weil er seinem besten Freund die Antwort nicht geben konnte.

»Deine Leute«, fuhr Connor fort, »haben die Kontakte nach London?« Sean nickte, und das Gefühl, das in seinem Magen aufstieg, gefiel ihm nicht. Es sagte ihm, dass Connor sich in Gefilde begeben wollte, in die er nicht hineingehörte.

Der Mann hinter dem Schreibtisch war bereit, Dinge zu tun, für die er nicht geschaffen war.

»Halt dich da raus«, sagte Sean. »Ich erledige das. Bleib du auf dem Weg der Braven und Guten, sonst verlier ich den Glauben daran.« Connor schluckte schwer.

»Ich will keine Gewalt anwenden«, beteuerte er, »ich brauche Informationen. Informationen über Verbindungen. Wie ich die bekomme, ist mir egal, aber ich brauche sie, um die Frau, die ich liebe, zu beschützen. Verstehst du das?« Sean nickte. Und er war erleichtert.

»Sollte sich machen lassen«, gab er zur Antwort.

»Was hast du schon?« Connor wusste, dass er sich hundertprozentig auf Sean verlassen konnte. »Ich hab mir heute Morgen Shane vorgenommen. Der kümmert sich um Percia, im Gegenzug bekommt er von meiner *Buchhalterin*«, hier lachte er bitter, »ein Interview. Mal sehen, was wir daraus machen können. Wenn andere meinen, unfair spielen zu können, werden sie in mir ihren Meister finden.«

# 57.

So war er also wieder im Rädchen der *Royal Air Force* gefangen, und das nur, weil er seine Nase herausgestreckt hatte. Matt fürchtete sich vor der Aufgabe. Schon als er das Büro des Air Commodore verlassen hatte, war er sich nicht sicher, ob er dieser Aufgabe gewachsen war. Die letzten Worte seines alten und neuen Vorgesetzten schwebten wie eine düstere Wolke über seinen Gedanken. Eine Gruppe junger Männer in Overalls ging den Weg hinüber zum Flugfeld auf die Hubschrauber zu. Lachend und scherzend klopften sie sich auf die Schultern, stellten sich ein Bein, vertrieben ihre Angst mit rauhem Gehabe.

»Wir brauchen hier jemanden, der den Jungs sagt, dass diese fliegenden *Merlins* auch abstürzen können und dass diese

Jungs nichts gegen diesen Absturz tun können. *Playstation* und wie die Dinger alle heißen, haben diesen Kindern den Respekt vor der Technik genommen. Helfen Sie ihnen dabei, die Ehrfurcht vor diesen Maschinen wieder zu erlangen. Retten Sie Leben, Matt, junge Leben.«

Jetzt wollte er erst einmal sein eigenes retten. Er schmunzelte bei diesem Gedanken, als er im Hotel seinen alten Koffer packte. Dieses Mal konnte er sich Zeit lassen, und so würde er den Zug nehmen. Wie würde Ms. Madison Anne Cavanough reagieren? Was würde sie tun, wenn er ihr die Urkunde überreichen würde? Es still akzeptieren oder lauthals abstreiten? Würde sie weinen, ihn stumm anklagend ansehen? Ihn auslachen?

Matthew Cavanough fürchtete sich vor diesem Schritt beinahe genauso sehr, wie er sich vor den Jungs fürchtete, die er ab Montag unterrichten sollte. Nein: Er hatte vor Madisons entsetztem Gesichtsausdruck und ihrer Reaktion auf ihn wesentlich mehr Angst.

Bevor er den Zug nach Cumbernauld um drei Uhr nachmittags bestieg, kaufte er eine *Glasgow Times* und eine *Cumbernauld News*. Während er seinen Koffer auf dem Fußboden zwischen seinen Beinen eingeklemmt hatte und darauf bedacht war, dass sein Gepäck nicht durch den Waggon rutschte, blätterte er die Zeitungen durch. Die *Glasgow Rangers* hatten ein absolut unterirdisches Ergebnis im Lokalderby gegen die *Celtics* abgeliefert, und der Reporter lästerte in seinem Artikel ausführlich über die Fitness der *Roten*. Matthew legte die Times beiseite und nahm sich den Lokalteil der *Cumbernauld* vor. Bei einem kleinen Artikel mit Bild blieb er hängen, und der Scotch, den er mit seinem Air Commodore genossen hatte, kam ihm wieder hoch.

Es wurde Zeit, dass endlich etwas passierte. So konnte es nicht weitergehen. Madison war in den letzten Tagen nur noch ein Schatten ihrer selbst. Das hier, das würde ihr den Rest geben. Matthew kochte vor Wut. Selbst wenn Madison nicht seine Tochter sein sollte; so ging man nicht mit Menschen um.

***

Er sah auf seine Uhr. Wenn alles planmäßig verlaufen würde, dann würde der Zug um vier in Cumbernauld einfahren und er selbst um kurz vor fünf in *Wigtown House* ankommen. Ab da würde nichts mehr nach Plan geschehen, und er konnte nur noch hoffen. Der Zug ruckelte über die Gleise, und die schmalen Polster der Sitze des Regionalzugs fingen die Schläge nicht ab. Sein Koffer stand zwischen seinen Füßen, rutschte bei jedem Stoß ein Stück weiter in den Gang hinein. Matt war damit beschäftigt, sein Gepäckstück zurückzuholen, was ihm die Gelegenheit verschaffte, nicht über das Kommende nachdenken zu müssen. Eine Gnadenfrist, sozusagen. Als der Zug in Cumbernauld hielt, war er froh, und er schwor sich, dass dies die letzte Fahrt mit den öffentlichen Verkehrsmitteln für lange Zeit war.

Matthew suchte ein Taxi, und es war derselbe Fahrer, der ihn nach Glasgow gefahren hatte.

»Urlaub schon vorbei?«, fragte der Mann, der sich an diesem Mittag für einen Lunch aus Kohl und Kümmel entschieden zu haben schien. Matt grinste schräg, nannte sein Fahrtziel und lehnte sich zurück. Fünfzehn Minuten bis *Wigtown House*. Fünfzehn Minuten, bis sich sein Schicksal wenden würde. Er nahm den Vordereingang. Ganz offiziell, denn jetzt brauchte er sich nicht mehr zu verstecken. In seiner Uniform.

Er ließ sich auf den Vorhof kutschieren, zahlte, gab ein großzügiges Trinkgeld und stieg aus.

»Kaufen Sie sich mal einen Dufterfrischer, Ihre Karre stinkt zum Gotterbarmen«, gab er dem Fahrer noch als guten Rat mit, dann nahm er seinen Koffer und betrat das Haus, in dem er die letzten Jahre als Gärtner gearbeitet hatte.

## 58.

In der Halle war niemand zu sehen. Er legte seinen Koffer auf einem der kleinen Tische ab, die an der Wand zu Dekorationszwecken ihr Dasein fristeten, öffnete ihn und entnahm ihm die Dokumente, die er aus Glasgow abgeholt hatte. Leise Schritte ließen ihn aufsehen. Im Durchgang zur Küche stand Riba McIntire und starrte ihn unverhohlen neugierig an.

»Kann ich Ihnen … oh … Matt?«, stotterte die Haushälterin.

»Riba«, sagte er zum Gruß und klemmte sich gleichzeitig die Dokumente unter den Arm, während er seine Schirmmütze richtete.

»Is nicht wahr«, stotterte die Haushälterin. Matthew ließ sie in ihrem Erstaunen stehen, hörte aber noch, wie sie heiser und dementsprechend stimmlos nach Alfie rief.

»Sieh dir das an, sieh dir das an«, krächzte sie, und als Alfie im Türrahmen erschien, blieb Matthew stehen, drehte sich um und grüßte auch den Butler. Dessen Erstaunen äußerte sich in einem freundlichen Lächeln.

»Matt«, sagte der lange Mann und drehte sich auf dem Absatz um. »Und du, Weib, gehst jetzt gefälligst in deine Küche und hältst den Mund.«

Mit diesen Worten scheuchte er seine Riba, die jetzt ihre Stimme wiedergefunden hatte und lautstark gegen diese Bevormundung protestierte, in ihre Küche. Matthew hörte ihren Protest und lächelte. *Diese Frau wird sich nie ändern,* dachte er amüsiert.

Er atmete noch einmal tief durch, dann nahm er den rechten Durchgang, der zum Wohnraum des Earls führte. Der Gang war schlecht beleuchtet, aber Matt wusste, dass an den Wänden die Gemälde der Vorfahren seines jetzigen, jungen Noch-Chefs hingen. Ehrwürdige Menschen, die ihren Titel nicht nur zum Vergnügen führten, sondern sich der Verantwortung bewusst waren. Genauso wie er jetzt.

Er hatte es nicht eilig, schließlich fühlte es sich an wie sein Gang zum Schafott. Matthew nahm jeden Schritt ganz bewusst wahr, spürte, wie der Absatz seines Schuhs zuerst den Boden berührte, damit der Rest des Fußes folgen konnte. Selten war er sich seines Seins so bewusst wie in diesen Sekunden. Langsam schritt er auf die Tür zum Wohnraum zu. Sie war nur angelehnt, nein, genauer: einen Spalt weit geöffnet. Er blieb davor stehen, und gerade als er die Tür weiter aufstoßen wollte, hörte er Stimmen. Schwaches Lachen von Madison, aufmunterndes von Connor und eine weitere Stimme, die er nicht kannte. Männlich. Eindeutig. Er entschloss sich, auch wenn es nicht schicklich war und er es aus reiner Höflichkeit tat, abzuwarten. Matthew neigte den Kopf und lauschte. Ihm war nicht wohl bei der Sache, aber sein Interesse war geweckt, als die fremde männliche Stimme mit aalglatter Freundlichkeit Fragen stellte.

*»Ms. Cavanough, Sie wurden in Glasgow geboren, stimmt das?«* Matthew hörte es rascheln, und er ahnte, dass es Madison unangenehm war, die Fragen zu beantworten.

*»Ja, bin ich, aber ich glaube, dass interessiert Ihre Leser wohl kaum.«* Connor lachte leise, und Matthew glaubte, den Grund zu kennen, warum sie so in die Vollen ging. Nach dem kurzen Bericht in der *Cumbernauld* hätte er – zumindest aus seiner Sicht – dem Kerl das Fell über die Ohren gezogen.

*»Sie hatten doch die Information, dass ich – angeblich – meine Vorgeschichte mit Nacktbildern finanziert habe?«* Der Fremde hüstelte gekünstelt.

*»Ich nehme das mal als Zustimmung«*, sagte Connor grimmig.

Matthew schob die Tür vorsichtig auf; von dort, wo er stand, konnten sie ihn nicht sehen. Auch nicht die Bewegung der Tür an sich. Er vermutete, dass sie vor dem Kamin Platz genommen hatten, und als sich der Spalt etwas weiter öffnete, sah er, dass er recht hatte. Connor und Madison saßen dem Mann gegenüber und verdeckten die Tür.

*»Nun«*, fuhr Madison fort, *»ich habe für eine große Londoner Bank gearbeitet und musste leider feststellen, dass* McAllister, Hammersmith & Co. *es mit der geltenden Gesetzgebung nicht ganz so genau nimmt, wie man es sich als Kunde wünschen möchte. Die Mappe zu Ihrer rechten Hand enthält Unterlagen, die so auch der Börsenaufsicht und dem Scotland Yard vorliegen. Das Verfahren schwebt, was immer das auch heißen mag. Aber ich kann Ihnen versichern, dass nicht ich das Luder in dieser Geschichte bin. Möchten Sie meine Zeugnisse aus* Pembroke *sehen? Oder reicht Ihnen meine Versicherung, dass ich einen Doktor in Betriebswirtschaft und einen Bachelor in Mikro-Ökonomie habe?«*

Madisons Stimme hatte einen süffisanten Unterton, der Matthew erstaunte; den hätte er ihr nicht zugetraut.

*»Aber warum sind Sie dann, entschuldigen Sie bitte den Ausdruck, nur als* kleine Buchhalterin *hier tätig? Sie könnten doch …?«* Madison unterbrach ihn.

*»Weil es meine momentane Lebenssituation so fordert und ich werde Ihnen jetzt ein Geheimnis verraten: Ich liebe die Arbeit hier. Zum ersten Mal habe ich den wirklichen, realen Kontakt zu Menschen, die diese Zahlen – die ich bisher nur verwaltet und beobachtet habe – verursachen. Das erste Mal sehe ich, woher diese Beträge kommen und warum sie entstehen. Wussten Sie, dass die Brauerei demnächst ein neues Produkt auf den Markt bringt? Und ich kann zum ersten Mal sehen, was so ein Produktionsablauf kostet und warum. Erstaunlich, sehr erstaunlich.«*

Es entstand eine unangenehme Pause, in der Connor seinen Arm um Madison legte. Papier raschelte, und dieses Rascheln ließ die Vermutung zu, dass der Fragesteller noch zur alten Garde der Papiertiger gehörte.

*»Eine Frage noch: Wie haben Sie Ihr Studium finanziert?* Pembroke *ist nicht gerade günstig?«* Der Mann war eindeutig darauf aus, Madison in eine bestimmte Ecke zu manövrieren. Das war der Moment für Matthews Auftritt. Er stieß die Tür auf und betrat das Wohnzimmer.

***

»Das wurde von ihren Eltern finanziert. So wie es sich gehört«, sagte er und blieb neben dem roten *Chestertonsofa* stehen. Die drei Anwesenden waren überrascht. Matthew grüßte mit einem Blick in die Runde, und Connor stand auf.

»Oh, Ma… Matth… Captain Cavanough, äh … schön, Sie zu sehen«, sagte Connor. Unwillkürlich straffte sich der Körper des Hünen.

»Dad«, sagte Madison geistesgegenwärtig und lächelte schwach.

»Shane«, Connor fand als Erster seine Sprache wieder, was ihn aber nicht daran hinderte, zwischen Madison und Matthew erstaunt hin- und herzusehen, »darf ich dir meinen zukünftigen Schwiegervater vorstellen? Captain der *Air Force,* Matthew Cavanough.«

***

Der Reporter erhob sich von seinem Sessel, reichte Matt die Hand, und die beiden begrüßten sich.

»Ist es so ungewöhnlich, dass Eltern einen Studienfonds für ihre Kinder anlegen, der dann tatsächlich für ein Studium verwendet wird?« Shane schüttelte leicht verwirrt den Kopf.

»Nein, natürlich nicht, Sir«, sagte er und ließ sich wieder in den Sessel plumpsen. Connor hatte sich ein paar Schritte entfernt, lehnte jetzt an einem zartfüßigen *Regency*-Sekretär, hatte den Kopf geneigt und wirkte eher unbeteiligt. Madison hingegen hatte sich auf der Couch aufgerichtet, die Beine übereinandergeschlagen und sah den Reporter auffordernd an.

»Sie sollten jetzt die Unterlagen prüfen«, sagte sie, und ein aufmerksamer Zuhörer hätte das leichte Zittern in ihrer Stimme hören können. Shane erhob sich das zweite Mal innerhalb einer Minute.

»Das werde ich tun«, versprach er, »und Ihnen dann den Artikel zum Absegnen schicken.« Und zu Connor gewandt:

»Ist das okay für dich?« Der nickte und begleitete seinen Freund zur Tür hinaus.

Bevor er zurückging, hielt er in der Küche, staunte über Ribas desolaten Gemütszustand und bat Alfie, den Tee im Salon zu servieren. Der nickte abwesend, immer mit Blick auf Riba, die mit starren Blicken auf die Tischplatte vor sich hin murmelte. Connor meinte so etwas rauszuhören wie *das gibt's doch gar nicht,* und so wie er die Haushälterin kannte, war das die höfliche Version ihrer Gefühlsausbrüche.

# 59.

Connor war nervös, was würde er im Wohnzimmer vorfinden? Er hatte jedenfalls kaum Gelegenheit gehabt, die Neuigkeit zu verarbeiten. Wie erst sollte es da Madison gehen? Er stoppte vor der Tür, sammelte sich und stieß die Tür auf. Madison und Matt saßen sich immer noch gegenüber. Schweigend. Während der Alte seine Mütze in den Händen drehte und auffällig ihrem Blick auswich, sah Madison ihn unverwandt an.

»Alfie bringt gleich den Tee«, sagte Connor und blieb neben dem Sofa stehen. »Und ich werde euch dann mal besser allein lassen«, fügte er hinzu, und jetzt sah Madison zu ihm auf. »Nein. Bitte. Bleib.«

Etwas hilflos, aber nach Zustimmung heischend sah sie Matthew an, der sah kurz auf, dann nickte er.

»Wenn es dir lieber ist.«

»Ist es«, sagte sie, »mir ist von diesem Interview noch etwas … sagen wir, schummerig, und ich fürchte, ich kippe gleich aus den Latschen.« Sie lachte unsicher, und eine Bewegung in ihrem Augenwinkel ließ sie zusammenzucken. Es war Alfie, der den Tee brachte.

»Sag ich doch«, murmelte Madison. Alfie servierte, fragte, ob er noch etwas tun könnte, und als Connor verneinte, schloss er die Tür zum Salon hinter sich.

***

»Willst du einen Test machen?«, fragte Matthew, während er seine Tasse fest umfasste. Madison brauchte nicht lange nachzudenken.

»Nein«, gab sie leise zur Antwort, denn sie hatte das Ergebnis bereits im Spiegel in Edith Stones Badezimmer gesehen. »Die Augen … unsere Augen, ich war mir nicht sicher, was ich denken sollte.« Sie fixierte ihre Hände, rang damit, und Connor setzte sich neben sie und legte ihr eine Hand auf die Wange. Sie sah kurz auf, lächelte, dann starrte sie wieder auf ihre Hände.

»Verrätst du mir, was passiert ist?« Madison wandte ihren Blick zum Kamin, rieb sich über die Arme.

»Ist dir kalt?«, fragte Connor, sprang auf und begann den Kamin anzufeuern.

»Ja, danke«, flüsterte sie. Besorgt sah er zu ihr. Lange würde sie das hier nicht mehr durchstehen. Ihr Gesicht war blass, mit roten Flecken auf den Wangen, und die Ringe unter ihren Augen prangten wie metallene Fesseln.

»Alles ein wenig viel für dich, oder?« Sie nickte schwach. Die Flammen im Kamin stieben hoch, und das Knistern durchbrach die Stille. Matthew sah in die Feuerzungen. In seinem Gesicht arbeitete es, und seine Kiefer mahlten gegeneinander. Connor setzte sich wieder neben Madison und reichte ihr einen Keks.

»Nervennahrung, Liebes«, sagte er, und sie nahm das Gebäck gehorsam und biss ab. Matthew lächelte.

»Ich kann versuchen, dir meine Version zu erzählen, ob es die mit der Wahrheit ist oder ob du es verstehst, weiß ich nicht, das musst du entscheiden.« Er lehnte sich in den Sessel, achtete peinlich darauf, dass er den Tee nicht verschüttete, und legte dann die Hand an sein Kinn.

»Wie geht es deiner Mutter?«, fragte er. Madison holte tief Luft.

»Sie ist vor ein paar Jahren verstorben«, antwortete sie und sah in Matthews Gesicht, dass ihn diese Nachricht traurig machte.

***

In den nächsten Stunden würde er von ihr und seinem Leben mit ihrer Mutter erzählen. Von der Vergangenheit, da passte die Nachricht von Annie Cavanoughs Tod. Er würde versuchen, nicht zu werten, aber trotzdem seinen Schmerz zu zeigen. Er war der alte Mann, der seiner lange verlorenen Tochter einen Teil ihrer Geschichte zu vermitteln hatte. Vielleicht würde er im Laufe dieser Stunden ihre Version zu hören bekommen, und vielleicht würde er verstehen können, warum die Dinge so ihren Lauf genommen hatten.

Er stellte die Tasse ab, suchte nach seiner Geldbörse und zog eine Fotografie heraus, reichte sie seiner Tochter und wartete. Ihr Gesicht war ein Spiegel ihrer Gefühle. Zärtliches Lächeln, Unverständnis, Trauer und Wut, aber auch Freude konnte man darin lesen, und als sie das Bild auf ihren Knien ablegte, sich mit einem Taschentuch die Augenwinkel tupfte, wusste Matthew, dass sie ihm keine Vorwürfe machen würde.

»Ich war zweimal auf den Falkland-Inseln«, begann er leise, »das erste Mal vor und das zweite Mal ein halbes Jahr nach deiner Geburt. Damals entstand auch das Foto.« Er erzählte davon, dass er Soldaten von Flugzeugträgern auf den Stützpunkt der Inseln geflogen hatte und dass bei einem dieser Einsätze sein Hubschrauber abgeschossen wurde.

»Zwei meiner besten Männer und Freunde starben, ein weiterer außer mir wurde schwer verletzt, die Crew, die wir flogen, ertrank.« Er sah nicht auf, stockte in seiner Erzählung.

»Als ich so weit wiederhergestellt war, dass ich transportiert werden konnte, kam ich zurück und hoffte, dass ich bei dir und deiner Mutter das alles vergessen konnte. Was ich nicht bedacht hatte, war, dass deine Mum eher eine zarte Seele war und von jeher sehr ängstlich. Ihr fehlte Vertrauen in sich, und sie lehnte sich eher an mich. Doch ich war ihr keine Hilfe mehr. Konnte keine sein. Es kam immer häufiger zum Streit, und irgendwann hat sie dich geschnappt und ist verschwunden.« Er nippte an seinem Tee, nahm dann einen größeren Schluck und verschaffte sich eine Pause. Madison hatte ihn während seiner Erzählung beobachtet und wandte jetzt den Blick zum Fenster.

»Schläge?«, fragte sie, und Matthew sah erschrocken auf.

»Nein, niemals«, beteuerte er, und sie glaubte ihm.

»In der ersten Zeit wart ihr beide wie vom Erdboden verschluckt. Egal, was ich anstellte, es war mir nicht möglich, euch zu finden. Sämtliche Verwandte und Freunde suchten nach euch, jede noch so kleine Information über eine rothaarige Frau mit einem kleinen Kind wurde mir zugetragen, und ich suchte weiter nach euch.«

Matthew öffnete seinen Kragen, zog die Krawatte etwas lockerer und ließ seine Hand dann auf die Lehne des Sessels fallen. Ein leises, dumpfes Geräusch war zu hören, das Connor aufblicken ließ.

Das Gesicht des Mannes, den er nur bärtig, ungepflegt und

missgestimmt kannte, wirkte fremd, aber autoritär und vor allem verstört.

»Jedes Mal, wenn ich eine Spur hatte, verschwand sie aufs Neue. Bis einer meiner Vorgesetzten sie davon überzeugen konnte, dass von mir keine Gefahr ausging und sie sich bereit erklärte, sich wenigstens einmal mit mir zu treffen. Ich konnte sie nicht zur Rückkehr bewegen. Sie hat mir auch nicht zugestanden, dass ich dich sehen darf, aber zumindest hat sie mir erlaubt, dass ich euch finanziell unterstützte.« Hier horchte Madison auf.

»Wie?«, fragte sie.

Verstört sah Matthew seine Tochter an.

»Ein Postfach, an das ich Schecks schickte.«

»Wurden die je eingelöst?«

»Nicht alle«, gestand er, und Madison nickte. Matthew sah sie an und fuhr fort: »In der Zwischenzeit wurde klar, dass ich niemals mehr wieder fliegen werde, und so wurde ich vom Dienst befreit. Dein Vater, Connor, ein Freund des Air Commodore, gab mir den Job als Gärtner, den ich sehr gerne gemacht habe.«

Als er Connor ansprach, zuckte der zusammen, weil er die ganze Zeit Madison beobachtet hatte, um einen eventuellen Zusammenbruch von ihr rechtzeitig zu erkennen. Dass er jetzt wusste, woher Matthew kam, und somit eine Wissenslücke geschlossen wurde, verschaffte ihm eine seltsame Befriedigung, die er nicht zuordnen konnte.

Es war dunkel geworden in den Stunden, in denen sie dort saßen und der Geschichte eines Mannes zuhörten, dessen Psyche gebrochen, der Halt bei einer anderen zerrissenen Seele suchte und gestrauchelt war. Das Licht vom Kaminfeuer flackerte sachte vor sich hin und beleuchtete betroffene Gesichter.

Connor erhob sich, schaltete eine Tischlampe ein und setzte sich wieder.

»Sie war krank«, sagte Madison so plötzlich, dass die beiden Männer hochschreckten. »Ich habe es erst nach ihrem Tod erfahren, auch wenn ich es geahnt habe, aber als ich ihre Akte vom Krankenhaus bekam, hatte ich es schwarz auf weiß.« Sie suchte Connors Hand, und er drückte sie.

»*Schizoaffektive Störung*. Sie glaubte, du würdest sie verfolgen, deshalb sind wir so oft umgezogen. Von den Schecks oder dem Postfach weiß ich nichts, aber jetzt kann ich mir erklären, warum wir ab und an fast am Hungertuch und in den nächsten Wochen wie die Könige lebten.«

»Es tut mir leid, das zu hören«, sagte Matthew, und es klang ehrlich und auch ein wenig erleichtert, denn nun hatte er zumindest einen, dass er nicht allein an dieser Tragödie die Schuld trug.

»Was hat die Uniform zu bedeuten«, mischte sich Connor ein, und Matthew grinste.

»Sie ist eine Gegenleistung«, sagte er schmunzelnd, und Connor sah ihn fragend an.

»Ich brauchte einige Dokumente für den Fall, dass Madison mir nicht glauben würde, und der Air Commodore hat mich glatt wieder an Land gezogen. Ab Montag brauchst du einen neuen Gärtner.« Connor lachte leise.

»Das werde ich zu verhindern wissen, weiß denn dein Commodore, dass da preisgekrönte Hortensien und Rosen auf dem Spiel stehen? Nun, okay … Im Moment wohl eher Ruinen, aber hey … Wir brauchen dich hier.«

Das lockere Geplänkel zwischen den Männern beruhigte Madison.

»Ich hab Hunger«, sagte sie schmollend. »Glaubst du, Riba hat was gekocht?« Connor schüttelte den Kopf.

»Ich fürchte«, sagte er breit grinsend, »die seltsame Verwandlung von Matthew hat ihr die Petersilie verhagelt.«

Dass es genau so war, stellten sie fest, als sie zusammen mit Alfie und der angeschlagenen Haushälterin in der Küche saßen. Die Neuigkeit, dass *Grumpy Matt* nicht der war, der er vorgab zu sein, war gerade in Ribas Gemüt verankert, da schlug eine weitere eine tiefe Kerbe in ihre Laune.

*»Vater? Der?«*, fragte sie und verzog angewidert ihr Gesicht. »Bitte, sagt mir, dass das nur ein Gerücht ist«, flehte sie weiter, doch Madison schüttelte den Kopf.

»Riba«, sagte sie nachsichtig, »wir haben den gleichen Nachnamen und nicht nur das: Eine gewisse Ähnlichkeit kann man uns auch nicht absprechen.« Riba warf die Hände vor das Gesicht, und Alfie tätschelte ihre Schulter.

»Sie wird es verkraften«, behauptete er, ging zum Herd und stellte ihn an. »Bis dahin müsst ihr mit meiner Kochkunst vorliebnehmen.«

***

Der Butler gab sich reichlich Mühe, ein Abendessen für fünf Personen mit Nachtisch zu servieren, und selbst Riba lobte ihn für sein Krisenmanagement. Dass die Stimmung nach der Kartoffelsuppe etwas gelöster war, trug sicherlich zu Ribas Akzeptanz der neuen Umstände bei.

»Ich verstehe es immer noch nicht ganz«, gab sie zu, als sie die Teller zusammenstellte, »aber gut: Die Familie wird größer.«

»Bin gespannt, was Edith dazu sagt«, fügte sie kichernd hinzu.

Connor räumte das Geschirr ab, nahm von Alfie eine Platte mit kaltem Braten und gerösteten Kartoffeln entgegen und ging zurück zum Tisch, während sich der Butler um saubere Teller kümmerte.

»Glaubst du, dass dieser Schmierfink sich jetzt an die Fakten hält?«, fragte der Butler, und Connor, der den Braten auf die Teller verteilte, antwortete nicht sofort.

»Ich hoffe es«, sagte er, während er Matt seinen Teller reichte. »Ich hab ihm schon angedroht, dass ich ihm das Gesicht neu dekoriere, wenn er es nicht tut, aber Shane ist eine Kanaille und man weiß nie wirklich, was er vorhat.«

Riba ließ Matthew und Madison nicht aus den Augen.

»Aber wir haben noch zwei weitere kleine Problemchen, wenn ich das mal so in Erinnerung rufen darf«, sagte sie, reichte Alfie eine Flasche Wein, die er wie ein Sommelier öffnete, ihr zurückreichte und sie allen einschenkte.

»Percia und dieser Hanks.«

Connor zog eine Grimasse, stützte sein Kinn auf die Faust und sah seine Haushälterin an.

»Reicht das nicht für heute?«, fragte er genervt.

Riba lachte spitz auf.

»Natürlich, aber es hilft nun mal nichts … Sie wollen uns allen an den Kragen, und wir sollten uns überlegen, was wir gegen sie tun?« Jetzt schmunzelte der Earl, und zwischen zwei Gabeln des köstlichen Bratens sahen ihn die anderen auffordernd an.

»Eine Gegenleistung für das Interview waren ein paar Informationen, die Shane beschaffen soll. Sobald ich die habe, ist zumindest Percia Geschichte.«

»Informationen sind immer gut«, sagte Sean, der gerade die Küche betrat. »Ist noch was da?« Er griff sich einen Teller, genoss die Aufmerksamkeit, die sein Auftauchen auslöste, und legte sich ordentlich vom Braten auf.

»Und bevor mein liebster, bester und großzügigster Chef und Freund meint, die Moralkeule schwingen zu müssen: Ich war brav, und Lewis Stone, *der Rächer der Enterbten,* weiß Bescheid.« Er lachte meckernd und schob sich etwas vom Braten in den Mund.

# 60.

Bitte nur gute Neuigkeiten«, flehte Riba inständig, während die anderen sie strafend ansahen, weil sie den Mann schon tadelte, bevor er überhaupt etwas sagen konnte. Sean nickte, hob beschwichtigend die Hände und grinste breit.

»Ab heute könnt ihr mich *den Heilsbringer* nennen.« Riba stieß empört die Luft aus.

»Das glaub ich erst, wenn *ich* mich überzeugt habe.« Sie warf einen schrägen Blick zu Matthew und Madison.

»Könnten Sie bitte aufhören, so nachtragend zu sein, Riba?«, bat Matthew.

»Habschwasverpasst?«, nuschelte Sean.

»Einiges«, antwortete Connor. »Aber das erzähl ich dir morgen, also: Was hast du?« Sean hob sein Glas, bat stumm um Zeit, trank und räusperte sich.

»Die Jungs in London … du weißt schon«, sagte er zu Connor und störte sich nicht an Madisons fragendem Blick, »haben mal die Ohren offen gehalten und wie durch Zufall ein kleines Arschloch gefunden, das sich vor ein paar Monaten ein neues Auto gekauft hat. Ein schickes, schnelles 100 000-Pfund-Auto. Möchte jemand die Farbe wissen? Ja? Pissgelb.«

»Versteh ich nicht«, sagte Connor und erntete zustimmendes Gemurmel. Es brauchte wieder ein paar Sekunden, bis Sean weitererzählen konnte, denn er hatte sich erneut am Braten gütlich gehalten. Als er eine Kartoffel nachschieben wollte, hielt Connor ihn auf.

»Du kannst alles aufessen, aber erst, wenn du fertig bist.« Sean zog ein Gesicht. »Bekomm ich wenigstens noch Wein?« Alfie schenkte ihm eifrig nach. »Vielen Dank, endlich mal einer, der den Boten zu schätzen weiß«, sagte Sean an Alfie gerichtet und verneigte sich albern.

»Das besagte kleine Arschloch hat für einen Kumpel von einem Kumpel, der einen Kumpel oben in Glasgow hat, mal ein paar kleinere Brüche in Versicherungsbüros gemacht, dabei hat er sich wohl auch als messerführendes Etwas nützlich gezeigt. Und hat wohl mit seinen Künsten bleibenden Eindruck bei gewissen Leuten, die entsprechende Empfehlungen an Leute mit gut gefüllter Geldbörse aussprechen, hinterlassen. Man kennt diese Verbindungen, nicht wahr?« Sean liebte es augenscheinlich, im Mittelpunkt zu stehen, und kostete jede einzelne Sekunde aus.

»Nun, nachdem ich daraufhin die Jungs gebeten hatte, Augen und Ohren aufzusperren, fanden sie das pissgelbe Auto ziemlich schnell, weil das kleine Arschloch überall damit prahlte, das Geld von einem feinen Pinkel im Anzug *für eine kleine Messerstecherei* bekommen zu haben.« Erneut machte er eine dramatische Pause. »Und ihr könnt euch gar nicht vorstellen, wie klein die Welt doch ist. Dieser feine Pinkel war doch glatt …«

»Hanks«, fiel ihm Madison ins Wort, und Sean grinste breit. »Schlaues Mädchen.« Er spielte mit seinem Glas und setzte einen triumphierenden Blick auf. »Als meine Jungs, die natürlich nicht meine Jungs sind, hörten, dass da eine Lady verletzt worden sein soll, war das pissgelbe Auto keine 100 000 Pfund mehr wert, und ein paar sehr besorgte Mitbürger, deren eigenes Strafregister dem Fernsehprogramm in der *Sun* an Länge und Ausführlichkeit ähnelt, brachten einen ziemlich demolierten Besitzer ebenjenes piss… na ja, ihr wisst schon, zur Polizeistation, damit ebenjener Besitzer Selbstanzeige stellen konnte.« Er schloss seine Erzählung mit den Worten: »Die Welt ist ein gerechter Platz zum Leben.«

Das Essen war vergessen, auch wenn Alfie sich zwischenzeitlich von der Geschichte losreißen konnte, um den *Cranachan* zu servieren.

»Was heißt das jetzt?«, fragte Connor ungeduldig, zog sich ein Glas vom Nachtisch heran, während Sean sich noch einmal über den Braten hermachte.

»Das heißt«, sagte der kauend, »dass Lewis jetzt endlich etwas in der Hand hat, um diesen Pinkel aus dem Verkehr zu ziehen. Ich hab das große Ganze im Finanzwesen nicht ganz verstanden, aber da der junge Mann, der sich auf so nette und rührende Art und Weise selbst gestellt hat, natürlich nicht allein seiner Strafe entgegensehen möchte und … soviel ich weiß, ihm die Behörden einen Deal vorgeschlagen haben, konnte man der Börsenaufsicht in einem freundlichen Gespräch stecken, dass eines ihrer ehrenwerten Mitglieder höchstselbst doch nicht ganz so ehrenwert ist.«

Fragende Gesichter starrten ihn an, und Sean kam genüsslich zum Höhepunkt seines Berichts. »Die Legende geht, dass Hanks bereits sitzt und aufgrund deiner Unterlagen, liebe Madison, keinerlei Chance auf Kaution hat. Alles Weitere dann über den Landfunk.«

Stille herrschte in der Küche, die nur von einem tropfenden Wasserhahn durchschnitten wurde.

»Ereignisreicher Tag«, sagte Connor, und Madison nickte schwach, während die anderen – vom schmatzenden Sean abgesehen – ihren eigenen Gedanken nachhingen.

»Er kommt also nicht wieder?«, fragte Madison, wie um sich zu vergewissern. Sean wiegte seinen Kopf hin und her.

»Nö«, sagte er dann bestimmt und mit breitem Grinsen. Madison legte ihr Besteck auf den Teller, schob den Stuhl zurück und erhob sich. Mit müden Schritten ging sie zur Spüle, reinigte den Teller und stellte ihn in die Maschine. Connors Blick folgte ihr, und ihre langsamen Bewegungen schmerzten ihn.

»Wenn ihr mich bitte entschuldigt«, sagte sie mit dem Rücken zu den anderen gewandt, »dann werde ich mich jetzt zurückziehen. Ich bin … müde.« Sie erwartete augenscheinlich keine Antwort, sondern ging gleich durch die Küche, ohne jemanden anzusehen.

»Armes Mädchen«, flüsterte Riba.

## 61.

Sie hatte sich in den Sessel, der vor dem Kamin stand, gekauert und war kaum zu erkennen.

»Ich will nicht jammern«, sagte sie leise, als Connor sich zu ihr setzte und sie auf seinen Schoß zog, »aber hätte Matt mit dieser Offenbarung nicht warten können, bis der Trubel vorbei ist?« Er küsste sie auf die Stirn und strich ihr eine ihrer widerspenstigen Locken aus dem Gesicht.

»Dein Vater – an den Ausdruck muss ich mich auch erst gewöhnen«, sagte er lächelnd, »will halt helfen.« Madison lachte stumm.

»Was, wenn dein Shane herausfindet, dass es keinen Studienfonds gab und ich gekellnert habe und Zeitungen austrug?« Connor zog eine Grimasse und dachte nach.

»Dann werde ich ihm doch noch eine Dekoration zukommen lassen.« Sie prustete leise.

»Du … der du keiner Fliege was zuleide tun kannst.« Er tat empört.

»Nun, ich bin groß, hab breite Schultern, ich glaube, da erwartet man solche Ausbrüche von mir.«

»Nicht unbedingt«, entgegnete sie und küsste ihn. »Ich hab Kopfschmerzen, lass uns ins Bett gehen.«

Er trug sie hinüber und legte sie auf dem Bett ab. In dieser Nacht sollten sie beide unruhig schlafen, und immer wieder wachten sie auf, sahen sich an und versicherten sich gegenseitig, dass sie das alles zwar nicht verstehen würden, aber beide erleichtert wären, dass zumindest die *Sache Hanks* erledigt wäre. Doch sooft sie es sich auch gegenseitig versicherten: Es wollte sie nicht beruhigen.

## 62.

Lewis Stone traf mitten in der Nacht bei seiner Tante im *Sage Yard* ein. Er hatte gute Nachrichten im Gepäck, die seine Laune eigentlich heben sollten. Doch dann war ihm eine Besprechung dazwischengekommen, und so konnte er erst zwei Stunden später als ursprünglich geplant losfahren.

Er fand seine Tante vollkommen aufgelöst in deren Wohnzimmer vor und machte sich Sorgen. Es brauchte schon so etwas wie eine gewaltige Flutwelle, um diese Frau aus den Schuhen kippen zu lassen, wie sie ihm gerade bestätigte.

»Nimmt das ein Ende? Und wenn ja, welches?«, fragte sie, und er konnte den Alkohol in ihrem Atem riechen.

»Nimmt es, liebes Tantchen, nimmt es. Zumindest zwei, wenn nicht sogar drei Probleme haben wir jetzt in den Griff bekommen. Madison ist erst einmal sicher, der Messerstecher singt wie eine Nachtigall und die Bilder sind – soweit ich von Sean weiß – auch in Sicherheit.«

Sie nickte schwach, sah ins Kaminfeuer, und ihr Blick aus rotgeränderten Augen wirkte schwach.

»Du weißt es noch gar nicht?«

Lewis nahm sich auch ein Glas und schenkte sich ein.

»Was weiß ich nicht?« Er stellte das Glas ab, nahm das seiner Tante, und obwohl er wusste, dass sie vielleicht schon genug getrunken hatte, schenkte er ihr ebenfalls nach.

»Warte, ich mach Tee«, sagte er, ging in die Küche und stellte Wasser auf. Noch während er die Teeblätter in die Kanne füllte, stand Edith in der Tür zum Wohnzimmer.

»Heute ist noch eine weitere Bombe in *Wigtown House* geplatzt.« Lewis legte den Kopf schräg und sah seine Tante fragend an. Sie seufzte, schleppte sich zum Tisch, zog einen Stuhl heran und ließ sich laut stöhnend darauf fallen.

»*Grumpy Matt* ist Madisons Vater. Riba hat mich vorhin angerufen.«

»Scheiße«, entfuhr es Lewis lachend. »Dein ganz spezieller Hausfreund hat so ein liebenswertes Mädchen zustande gebracht?«

Immer noch lachend schüttelte er ungläubig den Kopf.

»Du hättest dich damals nicht mit ihm überwerfen sollen«, sagte er nachdenklich, und die Bilder der Preisverleihung für die *Hydrangea* – eigentlich die *Gemeine Hortensie,* die Matthew aber mit anderen Hortensien gekreuzt hatte und die somit eine besonders schöne, intensive und kraftvolle Blüte entwickelt, kam ihm in den Sinn. Die entsetzten Gesichter der Teilnehmer an diesem Wettbewerb – unter anderem das seiner Tante –, als sie die Farbenpracht zu Gesicht bekamen; der besondere Schnitt der Sträucher, die so gar nicht dem Establishment in der Zucht dieser Sträucher entsprachen und die schlussendlich zum Sieg für *Grumpy Matt* führten, waren legendär. Lewis erinnerte sich schmerzlich an den Wutausbruch seiner Tante, die mit einigen anderen zusammen – das musste und konnte er ihr zugutehalten, dass sie in dieser Situation nicht allein war – in diesem Moment mehr als nur energisch auf die Statuten gepocht hatte. Es war eine Demütigung seiner Tante, die sie *Grumpy Matt* nie verziehen hatte.

Edith richtete sich empört auf.

»Die Entscheidung des Komitees war falsch, und jeder weiß das.« Der Wasserkessel pfiff vor sich hin.

»Ich hab noch Kekse«, sagte Edith und stemmte sich am Tisch hoch. »Lass nur, ich mach schon, geh du schon ins Wohnzimmer«, sagte Lewis und schob sie durch die Tür.

Lewis bereitete den Tee zu, nahm die Kekse aus der Dose und richtete sie auf einem Teller an. Auch wenn es mitten in der Nacht war, wusste er, dass seine Tante darauf bestand, dass das Auge immer mitisst. Er nahm ein Tablett vom Haken und wunderte sich wieder einmal, wie funktionell und trotzdem gemütlich diese Küche eingerichtet war. Sein Vater hatte diesen Raum geliebt, während Percia und seine Mutter mit der Heimeligkeit nichts anzufangen wussten und die Stunden, die sie hier verbrachten, wie die Pest hassten.

»Fragt sich nur, wann Percia auf die Idee kommt, dass das *Sage Yard* eine Goldgrube ist«, sagte er so leise wie möglich, als würde sie ihn – wo immer sie auch war – hören. Er kannte seine Schwester, hatte mit Connors Anwalt in den letzten Tagen häufiger telefoniert und war schockiert darüber, dass seine kleine Schwester, die, der er die Rotznase abgewischt hatte, deren kaputte Strumpfhosen er immer auf seine Kappe genommen hatte, ein solches *Miststück* – nein: ein solch *menschenverachtendes Miststück* geworden war. Den Punkt, wann sie sich so verändert hatte, den hatten wohl alle verpasst.

Er trug das Tablett hinüber ins Wohnzimmer, stellte es auf dem kleinen Beistelltisch ab und kontrollierte das Feuer im Kamin. Obwohl der Frühling schon fast in den Sommer übergegangen war: die Nächte hier oben zwischen den zwei Meeren waren immer noch eiskalt.

Er stocherte im heruntergebrannten Holz, und die Flammen stieben ihm um die Nase, da hörte er ein leises Schnarchen. Lewis wandte sich herum und lächelte. Mit zwei Schritten war er an der Couch, nahm eine Decke und legte sie seiner Tante liebevoll über.

»Dann trink ich den Tee halt allein«, flüsterte er. Er ging zurück zum Sessel, nahm sich eine Tasse und mixte den Tee mit dem Whisky aus seinem anderen Glas, dann streckte er die Beine in Richtung Kamin aus.

***

Wenn seine Tante die nächste Neuigkeit hören würde, dann würde sie vollkommen ausflippen, dachte er und wackelte mit den Füßen. Es sah aus wie ein Kasperltheater, und in seiner guten Laune fing er an, mit seinen Füßen zu sprechen.

»Hallo linker Fuß«, sagte er leise, damit er seine Tante nicht weckte, »hallo rechter Fuß.« Lewis grinste schräg, sollte der warme Alkohol schon in seinem Blut angekommen sein?

»Willst du wirklich deinen tollen Job beim Scotland Yard aufgeben?«, fragte der rechte Fuß den linken, und der wackelte zustimmend. »Ja, denn die Ereignisse der letzten Zeit haben mir gezeigt, dass ich dort nicht hingehöre, dass mir dort etwas fehlt und dass ich den Menschen nicht so helfen kann, wie ich es gerne möchte.«

Lewis lehnte den Kopf zurück und schloss die Augen. Die Sache mit Madison war nicht ausschlaggebend, aber sie war der berühmte Tropfen, der das Fass zum Überlaufen brachte. So oft hatte er damit gehadert, dass er sich an die Regeln halten musste. Er wollte die Gesetze nicht umgehen, aber die Wege, die diesen Gesetzen zu ihrer Bestimmung verhelfen sollten, waren lang und beschwerlich. Manchmal sogar nicht einmal zielführend. Er hatte das Vertrauen in das System verloren. Die Sache mit Madison Cavanough hatte ihm bewusst gemacht, dass er zwar gerne Polizist war, aber dass er es nicht mehr ertragen konnte, wenn Opfer noch zusätzlich durch viel zu lange Wartezeiten drangsaliert wurden. Er konnte das nicht mehr. Konnte nicht mehr ertragen, wenn er für etwas, was er zwar vertrat, aber nicht ändern konnte, vorwurfsvoll angesehen wurde. Dass Sean die Sache mit ein paar richtigen Leuten in die Hand genommen hatte und schon so bald zu einer Lösung – einer guten Lösung – beigetragen hatte, ärgerte Lewis. Aber es war für ihn der letzte Beweis, dass er das nicht mehr machen wollte. Er war sich sicher, dass er es nicht mehr machen würde. Aber er wusste: Edith würde ihn vom Gegenteil überzeugen wollen.

Doch das hatte Zeit bis zum Frühstück. Da würde dann eben die nächste Bombe platzen.

# 63.

Das Terrain war selbst für Raubtiere, wie Percia Stone eines war, gefährlich. Wenn dieser Bauerntölpel von einem Earl glaubte, dass sie so schnell klein beigeben würde, dann hatte er sich aber in seine Wurstfinger geschnitten. Percia dachte mit Ekel an die Momente, in denen er sie berührt hatte. *Man musste Opfer bringen,* hatte sie sich gesagt, denn unter normalen Umständen hätte sie um dieses Landvolk einen weiten Bogen gemacht. Selbst wenn bestimmte Dinge sich ausgerechnet in diese Richtung entwickelten. Wie zum Beispiel die Partyszene im Königreich. Die Vergnügungssüchtigen in diesem Land waren immer die Ersten, wenn es darum ging, bestimmte Tendenzen zu erahnen.

Aber selbst wenn die Tanzszene sich in Glasgows angesagtesten Klubs umsah, war das doch immer noch ein Dorf. Die Tänzer folgten ihren Meistern, den DJs, die wie die Rattenfänger immer auf der Suche nach neuen Locations waren. Und die waren eben im Moment in den schottischen Midlands. Fakt war: Kamen die Tänzer, waren die Broker nicht mehr weit.

*Wenn nur alle so geschäftstüchtig wären wie ich,* dachte sie und seufzte leise. Stattdessen musste sie sich mit diesen Stümpern abgeben, die sich nicht einmal mit den einfachsten Abläufen in der Geschäftswelt auskannten. Himmel, Connor war doch gerade so hervorragend mit dieser rothaarigen Landpomeranze abgelenkt. Es gab einfach keinen besseren Zeitpunkt, als jetzt die Besitzverhältnisse für nichtig erklären zu lassen. Ihre eigenen Recherchen hatten ergeben, dass der alte Earl Unsummen dafür hatte springen lassen, dass seine Ländereien nicht unter die Reform von '96 gefallen waren. Rechtlich alles korrekt, aber er war damals einigen auf die Füße getreten, die *Wigtown House* lieber heute als morgen unter staatlichem Besitz sehen wollten. Und sie, Percia, hätte sich dann über eine dicke, äußerst großzügige Provision gefreut, um damit woanders ein gutes Leben führen zu können.

Wo? Wusste sie nicht. Aber eines war sicher: so weit wie möglich weg von diesem Schafhirten.

Aber dazu würde es dank dieser Vollidioten jetzt erst einmal nicht kommen. Sie musste umdisponieren und schob den kleinen Artikel in der *Cumbernauld News* über den Tisch, der in der Küche ihres kleinen Apartments stand und eher ein trauriges Dasein als Tisch fristete.

*Da muss sich doch was machen lassen*, dachte sie und lächelte. *Vielleicht ist das meine Fahrkarte in die große weite Welt.*

## 64.

Wir laufen rum, als hätten wir alle einen Kater. Jeder versucht auf seine Weise, die Informationen vom gestrigen Tag zu verarbeiten, aber selbst wenn man es gut mit uns meinen würde: Wir sehen alle aus wie wandelnde Leichen.

Ich versuche, mich auf meine Zahlen zu konzentrieren, aber das funktioniert heute nicht. Genervt reibe ich meinen schmerzenden Nacken. Ich habe so viele Fragen und weiß nicht, wo ich anfangen soll. Connor ist heute Morgen bereits früh mit Sean in die Brauerei gefahren, um den ersten Anstich des neuen Bieres zu überwachen.

Es ist so schade, dass Seans großes Abenteuer zur Nebensache geraten ist. Ein wenig trage ich daran die Mitschuld, zumal er sich als so hilfreich in meiner Angelegenheit erwiesen hat. Da sollte sein tolles neues Bier eigentlich mehr Aufmerksamkeit bekommen.

»Guten Morgen.« Matt steht hinter mir, jetzt wieder in seiner Cordhose, der ausgebeulten grün-grauen Jacke und der seltsam geformten Mütze. Das frisch rasierte Gesicht will nicht zu dieser vertragenen Kluft passen.

»Wirst du das nicht vermissen?«, frage ich ihn, und er schmunzelt.

»Ja, werde ich. Aber die Jungs werden mich schon auf Trab halten, und Connor und ich sind uns einig, dass ich am Wochenende nach dem Rechten sehen werde.« Er druckst herum, und ich spüre, dass ihm genauso viel auf der Seele liegt wie mir. Jetzt, wo ich es definitiv weiß, fällt mir die Ähnlichkeit zwischen uns noch mehr auf. Das gleiche Profil, also nicht nur die Augen ähneln sich. Erschreckend und ebenso aufregend schön.

Ich gehe auf ihn zu, schiebe meinen Arm unter seinen und führe ihn in die Überreste des Gartens.

»Eine Schande«, seufzt er theatralisch, und ich muss lächeln. Dass er das Zerrbild seines ehemaligen Paradieses mehr oder weniger gelassen hinnimmt, hätte ich nicht erwartet.

»Lass uns ein paar Schritte gehen«, sage ich, und er lächelt mich an. »Was wird mit den ganzen Projekten, die ihr vorhabt, wenn du jetzt auf dem Stützpunkt bist?«

»Er wird sie durchziehen«, antwortet Matt und legt mir seine Hand auf den Unterarm, der unter seinem hervorschaut. Seine Hand ist warm und schwer. Plötzlich bleibt er stehen, sieht auf eines der Löcher, die den Teil eines eingestürzten

Tunnels darstellen und die wir – mit Genehmigung, versteht sich – wieder zuschütten dürfen. Aber das wird nur Kosmetik sein. Einige andere Gänge sind zu gut erhalten, als dass man sie vor der Welt verstecken darf. Hier wurde Geschichte geschrieben.

An diesem Ort musste eine junge Frau lernen, was es heißt, sich auf die richtigen Menschen in ihrer Nähe verlassen zu müssen. Und zu können. Fast fünfhundert Jahre später steht wieder eine junge, ebenfalls rothaarige Frau hier, und die Geschichte des Vertrauens wiederholt sich. Für einen Moment stockt mir der Atem. Dann sehe ich Matthew an. Ich habe akzeptiert, dass er mein Vater ist, aber so richtig verstehen kann ich es noch nicht.

»Ich hab deine Mutter aufrichtig und ehrlich geliebt, und dass ich mich hier – mehr oder weniger, eher mehr – versteckt habe, ist dem Umstand geschuldet, dass ich mich geschämt habe.«

»Geschämt?«, frage ich zurück. Er ist ein großer starker Mann, der viel Leid erlebt hat, warum sollte er sich schämen, frage ich mich.

»Weil ich nicht erkannt habe, was mit ihr geschieht. Weil ich nur meine Probleme gesehen habe und du deshalb darunter leiden musstest.« Wir gehen ein paar Schritte, und ich sehe ihn von der Seite her an. »Ich hätte wie ein Mann handeln müssen und bei der Admiralität darauf bestehen sollen, dass ich eine Therapie oder zumindest Medikamente bekomme. Aber dazu war ich zu stolz oder zu ahnungslos oder was auch immer. Es war mein Egoismus, dass deine Mutter mir ihr Leben unterzuordnen hatte, der dir die Kindheit versaut hat.«

Er bleibt stehen, lässt mich kurz los, um an einer seiner übrig gebliebenen Hortensien ein verwelktes Blatt abzuzupfen. Matt hält es mir hin. »Das hier, das war meine Flucht, hier konnte ich mich vor meinen Fehlern verstecken.« Er betrachtet das verwelkte Blatt und schluckt schwer.

»Im Übrigen: Den Studienfonds gibt es noch. Willst du ihn haben?« Ich lache leise und schüttele den Kopf. »Nein. Du solltest vielleicht Urlaub machen, anstatt dich in die neue Aufgabe zu stürzen. Ist viel passiert in den letzten Tagen und die Tatsache, dass deine Tochter ein kleines kriminelles Problem hat, ist auch nicht leicht zu verkraften.«

Ich versuche zu lachen, doch es gerät zu einem schrägen Kichern. Matt nickt wissend.

»Nicht deine Schuld«, murmelt er. Dann reckt er sich, und sein Körper sieht in seiner Gärtnerkluft beinahe genauso stramm aus wie in seiner Uniform.

»Ich laufe nicht noch einmal weg. Was immer ich tun kann, Madison, werde ich tun.« Seine Stimme klingt so bestimmt, so entschlossen, und in mir steigt ein Gefühl der Zärtlichkeit auf. Und die Erkenntnis, dass nicht nur meine Mutter mir die Tendenz zur Flucht vererbt hat, ist im ersten Moment etwas befremdlich, denn – so seltsam es klingen mag, aber ich bin froh, dass ich nicht allein mit dieser ausgeprägten Fluchtdominanz zu kämpfen habe – sehr beruhigend.

»Danke … Dad.« Wir gehen tiefer in die Überreste des Gartens, und er erzählt mir von seinem Leben hier. Unbewusst stärkt er meine Sehnsucht nach dieser Ruhe, diesem Frieden, der hier herrschte und den ich zerstört habe. Ich hoffe, ich kann das jemals wiedergutmachen.

# 65.

Gut geworden, verdammt gut sogar«, sagte Connor zu Sean, als sie den Anstich probierten. Sean bestätigte es durch ein versonnenes Nicken.

»Ja, denk ich auch. Kann raus? Oder?« Sie starrten gleichzeitig in ihre Gläser, und Connor glaubte, so etwas wie verdeckte Nervosität in Seans Stimme zu hören.

»Abfüllen und ausliefern«, sagte Connor und sah seinen Vorarbeiter von der Seite her an. »Alles klar?«

Sean antwortete nicht sofort, und sein Blick ging in die Ferne oder blieb am großen Kessel hängen, je nachdem, wie man diese Leere darin interpretieren wollte.

»Lass uns nach oben gehen«, sagte er schließlich, »da ist es ruhiger, und es gibt nicht so viele fremde Ohren.« Besorgt folgte Connor Sean ins Büro.

***

»Also?« Mit einem kurzen Blick auf seinen Schreibtisch sondierte er die Briefe von heute und befand, dass nichts so dringend war wie der leere Blick Seans.

»Es ist noch nicht ganz vorbei«, sagte Sean. »Ich war gestern noch einen trinken, oben in der *Tavern*.« Connor setzte sich und wartete auf die weitere Ausführung. »Percia«, sagte Sean, und Connor verdrehte die Augen.

»Das Weib ist die Pest, hättet ihr mir das nicht früher sagen können?«

Sean lachte.

»Haben wir, aber irgendwie solltest du dir mal wieder die Haare in den Ohren schneiden … Schwerhörig … nicht wahr?« Connor sank zusammen.

»Also? Was ist mit ihr?«

»Der Wirt vom *Tavern* ist einer, der seine Ohren überall hat. Weißt du, warum sie so scharf auf *Wigtown* ist?« Connor schüttelte den Kopf.

»Weil sie mir eins auswischen will?« Nun war es an Sean, den Kopf zu schütteln.

»Die Stadt will Land erschließen für neue Projekte, ein paar Anwälte basteln schon an den Verträgen. Wenn ein Landbesitzer nicht verkauft, wird er enteignet.«

*»Wigtown House?«*, fragte Connor, und Sean nickte.

»Du hast beinahe 800 *square yards* um das Haus, dann noch die ganzen Wälder … da liegt Geld begraben.« Sean machte eine Pause. »Und unsere eiskalte Lady kassiert eine fette Provision, wenn sie dich kaltstellen kann. So geht auf jeden Fall das Gerücht.«

»Warum weiß das jeder in der Stadt außer mir und meinem Anwalt?«, polterte Connor, sprang auf und ging aufgeregt durch das Büro. »Obwohl Aidan da so was angedeutet hatte«, ergänzte er nachdenklich. Kopfschüttelnd blieb er vor dem Fenster stehen, sah hinunter und erstarrte. Zwischen den alten Backsteinmauern der Brauerei tauchte eine weibliche Figur auf, deren extrem zur Schau getragene Modernität so gar nicht in dieses Bild passen wollte.

»Wenn man vom Teufel spricht«, sagte er leise, gerade noch so laut, dass Sean es hörte und er sich neben ihn stellte.

»Wenn ich so wie du wäre«, überlegte Sean laut, »dann würde ich mich jetzt zusammenreißen und das Wort, das mir auf der Zunge liegt, runterschlucken. Aber ich bin nicht du: Schlampe.« Er klopfte Connor auf die Schulter. »Ich bin in der Nähe.«

Connor musste nicht lange warten, da betrat die Schwarzhaarige sein Büro. Sie klopfte nicht, sie verlangte keinen Einlass, sondern sie betrat die Räume, so als würden sie ihr schon gehören.

»Bisschen in die Hose gegangen, dein kleines Vorhaben«, sagte Connor, sah sie dabei aber nicht an und schob ein paar Briefe zur Seite. Ihr Parfüm stieg ihm in die Nase und brachte ihm die Erinnerung an schöne Nächte zurück, die er jetzt gerade nicht brauchte.

Hier und jetzt musste er auf der Hut sein und einen klaren Kopf behalten.

»Nein«, seufzte sie, »es verzögert sich nur ein wenig.« Sie tippte auf die Tischkante. »Aber du hast wohl ein weiteres kleines Problem«, sagte sie spitz und mit einem bösen Grinsen im Gesicht. Sie zog den Artikel aus der Tasche und warf ihn verächtlich auf den Tisch.

Connor schmunzelte. »Ach, hab ich?«

Sie nickte. »Eine Nutte im Büro. Connor, wie tief bist du gesunken.«

»Ich habe noch genug Oberwasser«, sagte er, »wenn ich mir deine Aktivitäten so betrachte.«

Sie blickte ihn an, nein: sie musterte ihn.

»Ich tue wenigstens etwas, um aus dieser Gegend etwas zu machen«, behauptete sie.

»Was?«, fragte er zurück. »Erpressung? Landraub? Betrug? Mir ist es egal, wie du es nennen willst, aber du bist dieses Mal zu spät.« Sie stieß einen spitzen Laut aus und ging zum Fenster, öffnete den Kragen ihrer Jacke und brachte damit ein tiefes Dekolleté zum Vorschein.

»Heiß hier«, sagte sie und drehte sich zu ihm um.

»Langweilig, Percia, die beiden Ladys kenne ich schon, und wenn du meinst, über Madison Gerüchte verbreiten zu müssen … vergiss es einfach. Die Sache mit den Bildern ist bereits erledigt. Den Verantwortlichen haben sie in Gewahrsam. Möchtest du dich zu ihm gesellen?«

Für den Augenblick eines Wimpernschlags verzog sich Percias Miene, doch es war zu kurz, um es wirklich real zu nennen. »Denn ich könnte zu dem, was du schon auf deiner Liste hast – also Unterschriftenfälschung, Betrug und Diebstahl –, bestimmt noch einiges mehr zur Anzeige gegen dich bringen.« Er holte tief Luft.

»Aber ich denke, das sollte erst mal für den Anfang reichen. Soll ich Lewis mal fragen, wie viel das so summa summarum an Urlaubstagen im Frauenknast bringt?«

Percia flog an ihm vorbei. Bevor die Türen knallten, ließ sie noch ein undefinierbares, jedoch recht unwirsches Geräusch von sich hören. Ein sichtlich beeindruckter Sean trat aus dem Nebenraum.

»Meine Güte, die hat Temperament. Meinste, ich könnte die mit ihren kleinen kriminellen Machenschaften zügeln und sie«, hier hob er die Stimme zu einem majestätischen Ton an, »mir untertan machen?«

»Wenn du irre genug bist … nur zu«, sagte Connor, klopfte Sean auf die Schulter und ging.

# 66.

Der Sommer ist nun endlich da. Die Tage sind heiß und flirrend. Und ganz *Wigtown House* liegt in dieser ganz bestimmten spätsommerlichen Trägheit da. In eine Landschaft eingebettet, die trotz der Hitze immer noch grün ist und mit ihren seichten Hügeln wie der Körper einer Frau im Sonnenschein daliegt.

Wir versuchen zu vergessen, auch wenn das alles nicht einfach ist. Wie oft wir in den letzten Tagen zusammenzuckten, weil irgendwo eine Tür vom Wind zugeschlagen wurde, weil von irgendwoher das Geräusch eines fremden Motors zu hören ist. Wir sind alle noch angespannt, und es tut mir immer noch so schrecklich leid, dass sie diese fürchterliche Erfahrung meinetwegen machen mussten.

Aber das Leben geht weiter, so banal es klingen mag, doch mit diesem Stoßseufzer hat Riba ausnahmsweise recht. Wir krempeln also die Ärmel hoch und versuchen, die Schäden der letzten Wochen zu kaschieren. In meinem Büro ist viel Arbeit liegengeblieben, und das alles aufzuarbeiten nimmt meine volle Konzentration in Anspruch. Dass obendrein noch die Kommunikation mit der Historischen Gesellschaft von Glasgow dazukommt, ist eine Abwechslung, doch dass Historiker solch diskussionsfreudige Wesen sind, wusste ich nicht.

Als das Interesse der Stadtverwaltung an *Wigtown House* und anderen Liegenschaften bekannt wurde, traten die Herrschaften der Universität Glasgow auf den Plan, und die Dokumente, die wir im Keller fanden und die bezeugen, dass *Mary Stuart* hier verweilte und den Tunnel unter dem Garten zur Flucht nutzte, versetzt die Herrschaften in eine quasi grenzenlose Euphorie.

Gemeinsam versuchen Connor, ich und ebenjene Damen und Herren, eine Lösung für das Gartenproblem zu finden, und nach vielen durchschwitzten Meetings steht nun endlich die Lösung: Der Garten zieht um, das Atrium wird zu Forschungszwecken bis auf einige Gänge so belassen, wie es im Moment ist. Damit es jedoch nicht so fürchterlich nach Zerstörung aussieht, dürfen wir es mit Lichtinstallationen umgestalten.

Ein Kompromiss, mit dem alle Seiten gut leben können. Beinahe alle. *Grumpy Matt*, also mein Vater, knirscht so laut mit den Zähnen und trauert seinen Hortensien nach, dass er ein Bild des Jammers abgibt. Matt geht in seiner Aufgabe als Instruktor vollkommen auf, aber es ist anstrengend für ihn.

Trotzdem hege ich den Verdacht, dass er es ein klein wenig bereut, erst jetzt in den aktiven Dienst zurückgegangen zu sein und sich der Ausbildung an den Hubschrauberpiloten anzunehmen. Er ist bereits am Sonntagabend so kribbelig, dass er kaum zu ertragen ist. *Seine Jungs*, wie er sagt, *sind das Leben*, und ich weiß, er ist ihnen ein guter Ratgeber und Lehrer. Noch hat *Wigtown House* keinen neuen Gärtner, und Matt wird die Arbeit, die ansteht, auf keinen Fall allein oder in Teilzeit bewältigen können. Jedoch gibt ihm diese Wochenendaufgabe Zeit und Raum, über vieles nachzudenken, und ist auch Entspannung für ihn.

Die ganze Aufregung. Der ganze Stress. Diese fürchterliche Dramatik, die allen hier zu schaffen machte. Wo war sie hin? Nicht, dass ich sie vermissen würde. Aber mein Leben fließt seit Percias letztem Auftritt in der Brauerei wie ein ruhiger, großer Fluss dahin, und ich lasse mich treiben. Connors Bericht dieser Geschichte erheiterte uns, und wir lachten das erste Mal seit Wochen aus vollem Herzen. Er hat sie verschont. Keine Anzeige gegen sie erstattet.

Etwas, das mich immer noch erstaunt. Aber seine Logik ist da einfach nicht von der Hand zu weisen.

»Sie bekommt höchstens fünf Jahre und dann? Dann haben wir sie wieder am Hals. Die Sache mit den Grundstückskäufen durch die Stadt und die vermeintliche Schmiergeldzahlung meines Vaters, die definitiv keine war, weil eine Ablöse so in den Statuten der Reform verankert war, wird ihr keine Ruhe lassen! Sie wird aus irgendeinem ihrer kleinen Rattenlöcher, die sie für alle Fälle als Rückzug – oder soll ich lieber sagen: als Startrampe? – hat, kommen und uns wieder auf die Nerven gehen. So … habe ich etwas in der Hand, was sie mir – uns – vom Hals hält.« Unschlagbare, listige Logik.

»Unterschätze niemals einen Schafhirten«, fügt er lachend hinzu und küsst mich.

***

Dass die Stadtplanung im Augenblick vom Erwerb zu Spottpreisen von *Wigtown House* und anderen Grundstücken, die noch in Privatbesitz sind, absieht, wie die Gruppe von Krawattenträgern unserem Anwalt versicherte, ist zwar nur für den Moment eine Atempause, aber immerhin ist es eine, und sie gibt uns die Chance, Gegenmaßnahmen einzuleiten. Es gab zu viel Aufsehen, als dass man dieses Projekt noch weiterverfolgen konnte. Eine Versammlung von Grundstückseignern, die von Connor geleitet wurde und die sämtliche Eigentümer in der Umgebung zusammenrief, um eine Gegenbewegung zu initialisieren, war sehr erfolgreich.

Wir erfuhren, dass nicht nur *Wigtown House* verschachert werden sollte. Alle Grundstücksbesitzer der Gegend wurden mit seltsamen Anschreiben, ja, beinahe Drohungen seitens der Stadtverwaltung dazu aufgefordert, ihre Ländereien zu verkaufen.

Dass sich die Stadt Cumbernauld nach dieser Aufregung von der Firma, die diese Schreiben aufgesetzt hatte und verschickte, schnellstens davon distanzierte, war nicht überraschend. Es ging nicht mehr nur um das Image der Stadt, sondern auch um das rechtmäßige Vorgehen in dieser Angelegenheit. Trotzdem ging die Angst in den ersten Tagen nach Bekanntwerden dieses Vorgehens um, aus dem ein lautstarker Protest resultierte, aus dem wiederum folgte, dass die komplette Mannschaft der Consulting-Firma sich plötzlich vor dem Arbeitsamt wiederfand.

## 67.

Als wir dachten, wir hätten jetzt alle endlich ein wenig Ruhe verdient, erschien Edith Stone in *Wigtown House*. Wir hatten sie ein paar Tage nicht gesehen. Völlig aufgelöst, völlig durch den Wind. Riba nahm sich ihrer an, doch als ich den Schreckensschrei aus der Küche hörte – und nicht nur ich –, waren wir alle in höchster Sorge.

»Er hört auf. Er hört beim Scotland Yard auf. Was soll aus meinem Jungen werden?«, fragte die ehemalige Lehrerin und weinte still in ihren Tee.

»Das benötigt mehr als Tee«, befand Alfie, stellte ein paar Snacks auf den Tisch und eine Flasche vom Scotch des alten Earls. Innerhalb von Minuten war die Küche von *Wigtown House* mit Menschen überfüllt.

»Kann ich verstehen«, sagte Sean, der sein Glas gegen das Licht hält. »Wundervolle Farbe«, sagte er anerkennend. Edith sah ihn empört an.

»Na, hör mal«, polterte sie los.

»Tante Edith«, warf er beschwichtigend ein. »Sieh es doch mal so: Wer hat es geregelt? Der Ex-Kriminelle hat es geregelt – und das nur, weil der Gesetzestreue sich an Vorschriften halten muss, die sinnlos sind. Wenn die organisierte Kriminalität und das Yard enger zusammenarbeiten würden … Wir hätten den Himmel auf Erden und weniger Gewalt.«

Sie lachte prustend.

»Das glaubst du doch selbst nicht.« Sean beugte sich zu ihr herunter, küsste sie auf die Stirn.

»Allein, dass du jetzt gelacht hast, war diese kleine Maßnahme wert.« Doch der Anfall von Heiterkeit währte nur kurz bei der alten Dame.

»Er wollte nie etwas anderes sein außer Polizist.« Nicht nur ich war erschüttert. Was hatte dazu geführt? Dass jemand seiner Bestimmung nicht mehr nachgehen wollte. Wir wussten es nicht, freuten uns aber umso mehr darüber, dass Lewis sich im Laufe dieses Nachmittages mit Connor und Matt zusammensetzte.

»Ich brauche eine Auszeit«, sagte Lewis mit müder Stimme. »Die Arbeit beim Yard hat mich einfach mürbe gemacht, und ich kann nicht mehr unvoreingenommen an neue Fälle herangehen. Immer ist da die Frage, ob ich es schaffe, wenigstens den Hauch von Gerechtigkeit zu erlangen.«

Matt ertrug die Schmach, dass nun ein Stone seine heiß geliebten Rosen und Hortensien übernehmen sollte, mit Fassung.

»Ich werde sie mit allem nötigen Respekt behandeln«, versicherte ihm Lewis. Doch Matts skeptischer Blick sprach Bände.

»Ich hab dich im Auge, Freundchen«, sagte er. Seine Skepsis verwandelte sich in den darauffolgenden Wochen jedoch in Wohlwollen. Lewis kann anpacken und das imponiert dem alten Mann.

***

Und mit Lewis als Gärtner geht irgendwie alles auf Anfang. Da war noch das Bewässerungssystem, an das keiner einen Gedanken verschwendet hat in den letzten Wochen. Die Umbauten an der Bibliothek, die Riba einen extralauten Stoßseufzer in Anbetracht des zu erwartenden Drecks entlocken, setzen dem Ganzen die Krone auf. Das Haus als Baustelle zu beschreiben, wäre eine maßlose Untertreibung. Die kleine, stämmige Frau sieht aus, als hätte sie in der letzten Zeit viel von ihrer Energie verloren.

Immer häufiger kann man die leise, aber vorwurfsvolle Aussage aus ihrem Mund hören, dass es das unter den alten Herrschaften nicht gegeben hätte.

Die Arbeiten am neuen Bewässerungssystem starten gleichzeitig mit dem für die Bibliothek und der Restaurationen an den Tunneln. Und während Riba, Alfie und ich Bücher in Kisten packen, diese Kisten irgendwo verstauen, wo man nicht ständig drüber stolpert, bin ich etwas wehmütig. Denn wenn dieser Trakt fertig umgebaut ist, bekomme ich ein neues Büro. Nicht, dass ich meinem alten Kabuff nachtrauern werde. Nein: Ich werde die Momente vermissen, die ich mit Connor über zwei Türen hinweg geteilt habe.

Wir sind so etwas wie ein Dream-Team. Er der Chef, ich der Schatten hinter ihm. Es funktioniert wunderbar, und vor allem brauchte ich bisher immer nur einen halben Meter mit meinem Stuhl zurückzurollen und konnte diesen stolzen, ziemlich gut aussehenden Mann betrachten, der ganz allein mir gehörte. Mal von unseren kleinen erotischen Eskapaden abgesehen, die mir richtig fehlen werden, weil diese Tür-an-Tür-Situation die Möglichkeit dazu bot und sie quasi herausforderten.

# 68.

Im Moment geht er in seiner Aufgabe, Earl zu sein, voll auf, und ich denke, langsam, aber sicher findet er sich selbst darin auch wieder. Ich glaube, dass dieser – sein – schwacher Augenblick, in dem er meinte, dass er jemanden wie Percia bräuchte, um ihn nach draußen in gutem Licht dastehen zu lassen, wirklich nur einer seiner ganz schwachen Momente war. Connor zeigt seine Autorität und kann zufrieden sein mit dem, was er erreicht. Und ich bin so stolz auf ihn.

Aber seine Führungsqualitäten beschränken sich nicht ausschließlich auf sein Wirken als Earl.

Denn der Sommer wird zum Spätsommer, und das ist in den Highlands eine ganz besondere Jahreszeit. Die Felder werden abgeerntet, die Obsternte wird eingefahren, und die großen *Highland Games* stehen an, und zum ersten Mal sind wir alle positiv eingestellt.

Connor hat sein Team hervorragend vorbereitet, und sie sind voller Hoffnung, eine gute Platzierung zu ergattern. Bei kleineren Wettbewerben in der Umgebung schlagen sich die Jungs richtig wacker und sehen einer Teilnahme am großen Turnier im September euphorisch entgegen. Ein wild gewordener Trupp Männer ist schwerer zu hüten als ein Sack Flöhe. Dass sie sich nach ihren Trainingseinheiten bei Bier und hausgemachter Wurst Mut und Muskeln gleichermaßen antrinken und antrainieren, ist ein netter Nebeneffekt. Und da keiner von ihnen bei seinen Würfen Handschuhe trägt, mutiere ich zur wandelnden Pinzette. Weniger amüsant. Noch nie habe ich so viele Splitter aus Fingern und Händen gezogen. Doch von diesem kleinen Makel abgesehen, können wir alle diese Zeit gemeinsam genießen. Und was noch viel besser ist: Ich kann diesen Sommer als mein persönliches Erwachen empfinden.

## 69.

Die Menschen um mich herum sind wie ein kleines Räderwerk. Jeder kennt den anderen und weiß, wie er in bestimmten Situationen handelt. Sie sind vertraut miteinander und akzeptieren die Macken des Gegenübers; das ist so erstaunlich für mich. Das Gefühl, sich fallen lassen zu können, Fehler zu haben und Fehler machen zu dürfen, kannte ich nicht, bevor ich hierherkam. Meine neue Familie lässt mich spüren, dass ich so, wie ich bin, richtig bin.

Aber was wäre das Leben, wenn alle durch die Bank glücklich wären und niemandem die Suppe versalzt werden würde? Einer schießt natürlich quer.

Der Einzige, der etwas zu meckern hat, ist Connor. Ich nehme es ihm nicht übel, denn ich habe gelernt, seine Schwächen zu akzeptieren, aber manchmal nervt es. Meist dann, wenn er mich *Miss Dashwood* nennt.

»Warum tust du das«, schimpfe ich dann in der Regel mit ihm, »ich bin keine arme Kirchenmaus, die auf die Gnade eines Heiratsantrags eines Earls angewiesen ist.«

Er neckt mich gern damit, und ich weiß nicht, warum.

»Außerdem habe ich rote Haare und bin nicht so brünett

wie die *Dashwood*-Mädels.« Meist nimmt er mich dann lachend in den Arm, küsst mich und besteht darauf, dass ich ihm seine Neckereien lasse. Doch heute ist es anders.

»Doch«, sagt er, »du bist eine *Marianne*. Du bist zwar nicht arm an finanziellen Mitteln, mein Herz, aber ziemlich mittellos, wenn es um bedingungsloses Vertrauen geht.«

Er küsst mich auf die Stirn, und ich bin verwirrt.

»Als du hierherkamst«, fährt er fort, zieht mich auf seinen Stuhl und hält mich so fest, als fürchte er, dass ich davonlaufe – und wenn ich ehrlich bin, habe ich tatsächlich ein wenig Angst vor seiner Erklärung, und meine Füße richten sich automatisch in Richtung Tür –, »da warst du so ängstlich, weil du es nicht anders kanntest. Du wusstest nicht, dass es Menschen in deiner Nähe gibt, die dir bei allem helfen können, dass du es nur zulassen musst.« Connor streicht mir die Haare aus dem Gesicht, sieht mir tief in die Augen, und wenn ich nicht wüsste, dass wir beide blaue Augen haben, dann könnte ich dem Glauben anheimfallen, dass wir ein gemeinsames helles, strahlendes Leuchten erzeugen, von dem sich jeder im Umkreis von mindestens hundert Yards angezogen fühlen muss.

»Du kanntest nur eines: Weglaufen. Beine in die Hand nehmen und zusehen, dass du keine Scherben hinterlässt. Aber manche Menschen, dazu zähle auch ich mich«, hier zieht er eine Grimasse, die mich lachen lässt, »wollen, dass du ihr Leben in Trümmer schlägst, damit du es gemeinsam wieder mit ihnen aufbauen kannst. Sie vertrauen dir blind. Nur von deiner Seite …?« Und ganz leise fügt er hinzu: »*S tusa gràdh mo bheatha*. Du bist die Frau meines Lebens. Schenk mir ein wenig von dem, was ich Vertrauen nenne.«

So lieb er es gesagt hat, so gut er es meint, es ist für mich wie ein Schlag ins Gesicht, und ich versuche, mich aus seiner Umarmung zu kämpfen.

»Siehst du?«, fragt er und lässt mich die Kraft seiner Arme spüren, »das meine ich. Du glaubst mir einfach nicht, dass ich es aushalte und dir eine Hand reichen kann. Du vertraust mir nicht.«

»Das stimmt doch gar nicht«, protestiere ich vehement, und er schmunzelt.

»Du hast große Fortschritte in den letzten Wochen gemacht, die ich dir auch zugestehe, aber den letzten, den einzig wahren Schritt, den hast du immer noch nicht getan.«

Er zieht eine Grimasse, die gleichzeitig fragend und fordernd nach einer Antwort ist.

»Und der wäre?«, frage ich gekränkt.

»Den einer Hochzeit.«

»Nerv mich nicht«, poltere ich los, und jetzt schaffe ich es, mich aus seiner Umarmung zu befreien. Ich springe auf, gehe zum Fenster und sehe hinaus.

»Es läuft doch gut, so wie es läuft«, sage ich leise, und mein Atem lässt die kalte Scheibe beschlagen.

»Das mag sein, aber ich will halt kein *Loverboy* sein, den du nur dann zu dir holst, wenn dir danach ist«, sagt er theatralisch, lässt sich nach hinten in den Sessel fallen und legt die Hand über die Stirn.

»Connor McLymont, du bist ein Vollidiot.«

»Aaaah«, stöhnt er, »jetzt beschimpft sie mich auch noch. Womit hab ich das verdient?«

»Wenn du dich weiter so benimmst, hast du noch was ganz anderes verdient«, sage ich bestimmt, aber er grinst nur, wirft mir einen fliegenden Kuss zu und geht zurück an seine Arbeit.

Er lässt mich mit einem schalen Geschmack im Mund zurück. Heiraten? Das kann er doch nicht ernst meinen?

Ich meine: Ich hab hier alles in seinen Grundfesten erschüttert, einfach nur, weil ich da war. Die für mich so erschreckende Erkenntnis aus dieser, aus allen Geschichten ist und war, dass ich eigentlich nichts getan habe, um selbst etwas an diesem Zustand zu ändern.

Ich war untätig, wenn nicht gar gelähmt, meine Probleme selbst in die Hand zu nehmen. Es waren die, die mir schon nach kurzer Zeit nahestanden, die die Ärmel hochgekrempelt haben und die Angelegenheit zu einem guten Ende brachten.

Sie halten mir jetzt auch noch die Hand, wenn ich einen Brief vom Anwalt oder Staatsanwalt bekomme. Dann wird mir immer noch ganz schummerig, und ich muss den Drang, die Türen aufzureißen und weit wegzulaufen, unterdrücken.

Zum Glück scheine ich wenigstens meine kleinen inneren Diskussionsprobleme mit meiner Mutter in den Griff bekommen zu haben, denn seit diesem denkwürdigen Rundlauftag habe ich keine Vorwürfe mehr von ihr gehört, musste keine Unterhaltungen mit ihr führen.

Und so jemanden will er heiraten? Ja, ich liebe ihn, so wie ich noch nie jemanden geliebt habe. Ich fühle und denke für diesen Mann, aber heiraten?

# 70.

Dass er jetzt erst einmal abgelenkt ist, verschafft mir Bedenkzeit. Die *Highland Games* stehen an, und er und seine Jungs sind irgendwie fiebrig. Sie trainieren jeden Tag, und ich bin heilfroh, dass das Thema Hochzeit erst mal vom Tisch ist. *Aussitzen* nennt man das wohl.

Wir schaffen es, dass Connors Brauerei einen Vertrag mit dem Veranstalter bekommt, und so können wir endlich Seans neues Bier gebührend in Szene setzen. Er hat lange genug darauf warten müssen, zwar beliefern wir schon einige kleinere Pubs, aber das ist nicht der große Wurf, den diese Idee verdient.

Sean ist so nervös, dass er einige seiner Testwürfe vor dem Wettbewerb in den Sand setzt, sodass Connor schon fast darüber nachdenkt, ihn aus dem Team zu nehmen.

»Der arme Kerl«, flüstert er mir in einer Pause während des großen Turniers zu, als er sich bei mir eine Erfrischung holen will. »Der ist mit den Nerven gründlich durch.« Wir sehen beide voller Mitleid zu ihm hinüber.

»Vielleicht solltest du ihm sagen, dass wir bereits das dritte Fass von der Feige angestochen haben und zwei weitere mit der Peperoni noch holen wollen.« Connor sieht mich erstaunt an.

»So gut, ja?« Ich nicke und zeige in Richtung unserer tapferen Begleiter, die den Ansturm kaum bewältigen können. Edith und Riba schwitzen rechts von mir, Alfie, Matt und Lewis auf der linken Seite.

»Dann werde ich ihm mal die gute Nachricht bringen, vielleicht motiviert ihn das, den Arsch hochzukriegen.« Er lacht und nimmt sich ein Bier mit. Mein Blick folgt ihm, und ich muss laut auflachen, als ich sehe, wie er den Boten spielt und Seans Körperhaltung sofort verändert.

Ein zaghaftes, beinahe ungläubiges Lächeln huscht über das Gesicht des vierschrötigen Kerls, und als er in meine Richtung schaut, winkt er zaghaft, und ich nicke zur Bestätigung. Ein echt gutes Gefühl.

***

Die Spiele gehen weiter, und es herrscht ein wildes Durcheinander auf dem Feld, weil einige Disziplinen gleichzeitig stattfinden.

»Ich geh mal runter«, sage ich zu Edith, wische mir die Hände ab und greife mir eines der fertig gezapften Biere. »Wegzehrung«, bemerke ich lachend und mache mich auf den Weg hinunter zum Feld.

Dieses Großereignis ist etwas vollkommen anderes als das Fest in *Wigtown House*. Wesentlich mehr Menschen, wesentlich mehr Stände und wesentlich mehr Teams. Es ist nicht ganz so familiär wie bei uns. (Schon seltsam, dass ich immer häufiger das Wort *uns* denke, wenn ich von *Wigtown House* spreche, aber es gefällt mir zunehmend.)

Ich muss mich durch die Massen schlängeln, um zum Feld zu kommen, aber ich finde einen Platz und kann unser Team gebührend anfeuern. Connor bemerkt mich, winkt mir zu, und ich winke zurück. Wie beim ersten Mal, denke ich, doch dieses Mal hat er es gesehen. Es kribbelt in mir, und ich weiß, dass ich über das Stadium des Verliebtseins weit hinaus bin.

Ein paar eifersüchtige Blicke der Damen in meiner näheren Umgebung lassen mich schmunzeln. *Ja,* denke ich, *ihr dürft ruhig schauen, aber mehr nicht: Der gehört mir.*

Das Team gibt sein Allerbestes. Sie werfen ihre Hämmer und Steine, sie stemmen ihre Baumstämme, und sie haben ihren Spaß, auch wenn nicht alles so gelingt, wie sie es gerne hätten. Connors letzter Wurf mit dem Baumstamm gerät etwas aus der Bahn, und als er sich das Ergebnis ansieht, lässt er sich lachend auf die Knie fallen. Kopfschüttelnd steht Sean neben ihm und tätschelt aufmunternd seine Schulter.

Wie sie sich gegenseitig aufmuntern, hat schon viel herzzerreißend Komisches an sich. Eine echte Männerfreundschaft eben.

## 71.

Männer«, seufzt eine Dame im fliederfarbenen Kleid neben mir und lächelt nachsichtig. »Wie die Kinder, wenn man ihnen die Gelegenheit gibt, dann spielen sie, als gäbe es kein Morgen.« Sie ist sehr groß, und durch den Hut, den sie trägt, wirkt sie noch größer und ja, beinahe majestätisch, und außerdem wird ihr Gesicht verdeckt. Mir bleibt nichts anderes übrig, als zustimmend zu lächeln und dann peinlich berührt zur Seite zu blicken.

In meinem geblümten Sommerkleid, das ich auch auf *unserem Fest* getragen habe, sehe ich nicht gerade so aus, als würde ich das Ereignis gebührend würdigen. Klar, es ist immer noch chic, aber eben nicht halb so elegant wie das der Dame neben mir. Ich fühle mich deplatziert. Aber sie wirkt auf freundliche, nette Art neugierig. Ihr Blick ruht auf mir, und ich kontrolliere unbewusst den Sitz meiner Haare.

Natürlich haben sich bei diesem Wetter einige Strähnen aus dem Zopf gestohlen, bestimmt sehe ich aus wie eine Vogelscheuche, so verschwitzt, wie ich bin. Außerdem hat sich der ein oder andere Tropfen Bier auf mein Kleid geschlichen, und ich stinke wie ein ganzer Pub.

»Lady Evelyn«, flötet Edith plötzlich neben mir, und ich wende mich zu ihr herum und sehe meine ehemalige Gastgeberin fragend an. »Was tun Sie denn hier?«, ignoriert mich Edith und macht einen Schritt auf die lila Dame zu. Diese beugt sich herunter, und die beiden Damen tauschen Küsschen aus. Ich möchte im Erdboden versinken.

»Liebes, hast du denn schon unsere Madison kennengelernt«, fragt Edith, nimmt mich in den Arm und stellt mich Lady Evelyn vor.

»Kennengelernt nicht, aber begutachten … das konnte ich sie schon.« Lady Evelyn sieht mich an, lächelt und schnappt sich dann Edith. Die beiden Damen dackeln in trauter Zweisamkeit ab und lassen mich sprachlos zurück.

»Toller Einstand, Madison«, sage ich halblaut zu mir und verdrehe die Augen.

***

Dass Connors Team an diesem Tag einen passablen fünften Platz belegt, ist auf einmal nebensächlich. Wir packen den Stand ein, während das Team sich feiert, und ich weiß, dass die Nacht lang werden wird. Edith, Riba und Lady Evelyn haben sich vornehm von den Arbeiten distanziert, sitzen ein paar Meter von uns entfernt und tauschen den neuesten Tratsch aus. Ich bete zu Gott, dass sie meine Geschichte dabei außen vor lassen. Ein frommer Wunsch, wie ich feststellen kann und darf, als wir im Atrium von *Wigtown House* den Grill befeuern und ich Riba in der Küche beim Anrichten der Salate behilflich bin. Was meine Tratschtanten sagten und vor allem, wie sie es dargestellt haben, möchte ich mir gar nicht ausmalen. Mein Selbstbewusstsein zuckt jedes Mal zusammen, wenn ich Lady Evelyn nur von Weitem sehe. Aber es gibt Augenblicke in dieser Nacht, da vergesse ich, dass ich unter Beobachtung stehe, und fühle mich gelöst. Ich quatsche gerade noch fröhlich vor mich hin und bekomme gar nicht mit, dass Riba sich rausgeschlichen hat, als die Dame in Lila neben mir steht.

»Sie sind ein seltsames kleines Mädchen, Madison Anne Cavanough, ein sehr seltsames kleines Mädchen.« Ihre Stimme klingt autoritär, aber nachdenklich. Lady Evelyn sieht mich lange an, und ich meine in ihrem Gesicht lesen zu können, wie sie das Hörensagen mit dem abwägt, was sie vor sich sieht. Mir wird heiß und kalt, ein wenig schummerig, dann wieder kalt, und zum Schluss halte ich mich an einer Stuhllehne fest.

»Ich weiß, warum er Sie liebt«, fügt sie hinzu, streicht mir – wie ihr Sohn es immer macht, wenn er streng mit mir sein will, was selten genug funktioniert, aber bei ihr funktioniert es – eine Strähne aus dem Gesicht.

»Schön und seltsam. Willkommen bei den McLymonts.« Sie lächelt, küsst mich auf die Wange, schnappt sich ein Tablett, auf dem Steaks liegen, und schwankt – ja tatsächlich, sie schwankt bereits – damit in den Garten. Vorsichtshalber gehe ich ihr ein paar Schritte nach, aber sie ist sehr standhaft und schafft es zumindest in die Nähe des Grills, wo ihr dann viele Arme hilfreich zur Seite stehen. Jetzt kann sich das Fragezeichen auf meiner Stirn genüsslich ausbreiten. Dass sich Unverständnis mal so gut und befreiend anfühlen könnte, ist mir schlicht neu.

»Eine tolle Lady«, sagt Matt, und ich schreie auf.

»Verdammt noch mal, könntet ihr bitte aufhören, euch anzuschleichen? Das halten meine Nerven nicht aus.«

Er lacht, küsst mich auf die andere Wange, und bevor er in den Garten hinausgeht (er bleibt immer noch in der Tür zum Garten stehen, um mit schmerzverzerrtem Blick seiner ehemaligen Heldentaten in Bezug auf die Hortensien zu gedenken), reiche ich ihm noch zwei Schüsseln. »Mach dich wenigstens nützlich«, sage ich und zwinkere ihm zu. Für einen Moment lehne ich mit der Stirn an der Tür des Geschirrschränkchens und schließe die Augen. Ich bin fertig für heute. Irgendwie schreit mein Bett ganz laut nach mir, doch noch habe ich diese Nacht nicht hinter mich gebracht, denn der Nächste, der geneigt ist, sich anzuschleichen, ist Connor. Aber ich höre ihn schon, als er die Küche betritt.

»Wage es ja nicht«, sage ich drohend, aber er lacht mich nur aus. »Wusstest du, dass sie kommt?«

Er schüttelt den Kopf. »Nein, ich schwöre bei allem, was mir heilig ist, dass ich es nicht wusste.« Er legt seine Hand auf sein Herz.

»Nun, das ist ja nicht viel«, behaupte ich, und er grinst breit, »aber ich denke, ich werde dir glauben.« Er neigt den Kopf, nickt sachte und bedankt sich.

»Ich schätze«, fährt er fort, »dass Riba mit ihr telefoniert hat und Mum einfach sehen wollte, wer diese schöne rothaarige Person ist, die hier allen den Kopf verdreht hat.« Er küsst mich zur Abwechslung auf den Mund.

»Spinner«, sage ich und lächle. Connor stibitzt etwas vom Kartoffelsalat, stellt sich hinter mich und umarmt mich.

»Hab ich dir heute schon gesagt, dass ich dich liebe?«

»Nein, hast du nicht«, spiele ich die Empörte, »da waren so kindische Sachen wie Baumstammwerfen irgendwie wichtiger als ich.« Er lacht leise.

»Nichts, rein gar nichts, nichts und niemand ist wichtiger für mich, als du es bist.« Ich lasse mich in dieses warme Gefühl fallen, das er in mir auslöst. Es tut so gut. Es ist einfach wunderbar. Und warum sollte ich das Gefühl nicht immer haben können?

## 72.

Wie war das mit dem Heiraten?«, frage ich leise. Er trennt sich von mir, dreht mich um, sieht mich ernst an.

»Das ist nicht dein Ernst, oder? Ich hab nicht mal geduscht und du machst mir einen Antrag?« Ich verdrehe die Augen und schmunzele. Weiß ich eigentlich, worauf ich mich einlasse, wenn ich diesen Mann will? So richtig mit Haut und Haaren?

»Da wäre noch das kleine Problem mit dem Vertrauen«, sage ich und sehe ihn streng an.

»Ja, natürlich«, sagt er affektiert, legt die Hand an sein bärtiges Kinn, und obwohl ich mir verbiete zu lachen, muss ich es doch tun.

»Könntest du mal ernst sein?«

»Ich versuch es«, versichert er mir.

»Dieses Vertrauen, das du willst ... ist da. Niemals habe ich mich jemandem so geöffnet, wie ich es bei dir getan habe. Es mag nicht die Art Offenbarung sein, die du kennst, aber für mich war das ein Schritt in ein großes unwirkliches Universum, das mir beizeiten mehr Angst einjagt, als ich es beschreiben kann. Ich hab das nie gelernt, da hast du recht, aber ich bin willig und lernbereit. Du musst nur Geduld mit mir haben.«

Er tritt an mich heran, seine Hände zittern, als er sie mir an die Wange legt und mich aus seinen tiefliegenden blauen Augen so eindringlich ansieht, dass mir die Tränen in die Augen steigen. Er schweigt. Ich schweige, obwohl mir nach einem ungläubigen Lachen ist, das sich irgendwie aus meinem Inneren hervorkämpfen will.

Connor sieht mich an, als hätte ich ihm eröffnet, dass die Kampfrichter sich geirrt hätten und er doch mit seinem Team den ersten Platz belegt hat. Nein. Mehr. Dass er die Weltmeisterschaft gewonnen hätte. Da ist so viel Liebe und ungläubiges Staunen in seinem Blick, dass es mir den Atem nimmt.

Oder ist es doch der Kuss, den er mir gibt? Als sich unsere Lippen berühren, ist es, als würde er mich in eine andere Welt tragen.

»Mein Gott«, stöhnt die Stimme einer älteren Dame hinter uns, »dass sich das Jungvolk aber auch immer so viel Zeit lassen muss. Früher war das einfacher.«

Connor nimmt mich in den Arm, lacht.

»Mutter, du hast Madison sicherlich schon kennengelernt.«

Sie nickt, nimmt sich etwas vom Tablett mit den Snacks

und versucht, mit dem Finger in die Richtung ihres Sohns zu zeigen. Dann räuspert sie sich.

»Seans Zeug ist wirklich gut, und ich gehe jetzt besser ins Bett«, sagt sie lachend. »Aber plant die Hochzeit bitte nicht für Oktober, da ist es immer so kalt. Es sei denn, ihr kommt in die Toskana ... Gott ... Ribas Küche war auch schon mal größer«, stöhnt sie, als sie am Türpfosten hängen bleibt. »Toskana«, wiederholt sie, »da ist es warm, da riecht es nach Oliven und Lavendel, und dieses unaufgeräumte Pack von Künstlern ... das krieg ich bis dahin auch noch hin.«

## 73.

Nach schier endlosen Diskussionen um den besten Zeitpunkt für die Hochzeit gewinnt dann doch der Oktober. Mir wäre es lieber gewesen, wenn ich noch ein paar Monate mehr zur Verfügung gehabt hätte, damit ich die Feier besser durchorganisieren könnte. Aber Connor ist so besessen von dieser Hochzeit, dass wir uns nur mithilfe eines von Ediths sogenannten pädagogischen Mittels einigen können: *Pinnchen ziehen.*

»Wie oft wir im Kollegium auf diese Weise Zensuren bei Wackelkandidaten festgelegt haben« gesteht sie kichernd, »weiß ich nicht mehr. Aber meistens haben wir sogar richtig damit gelegen, und es ist aus allen was geworden.«

Sie brach also die Streichhölzer, mischte sie und machte dabei ein höchst wichtiges Gesichtchen.

»Kurz für Mai, lang für Oktober«, dozierte Edith und hielt mir ihre Hand mit den Hölzchen hin.

»Lass es Oktober sein, lass es Oktober sein«, flüsterte Connor mit zusammengepressten Augen, und ich musste grinsen. Einen Augenblick später blinzelte er, und ich hielt ihm das lange unter die Nase.

»Ja, strike«, rief er, sprang auf, nahm mein Gesicht in die Hände und küsste mich auf die Stirn. »Wenigstens etwas, das ich dieses Jahr zu Ende bringen kann.«

Eine Stunde später, als ich mit Edith allein im *Sage Yard* bin, sieht sie mich mit einem nachsichtigen Lächeln an.

»Du hast geschummelt«, sagt sie, hebt die Nase besserwisserisch in die Höhe.

»Bei der Steilvorlage, die du mir gegeben hast, konnte ich doch gar nicht anders.«

***

Eine Hochzeit in den Highlands ist nicht einfach eine Hochzeit. Sie ist eine Ansammlung von Traditionen, die mein Hirn mit ihrer Fülle blockieren. Ständig denke ich darüber nach, welche Schritte ich beim Tanz machen muss, ob ich vorher am Altar mit *Ja* oder *Aye* antworte und was ich sonst noch so beachten muss.

Hinzu kommt, dass mein Wunsch, wenn ich schon beim Datum klein beigebe, nach einer kleinen, gemütlichen Feier von Lady Evelyn, die mit Sack und Pack und einer Schimpftirade, die ihresgleichen suchte, nach *Wigtown House* zurückgekehrt ist, von ebenjener Lady mit einem spitzen Lachen in die Kategorie »Wunschträume, unerfüllt« verschoben wird.

Denn das hier ist keine Hochzeit zweier Menschen, die sich lieben und die den Rest ihres Lebens gemeinsam verbringen wollen. Da wollen 250 Gäste untergebracht und verpflegt werden.

*Woher kommen diese verdammten 250 Leute auf einmal?*, frage ich mich verzweifelt, als ich mit Lady Evelyn und Riba die Sitzordnung kontrolliere. Mir schwirren die Sinne, und ich bekomme schon Panik, wenn ich die vielen fremden Namen sehe und an die Aufgabe denke, die ich vor der Brust habe. Ständig verschieben wir irgendwelche Namen, weil sich Lady Evelyn und Riba nicht einig sind, wer mit wem kann und wer nicht. Staunend stehe ich daneben und lasse das über mich ergehen. Viel tun kann ich da eh nicht, doch bis ich diesen Zustand für mich akzeptiert habe, vergehen ein paar Tage.

Connor nimmt die Angelegenheit sehr gelassen, zumindest wirkt er nach außen hin so. Wie es in ihm aussieht? Keine Ahnung. Irgendwie schafft er es, so ruhig wie immer zu wirken, und das zehrt zusätzlich an meinen Nerven.

Und wenn ich drohe durchzudrehen, verschafft er mir eine ganz persönliche, äußerst leidenschaftliche Erdung. Dann zieht er mich mit Verschwörermiene in sein Schlafzimmer, das jetzt das unsrige ist, und zeigt mir, wie sehr er mich begehrt.

Dann holt er mich mit seinen Küssen auf den Boden der Tatsachen zurück, um mich gleichzeitig in die Wolken der Leidenschaft zu katapultieren. Ich liebe seinen Geruch, ich liebe seinen Körper. Ich verliere mich in seinen Berührungen an diesen ganz speziellen geheimen Stellen, die nur er an mir kennt. Ich treibe in andere Sphären, wenn unsere gemeinsam erlebte Erregung mich in einen anderen Menschen verwandelt: in einen, der die Erfüllung für sein Leben nur in dieser einen anderen so speziellen Person findet.

***

Die Wochen vergehen. Der Herbst klopft an die Türen. Die Morgende sind kühl und klar und sie duften nach feuchtem Laub, aufkommenden Stürmen und versprechen gemütliche Stunden vor dem Kamin. Dass wir die Vorbereitungen für die Hochzeit sogar zu fünft kaum bewältigen können, zeigt sich, als Edith nach *Wigtown House* übersiedelt und wir noch einen Koch engagieren müssen, weil unsere Leibgarde, die Sean wohl vergessen hat, abzuziehen, auch noch verköstigt werden möchte. Von den Arbeitern aus der Brauerei, die immer noch mit dem Umbau beschäftigt sind, sowie den Herrschaften der Historischen Gesellschaft ganz zu schweigen. Zumindest Letztere helfen mir dabei, ein wenig tiefer in die Tradition einzutauchen. Vieles, was sie mir für eine standesgemäße Highland-Hochzeit vorschlagen und anraten, ist in der kurzen Zeit nicht zu bewältigen. *Woher um alles in der Welt soll ich zwei Rinder herbekommen, die mit Blumen geschmückt als eine Art Mitgift in der Nacht vor der Hochzeit im Garten stehen sollen?*

»Die verarschen dich doch«, meint Connor, als ich ihm diese Geschichte erzähle, und verdreht die Augen.

»Mitnichten«, erwidere ich mit feudalem Unterton, »mitnichten. Ende des 13. Jahrhunderts waren die beiden Rindviecher das Mindeste, was der Adel an Mitgift zu geben hatte, und zum Beweis, dass man die zahlen konnte, mussten sie eine Nacht vor der Hochzeit in den Garten oder sonst wohin gestellt werden.«

»Den Blödsinn lassen wir mal schön bleiben«, bestimmt er und rennt damit bei mir offene Türen ein.

Das Haus ist voll, und manchmal sehne ich mich nach der Ruhe und Stille im *Sage Yard* zurück. Vor allem dann, wenn Lady Evelyn durch das Haus schwebt und dabei flucht wie ein Kesselflicker, dass sie ihrem Sohn nie verzeihen wird, dass er die Hochzeit nicht in die Toskana oder wenigstens in den Mai verlegt hat.

»Ich habe vierzig Jahre in diesem Haus gefroren …«, schimpft sie. »Diese verfluchte Hütte ist einfach nicht warm zu kriegen.«

Dass Edith und ich mit Engelszungen auf sie einreden, wenigstens die von meiner ehemaligen Gastgeberin gestrickten, wunderbar warmen Socken anzuziehen, ist von unserer Seite her vergebliche Liebesmühe. Auch als Edith die Geschichte mit der kaputten Therme anbringt und ich daraufhin schwöre, dass diese Socken mir in dieser Nacht das Leben gerettet haben, lässt das Connors Mutter kalt. Sie friert, will frieren, und niemand wird sie davon abhalten.

»Du lügst«, wirft mir Lady Evelyn schmunzelnd vor, »aber das nicht schlecht.«

## 74.

Wir haben also mit vereinten Kräften den kompletten September und halben Oktober damit zugebracht, Einladungen zu verschicken, Zusagen zu sortieren, Sitzpläne zu erstellen, diese zu verwerfen, neu zu machen, wieder zu verwerfen, zwischendurch die Dekoration zu besprechen, doch wieder alles über den Haufen zu werfen (was nicht an mir, sondern an den überschwänglichen Vorstellungen meiner drei älteren Damen liegt), um dann doch wieder zu Plan A zurückzukehren.

Die Unterbringung der Gäste ist eine logistische Meisterleistung, und ständig klingelt das Telefon, weil einer der Hoteliers aus der Umgebung die Buchungen bestätigen möchte oder noch Nachfragen hat. Mir klingeln die Ohren, mir summt das Hirn, und ich frage mich ernsthaft, wer auf die Idee gekommen ist, dass eine Hochzeit der schönste Tag im Leben einer Braut sein könnte.

Edith ist mir bei den Buchungen eine große Hilfe. Als hätte sie nie etwas anderes gemacht, verhandelt sie, beruhigt und beschwichtigt sie aufgeregte Hotelbesitzer und Gäste gleichermaßen.

»Es hilft zu wissen, wer eine Fünf in Mathe hatte«, sagt sie eines Abends schmunzelnd, als ich mich bei ihr für ihre Hilfe bedanke. Wir sitzen vor dem Kamin im *Sage Yard,* und auch wenn ich Connor liebe, so habe ich die Abende mit Edith vermisst. Der Ausklang eines anstrengenden Tages, Seth, der um unsere Füße streicht und uns nicht aus den Augen lässt, ob nicht vielleicht doch ein Stückchen vom kalten Braten, den Edith mit einer ihrer wundervoll schweren und gehaltvollen Soßen serviert, für ihn herunterfällt.

»Ich schwöre, ich falle in der Hochzeitsnacht tot um«, stöhne ich entschlossen, und Edith lacht herzhaft auf.

»Wirst du nicht«, behauptet sie und klingt dabei sehr sicher.

# 75.

Wie ist das?«, fragt Connor mich beim Frühstück, zwei Tage vor dem großen Tag. »Macht man seiner Braut eigentlich ein Hochzeitsgeschenk?« Verflucht. Wie kann er das so beiläufig erwähnen, ich hab an ein Geschenk für ihn überhaupt nicht gedacht. Verflucht, was bin ich für ein egoistischer Mensch.

»Nein, macht man nicht«, behaupte ich bestimmt, in der Hoffnung, er lässt es.

»Doch«, entgegnet er. »Macht man.«

Er nimmt mich an die Hand, führt mich zum umgebauten alten Trakt der Bibliothek bzw. meinem neuen Büro. Ich war so in die Vorbereitungen für die Hochzeit vertieft, dass ich überhaupt nicht mitbekommen habe, dass dieser Teil bezugsfähig ist.

Das Büro, das die beiden Verschwörer Alfie und Riba eingerichtet haben, raubt mir den Atem. Es ist hell und lichtdurchflutet, warm und gemütlich. Und vor allem: Es ist groß.

Was mir auch entgangen ist, ist, dass Connors Schreibtisch ebenfalls durch das Haus getragen wurde. *Wo war ich in den letzten Tagen?*, frage ich mich. Sein Schreibtisch steht neben meinem vor dem Fenster.

»Du glaubst doch nicht, dass ich dich hier hinten allein lasse? Oder? Zumal … « Er lächelt süffisant und küsst mich. *Ich bin in einem Traum,* denke ich und betrete die Bibliothek, die jetzt unser Büro ist, und schwelge darin. Seine Zeichnungen, so gut sie waren, haben nicht annähernd zeigen können, wie es werden würde.

»Hochzeitsgeschenk?«, frage ich. »Wenn du mir die ganze

Zeit auf die Nerven gehst?« Ich gehe zu ihm, lege meine Arme um seinen Hals und küsse ihn. »Du bist verrückt, weißt du das?«

»Ja, der Wahnsinn wurde schon früher in unserer Familie diagnostiziert«, behauptet er ernsthaft, und ich kann nicht anders, als ihn einfach nur zu lieben. »Aber das war nicht alles«, sagt er.

»Noch mehr Krankheiten, von denen ich wissen sollte?«, frage ich zurück, und er schüttelt den Kopf, räuspert sich und wartet einen Augenblick.

Aus dem Schatten eines der Regale tritt ein Mann hervor, der sein Gesicht hinter einem großen Paket versteckt. Fragend sehe ich Connor an, doch der zuckt nur mit den Schultern.

***

»Ich dachte, wir machen das hier auf«, sagt Connor, und er kostet meine Verwirrung bis auf den letzten Tropfen aus. »Was?«, frage ich.

»Mach auf.« Ich trete näher an den Paketträger heran. Es ist ein flaches Paket, das der Fremde da hält. Vorsichtig drücke ich das Etwas vor seinem Gesicht herunter, und als ich erkenne, wer da als Ständer fungiert, bleibt mir vor Freude das Lachen im Hals stecken.

»Cesar?« Er reißt die Augen auf und grinst.

»Es ging nicht früher«, sagt er beschämt. Sicher: Er hatte versprochen, mit Lewis hier heraufzukommen, aber als die gestohlenen Bilder hier auftauchten und sich die Sache mit der Verhaftung und der versuchten Erpressung quasi überschnitt und somit von selbst erledigte, war es zwar schade, aber verständlich, dass er sich um sein eigenes Leben kümmerte.

»Egal, du bist da.«

»Na, du glaubst doch nicht, dass ich mir das entgehen lasse? Prinzessin heiratet Prinz … Um nichts in der Welt würde meine romantische Ader das verpassen wollen.« Connor lehnt am Regal, betrachtet uns.

»Du solltest dir den Inhalt des Päckchens ansehen«, schlägt er vor und kontrolliert auffällig beiläufig seine Fingernägel.

»Was hast du getan, Connor McLymont?«, frage ich drohend, und Cesar mischt sich lachend ein.

»Nicht er, ich habe etwas gemacht. Ein Hochzeitsgeschenk und wir machen das vorher auf, damit du es zur Not umtauschen kannst.« Er zwinkert mir zu und stellt das Päckchen auf einem Tisch ab. »Nun mach schon«, fordert er mich jetzt auch auf, und ich trete verhalten näher. Ich kenne die beiden Männer zu gut, als dass da etwas Gutes dabei herauskommen könnte, wenn sie sich zusammentun. Mit spitzen Fingern ziehe ich am Klebestreifen, versuche in den Gesichtern der beiden zu lesen, was mich darunter wohl erwartet.

Ich tippe auf ein Bild, und als die erste Ecke eines Rahmens zum Vorschein kommt, weiß ich, dass ich nicht ganz falschliege. *Aber was könnte das Motiv sein?* Mein Herz schlägt vor Aufregung gleich einen Schlag schneller, und meine Hände sind etwas feucht.

»Jetzt mach es nicht so spannend«, mault Connor grinsend. Also reiße ich das Paketpapier in der Mitte durch und trete einen Schritt zurück, damit ich das Bild besser sehen kann.

»Ich arbeite ja seltener auf Bestellung«, meldet sich Cesar, »aber hierzu konnte ich nicht nein sagen.«

»Unglaublich«, flüstere ich. »Einfach unglaublich.«

Das Aquarellgemälde zeigt Connor und mich in inniger Umarmung vor *Wigtown House*.

»Falls du mal Zweifel haben solltest, wo du hingehörst«, sagt Connor leise, tritt an mich heran und sucht meine Hand, »der Wegweiser hängt jetzt in unserem gemeinsamen Büro.«

Ich schaue zwischen ihm und dem Bild hin und her. Entgegen der Beschreibung, die vermuten lassen könnte, dass der Kitsch aus dem Bild quillt wie schmelzender Käse, ist genau das Gegenteil der Fall. Unsere Gesichter sind beinahe real. *Wigtown House* ist nicht in den Mittelpunkt gerückt, sondern in die rechte untere Ecke, und Connor und ich wirken, als würden wir dieses Haus beschützen. Ein wundervolles Bild, ein entzückendes Geschenk.

»Hängt es auf. Da … da vorne«, bestimme ich und zeige auf eine freie Stelle zwischen den Regalen. »Und wenn man es noch beleuchten könnte, wäre das wirklich sehr fein.« Connor verbeugt sich. »Dein Befehl, meine Herrin«, sagt er und geht, um Hammer und Nägel zu holen.

»Danke, Cesar, das ist ein schönes Geschenk, und dass du gekommen bist, auch.« Er nimmt mich in den Arm und drückt mich.

»Es war ja nicht wirklich abzusehen«, sagt er, »aber es war mein sehnlichster Wunsch, dass alles für dich ins Reine kommt, und wenn ich mir deinen Earl so ansehe: ein echter Naturbursche mit Hang zum Selbsthumor. Genau das, was du brauchst.« Er küsst mich auf die Stirn, geht und lässt mich mit dem Bild in der Hand allein. Ich betrachte es genauer, und plötzlich wird mir die ganze Tragweite der Aussage des Gemäldes bewusst. *Ich bin nicht mehr allein. Ich habe eine Aufgabe, die ich mit Connor zusammen bewältigen muss und werde. Ich habe ein Zuhause.*

***

Der große Tag ist da, und mir ist speiübel. Wird alles glattgehen? Wird alles so ablaufen, wie wir es in der kurzen, aber sehr intensiven Planungszeit vorgesehen haben? Es ist ein stressiger Tag. Von Anfang an. Schon morgens um acht bete ich inständig, dass dieser Tag so schnell wie möglich vorübergehen mag.

Ich laufe wie ein aufgescheuchtes Huhn durch das *Sage Yard*, weil ich von den wenigen Traditionen wenigstens eine – die, dass die Braut in der Nacht vor der Hochzeit in einem anderen Haus als der Bräutigam schläft – einhalten will. Lady Evelyn und Edith sind mir beim Ankleiden behilflich. Das ist nicht kompliziert, aber ich bin so nervös, dass ich nicht mal einen Knopf schließen kann.

Die Frage nach meinem Kleid war eine der schwierigeren. Connors Familie trägt keine eigenen Farben. Ein weißes oder cremefarbenes fand ich unpassend, und deshalb versuchte ich, mich ein wenig nach dem zu richten, was Connor als Bräutigam tragen würde. Er macht es sich einfach: weißes Hemd zum Kilt aus Leder. Punkt. Mich bringt das allerdings in eine haarige Situation. Doch bei der Beantwortung dieser Frage erfahre ich, woher Connors Pragmatismus stammt.

»Nimm grün, Kindchen, das passt zu deinen roten Haaren«, empfiehlt Lady Evelyn.

Ich entscheide mich nach vielen Überlegungen für einen blau-grünen Tartan, der Kilt ist bodenlang. Zu der lindgrünen Bluse reicht mir Lady Evelyn eine ihrer Stolen aus cremefarbener Spitze.

»Wir haben nicht viele Gepflogenheiten in unserer Familie«, sagt sie zu mir und lächelt, »worüber ich nicht besonders böse bin.« Sie öffnet feierlich eine Schachtel, die sie aus einem

Koffer zieht. »Aber ich möchte, dass wir beide eine neue Tradition erschaffen. Ich glaube, du und ich, wir sind es wert, weil wir McLymont-Männer geheiratet haben. Und glaub mir, Kindchen, Connors Vater war eine Schote, die man sich nicht alle Tage aussucht.« Sie kichert, und ich muss trotz meiner Anspannung lachen. »Ich möchte dir etwas schenken, was ich von meiner Mutter geschenkt bekommen habe. Zwar nicht zur Hochzeit, aber ich habe es von meiner Mutter. Und da ich weiß, dass deine so ihre Probleme mit dem Leben hatte, will ich, dass du etwas von einer Mutter bekommst, damit du siehst, dass es auch anders geht.«

Sie nimmt eine Kette aus der Schachtel, die mir den Atem raubt.

»Smaragde«, sagt sie leise, und man kann ein klein wenig den Stolz daraus hören, dieses Schmuckstück einmal besessen zu haben, »als wenn er sich die Braut zum Schmuck ausgesucht hat.« Sie lächelt, tritt näher und legt mir die Kette an. Es sind kleine Tropfen, die mit Brillanten umsetzt sind, und die Kette ist so schwer, dass ich fast in die Knie gehe.

»Wenn du dann mal eine Tochter hast, gib sie ihr zu ihrer Hochzeit.« Sie nimmt mich in den Arm, schluchzt leise, und als sie sich von mir entfernt, lächelt sie. »Er ist ein guter Junge, der McLymont, den du dir da ausgesucht hast«, sagt sie und lässt mich allein.

# 76.

W*igtown House* platzt aus allen Nähten. Und für diesen Tag – unseren Tag – haben sich unsere Freunde einfach selbst übertroffen. In den Überresten des Gartens sind Fackeln aufgestellt; in Feuerbecken lodern Flammen und leuchten das gesamte übrig gebliebene Atrium aus. Das Haus ist in meinen gewählten Farben geschmückt. Blau und Grün. Von den Decken hängen kleine Wimpel, die Kandelaber sind mit brennenden Kerzen bestückt und leuchten die dunklen Ecken aus.

Matt und Lewis haben eigens für diesen Anlass grüne Hortensiendolden gezüchtet, und blaue Kornblumen runden das Bild ab.

Ich schreite die große breite Treppe hinunter, als der Hochzeitsmarsch, der ja eigentlich ein Trauermarsch ist, den ich Connor aber nicht ausreden konnte, erklingt, und sehe Matt dort stehen. Er trägt einen Tartan, eine Schärpe sowie die Insignien seiner Einheit, und ich bin so stolz auf ihn. Er sieht so gut und zufrieden aus.

Und Edith steht neben ihm. Ein wenig verschämt lächelt sie, als sie seine Hand loslässt. Unglaublich! Ich dachte, die beiden würden sich auf ewig wegen Rosen und Hortensien bekriegen. Aber nein: Sie stehen da, sind stattlich und aufrichtig.

Am Fußende der Treppe stehen so viele Menschen, die ich nicht kenne, und als mir mein Vater die Hand reicht, treten sie einen Schritt zurück. Für mich. Für ihn. Für das, wofür sie nun Zeugen sein werden.

Aller Stress ist in diesem Moment vergessen, und ich fühle, wie mein Herz bis zum Hals schlägt. Nicht vor Angst oder Aufregung. Mein Herz schlägt gleichmäßig, ruhig, aber satt und zufrieden.

Ich nehme die Hand meines Vaters, etwas, das noch vor Monaten unmöglich war, lasse mich von ihm an den vielen Menschen vorbeiführen, die mal leise, mal etwas enthusiastischer Glückwünsche murmeln oder rufen, und ich fühle mich wie die kleine Prinzessin, die ihren Traumprinz bekommt. Nicht ganz ohne Drama, aber immerhin. Ich bekomme den Mann, den ich liebe.

Und da steht er. Im Wohnraum, in den kaum dreißig Leute passen, vor dem Kamin. Er trägt seinen Kilt. Ist so nervös, wie ich es bin, das verrät mir seine Körperhaltung. Sean, der neben ihm steht und als Trauzeuge fungiert, scharrt mit den Füßen. Connor sieht mich an, und ich sehe Verwunderung und Stolz.

Ein Pfarrer in heiligem Schwarz steht da, lächelt. Connor wartet auf mich, und als die letzten Klänge des Marsches verhallen, stehe ich neben diesem Mann, der mich gerettet hat.

Diesem Mann, der mich lehrte zu vertrauen. Der mir zeigte, dass ich mich blind fallen lassen kann und dass er, der Highlander, immer da sein wird, um mich aufzufangen und zu lieben.

Was ist einfacher, als zu diesem Mann *Aye* zu sagen?

# Epilog

Während der Sturm über meine Heimat fegte, fuhr ich durch die Nacht und fühlte mich verloren. Vor nicht weniger als einer Stunde stand ich kurz davor, den Glauben an das Gute im Menschen zu verlieren. War ich kurz davor, mein Leben nicht nur infrage zu stellen. Ich war blind vor Wut. Auf mich, auf die Person, die mir all das angetan hatte. War zornig auf das Schicksal, das mir Tür und Tor geöffnet hatte, mich zum Trottel zu machen, der bald alles, was ihm lieb und teuer war, verlieren würde.

Blind, wie ich war, fuhr ich durch den Regen, der gegen die Windschutzscheibe meines Wagens donnerte.

Ich war wie diese Nacht. Von dunklen Vorstellungen getrieben, von irre tanzenden Gedanken verfolgt, starrte ich in die Nacht hinaus, ohne zu wissen, was ich tat.

In dieser Nacht fand ich die Liebe meines Lebens. Schon in dem Augenblick, als ich sie in den Armen hielt, versuchte, sie vor dem Regen zu schützen, wusste ich, dass nicht die Frau, die mich aus dem Haus gejagt hatte, mein Schicksal sein würde. Nicht die von Gier Gejagte sollte das Los meines Lebens sein.

Dieses verschüchterte, verängstigte rothaarige Wesen würde mein Leben werden.

Nie war ich mir einer Entscheidung so gegenwärtig und vor allem so schnell bewusst wie in dieser Nacht.

Jede einzelne Minute, die wir danach miteinander verbringen durften, war ein Geschenk. Doch dieses Geschenk musste ich mir an manchen Tagen so hart erarbeiten, dass ich mir nicht mehr sicher war, ob es wirklich eines war. Ich wusste nur, dass ich es behalten wollte. Was auch immer da auf uns zukommen würde. Ich würde alles dafür tun.

Und es war nicht wenig. Die Nacht, in der der Sturm wütete und uns zusammenführte, war erst der Beginn und zugleich ein Hinweis, dass wir zusammen durch so manchen Wirbelsturm gehen mussten, damit wir ein gemeinsames Leben führen konnten.

Doch ich musste auch lernen. Lernen, dass nicht jeder Mensch das Grundvertrauen in sich und seine Fähigkeiten hat, wie es mir in die Wiege gelegt wurde. Auch wenn ich beizeiten an mir selbst zweifelte, wusste ich doch, wer ich bin und was ich zu leisten imstande bin.

Sie jedoch musste erkennen, dass sie sich mir anvertrauen konnte. Nicht hinter allem das Böse zu sehen. Sich überwinden.

Der Moment, in welchem sie gehen wollte, war für mich ein kleiner Tod, den ich nur deshalb nicht starb, weil ich verstand, dass sie anders ist als alle Menschen, die ich bis zu diesem Zeitpunkt kennengelernt hatte.

Sie war wie ein kleines Kind, das vor einem großen düsteren Abgrund stand und die helfende Hand suchte.

Ich wollte um alles in der Welt diese Hand sein – und ich wurde belohnt.

Sie lehrte mich, dass ich umsichtig sein musste. Dass meine Hand stark und mein Vertrauen in sie noch viel größer sein musste.

Und doch: Sie wollte und will mich.

Gibt es etwas Wertvolleres, als dieses Vertrauen verdient zu haben?

Gibt es etwas Schöneres, als zu dieser Frau *Aye* zu sagen?

Ein Meister der Verführung trifft auf eine selbstbewusste Frau, bereit für eine große Liebe jenseits aller Konventionen!

# ANAÏS GOUTIER

## FLY ME TO THE MOON

ROMAN

Die junge Dozentin Ann-Sophie Lauenstein besucht mit ihren Studenten ein von dem milliardenschweren Hotelier Ian Reed gestiftetes Privatmuseum. Im Museumscafé lässt sie sich zu äußerst kritischen Bemerkungen über den unsteten Playboy und Immobilienhai Reed hinreißen – ohne zu ahnen, wer der ungemein attraktive Geschäftsmann am Nebentisch wirklich ist. Als Reed sich zu erkennen gibt, verlangt er als Wiedergutmachung ein gemeinsames Abendessen. Doch er hat mehr im Sinn als bloß ein romantisches Dinner. In einer rauschhaften Liebesnacht entführt er Ann-Sophie in die fremde Welt dunkler, gefährlicher Leidenschaft – und das ist erst der Anfang …

Beautifully Broken verzaubert –
die Erfolgsreihe von Courtney Cole

## IF YOU STAY – FÜREINANDER BESTIMMT

Seit dem Tod ihrer Eltern hält die 23-jährige Mila zusammen mit ihrer Schwester Madison das Familienrestaurant am Laufen und ist überzeugte Single-Frau. Doch dann tritt Pax auf einmal in ihr Leben. Er ist auf den ersten Blick alles andere als ein Traummann: tätowiert, knallhart und mit schlechtem Benehmen. Gegen jede Vernunft geht sie eine Beziehung mit ihm ein. Aber die Vergangenheit holt das junge Glück unaufhaltbar ein …

## IF YOU LEAVE – NIEMALS GETRENNT

Madison hat mit dem kleinen Familienrestaurant alle Hände voll zu tun. Männer spielen in Madisons Zukunftsplanung deshalb keine Rolle. Doch dann begegnet sie Gabriel Vincent …

## BEFORE WE FALL – VOLLKOMMEN VERZAUBERT

Nach außen hin führt Dominic ein beneidenswertes Leben: Dem gefeierten Jungschauspieler liegt die Frauenwelt zu Füßen. Aber innerlich ist er gelähmt, tiefe Gefühle lässt er nicht zu. Das ändert sich, als er Jacey kennenlernt, deren Kraft ihn schwer beeindruckt. Aber auch sie hat Narben auf der Seele. Werden die beiden einander heilen können?

## UNTIL WE FLY – EWIG VEREINT

Als Ex-Soldat Brand in seine Heimatstadt zurückkehrt, muss er sich wohl oder übel der Vergangenheit stellen, vor der er vor Jahren geflohen ist: seiner Mutter, die ihn nie geliebt hat – und der jungen Nora, die sich seit der Highschool nach ihm verzehrt. Noras feuriges Temperament überwältigt Brand, doch sie hat ein dunkles Geheimnis, das ihrer beider Liebe zu zerstören droht.

Die große Games-of-Love-Reihe
von Rachel van Dyken

## GAMES OF LOVE – BITTERSÜSSE SEHNSUCHT

Kacey und Jake sind zusammen aufgewachsen, doch auf dem College brach der gut aussehende Frauenheld ihr das Herz. Trotzdem haben sie es geschafft, Freunde zu bleiben. Nun bittet er sie, sich als seine Verlobte auszugeben, denn Jakes energische Großmutter fürchtet um seine Zukunft. Kacey lässt sich auf das Spiel ein. Doch als sie das Wochenende bei seiner Familie verbringt, trifft sie auf seinen Bruder Travis, der eine unwiderstehliche Anziehung auf sie ausübt.

## GAMES OF LOVE – UNENDLICHES VERLANGEN

Eigentlich hat Charlotte genug von Jake, nachdem der sie nach einem One-Night-Stand sitzenließ. Doch als sie ihn zufällig wiedersieht, hat sie unwillkürlich Schmetterlinge im Bauch. Das kommt Jakes resoluter Großmutter gerade recht, denn sie will seinem Lotterleben ein für alle Mal ein Ende setzen. Sie mag Charlotte und zwingt ihn, mit dieser zur Hochzeit seines Bruders zu gehen. Jake, der die kecke junge Frau nie vergessen hat, verfällt schon bald ihrem Charme. Aber Charlotte ist nicht so schnell bereit, ihm zu verzeihen.

## GAMES OF LOVE – ENTFESSELTES BEGEHREN

Als Beth auf der Hochzeit ihrer Schwester den gut aussehenden Jace wiedersieht, stockt ihr der Atem. Schon zu Schulzeiten hatte sie starke Gefühle für ihn, doch damals wie heute stand ihr ihre Schüchternheit im Weg. Zum Glück gibt es Oma Nadine! Sie verfrachtet Beth und Jace kurzerhand in ein Pärchenhotel, damit sie endlich der knisternden Anziehung nachgeben, die zwischen ihnen herrscht. Aber Beth muss erst lernen, sich selbst zu vertrauen, ehe sie mit Jace glücklich werden kann.

»Verrate mir deine geheimsten Sehnsüchte …«

# SUSAN F. MACKAY

## BUTTERFLY OF VENUS – GEHEIME LEIDENSCHAFT

ROMAN

Die 40-jährige Elizabeth Harding hat eigentlich alles: einen tollen Job, gute Freundinnen und einen attraktiven Ehemann. Doch dann wird sie für ein deutlich jüngeres Unterwäschemodel sitzengelassen. Um sich abzulenken, beginnt Elizabeth eine leidenschaftliche Affäre mit dem 16 Jahre jüngeren Declan. Dieser ist nicht nur äußerst attraktiv und Sänger einer bekannten Rockband, sondern weiht sie nach und nach auch in die Geheimnisse wahrer Lust ein …

KNAUR